啸长风

印星林 —— 著

中国文联出版社

图书在版编目（CIP）数据

啸长风 / 印星林著 . -- 北京：中国文联出版社，
2025.1. --（印星林作品集）. -- ISBN 978 - 7 - 5190
- 5733 - 6

Ⅰ. I247.5

中国国家版本馆 CIP 数据核字第 2024T5W159 号

著　　者　印星林
责任编辑　李　民　周　欣
责任校对　秀　点
装帧设计　小宝书装

出版发行　中国文联出版社
地　　址　北京市朝阳区农展馆南里 10 号　　　邮编　100125
电　　话　010 - 85923025（发行部）　　　85923091（总编室）
经　　销　全国新华书店等
印　　刷　三河市华东印刷有限公司

开　　本　710 毫米×1000 毫米　　1/16
印　　张　26.5
字　　数　360 千字
版　　次　2025 年 1 月第 1 版第 1 次印刷
定　　价　95.00 元

序

　　大概半年前星林给我发了他的《印星林文集》电子稿，嘱我作序，我满怀期待地打开文件，不禁为之愕然——内含电影文学作品集五部：《绝地战将》《垛上花》《国宝追踪》《桃花运行动》以及《武松降虎》；电视剧剧本集：《不负青春不负卿》；更有纪实文学：《光影追梦》；小说：《碧凌剑》《啸长风》与《乱世八艳》。整部文集洋洋洒洒一百六十多万字，涵盖了小说、电影文学剧本、电视文学剧本等多种体裁，琳琅满目，令人一时不知从何读起。

　　坦率讲，当时的我并未将此全然放在心上，除了因为自己琐事缠身，难以静下心来品味如此浩瀚的书籍，还因为我一向都认为作序是名人名家的事，是锦上添花的事情。我非名人名家，况且才疏学浅，即使添花之心有余也力不足以添花，更妄论有花可添。几番推辞未果，问及缘由，他只说："你懂我。"

　　我与星林可谓亦师亦友，20世纪90年代初，星林考入南京大学中文系作家班，我做过一段时间他们班的班主任，所以一直以来他对我都持弟子之礼，总是称呼我为"张老师"，我也习惯应答，毕竟我的职业就是教师。就这样，一段长达三十年的交往，由此拉开了序幕。

　　星林出身于书香门第，我第一次到他老家时，见到了他九十多岁的老祖母，老人家随口便能吟咏诗词歌赋。这让我对星林拥有如此深厚的文学功底不再感到惊奇。看着他家那百年沧桑的老屋，尽管破落，但仍能从细节处窥见当年的荣华。我戏谑他是个破落户，他笑称自己是最后一个少爷。住在那锈迹斑斑的老屋里，喝着他自家酿的小麦酒，吃着新鲜的蔬菜，啃着刚会打鸣的小公鸡，听老祖母讲述家族往事，真是别有一番滋味。所以当我读星林的小说时，对很多场景都历历在目。往事已矣，如今老祖母不在了，老屋也拆掉盖了三层小楼。星林在写另一部《流连红尘》，是不是对老屋、对老祖母乃至整个家族的怀念，我不得而知。

星林是有少爷的命，却没有少爷的运。他出生时正赶上"文化大革命"，他父亲是小学校长，在"文革"中去逝。孤儿寡母，世态炎凉，生活之艰辛可想而知。上小学三年级的星林，也许实在是饿极了，跟几个同龄小孩去偷集体土地上的玉米。当别的小孩带着"战利品"回家时，家长直夸儿子有本事，而星林带着偷来的玉米回家时，却被一字不识的母亲罚跪在父亲的遗像前，母亲手持藤条，边抽边流泪：我不指望你成才，只希望你成人，不要让人戳着脊梁骨，骂这孩子没有人教养。

星林由于严重偏科，高考毫无悬念地名落孙山，在那个年代作为一个农村青年，何谈出路，更别说前途。他在老家的那四年里当过代课老师，干过翻砂工、搬运工、电焊工。那期间，他不乏漂泊流浪的经历，为了糊口，他还做过秘书、通信员等工作，凡是能维持生计，他都勇于尝试。如果你看过小说《平凡的世界》，主人翁孙少平就是星林的写照。为什么说命运掌握在有准备的人手里？星林在任何艰难困苦的情况下，手里始终有本书，这个习惯一直延续到现在。在那四年里，星林完成了中文大专自学考试，自学日语四级，发表了小说、报告文学、新闻等二十多万字，这背后蕴含的不懈努力与坚韧毅力，令人赞叹不已！

后来，真是一个偶然的机会，泰兴党史办派星林去采写曾经在泰兴战斗过的革命老同志的英雄事迹，其中就有南京电影制片厂老厂长张佩生，他看了星林为其撰写的文章后，慧眼独具，决定招星林作为厂里的临时工。于是星林从泰兴来到了南京，他的命运之门从此打开。尽管住在厂里的楼梯间，星林却拥有了一个宝库——海量专业书籍任他阅读，众多可望而不可即的编剧、导演等艺术家近在眼前，可以随时请教。他求知若渴，沉浸在不懈的学习与创作中，这两年临时工的生涯为他以后的成就奠定了坚实的基础。

果然，星林写的第一部电影《天地良心》就获得了国家"五个一工程"奖，后来又写了《无雪的冬天》《又见阳光》《同学》等十几部电影和电视剧，都或多或少产生了不俗的影响。正当厂里要正式收编他的时候，他却下海经商了。这不奇怪，当市场经济的大潮袭来，有多少国人能扛得住日进斗金的诱惑，把守着半死不活的文学？但是星林的一句话让我无言以对：当文学成为经济的工具的时候，不知道是文学的悲哀还是文人的悲哀？

读书时他不是班里最优秀的学生，还在外面开着一家广告公司，生意上倒是红红火火，后来还在南京大学中文系捐资设立了奖教金，以示对老师的敬重和感恩。但我总觉得凭他的天资聪慧，对文学勤奋吃苦的精神，经商可惜了。我劝过他几次，但他固执己见，那份少爷脾气一点没变。

从作家班毕业后，星林并没有沿着文学创作的道路走下去，而是继续他的经商生涯。后来，据我所知，伴随着中国经济发展的潮起潮落，转型升级，他的生意也是起起伏伏，几经挫折。后来，他终于放弃了纯粹的生意，不再办公司、开工厂，而是跑到北京跟文化打交道去了。其实他是公司破产避债而去的，听说当时他背负了沉重的债务负担，最终通过从事枪手写作，才还清了一百多万元的债务。

星林在北京的时候，我刚好去北京讲课，我们有过一次深谈。我听江小渔（我的另一个引以为豪的学生，著名音乐人，春节联欢晚会的总策划）讲，他在北京文艺圈很吃得开。我问星林是什么感觉？他哂然一笑，调侃道：什么叫吃得开？人模狗样，醉生梦死。我很惊讶他为什么会有这种感觉，就问他来北京是不是后悔了？他深深地叹息道：这倒没有，来北京就像人生打开了一扇窗，人生本来就是过程而不是结果。不过，我以为北京是中国文化的高地，其实不然，这里什么都有，却没有文化。

再后来，星林又回到南京，做起了电影，成了江苏星瑞影业公司的老总，并且做得风生水起，成为江苏省内屈指可数的民营电影公司，拍了好多部电影。我在央视电影频道上看到他们公司出品的《良心作证》《永贻芬芳》《步步惊心》《黑白道》《爱你烦不了》《垛上花》等二十几部电影，他不是编剧就是导演或是制片人。他们公司出品的电影，让我看到了星林这些年在文学创作包括电影创作方面实实在在的成绩和进步。我确信如此评说他应该是一点不为过的。

及至我静下心来认真读了星林的这几部长篇小说、电影、电视剧剧本的创作，我才深信，这些年来他一直在努力，在积累，在等待着创作上的厚积薄发。艺术作品向来仁者见仁、智者见智，但从中还是可以窥见作者的思想和境界。从作品中可以看出星林对社会、历史、文化、人生都有他独到的见解和评判。他是个思想者，同时也是个浪漫主义者，他的痛苦在于思想很浪漫现实很骨感。他无法把握这个世界的时候，选择冷眼观世态，归隐待人生。从这么多年他走过的路可以看出，星林是个孤独的堂吉诃德式文化人，但他从来不承认自己是个文化人。

当然，如果我把自己当作星林的老师，"教不严，师之惰"，还是可以对他的这几部作品创作提出一些更严格、更高的要求。例如，有些作品的叙述显得过于匆忙，影响了对人物性格的深度刻画；有些故事因为社会历史背景的复杂而采取了躲闪和回避的方式，影响了作品主题的深化与升华，等等。我语重心长地告诫他：要创作出脍炙人口、流传于世的艺术佳作，你面临的挑战还很多，道路还很长。

星林却笑笑：我就是个文学票友，张老师别对我要求那么高好不好，以后恐怕再也没有时间进行创作了。原来他又在忙着开发健康 AI 管家平台，对中老年健康做到预测、预防、预警，推广到全国，将惠及千家万户。我虽有些无奈，但对他的健康 AI 管家平台还是满怀期待！

星林就是个天马行空、我行我素、没落无为的少爷。

是为序。

张建勤

2023 年 5 月 6 日于紫金山北麓寓所

（作者为南京大学金陵学院艺术学院院长、书记）

•••••• 目录

4

第一章　进　京

阳春三月，草长莺飞。

阳泉。藏娇楼内红烛高烧，歌舞升平。

一位须发花白的老将军正和藏娇楼的王老板在一间豪华房间里对弈。

王老板一边放棋子，一边漫不经心道："我们兰婉儿姑娘可是藏娇楼的头牌。这么风雅的事情，李老大人，怎么好像兴致不高？"

监军李轩有些尴尬地笑了笑说："我们已经谈过数次，此事的前因后果，王老板却始终不肯明说，叫我怎么能信得过你？"

王老板哈哈一笑，说道："李大人抬举我了，我算什么老板？我只是一个代管掌柜，藏娇楼真正的老板是幽隐娘。"

李轩道："代理掌柜也是掌柜。"

王老板道："杞国的大王都不担心，太史大人又何必瞻前顾后的呢？既然已经来了，老大人不过了夜再走吗？藏娇楼的姑娘们，可是名不虚传啊。"

没等王老板说完，李轩就丢下手里的棋子："话不投机，李某也就只好告辞了。"说完拂袖而去。

王老板无奈，笑道："李大人既然执意要走，那改日再来。送客。"

看着李轩离去的身影，王老板言语间竟有一丝掩盖不了的得意。突然，王老板意识到什么，快步走到门外，一个瘦高人影正从一间厢房里走出来，跟在李轩身后。

王老板一惊，正想跟上去，旁边伸过一只手来，拉了拉他的衣袖。王老板回头一看，竟是妓院里的头牌歌伎兰婉儿。

兰婉儿的手里拿着一管洞箫，正一脸媚笑地看着他。王老板一愣，兰婉儿声音娇柔无限地说道："爷，您进来，我有话跟您说。"

王老板无奈地看了看李轩逐渐远去的背影，和兰婉儿进入房内。

刚一进房，兰婉儿就一边娇笑着将王老板按坐在床上，一边用甜得发腻的声音说道："爷，兰婉儿初来乍到，在这里迎来送往，身边没个靠得住的人儿，心里总是定不下来。"

看着腻在自己身上的美人，王老板将眉毛往上一挑，道："你刚入行，心里有些不安定，那是自然的。你有事只管找我，阁里的姐妹们，也可和她们多谈谈。"说着一只不安分的手就摸上了兰婉儿柔软的腰肢。

兰婉儿偎依在王老板怀里，仍然甜腻腻地说道："可是，这里的姐妹们都……都拿我当外人，好多事，都躲着我。"

王老板此时两只手已经忙得不亦乐乎了，忙不迭地回答道："她们彼此相处得久了，自然亲密些。你别多心，日子久了……"

忽然觉得喉头一凉，兰婉儿手里的洞箫顶端出现一截剑尖，抵在他的咽喉上。

兰婉儿就像完全换了一张脸似的，恶狠狠地说道："她们躲着我，恐怕是因为她们都肩负着大王的使命，不能让我这个杞国人知道吧？"

王老板惊恐地看着兰婉儿，说不出一句话来。

兰婉儿用手拍了拍王老板的头，说："我真的是杞国人吗？睁开你的狗眼仔细看看，或许你还认得。"

王老板的脸色越来越恐惧，一只手指着兰婉儿，半天没有说出一个字。

兰婉儿将剑尖往前送了送，王老板的脖子上立即渗出一丝鲜血。

她笑了笑道："说，刚才那个杞国的官儿，到底是什么人？来做什么的？"

王老板惨然一笑道："我既然已经认出你来，你还指望我会对你说一个字吗？"

兰婉儿微微地点了点头，道："好，虽说你是杞国人，对豀王倒是忠心得很。"说完，猛地将剑尖往前一送。

王老板发出"啊"的一声惨叫，立时毙命。

兰婉儿嘴角一撇，冷笑一声，迅速地打开窗子，敏捷地轻轻一跳，消失在茫茫夜色之中。

……

李轩眉头紧锁地回到阳平关军中帐内，小童赶紧迎上前来道："爷爷，有人找您。"

大帐内正坐着一名风尘仆仆的男子，见李轩进来单膝往地下一跪，道："下官见过李大人。"

李轩一怔，疑惑地问道："尊驾是……"

男子站起身来，道："下官是信使。大王密旨，急召老大人回京。"说着取出一个蜡丸，交到李轩手里。

李轩捏碎蜡丸，展锦一看，脸色更加阴沉，不由得叹了口气，晃亮火折，将密旨烧去。

信使看着李轩烧掉了密旨，道："请老大人即刻起程。"

李轩点点头，刚要说话，小童忽然拉了拉李轩的衣袖。李轩看着他，眼光中多了几分温情，柔声地问道："雨墨，什么事？"

小童仰着小脸问李轩，道："爷爷…… 你昨晚，又是去那个虢国人开的，那个全是坏女人的店里了吗？"

李轩一怔，看着小童道："谁跟你说的？"

小童声音里含着哭腔道："这里好多人都说，爷爷你跟虢国勾结……"

李轩脸色一变，赶紧捂住小童的嘴巴。

小童终于哭了出来，抽噎着道："爷爷，你是好人，要不是你收留了雨墨，雨墨早就死了。可是…… 刘旗大叔、孙勇大叔，还有其他好多大叔。我不知道这是怎么回事，我不想他们再说你坏话，爷爷，你不要再去那个店了，好吗？"

信使在一旁催促道："王令紧急，还请大人快快上马。"

李轩无奈地点点头，刚一转身，背后就传来小童的一声惨叫。等李轩回过头来，小童雨墨已经倒在血泊之中。

信使手中钢剑正往下滴着血，向李轩拱了拱手道："大人，下官这趟密召老大人进京，不能走漏半点消息。这小童可留他不得。王命威严，任何可能走漏消息之人，都绝不可留，下官也是一样。"话音未落，便回剑自刎了。

李轩看看地上大人小孩的两具尸体，长叹一声，催马而去。

李轩一路奔波，日夜兼程，历经旬余，马不停蹄地赶到雍丘城外。

大内总管福安早早地等在那里，一看到李轩的身影喜形于色，道："大人，你终于到了！"

李轩进得天禄宫来，见过大王姒羽。

姒羽开门见山，道："阳泉那边怎么样？"

李轩忧心忡忡，道："不容乐观，阳平关董将军快要支撑不住了。"

姒羽道："他有通敌嫌疑吗？"

李轩愕然，道："大王！你——你何出此言？"

第二章　密　旨

杞国建国数百年，历代君王统领天下苍生，太平无事，唯独到了现任大王姒羽手里，事情多发。

二十年前，虞国太子萧清歌犯下不可饶恕之事，逃匿于杞国白虎山，通过两国遒师交涉，逼迫杞国交人，大王姒鸿无奈，派衡将军杨继善领禁军去白虎山拿人，差一点酿成了一场血雨腥风，幸亏当时萧清歌自知罪孽深重，跳崖自尽，才平息了一场风波。

时隔二十多年，隔壁邻国虢邦又出虓寇，他们扰乱边界，残杀杞国边民。阳平关守将董浩起初派兵剿匪，谁知道遭到了虢寇的反杀。

数次交锋下来，董浩不仅仅平寇不成，险些遭到对方的合围，全军覆没。

——至此，董浩知道，他要面对的绝不是一股势力猖獗的贼寇，而是一场非常规的军事行动。

董浩紧急上书杞国的都城雍丘，禀明事态。

大王姒羽惊疑不已，因为他早就得到斑狱司密报：阳平关守将董浩与虢国最近交往密切，怎么对方突然之间会兴风作浪？

杞国位居天下之中，与虞国、寒国、虢国接壤。而且，自建国至今，实力最强，虞国其次，剩下的寒、虢两国基本上属于偏安一隅，他们怎么敢以螳臂之力而掀其车？

姒羽紧急派太史李轩去阳平关巡视军情。

太史李轩与国相李奉贤同样出于杞国的拜木族，二人也同居高位，可是两个人的性格却是有着很大的差别——国相李奉贤老成持重。而李轩却善交杂士，不拘小节，尤其是他喜欢钻研异术，所以平时并不受大王姒羽的重用，仅赐予太史闲职。

"大王，据我细察，董将军极力与虢寇周旋，并无通敌嫌疑。"李轩道，"还望大王明断！"

姒羽沉吟道："福安处事一向缜密，难道他的线报有假？"

李轩道："大王，此事不仅关乎董将军名节，更关乎我杞国的安危，还望大王三思，可千万不能轻易决断啊！"

姒羽点头，道："李大人，此番紧急调你回来，是有一项重要的任务要让你去完成。"

……

秋夜里的都城显得阴森森的，两名侍卫护送李轩回府。李轩骑在马背上眉头深锁着，想起刚才大王的态度，看来自己的这趟差事是怎么也逃不了了。

李轩摸了摸后背的剑匣，怎么也不明白：泱泱杞国和一个弹丸虢国搞什么和谈，简直是天大的笑话。

一想到前方董家军里发生的不明不白的三场败仗，李轩不由得叹了口气，把思绪收了回来，准备对付身后的两个跟踪者。

忽然，路边河沟的水面上冒出几个气泡，跟着一个吹枪的枪管从水里冒了出来，水里显然藏得有人。

一声轻响，一支短枪从吹管中飞出。

李轩往马背上一趴，短枪从头顶上飞过，身后的一名侍卫惨叫落马。李轩一个翻身，自己从马背上滑落。

另一边的树上，飞出一道火光，从李轩的马鞍上空掠过，击中了另一名侍卫。

李轩拔出佩剑，向树上掷去。一声惨叫，一人从树上摔落。又是一声轻响，李轩一闪身，躲到了自己的马身后。

"嗖"的一声，短枪射在了马身上。枪上显然喂有剧毒，马倒在地上。

李轩也伏下身，藏在马腹一侧，一动不动，怀中紧紧抱着剑匣。

远处人声响起，火把晃动，适才的几声惨叫显然已经惊动了巡夜的士兵。

李轩站起身来时，水声汩汩，水中人早已遁去了。李轩摸了摸怀中的剑匣，在巡夜士兵到来前，赶紧离开了。

东门外，一座不大的院子正笼罩在夜色中，高高挑起的灯笼下，照着两个大字"李府"。

大门虚掩着，门口站着两个翘首盼望的家丁。李轩一出现，家丁赶紧迎了上来，另一个进去通报了。

还没有等李轩进入大门，两个美丽的少女就迎了出来。一个肤光胜雪、眉目如画，正是李轩的女儿李思颖。

另一个圆脸红唇，英姿飒爽，是李轩的义女杜芸，她是杜松的妹妹，跟思颖一起长大，好在有杜松呵护，义父疼爱，思颖情深，倒也不显得寂寞。两人一见李轩，高兴地迎了上来。

思颖轻声细语地向李轩问安："爹爹，你回来了。"

还没有等李轩回答，杜芸就大声地嚷嚷起来："义父、义父，我可想死你了。"

看着这两个千娇百媚的女儿，李轩干脆就不说话了，冲着她们慈祥地微笑。

思颖宽容地看了看这个比自己小三岁的义妹，柔声地对李轩说："爹爹，苏师兄在家里，等你有半天了。"

说完上前和杜芸一左一右地挽着李轩，刚要迈步，只见一个人跟跟跄跄地冲了进来，此人正是李轩的学生杜松——卫将军杜淳的小儿子。

卫将军杜淳常年守卫在边境谷山关，杜松就成了无人管的纨绔子弟。好在李轩跟杜淳情同手足，对杜松也视同己出，管教甚严，再加上杜松聪明过人，倒也没有出什么大乱子。

看见垂头丧气狼狈不堪的杜松，杜芸忍不住大笑："哥，你怎么弄成这个样子啦？"

思颖看着杜松，脸上露出怜惜的表情，也在一边小声道："师兄，怎么……怎么弄成这个样子？"说着，掏出自己的锦帕，给杜松轻轻地擦拭起来。

杜松有些不好意思，冲着思颖尴尬地笑了笑，接过思颖的锦帕自己擦起来，没擦两下雪白的锦帕就黑了一片。

杜松有些尴尬地说道："我喝醉了，给巡夜的官兵打成这样了。参见师傅。"

李轩还没走到他身边，就闻到他身上一身的酒气，眉头不禁皱起。随即看见他衣服破破烂烂，脸上有好大一块淤青，显然被官兵狠揍了一顿，又不禁露出痛惜的表情。

李轩不由得叹了口气，转身向内走去。

杜松不敢说话，却悄悄冲思颖和杜芸吐吐舌头，低头看了看已经弄脏的锦帕，本来欲还给思颖的，想了想，将锦帕揣到了杜芸的怀里。

杜芸调侃道："你收着就是了。"

思颖不禁被他逗乐，但随即敛住笑容，脸上微微一红。

李府书房里，一个长身玉立、面如朗月、气宇轩昂的青年男子，正背着手，在观看墙上的字画，正是斑狱司的统领苏瑞。斑狱司缺个五型大夫，苏瑞就是实际的最高长官。

苏瑞是当朝神勇将军苏杰的独生子，也是李轩的经学弟子，从小与杜松师出同门。

看到李轩等人进来，苏瑞赶紧向李轩躬身行礼，朗声道："学生苏瑞，拜见老师。"

李轩道："最近忙什么啊？你怎么知道我回来了？"

苏瑞躬身道："老师，听说阳平那边正在闹虢寇？您此去巡视军情，学生在家担心得很哪。"

李轩忧心忡忡，道："军情确实很复杂。"

苏瑞道："虢国一向和我们杞国两不相犯，为何会突然来骚乱？会不会是受了什么人的挑唆？我听人家说，三十几年前虞国的太子曾经来我们这里避难，搞得差一点兵戎相见呢。"

李轩一愣，道："你怎么知道这些陈年旧事？"

苏瑞支支吾吾，道："我——我也是听别人说的——"

第三章　木　鸢

李轩看看苏瑞没有说话，杜松忽然打了个哈欠，对苏瑞说："苏师兄一天两次来看思颖师妹，我也真是佩服。"

跟在后面的思颖顿时脸一红。

苏瑞却乘机下台，调侃道："杜贤弟，你老是这个样子，可当心别真把杜芸妹妹惹火了。"

思颖伸手一拉杜芸："让他们在这里说话，咱们出去准备一下茶水吧。"

杜芸有些不情愿："义父，我和思颖姐先下去啦，等会儿再过来给你捶背。"

李轩转身看着杜松，铁青着脸说道："我也不知道作了什么孽，竟然教出你这个学生。"

杜松毫不在意，嬉皮笑脸地说道："老师，不学而学，不正是你教导我们的吗？"

苏瑞也笑着说："还是杜贤弟会说笑话。老师远道归来，当即蒙大王召见，不知……"

忽然后园传来了思颖一声惊叫，原来一只木鸢突然飞了进来，把思颖吓得脸色苍白，捂着心口，那只木鸢还在后园的上空盘旋。

杜芸一跃而起，将木鸢从空中拽了下来。

杜松闻声从房间里冲出来，见木鸢在杜芸的手中，顿时大惊失色，过去就把木鸢抢了过来。

见杜松小心翼翼的样子，杜芸好奇地说道："哥，给我玩玩，给我玩玩。"

杜松紧紧抱着木鸢道："你这么粗手笨脚的，这么精细的东西，落到你手里，还不转眼就散架了。"

思颖心有余悸道："这就是你上次说的新做的宝贝？"

木鸢忽然发出咕咕的叫声。

杜芸惊喜地大声嚷嚷道："它还会叫欸，这么大一只木头鸟，叫声倒秀气，跟鸽子却差不多。"

原来木鸢的头部就像是一个木笼，左右两侧开着很多透气孔，正前方是一块透明的水晶，可以看见里面是一只羽毛莹白如玉的鸽子。

看到二女如此关注自己的宝贝，杜松忍不住得意地说道："木鸢身上固定着机括，牵动木鸢背上的滑轮和杠杆，可以调整木鸢的尾巴。这样，鸽子往哪里飞，木鸢也就往哪里飞……"

杜芸不解地问道："可是，这么小一只鸽子，怎么能带起这么大一只木鸢？"

思颖轻声说道："鸽子只是辨认方向而已，木鸢能飞起来，那是另有机关，对不对？"

杜松赞许地冲思颖笑了笑，没有说话。

房间内，苏瑞看着外面的这一幕，忽然向李轩一躬身道："老师，您此番远行，京中之事，弟子一定一力担承，绝不让师弟和二位师妹受到半点伤害。"

李轩好像没反应过来似的，眼睛仍然盯着思颖他们，口中喃喃地问道："你怎么知道我要远行？"

苏瑞微微一笑，道："弟子双眼未盲，从老师的神气里，总能看出一二。"

……

当苏瑞和杜松二人一起并肩从李府出来的时候，杜松怀里还宝贝似的抱着自己的木鸢。

苏瑞指着杜松手里的木鸢笑着说："贤弟，几天前，你做的这个玩意儿，撞塌了淳宁宫的螭吻，惊了娘娘的鸾驾，惹得九城大搜，斑狱司的兄弟们上下辛苦。也就只有你这个真凶，还跟个没事人似的。"

杜松把头一仰，道："你是说……娘娘是给我这只木鸢吓死的？你开玩笑的吧。"

苏瑞忍着笑，低声说道："今天你碰到的那几个官兵也是糊涂蛋，要是不把你放了，天知道是多大一场功劳。不过说实话，你这惹祸的本事，我也真是佩服得很。"

杜松赶紧分辩道："苏瑞，别开玩笑。治我的罪没关系，我……我不会连累师傅吧？"

苏瑞终于笑出了声，看到杜松着急的样子，不忍再逗他了，道："放心，这事说大虽大，却也容易过去。只是，这些日子，贤弟你可不能在京城里再把这木鸢放来放去了。"

杜松如释重负地长出了一口气，点点头道："嗯，那我再做点别的。"

苏瑞拍了拍杜松的肩膀道："贤弟，你这聪明劲儿就不能用到正道上来吗？我斑狱司还缺一个司卿……"说着掏出一块铜牌给他。

杜松不情愿地接过铜牌，道："苏瑞，你能不能不要说几句话，就又要我到你手下去做事？"

苏瑞哈哈大笑："我是看中你有可用之处。好，难得今天恩师回来，我就不烦你了。你去多陪他说会儿话。"说完冲着杜松摇了摇手，转身走了。

杜松呆呆地看着苏瑞的背影，好一会儿才回过神来。

杜松回到花厅里，思颖和杜芸正在给李轩捶肩。

李轩闭着眼睛享受着这难得的天伦之乐，多年以来，总是忙于朝廷的各种事务，很少能和家人在一起，还真的有想告老还乡、不再理会凡尘俗事的念头。

杜松看着李轩如此疲倦的样子，忍不住问道："师傅，今天刚回来，明个儿就又要走？"

李轩没有睁开眼睛，答道："我先回老家去看一看，过些日子，就来接你们一起回去。你们几个都在京城里乖乖待着。嗯，杜松你还是和苏瑞少来往一点。"

听到李轩的话，身后的杜芸忍不住问道："为什么啊，义父？苏公子不是挺好的吗？"

李轩轻轻地摇了摇头没有说话。

此时，李轩倒不是担心苏瑞，毕竟苏瑞也是自己的徒弟，从小跟着自己学艺。李轩真正担心的是苏瑞的爹爹，当朝一品神勇将军苏杰。自从当今大王，信奉道教，沉湎于仙丹灵药以来，大臣苏杰独霸朝纲，权倾朝野。斑狱司势力之大，无孔不入，百官敢怒不敢言。

苏瑞年纪轻轻就接掌斑狱司。多年紧张的生活使李轩不敢轻易相信任何可能有问题的人或事，哪怕是自己最亲近的人。

杜松抱着木鸢站在一边，看着李轩忽晴忽阴的脸色，也不知道该说点什么好。看着自己怀中抱着的木鸢，不禁心中一动，木鸢留在身边，不如干脆让义父带走。

想到这，杜松将木鸢往李轩面前一送，说道："师傅，您这趟回去，把我的木鸢带着吧。"

看到李轩有些责备的眼神，杜松赶紧解释道："这木鸢不管带出多远都能自己飞回来，就像鸽子一样。师傅，万一有什么急事，我们就能很快知道了。"

对于这个徒弟，李轩还是很溺爱的。于是他笑了笑说："那我带一只鸽子，不就行了吗?"

看到李轩露出了一些笑容，杜松像孩子一样，赶紧打开木鸢的后背，向李轩解释道："这里还可以装东西，总之，带上它，总有些用的。"看到爱徒天真的举动，李轩无奈地点了点头。

思颖道："爹爹，既然明早还要赶路，那还是早些歇息吧。"

李轩点了点头。

第四章　夜　探

已经是午夜时分了，一名男子还在月下舞枪。身随枪动，只见一团银光在月光下舞动，宛如漫天的梨花在空中飞舞，这男子所舞的正是早已失传的梨花枪法。

只见这男子低喝一声，一个收势，站住不动了，在清冽的月光下，这才看清：这男子身高八尺，浓眉大眼，阔鼻方脸，正是李轩的得力助手校尉陈元。

此时，陈元盯着自己的梨花枪，久久没有移动，心里翻出了难言的酸楚。自己的枪法停留在此境界已然三年，难道真的不能再提高一步了吗？

忽然，一串轻微的叩门声，打断了陈元的思绪。陈元有些不乐意这个时候有人来打搅自己，但还是收枪上前开门。

门外，正站着笑嘻嘻的杜松，看到陈元略有下沉的脸。

杜松毫不在意，朝陈元一拱手道："陈校尉，叨扰了。"

陈元一见是杜松，笑道："杜公子别来无恙。"说话间，突然将手中的梨花枪一扬，朝旁边的一棵大树上抛去。

原来陈元早在舞枪的时候，就知道树上有人。只是来人一直没有动静，无法判断是敌是友。直到杜松深夜来访，陈元知道肯定有要事，不愿让树上的人知道，这才出手制止。

树上传来"哎哟"一声惊叫，一个女子翻身跳了下来。

陈元一看一击未中，拔起钉在树枝上的枪就要再刺。

杜松在一旁大叫起来："杜芸，你果然在这里。"

听到杜松的话，陈元赶忙凝身收枪，此时枪尖离杜芸的喉咙不到一寸了。就在这时，杜芸反手一刀，向陈元削去。

陈元身子向后一仰，剑锋贴着鼻尖掠过分毫不差，显然刚刚那一闪是拿捏得恰到好处。

杜芸见没有得手，挥剑就要上前。

杜松赶紧大叫："杜芸，别胡闹了。"

杜芸不得不收起剑，气鼓鼓地道："谁胡闹了？我听你把人家的功夫吹得天花乱坠，只想来试试而已。要不是他鼻子不够挺，我这一刀，可就准砍中了!"

杜松有些不好意思地看了看陈元,嘟嘟嚷嚷道:"胡说,我多会儿吹得天花乱坠了?"转头道,"陈校尉,这是我妹妹杜芸,她从小就没人管教,所以才……"

陈元笑笑道:"原来是杜公子的妹妹。杜山剑法,果然名不虚传。"

听到陈元夸她,杜芸有些得意地说道:"嗯,你身手也不错呀。居然听得出我躲在树上。嗯,刚才你是听到杜松的话,才差点给我砍中的。我不能占你便宜,来来,咱们重新打过。"

陈元微微地一笑,说道:"在下功夫粗疏,怎么是姑娘的对手?"

看见杜芸不依不饶的样子,杜松生怕她耽误了自己的事情,赶紧说道:"杜芸,别闹了,我找陈校尉有正事。"

三人来到屋内,分主客坐定。刚坐下,杜松就向陈元转述了李轩即将告老还乡之事。

但是对于李轩的告老还乡,陈元还是不无惋惜道:"朝廷之中又少了一位敢说真话的忠臣。"

杜松也伤感地答道:"老师年事已高,朝中那些钩心斗角之事已经应付不来了。不过,陈校尉,实不相瞒,我贪夜来访,其实另有一事相求……"

见杜松有些犹豫的样子,陈元坦言道:"公子无须见外,但说无妨。"

杜松叹了口气,道:"今夜老师曾遭人伏击……"

陈元一惊,道:"哦,居然有这种狂徒,敢在京都谋杀朝中重臣?"

听到这话,杜芸抢着问道:"刚才在家,你和义父怎么都不说这事?"

杜松道:"那是怕你和师妹担心。师傅三朝为官,刚直不阿,朝中朝外想置他于死地的人恐怕不在少数。我正想请陈校尉助我查清此事。"

陈元道:"能做出这样疯狂举动的,一定是邪恶的江湖中人所为,杜公子,你说会不会是七夺教的人干的?"

杜松一惊,道:"七夺教?是那个早已经在江湖上销声匿迹的七夺教吗?"

陈元道："正是。据说七夺教原来是从我们杞国的白虎山玄门分出去的，此后数十年间一直做着扰乱天下之事。"

杜松沉吟，道："可是七夺教一直不轻易冒犯朝廷的，怎么会突然来暗杀朝廷的要员呢？这事我们得好好查查。"

陈元道："好，走。"

夜已经很深了，路上早就没有了行人。

杜松和陈元、杜芸匆匆来到李轩刚才遇刺的地方。

一片黑云遮住月光，杜松一脚踩了个空。陈元一把抓住他，他才没摔到沟里。看到杜松狼狈的样子，杜芸忍不住笑道："笨！"

杜松没有吱声。看到没有人搭理自己，杜芸不禁感到有些无趣，不满地嘟囔道："这黑咕隆咚，你能看见什么？早知道该多带点灯笼火把来！"

杜松从怀中掏出两个类似于煤油灯的东西，用火石点燃，顿时灯光大盛。

陈元惊异道："这玩意儿倒稀罕，比起寻常灯烛来亮了许多。"

杜松得意道："几年前我从一个西域人那里得到了一桶黑油，制成了这两盏黑油灯，今天总算派上用场了。"

看到杜松得意的样子，杜芸不服气地争辩道："可这里什么都没有啊。"

杜松看到杜芸争强好胜的样子，摇了摇头，将杜芸拉到一边，让她到路口看着，防止被巡夜的士兵发现。见自己也实在发现不了什么，杜芸便听话地来到路口。

杜芸走后，杜松不好意思地向陈元解释道："她在这儿会妨碍我们的工作。"

陈元看着杜芸的身影，小声道："杜姑娘真是可爱。"

听到这话，杜松愣了一下。

启明星在东方渐渐地升起了，杜芸在路口焦急地来回徘徊，不时地向河边张望着，嘴里还忍不住嘟囔着："这两个笨蛋，怎么还不好！"

忽然，路口出现了两个人影，正是杜松和浑身湿淋淋的陈元。

杜芸高兴地迎上去，一把拉住杜松就问道："哥，你们怎么这么久，查到什么了吗？有什么线索？咦，陈校尉，你掉水里了？"

陈元不好意思地笑了笑，没有说话。

杜松对杜芸道："一个刺客躲在树上，中了义父一刀之后就摔到地上，什么也没有留下。另一个刺客潜在水里，陈校尉下水检查，什么也没有发现。"

听到杜松这么说话，杜芸失望地嘀咕道："那就是说我们白跑一趟了。"

看到杜芸的样子，陈元有些不忍心，对杜芸道："也没有算白跑，我们去巡捕房验尸，肯定会有收获的。"

听到陈元这么一说，杜芸才重新高兴起来。

第五章　查　人

巡捕房的后院门口，一个军卒模样的人，提着一个灯笼正对杜松说道："杜公子，今天从御河沟旁运来的尸体就在这里，不知道是不是行刺李大人的凶徒？您赶紧看看，不要声张，否则小的担当不起。"说完，打开院门，三具尸体就横置在院中。

杜松朝军卒一拱手道："多谢。"顺手从怀中掏出一锭银子放到对方的手中。

军卒连连鞠躬道："那多谢爷了！"眉开眼笑地离去了。

军卒一走，陈元和杜松抓紧验尸，杜芸在一旁打着灯笼。

杜芸被刺客一对死鱼眼瞪得发毛，就顺势踢了尸体一脚，不料尸体却一下弹坐起来。

杜芸吓得一哆嗦，手中的灯笼落地，屋内登时一团漆黑。

杜松也吓得跌坐在地，好一会儿才将灯笼点着，定睛一看，原来是陈元将尸体上身抬了起来。

杜松拍拍胸脯道："陈校尉，你可吓死我了……我还真以为诈尸呢……"

陈元无辜地说道："我只是想看看李大人这剑的威力……果然厉害……"

惊魂未定的杜芸，这才为自己刚才的胆怯有点不好意思，冲着杜松有些恼羞成怒地责备道："还是男人呢，这样没用！"

杜松无奈地摇了摇头，将手中的灯笼交给杜芸，仔细观察起尸体来。先从鞋底刮下一些泥土，又仔细从每个指甲里刮出来污垢放在一起，分别放进两个纸袋里，还拿鼻子嗅嗅。

杜芸不解地问道："你这是干什么？"

杜松不答，伸手解开尸体胸前的衣襟，头也没抬地命令道："你靠近一点，我看不清。"

杜芸把灯笼凑近了一点，头却扭向后面。

陈元微微一笑，从杜芸手中将灯笼接过。

杜芸感激地看了陈元一眼。

外面忽然人声鼎沸。陈元一下吹灭灯笼，三人刚躲好，一队宫中的侍卫冲了进来，七手八脚地带走了刺客的尸体。

待人都走远了，陈元这才疑惑地问道："宫中要为侍卫收尸，那是没什么奇怪，为什么连那刺客的尸身也要弄走？"

杜芸在一旁插嘴道："宫中的人办事，可不就都是莫名其妙的！"

陈元道："我看，这很像是有意要掐断别人追查的线索。难道刺杀李大人的事，和大内总管福安有关？"

杜松摇了摇头道："现在还说不准。"

当三人回到陈元的住处时，杜松一边在纸上画刺客的面貌，一边对陈元说："你怀疑行刺是福安策划的，你可别忘了，死的两个人，都是宫中的侍卫。"

陈元答道:"福安心狠手黑,又怎么会顾惜两个小小侍卫的性命。这样,倒正好为他自己撇清。"

杜松点点头道:"嗯,也有理。但还有两个疑点。第一,如果是福安主使,他们早就该把尸体弄走了。今天他们来得比我们还晚,倒像是临时有人派他们来的。第二,福安虽然一向视我老师为眼中钉、肉中刺,但应不至于如此鲁莽行事。他一直跟在大王身边,老师辞官的消息,他不会不知道。为杀一个无官无职的老人而冒如此大的风险,你说他有必要吗?"

陈元不解地问道:"那……杜公子的意思是?"

杜松不再说话,凝神画完手中画的最后几笔,然后将画像展开道:"陈校尉,这图你看跟那刺客还像吗?"

陈元啧啧称奇道:"像!真像!早闻公子多才多艺,今日所见,果然不虚。"

杜芸轻视地撇撇嘴,道:"他就是拿手这些上不了台面的小花样。"

对于杜芸的话,杜松并不在意,自己满意地看着画像,道:"刺客是什么来头,还说不准,但他是从什么地方来的,倒是大概明白了。"

说着铺开一张纸,将两个纸袋中的泥土和污垢分别倒出来,指着那堆泥土解释道:"这是从刺客的鞋底刮下来的,你们仔细看看这两堆土,这堆泥土里面混有黄、绿两色的琉璃瓦粉,而这堆从刺客指甲里刮出来的,是用来烧制琉璃瓦的瓷土。"

陈元"啊"的一声,道:"难道刺客是琉璃厂的佣工?"

杜松赞许地看了看陈元道:"不错,从一开始我就察觉他身上带有琉璃厂佣工那种特有的气味,再结合以上两点来看,这应该就是他在京城中的掩饰身份。天一亮我们就拿这画像去琉璃厂认人!"

第二天大清早,三人匆匆来到琉璃厂,找到工头曾源。

陈元命曾源拿来佣工的名录,一边心不在焉地翻着,一边慢条斯理问道:"这个谢贵是什么时候辞工的?"

曾源看了一眼按着剑柄的杜芸和面无表情的杜松，结结巴巴地回答道："回……回大人，谢贵因老母病重，三天前辞工回家了。"

杜松问道："哦，那最近辞工的只有此人吗？"

曾源答道："是的。"

杜松和陈元对视一眼，陈元继续问道："他在你这里待了多久了？"

曾源一边擦着头上的汗，一边回答道："回大人，尚不足半年。"

杜松拿出画像，曾源一看，额上汗珠滴下："这个……好像就是谢贵。"

杜芸皱眉道："是就是，不是就是不是，什么叫好像？"

曾源一听，吓得扑通一下跪倒在地，一边磕头一边哆哆嗦嗦地答道："各位息怒，此人我一共才见过两次，因此不敢肯定……只是觉得有几分像……"

杜松向杜芸示意了一下，问："那你这里可有与他相熟的人？"

曾源答道："回大人，跟谢贵同组的老孙头，可能对他熟悉些。大人请稍等，我这就派人去叫。"

不一会儿工夫，下人带来一个个头矮小、身材佝偻的老头。这个老头肤色微黑，一张老脸皱纹纵横。身上的衣服就像是偷来的一样，无一处合身，显得格外滑稽。

老头一见杜松他们，忙上前施礼，道："贱民老孙头，叩见大人！"说着倒地欲拜。

杜松连忙下座双手托住老孙头的手臂扶起，老孙头眼神中一丝异样的神色稍现即逝。

杜松将画像在老孙头面前展开，道："老人家不必多礼，你可认得画像上的这个人？"

老孙头眯着个眼睛，仔细打量道："这，这不是谢贵嘛？"

陈元道："老人家，你可看清楚咯，确定是谢贵没错？"

老孙头又仔细地看了看，肯定地答道："嗯，这厮天生一副贼眉鼠眼的德行，跟这画像上一模一样，肯定不会错的。"

杜松和陈元不禁相视一点头。杜松赶紧又问道:"老人家,你可知谢贵住在何处?"

老孙头挠了挠头,答道:"这个倒不清楚……大人,他是犯了事儿吧……我就知道,这厮一看就不是什么好鸟,上次跟我借了100文钱,现在都没还呢!"

曾源斥道:"大人问什么你就说什么,别说不相干的!"

杜松示意老孙头退下了后,忽然猛一拍桌子,喝道:"曾源,你可知罪!"

这声大喝,把曾源吓得双腿一软,扑通跪下,道:"大人这是怎么说的……"

第六章　疑　寇

杜松冷笑道:"你的眼力倒不如一个老眼昏花的老头儿!你可知这谢贵是什么人!"

"小的……小的不知……"

"他乃是朝廷通缉的要犯,横行京都的江洋大盗!窝藏钦犯,你说自己该当何罪?办他进琉璃厂,你到底收了多少好处?跟谁收的!还不速速从实招来!"

曾源急忙答道:"啊!我说,我说……这恶贼是西市长春棺材铺老板李二喜介绍来的,我收了他……50两银子……"

杜松弯下腰,一把抓起曾源的胸襟,道:"你想清楚咯,可别再要什么花样!否则……哼哼……"

此时曾源的脸早已吓白了,只是下意识地答道:"小的不敢!小的不敢!我发誓,我只收了他50两!真的,只收了50两啊!"

杜松忍住笑道："好，先留你一条活命，若有半点虚假，定杀不赦！"说完，把曾源往地下一扔，三人扬长而去，曾源在地上已经瘫作一团。

三人急匆匆往棺材铺赶去，刚刚过了一个街口，只见迎面走来几个无赖。见杜芸美貌，大声吹起口哨，做着各种下流的动作。

杜芸刚要发怒，杜松忙拽住她，劝道："忙正事，一伙小无赖，犯不着和他们计较。"杜松的话引起了无赖们的一阵大笑。

"哟，这娘们儿还挺凶！"

"这么凶你也敢上？"

"再凶还凶得过你嫂子？还不是在床上给老子收拾得服服帖帖。"

杜芸气得脸色发白，一甩手挣脱了杜松。冲了过去，一顿拳脚将几个无赖揍得哭爹喊娘。

在杜松和陈元的再三劝解下，杜芸还余怒未息地嚷嚷道："陈校尉，要不是你拦我，我非把这几个小流氓揍死不可。看他们以后还敢不敢……敢不敢做这种下流事了！"

杜松忽然一惊，掉头就跑，边跑边说道："陈校尉还穿着朝廷的服色呢。他们竟然也敢来招惹杜芸，这王城根下的小流氓，几时有这么大胆了？他们在有意耽搁我们的时间！"

虽是大白天的，但是长春棺材铺里静悄悄的，没有一点响动。

杜松、杜芸和陈元三人小心翼翼地来到后院。后院空荡荡的，只有几口棺材，仍然空无一人。

杜芸拔出佩剑，要去撬棺材板。

杜松赶紧制止，绕着棺材走了两圈，掏摸了两下，然后朝杜芸示意一下。

杜芸嘴里嘀咕了一句："装神弄鬼的，干什么！"随手一掌就将棺材盖击飞，三人都被惊呆了。原来棺材里躺着一具尸体，喉管被人切开，尸体旁是几包炸药。

杜松朝杜芸晃了晃手中的药捻道："我们到了琉璃厂，可能凶手就猜到我们有可能追查到这里，就赶紧过来杀人灭口了。"

陈元有些感慨道："这么快就杀人灭口……好绝的手法！"

杜松叹了口气道："就是利用那几个无赖，绊住我们的一点时间，就让他们抢先了一步。"

想到那些让人恶心的无赖，杜芸疑惑地问道："那些无赖也和刺客是一伙的？"

杜松摇了摇头道："那倒不一定。这些人，给几两银子叫他们去调戏一个大姑娘，有什么不干的。"说完伸手在死者的右臂里捏了捏，摸到一个吹管，仔细地看了看。

陈元忽然眉头一皱，枪尖一挑，把死者的裤子从裆部挑破。

杜芸脸一红，扭过头去。

陈元道："这个人是虢寇！"

杜松低头看，死人里面没穿内裤，只有一块兜裆布。

事情有了眉目，杜芸在一边兴奋地说道："好，既然知道是虢寇干的，那就好办多了！这些天，城东驿馆里不就住着好些虢国人？咱们瞧瞧去。"

杜松把眉毛一挑，调侃道："虢国人也多得很，你总不能……"

杜芸一下子打断杜松道："现在你又没有其他线索，试试看啦！你不去啊？陈校尉，咱们走！"说完拉起陈元就走。

陈元被她这么一拉，脸一红，情不自禁地跟了出去。

杜松犹豫了一下跟着跑出去。

杜芸他们三人刚刚来到驿馆外，就听到有人在他们的背后说话："贤弟，你们也找到这里来了。"

杜松吓了一跳，回头一看，只见苏瑞从路边的一个小茶馆里走了出来，正笑眯眯地看着他们。

杜芸一见苏瑞，满脸惊喜跑过去喊道："苏师兄！"

苏瑞道："师妹，这一路赶来，可累坏了吧？进来歇一会儿吧。"

他们四人还没有落座，杜芸就发现苏瑞的背后总跟着他的家人苏炎。三十五六岁年纪，家丁装束，两条长长的眉毛，内高外低，再配上瘦长的脸，活像无常鬼再世。看得杜芸心里直发毛。

看到杜芸如此怪异的样子，苏瑞笑道："苏炎，快来拜见杜小姐。"听到主人的话，苏炎赶紧躬身行礼。

苏瑞道："贤弟，你到这里，是为了追查老恩师遇刺的事吧。昨晚老师回来是衣衫不整的。我想可能有事，就派人往老师过来的路上去查了查，找到了这件东西。"

一招手，苏炎从后面将一支火铳递上。

在火铳的铁管上写着"杜村"二字。

苏瑞指着火铳说道："虢国国内，有一个杜村冶炼村，那里制造的火器，最是厉害。虢寇所用的火器，很多就是那里来的。"

杜松淡淡地道："因此，你就怀疑上这里的虢国人了？"

苏瑞微微一笑，道："京都公开身份的虢国人，就只有这馆驿里的。我看他们倒未必有太大嫌疑，但总得先过来看一下。"

杜芸忍不住插嘴道："为什么他们没有太大嫌疑？"

苏瑞道："任谁发现刺客用的是虢国人的火铳，第一个想到的，总是他们。他们也不至于这么笨吧？但我在这驿馆之外守着，倒发现了一件奇怪的事。刚才大内总管福安到这里来过。他虽然改过装了，不过那个样子，却瞒不过我。"

杜芸惊叫道："哇，好多人传说宫中有人通虢卖国，看来是真的！"

苏瑞摇摇头道："宫中有几个管事的通虢，那是可能的。福安还不至于，他虽然凶狠，对大王却是忠心耿耿。如果他是来和虢国人接头的，那就只能是大王的意思。"

杜芸一听叫了起来。

苏瑞笑了一下，接着说道："自从大王即位以来，就绝了虢国的朝贡。驿馆已经空了多年，这次不但让这些虢国人住进来，而且还搞得这么神神秘秘的，岂不是令人猜疑……咦，杜贤弟呢?"

原来杜松趁着他们聊天的工夫偷偷地溜了出去，寻了一身馆夫的衣服，已经混入了驿馆。

杜松东看看，西看看，也不知道看哪个房间，就随便凑到一间看起来比较隐蔽的小屋窗外，舔破窗纸，往里张望。

房间里几个虢国护军正用虢语交谈，正中坐着的，方脸剑眉，眉宇间透着杀气，正是虢国大参将慕容辉的胞弟慕容端。

第七章　虢　语

慕容端道:"这么久的等待之后，今天终于得到了消息。杞国大王，已经同意了把碧凌剑交给我们。自然，他也催促了我们药材的事。固执的杞国大臣，还有那些背叛大王的参将，他们当中都一定会有人阻挠杞国大王交出碧凌剑。所以，我要你们不惜一切代价，帮助杞国的使者，迅速、安全地抵达虢国。"

四达干齐声答道:"是。"

慕容端似乎是满意地点了点，接着说道:"药材从阳平关进来，我明天就往那里去，你们要……"说到这里，慕容端忽然站起，一闪身跃到窗边，一刀往外刺去。

杜松看见剑尖向自己刺来，却已躲闪不及，只吓得张大了嘴巴，却发不出声来。忽然后面伸出一只手，抓起他的脖领向后急退。

来人正是陈元。原来，在茶馆中，他发现杜松溜了出来，就跟着过来了。

此时，见杜松遇险，随即晃动大枪，向窗中刺去。剑枪相交，窗户登时被搅得粉碎，屋里屋外彼此看得清清楚楚。

陈元和慕容端各自收招。

慕容端一口纯正的杞语，道："好枪法。"

陈元也大声道："好剑法！"

慕容端沉下脸来问道："你们是什么人，为什么来偷听我们说话？"

陈元看向杜松。杜松紧闭嘴巴，两手不住比画。

慕容端皱皱眉头，纳闷道："哑巴？"

这时，旁边的一个达干凑过来道："大人，在杞国的地方，还是不要和他们冲突的好。"

远处，苏瑞与杜芸、苏炎正朝这里走来。

杜松显得十分着急，急速地比画着。

陈元、杜芸和苏瑞都奇怪地看着杜松，不知道比画的是什么意思。

见众人都不能理解自己的意思，杜松猛地一跺脚，忽然张开嘴，一口流利的虢语喷薄而出。杜松口中不住念叨虢语，手不住朝外指。

杜芸在一旁着急地拉着杜松的袖子道："杜松！杜松！你怎么了？"

苏瑞忽然醒悟，心道："贤弟是怕一张嘴说别的，把这些虢语给忘了。"急道，"来，快备马，让贤弟回去！"说着将自己手中的缰绳递给杜松。

杜松看着苏瑞点了点头，接过缰绳，翻身上马，疾驰而去，口中不住地念叨那番虢语。

……

李府的花园中，思颖正一个人坐在凉亭中，一边做着女红一边想着心思。

忽然，杜松一脸焦急地跑到思颖面前，大声地把刚才那番虢语又说了一遍。

杜松一说完，思颖的脸色大变，急切地问道："师兄，你说什么？"

只见杜松长出了一口气，道："我不知道我在说什么，这才找你啊！快告诉我，我刚才说的是什么？"

思颖道："你这句话的意思是：'我要你们不惜一切代价，帮助杞国的使者，迅速、安全地抵达虢国。药材从阳平关进来，我明天就往那里去。'什么药材？这个杞国使者，是不是就是爹爹？"

杜松放开思颖，叹了口气说道："我刚从一个虢国人那里听来的。唉，可是我只记得这一句了。他到底是什么意思，我也不知道了。我去找老师问问吧。"

杜松来到书房，李轩正在看书，看杜松进来，就放下书，问道："杜松，找我有什么事？"

杜松慢慢地走到李轩的面前，喃喃地小声道："老师……您，您老人家到了永州，马上就回来接我们的，是吧？"

李轩一怔，从椅子上站起来，反问道："你说什么？你是怎么知道的？"

杜松呆呆地往椅子上一坐，自言自语道："不管怎么说，驿馆的那些虢国人看来是和行刺师傅的事无关了。对方行事狠辣，不露痕迹，师傅既成为他们的目标，恐怕此行定会凶险万分了……哎哎。杜松，你自负聪明过人，怎么现在连一点头绪都理不出来呢！"一边说，还一边使劲敲敲自己的脑袋，正苦恼间，思颖端着茶盘入。

思颖看到杜松挠头苦思样子，"扑哧"一笑道："师兄，你又在琢磨什么新鲜玩意儿呢？"

杜松苦笑道："我这回可是在琢磨正事儿。"

思颖放下茶盘道："今儿太阳可真是从西边儿出来咯。那你倒跟我说说，你想什么正事儿呢？"

杜松苦笑了一下，道："师妹，你怎么和杜芸一样，也来埋汰我，……不能说。"

见杜松的样子，思颖有些歉意地将茶杯递了过去。

杜松心不在焉地伸手一接，正好接空，茶杯滚落下来，摔碎在地。

"哎呀，烫着没有。"杜松赶紧抓过思颖的手，放在嘴边吹了起来。

见杜松如此关心自己，思颖双颊飞红，偷偷地看了一眼李轩。

见李轩正歪着头好像没有看到一样，于是低声道："不碍事儿。"思颖说着将手抽了回来，蹲下来，捡地上的茶杯碎片。一不小心，划出了一道口子，思颖禁不住"哎哟"一声。

杜松见状大惊，忙双手将思颖搀起，忽然想起搀扶老孙头时候的情景。当时，老孙头倒地欲拜，杜松也就是连忙下座双手托住老孙头的手臂扶起，老孙头眼神中一丝异样的神色稍现即逝。

想起这一切，杜松自言自语道："原来是他……"

不明白事由的思颖，见杜松抓住自己的双臂不放，状若失神，更是羞怯难当，轻声道："师兄……"

杜松察觉自己失态，忙松手道："师妹，谢谢你帮了我个大忙！我现在去找陈校尉！老师！我走啦。"说罢，冲出门去。

留下李轩父女二人满头雾水，不明白怎么回事。

看着杜松远去的身影，思颖不由得怅然若失。

杜松来到陈元家中，谈了他的怀疑。

陈元看着杜松，愕然道："什么？你说老孙头是女人乔装的？会不会搞错？"

杜松肯定地点点头道："不会错的，我搀起她的时候，心中就觉得有些不对。不过她易容术太高明，我当时又只急着让她认人，因此忽略掉了。现在仔细回想起来，一个干瘦的老头儿不可能隔着衣服也能感觉出来光滑皮肤。最关键的一点是，她抬起头的那一瞬间，可是发现她没有喉结！"

陈元疑惑道："没有喉结？那，我们现在去把她抓回来？"

杜松赶紧摇摇手道："不，先不要打草惊蛇，她想必没有料到自己会暴露。我们不如利用她找到虢寇的据点，来个一网打尽！"

傍晚时分，琉璃厂里三三两两的工人正下工，差不多等人都快走尽了，才见老孙头颤颤巍巍地走出琉璃厂。

当走到一个偏僻处，老孙头回头四处看看，见四下无人，一改本来慢慢悠悠的动作。迅速地将身上粗衣麻布脱下，露出一身黑色夜行衣，又伸手往脸上一抹，人皮面具剥落下来，冷冷的一张俏脸。

正是阳泉藏娇楼的头牌歌伎兰婉儿，只见兰婉儿高蹿低纵几下，迅速消失在黑暗中。

第八章　若　雨

一个毫不显眼的四合院，大门紧闭着，好像主人未归。

兰婉儿行至院外，有节律地叩打了几下门环。

门无声地开了，兰婉儿有意无意地朝身后看了一眼，见身后无人，嘴角浮现一丝冷笑，隐入门中。

院外一棵大树上，杜松正隐身其中，目不转睛地观察着四合院的情况。只见自兰婉儿进去后，人影在窗前浮动，别的什么也没有。

天色已经晚了，几乎看不到人影。但是直到陈元率兵赶来，悄悄将四合院团团围住，杜松才从树上跃下来，道："半个多时辰了，只见窗口人影晃动，没有什么大的动静。"

陈元仍不死心地问道："没有人出入吗？"

杜松猛地拍了一下自己的脑袋，道："不妙！恐怕他们已经有所察觉了！"说完带头往四合院里就冲。

杜松等一到屋内，就傻了——只见屋内摆着一些木制假人，烛光摇曳，在窗口形成了晃动的剪影，根本就没有一个人影。

杜松一拳击在墙上，自责道："唉！我大意了！"

陈元安慰道："不必自责，他们确实太狡猾了。"

忽然桌上快燃尽的蜡烛发出异常的"滋滋"声响。

杜松忽然大叫一声："不好！这里要爆炸！大家快逃！"拉起陈元就往外跑。卫兵们闻言，也不明就里地跟着仓促退出。

等杨、陈一众人刚刚退出门外，轰然一声巨响，整个四合院被炸成一片平地。

众人虽侥幸逃过一劫，但余波所至，也弄了个灰头土脸。

远处，兰婉儿等人正从千里镜中，观察着四合院发生的一切，看到杜松他们都平安地逃出了四合院。

兰婉儿咬牙道："我原本指望能够将计就计，炸死他们，这样就没有人知道我们的存在了，没想到他们居然能够死里逃生。"

……

接近中秋了，秋风夹着丝丝的寒冷，加快了脚步。

自从李轩走后，杜松就像脱缰的野马，根本没有约束，整天都沉浸在自己的奇巧淫技中。木鸢让李轩带走后，杜松就着手研制一个大翅膀的东西。

午后，杜松带着新做的大翅膀，来到城墙外，正到处打量着，想找一片空地来试飞自己的新发明。

旁边站着一个城门守卫讨好地说道："公子需要做什么，尽管吩咐。"

杜松笑了笑，刚要说话，城门外的大路上来了几辆大马车，看样子是想进城。

马车近了，在杜松旁边停了下来。簇拥着马车的，有七八名少女，和一个矮个男子。乍一看，还以为是侏儒，身高只抵常人的一半，脑袋却比常人大一倍，且神情凶悍，目露凶光。

杜松看着这个奇怪的矮子，"扑哧"一声笑了出来，矮子恶狠狠地瞪了杜松一眼，正要发怒。

车中忽然传出一个甜甜的少女的声音："已经到杞国的京师了？"

矮子躬身回答："是，若雨小姐。"

一只柔弱无比的小手，撩起车帘，露出一张俏生生的瓜子脸，刚好和杜松打了一个照面。

杜松愣住了，在美女如云的京城，还真没有见过如此干净明朗的一张脸。

杜松的两个胳膊正举得高高的，眼睛直直地盯着公孙若雨的脸，样子古怪之极。

公孙若雨看到杜松的怪样子，忍不住笑了笑。

杜松呆了，嘴巴张得大大的，旁边的守卫还不明白是怎么一回事，不停地问道："公子，公子?"

正说着车帘放下了，遮住了俏脸。

矮子从杜松旁边经过，低低地吼道："看什么看。"

杜松这才回过神来，马车已经走远了，旁边的守卫还在问："公子，有什么吩咐?"

杜松忽然抓住一个守卫问道："刚才的马车是什么人? 怎么说话腔调怪怪的。"

守卫："回公子，这些是虢国的艺人，经常到京城来谋生。"

杜松"哦"了一声，自言自语："虢国人，艺人?"

……

李府后花园里，落花飘零。

李思颖正坐在池塘边，看着两只鸳鸯在戏水，觉得蓝的那只就如同杜松一样，一刻也不安分，总是不停地动来动去，不是一下子钻到水里，就是往旁边的伙伴身上打水。

忽然，背后传来一声戏曲韵白："呀……"把思颖吓了一跳。

跟着背后又有人念道："花落水流红，闲愁万种，无语怨东风。"

架上的鹦鹉也跟着念起来："花落水流红，闲愁万种，无语怨东风。"

思颖回头一看，正是杜芸。思颖嗔怪道："杜芸，你这疯丫头，居然来和我拈这些酸文。"

杜芸嘻嘻一笑道："啊，思颖姐，原来这些话是酸的呀。这些日子我天天听你念叨这个，不是给你浸在醋缸里了。"

思颖脸一红道："去，又来瞎说。"

杜芸不再理会思颖，走到鹦鹉架前，用手拨弄着鹦鹉的脑袋，道："冤枉啊，鹦鹉鹦鹉，我瞎说了吗？"

鹦鹉被杜芸弄得又叫了起来："花落水流红，闲愁万种。花落水流红，闲愁万种。"

杜芸被鹦鹉逗得哈哈笑了起来，道："姐姐你看，鹦鹉都记住了，我虽然没有姐姐的文采高，记性总不能比它还差。"

思颖红着脸反击道："上次不知道是谁，把被子在外面晾了三天，都没有收回去。"

一见思颖揭自己的老底了，杜芸赶紧岔开话题，道："今天我哥又没有来……"

思颖叹了口气，幽幽地说道："他忙呗。"心里却泛起了一丝说不出的失落。

自从爹爹李轩走了以后，杜松已经好多天没有过来了，自己一颗芳心总是被他牵挂着。可是偏偏杜松总像一个不解风情的木疙瘩，想到这里，思颖又禁不住叹了口气。

看到思颖幽怨的样子，杜芸的心里也不禁埋怨起来，是啊，像思颖姐这样才貌双绝的女子。哥哥总是这样冷冷的，若即若离，真不知道他是怎么想的。

杜芸凑上前，逗起了思颖，道："苏公子来了就问，你思颖姐最近吃得好吗，睡得好吗，都看些什么书。说是别成天在屋里闷着，多到园子里去散散心……哎！姐姐，我看苏公子对你真的上心……"

思颖腆笑着打断了杜芸的话，道："怎么，吃醋了？整天张口闭口苏公子的，我看心里有鬼吧，想着苏公子吧。"

杜芸的脸红了起来，和思颖闹成了一团。

忽然，一片阴影从二人头顶低低掠过。二人都不禁抬起头来，只见一只木鸢晃晃悠悠地降落到池塘里，溅起一片水花，周围的鸽子也纷纷被惊得飞起。

杜芸惊喜地叫道："木鸢，杜松的木鸢！"跑过去，将木鸢捞了起来，正是杜松给李轩带走的那只木鸢。

思颖和杜芸冲着放在桌上的木鸢弄了半天，也没有打开。

两人都泄气起来。这只木鸢周身严丝合缝，根本就没有开关，让人不知道该怎么下手。

杜芸愤愤道："算了，我把木鸢拆了，不就知道里面是什么了。"

思颖忙劝阻道："杜芸，别闹，我们还是去找杜松回来吧，此刻他应该在斑狱司。"

第九章　细　作

杜芸和思颖两人一路来到斑狱司衙门前，刚想往里进。把门的两名斑狱司卫兵齐声大喝："站住！"并把手中的单剑亮出一半。白光耀眼，把思颖和杜芸拦在门外。

杜芸气愤地叫道："让开，我找苏瑞！"

两名卫兵怔住，对视了一眼，其中年龄大一点的那个往后退一步，道："姑娘，请。"年轻的那个还想阻拦，被那人一拉制止了。

杜芸丝毫不理会，拉着思颖抬腿就进去了。

身后，那两个把门的卫兵还在彼此责怪，一个说这两个小丫头什么来头，咱们就这么放她们进去？另一个则说苏统领的名字她们也说叫就叫了，咱们可惹不起！管他呢，让她们进去也没有什么关系。

虽然是白天，但是斑狱司衙门院中却阴森森的，没有一个人说话，安静异常，安静中透着一丝恐怖。

还没有走到大厅，杜芸和思颖都同时感到冷意直逼，杜芸不由得倒吸了一口凉气。过厅两侧的墙上挂着各色刑具，有的上面血迹未干。忽然一声撕心裂肺的惨叫在一片静寂中陡然响起，把两人都吓得一阵哆嗦。

　　思颖不由得将杜芸的手拉得死死的。杜芸捏住思颖的手用已经发抖的声音安慰道："姐姐别怕，有我呢。"

　　忽然一个阴森森的声音从背后响起："你们什么人？怎么进来的？"两人一激灵，同时回过头来，刚好看见苏炎那张白无常似的面孔。

　　苏炎立刻就认出了她们，连忙躬身行礼，脸上却仍是阴沉沉道："小的苏炎，见过二位小姐。"

　　思颖道："那辛苦管家，能不能带我们去见你家公子？"

　　后院，苏瑞正在训练几个斑狱司卫兵。听说思颖和杜芸想找杜松，哈哈一笑道："让斑狱司找人，可是找对地方了。来人！"

　　说完，一拍手掌，两名斑狱司校尉走了进来，朝苏瑞一施礼。

　　苏瑞道："你们去看看，杜公子在什么地方？"二校尉答应着退了出去。

　　杜芸不解地问道："这么大京城，你就这么吩咐一声，他们就能找到？"

　　苏瑞看了看思颖，柔声道："有了讯息，他们自然会来禀报。师妹、杜芸，这是审讯囚犯的地方，阴气太重。像你们这样的女孩子，可实在不应该来。我送你们回去吧。"

　　思颖弯腰一施礼道："不敢烦劳师兄相送。麻烦你见了杜松后，告诉他一声，就说他交给爹爹的木鸢，已经放回来了。"

　　一听这话，苏瑞的神色登时变了，马上叫道："苏炎！你点一队人马，随我护送李小姐回府。"苏炎躬身答应出去了。

　　杜芸不解地问道："苏公子，到底怎么回事？"

　　苏瑞一摆手示意道："先回去再说。"

　　看见苏瑞严肃的脸色，杜芸也没有敢再问，和思颖一起随着苏瑞匆

啸长风

匆赶回李府。

还没有到李府门口，就见苏炎手一挥，斑狱司卫兵就两边散开，围住了李府。

苏炎一边走，一边向四下里打量着。

快到花厅的时候，思颖忽然有一种不妥的感觉，刚一犹豫。

杜芸在一旁冲着苏瑞说道："木鸢就在花厅桌上。"说着，就往花厅走去。

忽然苏炎转到杜芸的面前，道："小姐留步。"拦住了杜芸的去路。

杜芸一愣，只见苏炎弯下腰来仔细地看着地上厚厚的青苔。原来花厅前的石阶上，有两个淡淡的脚印，脚印很大，显然是成年男子的。

苏炎忽然凑到苏瑞耳边说了两句话，就转身挡在杜芸的面前。苏瑞也转到思颖的前面，抬头喊道："好朋友，出来吧。"

只见厅旁的花树背后，一阵响动，两名细作打扮的蒙面人跃了出来。两名蒙面人都是一手藤牌，一手长剑。两人只是相互看了一眼，两把利刃破空，分别砍向苏瑞和苏炎。

苏炎忽然身子一长，动作奇诡，冲上前，虽然赤手空拳，以一敌二，还是很快占到上风。

两名蒙面人对视了一眼，一人奋力挡住了苏炎的进攻。一人将剑、牌都交到右手上，左手在背后一摸，抽出一支梭镖。梭镖向思颖掷去。

苏炎大惊，身子急退，要相救思颖，却已经不及。

苏瑞一抬手，轻轻巧巧将梭镖接了下来。

苏炎松了口气，两名蒙面人趁机转身逃去。苏瑞反手把梭镖掷出，"噗"的一声，射穿了一人的小腿肚子，那人"啪"地倒了。另外一人却终于来不及阻拦，身子一翻，越过后园的院墙。

墙外，立刻就有人大声呼喝起来："什么人！""快追，别让这贼子跑了。"

苏瑞向外大喊道："不要动，别中了调虎离山之计。"外面登时安静下来。

苏炎转身躬身向思颖请罪道："小人无能，让小姐受惊了。"

思颖神色平静地还礼道："苏管家客气了。"

杜芸却在一旁，急得跳脚道："快，快进去看看木鸢如何了？"说完，一步就冲进了花厅，木鸢好端端地还放在桌上。

杜芸和思颖对视了一眼，不觉得都松了口气。

苏炎向苏瑞一躬道："既是木鸢无恙，那小人还是去外面守着。"然后，转身退了出去。

杜芸拿起木鸢，递给苏瑞道："苏公子，你和杜松是师兄弟，他的这些零碎手段，你也该知道的，你快来看看，这木鸢该怎么打开。"

苏瑞接过木鸢，前后看了看，道："我哪比得上杜贤弟天资聪颖，还是不出这个丑了。二位贤妹还是在此稍候，我这就去请杜贤弟过来。"说着，一招手，一个校尉进来了，在苏瑞的耳边嘀咕了几句。

杜芸嗔怪道："我哥躲哪里去了？我和你一起去吧。"

苏瑞有些尴尬道："还是不要了吧。"

杜芸起疑道："怎么？是什么不好的地方，不能让我知道？"冲到校尉的面前，恶狠狠地道："快说，杜松在什么地方？"

看到杜芸凶狠的样子，校尉有些害怕地小声回答道："是京里新来了一个虢国歌舞伎团……"

听到校尉的话，思颖登时脸红了，低下头来。

看到思颖霞飞满脸的样子，苏瑞不由得一怔，竟看得有些痴了。

杜芸一向大大咧咧，一跺脚大声道："好啊，这个臭杜松，居然去找妓，妓……我可饶不了他！"

苏瑞被杜芸的话一惊，回过神来，狠狠瞪了校尉一眼，校尉赶紧低头躬身。

苏瑞笑着解释道："是歌舞伎团，杜贤弟是去看歌舞，不是召妓。"

杜芸气得冲着苏瑞叫道："你还护着他！姐姐，我这就去揪他回来！"

苏瑞对思颖道："那这样，师妹，我和杜芸一起过去。"说完，转身离去了，杜芸也跟着跑了出去。

苏瑞转身出门，走了好远，都没有回过神来。

自从拜在李轩的门下，结识思颖以来，思颖的一颦一笑，总在苏瑞的心中反复出现。尽管早就知道老师李轩有意将思颖许配给杜松，但是自己心中怎么也放不下这个可爱的师妹。

苏瑞不由得拍了一下自己的额头，心里想到，自己今天是怎么了？怎么总是放不下儿女私情，这样下去怎么能成大事？

忽然，一只手拍了一下苏瑞的肩膀，把苏瑞吓了一跳，原来杜芸正

气鼓鼓地站在面前。

第十章　迷　宫

苏瑞诧异地问道："杜芸，怎么了？谁欺负你了？"

杜芸委屈道："谁欺负我了？你欺负我。苏公子你怎么不理我？我叫了你好几声。"

苏瑞释然笑道："哦，杜芸，真对不起，我刚才在想怎么找杜贤弟。一时想出神了，我真该打。"说着，作势向自己头上轻拍了一下。看到苏瑞讨好的样子，杜芸满意地笑了。

两人说笑间就来到了东门外的虢国歌舞伎馆，只见馆门口，人山人海，围满了人。

一阵阵舞乐声从院里隐隐传出来，院里的人群中不时爆发出叫好声。外面的围观者看不见里面的情形，赶紧交头接耳，彼此询问。

苏瑞和杜芸只能远远地站在围观人群之后。

杜芸不解地问道："真的是歌舞啊？"

苏瑞道："当然，谁骗你来着。"

杜芸皱着眉道："那些蛮子的东西，有什么好看。"

苏瑞看了看杜芸，没有说话。

旁边有一人忽然回头冲着杜芸说道："说什么哪你，你不爱看大家都爱看啊。"

杜芸不满地说道："那些虢寇，在安邑烧杀抢掠，你们怎么竟还忍心看他们的东西？"

那人转过身来，冲着杜芸道："大王要是传旨让我去打虢寇，我肯定冲在最前面，但这虢国的女戏子，我还是一定要看。这看戏的事，也不用非和打仗扯到一块，是吧？"

杜芸撇撇嘴道："瞧你这德行，虢国女人就这么好看？"

那人打量杜芸坏笑道："总比你这样的傻大姐好吧？"

杜芸一怒，骂道："你说什么？"不觉一抬手就捏住了那人的胳膊，那人"哎哟哎哟"地叫了起来。

杜芸不屑地松开手，轻蔑地说道："连这都受不了，你看你的戏去吧。打虢寇，也用不到你这样的孬种。"

那人捋起衣袖，已经肿了一圈，想发作，却看见了杜芸身后的苏瑞穿着一身斑狱司的制服，只好咽了口气不说话了。

苏瑞微笑着道歉："老兄，对不住！"那人只好骂骂咧咧地离去。

苏瑞笑笑对杜芸道："好了，杜芸我们进去吧。"

众人慑于他的气势，自觉不自觉地给他们让出一条道来，二人一直来到舞台前。

舞台上，一个面目清秀的高挑女子正带领一批身着蒙服的虢国少女翩翩起舞。

一个黑黑的矮鬼站在台角，充满警惕地望着下面的人群。

这个高挑女子正是歌舞伎的首领公孙若雨。

杜松站在最前排，正大声地叫好。

此时若雨的歌舞已毕，她的舞伴都已退到后台。台下观看的百姓大声叫喊呼哨，不让她退场。

若雨面带笑容，又按照虢国的礼节，给台下行礼。

杜松忽然分开众人，跳到台上。若雨吓得一惊，往后退了一步。

杜松向她拱手为礼道："杞虢两国的交往，源远流长。刚才我看姑娘的舞姿，有些似乎是从旧时候的《云裳曲》中演化过去的。"

若雨微微一笑，向他行了一礼，又退后一步道："这位公子果然博学。"

苏瑞大声喊道："杜贤弟！"

杜松正在自我陶醉，一抬头，看见苏瑞和他身后的杜芸，不禁神色大变。赶紧站起身来，一边向台下喝彩的观众拱手答礼，一边慌慌张张向后台避去。

苏瑞一跃上台，大声道："别走，师妹找你。"

杜松往后台跑得更快了。

杜芸也跟着跳上台喊道："杜松，你的木鸢飞回来了……"

杜芸的话引起公孙若雨的注意。公孙若雨不由得看了看杜芸和苏瑞，又看了看杜松。

刚好杜松回头看了若雨一眼，若雨也正向他看来。

两人匆匆对视了一眼，杜松不敢耽搁，一下子钻进后台。

台下有人认出苏瑞，不知谁喊道："他是斑狱司的头儿！"

又有人喊道："斑狱司拿人啦！"

歌伎院内登时炸了锅，百姓们四散往外奔逃。门口拥挤，很多人也向台上跑来。台上崭新的红氍毹被踩得肮脏不堪。

公孙若雨站在台上，对眼前的情形恍如不见。

后台，杜松在一些歌舞伎表演的道具之间钻了几回，便冲上街去。转眼之间，院内已经空空荡荡，只剩下公孙若雨和矮鬼两人。

只见矮鬼躬着身在和若雨说话。不一会儿，矮鬼也转身出去。

大街上，杜松正在道上狂奔，还不时地回过头来，看看苏瑞和杜芸是否追了过来，边跑，还边嘀咕道："糟了，给他抓到了，又要抓我壮丁了。"原来，杜松对于苏瑞总想让他到衙门做事，反感到极点了，所以见到苏瑞就躲得远远的。

杜芸看到杜松跑得飞快，刚要追，就被苏瑞拦住："不用急。"说着从怀中掏出一只小弩，对准空中。一支响枪激射而出，发出尖锐的锐啸。

忽然，道边有两户民宅的门开了。从外面看起来，这都是普通的民宅，从门内走出来的两个人，也只是普通百姓的装束，但他们手中牵的，却都是身高腿长、膘肥体壮的战马。

苏瑞向这两人点点头，接过马缰，自己翻身上马，同时将一匹马的马缰绳塞到杜芸手里，对杜芸道："杜芸，上马吧。"

杜芸高兴地接过缰绳，就要策马追赶。

苏瑞忙说道："我们慢慢走，这街上的人太多，别说冲撞了百姓，就是踏翻人家做买卖的摊子，他家里的妻儿，也就要饿上肚子，这可是罪过了。"

杜芸不满地道："哼，我怎么会撞上人，你看不起我的骑术吗？"

苏瑞敲敲自己的脑门歉然道："对不住对不住，我怎么忘了，我们的杜芸姑娘，马术一流。不过，这么一来，姑娘的罪过可就更大了。"

被苏瑞这么一夸，杜芸"扑哧"一声笑了出来道："在斑狱司，见你威严正经。看不出，竟然也这么油嘴滑舌的。"

前面，杜松的背影已经消失不见。

杜芸惊叫道："不好，他不知道跑到哪儿去啦。都怪你，拖拖拉拉的。"

苏瑞神情闲适自如道："放心，他跑不了的。"两人只管向前，走到一个岔路口。杜芸不知如何是好，脸上显出犹疑的神色。

路边一个乞丐忽然似有意似无意的，抬起自己的打狗棒，向右边路口一指。

苏瑞用眼角的余光瞄了他一眼，然后对杜芸道："往右。"

杜芸眼很尖，还是看见了他们的交流，疑惑地问道："他……也是你们斑狱司的人。"

苏瑞点点头道："我刚刚放出那支响枪，全城的斑狱司都会彼此通知，不管杜贤弟跑到哪里，都会有人迅速向我禀报的。"

杜芸顽皮地吐了吐舌头。

第十一章　初　试

苏瑞和杜芸转眼又到一个路口，苏瑞看看路边的墙上，画着一个小小的枪头。苏瑞朝左边一指，道："走这条路。"

与悠悠闲闲的杜芸和苏瑞相比，杜松却跑得气喘吁吁，弓着腰在路边休息。远处马蹄声又隐隐传来，杜松紧贴着墙根向后看去。

只见苏瑞和杜芸有说有笑的，缓缓策马而来。

杜松咬咬牙，恼恨得直跺脚，心里对着苏瑞早就骂开了，他早就领教过苏瑞找人的本事。

后面，杜芸正和苏瑞边走边聊。

杜芸问道："苏公子，就这么慢慢走，我们还骑马做什么？"

苏瑞笑笑道："看看街景也好。"

杜芸道："可是我喜欢骑在狂奔的马背上的感觉。"

苏瑞干脆地答道："好，以后我带你到草原上去跑马。"

杜芸疑惑地道："可是……那不是鞑靼人的地方吗？"

苏瑞闷闷地答道："现在是。"苏瑞的眼角忽然现出奇异的闪光，忘情地说道，"总有一天，我要漠北回疆，都收归我杞人的版图。"

杜芸有些茫然又有些景仰地看着他。两人又到了一个十字路口。又一个人转弯过来，似乎是低头走路没有看清，在苏瑞马头上轻轻撞了一下，然后赶紧跑开了。

苏瑞没有理会他，一抬手，手里却多了一张字条。苏瑞把字条展开看了看，皱起了眉头道："奇怪。"

杜芸不解地问道："怎么？"

苏瑞道："这也能跟丢，杜贤弟真是机灵得很啊。"

杜芸道："早知道加紧点追他就好了。"

苏瑞略一思索，忽然面露微笑，拨转马头对杜芸道："我明白了，跟我来。"

在歌伎馆的后台左侧的一个小间内，公孙若雨罗衫半解，正要换上杞人的服饰。在一套套衣服里左挑右选，却拿不定主意到底穿哪件好。

门被"砰"地撞开。公孙若雨一惊，从镜架下抽出一把薄如蝉翼的短剑，向后一指。

进来的是一个老者，一身粗布衣衫，穿戴不整，头发乌黑，却长着一把花白胡须。

若雨的短剑指定他的咽喉，这老者却似浑不在意，只是呆呆望着若雨半露的酥胸。若雨紧紧衣襟，柳眉竖起喝道："闭上眼睛，再不老实，一刀刺死了你。"

老者像是忽然想起了什么，赶紧闭上眼睛，在自己颔下一扯，把胡子拔了下来，竟是杜松。

杜松对若雨讨好似的说道："姑娘，是我。"

公孙若雨先是忍不住一笑，但随即脸上仍如罩上了一层石霜，厉声问道："是你又怎么样？"

杜松晃了晃手里的胡子道："实在对不住姑娘。我也知道姑娘下台后要换衣裳，所以特地等了这么久才过来。我哪里想得到，我等得胡子都长这么长了，姑娘的衣服还没换好呢？"

这次若雨根本不理他的笑话，厉声问道："你来找我干什么？"

杜松苦起脸来哀求，道："姑娘也看见了，斑狱司正在抓我，姑娘千万救我。"

若雨不解地问道:"我为什么要救你?"

杜松眼珠一转道:"就看在……就看在杞虢交往、源远流长的分上。"

若雨冷笑道:"也看在你那些胡闹的分上吗?"

杜松涎着脸道:"总之深感姑娘盛情。"

看到杜松顽皮的样子,一丝笑意从公孙若雨脸上,一闪即逝。

公孙若雨决定逗一逗眼前的这个人,想到这里。若雨诚恳地说道:"本来,救你一命倒也没什么,只是我自己也是斑狱司捉拿的钦犯,你说这可怎么办呢?"

杜松呆住了,道:"什么? 姑娘说笑了。"

公孙若雨道:"我看那个斑狱司的头儿,对你态度倒也和善,你就是真给他抓住,也不会有什么大事。你说,我是该护着你,然后把自己也赔进去呢;还是干脆把你献给他,好为自己洗脱钦犯的嫌疑呢?"

杜松一笑,厚着脸皮道:"若是在下真能为姑娘洗脱嫌疑,那倒也算死得其所了。不过,今天还是先请姑娘救我。"

公孙若雨幽幽道:"我说公子,你也太低估你那斑狱司朋友了。你以为最危险的地方最安全,从这里逃出去,化个装后再逃回来,能瞒得过他吗? 你听。"

外面马蹄声响了起来,而且越来越近了。看到杜松脸色大变,公孙若雨满意地道:"好了,我也不要公子替我洗清罪名,别在这里为我添麻烦,我就感激不尽了。"

杜松向若雨一拱手道:"果然有意思,今天这就告辞,只是姑娘如此有趣。以后杜松,可多半要阴魂不散地缠定你啦。"说着,把身上那件旧外套脱下,丢在地下。

这回杜松里面穿的,却干脆是斑狱司官员的服饰,转身就从前台奔了出去。若雨看着他的背影,不禁嫣然一笑。

公孙若雨看着地上的那套破衣衫,皱着眉捡了起来,只好塞进屋角的一个破箱子里。刚刚完毕，后门就响起了敲门声。若雨赶紧坐回梳妆台前，将短剑插回到镜架背后，对着镜子，描起眉毛来。

门开了，苏瑞从外面进来。若雨头也不回，认真地涂抹着口红。苏瑞礼貌地一施礼，道："若雨姑娘。"

若雨冲着镜子一噘嘴唇，看自己的口红是否抹得均匀，半晌才慢悠悠地回答道："苏统领果然神通广大，连我这样一个烟花女子的名字，都能查得清清楚楚。"

苏瑞笑笑道："你的朋友前些时日去宝鉴司闹事，还难得有人敢惹事惹到斑狱司门上来，苏某不得不留心些。"苏瑞不住往屋里四下打量，看到那口破箱子时，苏瑞道："我那位杜贤弟来过没有？"

若雨顺着他的眼光，见还有半截衣角露在外面，不觉一惊，但声音仍然平静道："来过啊，刚刚你不还见他和我同唱一台戏来着。"

苏瑞沉默了一阵冷冷地道："杜贤弟为人单纯，你要查究我恩师李轩的事情，从他身上入手，主意原来不错。只是……你若是对他有半点欺瞒伤害，我苏瑞可绝不会放过你。三天内，限你和你的人，都离开京都。不然，斑狱司的手段，你自然也是知道的。"

若雨脸色终于变了，但仍笑道："我们这一行，和你们杞国的戏子、卖艺的也差不多，离开京都漂泊四山，原没什么稀奇，只是……"

苏瑞根本不理她的话，已经向外走去。

若雨仍对着镜子，笑得却有点难看。

第十二章　高　飞

杜芸在外面已经等得有些焦急，看见苏瑞出来了，杜芸噘着嘴道："你和那个虢国女人说了那么久的话？"

苏瑞正待回答，忽然远处一道烟火飞起。苏瑞朝那里一指道："好，已经找到杜贤弟了，我们过去。"

城门下，杜松全身是汗地跑到把守城楼的官兵面前，掏出一块铜牌给他看。一边喘气一边说道："斑狱司司卿杜松，有要事要赶紧到城楼上去。"

官兵有些惊疑不定地看着他道："你……司卿？"

杜松擦了擦汗道："职衔而已，大家都是混口王粮吃的，总爷行个方便。"

一名官兵接过铜牌看了看，点点头道："铜牌倒是不假。"说着，将铜牌还给杜松，让开一条道来道，"上去吧。"

杜松迅速地跑到城墙上，来到城头的一个角落里，那里正放着一只箱子。杜松一看到那只箱子，就高兴地叫道："宝贝，我来了。"说着，打开箱子。

箱子里装着很多零碎的部件，大多是帆布和竹子制成。杜松快手快脚地组装着，一边装还一边往城墙下看，看看苏瑞和杜芸是否追过来了。

城墙下，苏瑞和杜芸说笑着正骑马向这边走来，城墙附近的官兵一看见苏瑞都神色大变。几个带队的旗总首先下跪，拜道："小的拜见苏统领。"众官兵顿时跪成一片。

苏瑞摆摆手道："罢了，来几个人，跟我上城楼去。"

苏瑞和杜芸策马向城墙上跑去，后面几十名官兵紧紧跟随。

杜芸有些调侃道："你好威风啊。"

苏瑞压低了声音道："其实不是我威风，我是眼睛不好，看不清他们做什么动作，只好看见什么都摆摆手。"说着他掏出一副玳瑁眼镜戴上，道："西域进贡来的，戴上它倒是能看得清些。可是我大小也是个朝廷命官，不能一天到晚戴这个玩意儿，有失体统啊。"

杜芸接过眼镜，在自己眼前一比，忽然身子一晃，觉得有点发晕。

杜芸赶紧把眼镜摘下来道："什么呀，看着都是白花花的一片。"

苏瑞把眼镜取回戴上道："这玩意儿，你们眼睛好的反而不能碰。"

天色已晚，城墙之上，狂风劲吹。众人一抬头，杜松背上背着一件奇奇怪怪的东西，站在雉堞之上。

苏瑞大叫道："师弟，你不会为了躲过我们，就想寻短见吧？"

杜松回头看看道："苏兄，你现在才来，可是迟了。"

苏瑞淡淡一笑，低声对杜芸道："他是有意想捉弄我们呢。"然后大声对杜松道，"现在你已经无处可逃，何以见得我来迟了呢？"

杜松一笑道："这城墙之上，入地无门，可是上天有路。"

杜松双手在腰间一按，他背在背上的东西陡然张开，宛然是两张巨大的翅膀。风势正猛，两翅兜风，杜松身子飘起，越飞越高。杜松借着风力，飞上半空。杜松有意卖弄，居然不急着走远，扇动翅膀，在众人头顶打了个盘旋。

杜芸翻身下马，急得直跺脚。苏瑞仍然平静地对杜芸道："我打小眼力不济，弓马上面，是不行的。可是你学艺这多年，射枪自然挺不错吧？"

杜芸精神一振道："那是自然。"

苏瑞道："射穿他的翅膀，但别伤着他的人，没什么难的吧？拿弓箭来。"

一名士兵讨好地将自己的弓呈上。杜芸试了试，又主动开口道："再拿一张弓来。"又一名士兵将弓枪呈上，杜芸将两张弓并在一处，张弓搭枪。看见杜松这时已经飞得极高，杜芸心里忽然害怕起来，颤声道："石……苏公子，杜松他，他不会摔死吧？"

苏瑞笑笑道："放心吧，下面是护城河，顶多让他喝几口水。"

杜芸这才放心地一松弓弦，枪去似流星。"噗"的一声，杜松身边的木翅膀上登时被穿了一个大洞。

空中的杜松失去平衡，大声惊叫，晃晃悠悠地缓缓落了下来。"扑通"一声，杜松栽入护城河中。

杜松的叫声从城墙下传来："救命，我不会水啊！"

杜芸大笑起来，苏瑞忍着笑，对身后的官兵吩咐道："来，派两个人，捞他上来。"

杜松连同他的两只大翅膀，被湿漉漉地从水里捞出来。

苏瑞挥挥手，众官军都远远避开了。

杜松心疼地看着翅膀，责怪道："杜芸，你也太狠了。你这一箭，我几个月的心血，可就都白费了。"

杜芸一撇嘴道："你闲着也是闲着，再做一只就是喽。"

杜松气得说不出话来。

苏瑞用手指在翅膀上敲了敲道："好啊，当日你跟老师告假，说是要回家钻研易经，好对圣人的微言大义有所领悟。现在明白了，你是在发明这些奇技淫巧来着。"

杜松并不答话，而是从怀里摸了摸，掏出一块槟榔丢给苏瑞，道："这是槟榔，渤泥国的朋友送的。你尝尝。"

苏瑞皱着眉道："好大味儿。"

杜松一边拧着湿衣服，一边道："是，这玩意儿的味是够大的了吧。可要是我嚼上一个时辰，再丢给你嚼，还有味吗？留我一个人去搞些奇技淫巧，也算不得什么通天的罪过吧。"

苏瑞一笑道："这你倒不用客气。据我看，你这些新花样啊，倒真是来日方长，大有可为。"

杜松赶紧道："你又想把我拉到你的斑狱司去是吧？告诉你，这可是休想。"

看着这位玩世不恭的师弟，苏瑞无奈地道："我也不要你每天来应卯，说定个日子，到时候能拿出些东西来就行。你老是像现下这样不务正业，总不是个办法吧。"

杜松毫不领情地道："如今这年头，大王昏庸，权臣贪酷，还有什么正业好务。"

苏瑞神色一变，他看看周围，官兵确已经去远，这才放心，他压低了声音道："贤弟，你说话也得看地方。"

杜松叹了口气道："苏瑞，咱们是好朋友，我也就不跟你绕弯子了。据我看，你那位老爹现下虽说是权倾朝野，可也只怕是要留下千古骂名。你还在官场里混着，早晚也是个同流合污，我看你那点正业，也还是别务了。"

苏瑞看着天边残阳如血，也叹了口气道："贤弟，你自以为看得透彻，其实却还终究不脱少年人的心性。什么时候有机会，我带你到下面的各州各县多走一走。那些地方你去过之后，你要还是忍心独善其身，我苏瑞从此不再多劝你一个字！"

杜松懒懒一笑道："说得这么斩钉截铁，是不是还要和我击掌为誓啊？"

杜芸在旁边直跺脚叫道："你们都说些什么呀，我怎么全都听不懂。"

苏瑞看看杜芸笑道："对不住对不住，在杜芸姑娘面前说这些俗话，我们可真是该打。"

这时，远远地传来了敲鼓的声音。到关城门的时间了，然而，不少士兵都守在门边，似乎并无要关门的意思。

杜芸跳着脚道："快回去快回去，思颖姐姐在家，只怕都快等得急死了。"

第十三章 虢　剑

杜松道："思颖到底有什么事？"

杜芸道："义父放了木鸢回来，可是她又打不开。她说只有你能打得开。"

杜松脸色登时兴奋起来，心道："老师当初还说我造木鸢是胡闹，现在到底还是用上它了。"也不多说什么，转身和杜芸他们向李府赶去。

刚拐过两个街口，就有一名斑狱司卫士，快马骤驰到苏瑞跟前禀报道："禀统领。大内总管福安带人抄检了宝鉴司，说是国宝'碧凌剑'失窃，苏统领知情不报，乃是欺君之罪。"

苏瑞诧异地道："什么？'碧凌剑'失窃，'碧凌剑'不是早就被大王取到宫中去了吗？"

斑狱司兵士道："陆校尉也是这么跟福安说的，结果福安说他巧言善辩，将他拿去，听说，已经下了天牢。另外，记录宝鉴司宝物出入的卷宗，已经被福安取去了，说是要拿去禀明大王，作为证物。"

苏瑞深吸了一口气，冷笑道："这个福安，还真有一套呢。这事暂不管他，咱们还是快到恩师府上去。"

斑狱司兵士大惊，上前一步道："统领，现在你不回衙里去吗？各位大人，都在衙里等你呢。"

苏瑞不耐烦地道："我恩师府上还有大事，无论如何我得先过去一趟。嗯，今晚未必赶得及了，你回去告诉吴校尉、季校尉他们，他们都累了这么些天，让他们也都回去歇着吧。"

斑狱司兵士很疑惑，不知道自己的统领为什么对眼前这样的大事能如此镇定。但是看到苏瑞镇定自若的目光，还是很遵命地翻身上马离去了。

杜松眼神怪怪地看着那斑狱司兵士打马去远了，转过头来对苏瑞道："苏瑞兄可真是镇定得很哪，是真的泰山崩于前而色不变呢，还是死猪不怕开水烫啊？"

旁边的杜芸看到杜松如此挖苦苏瑞，忍不住反击道："去你的，我看你是狗嘴里吐不出象牙！"

苏瑞大笑道："贤弟，你自负聪明绝顶，可是在我这个师妹面前，还是一筹莫展啊。"

说笑间，三人纵马来到了李府。此时，李府的四周都站满了手执火把的斑狱司卫兵。

还没有等苏瑞、杜松和杜芸三人翻身下马，管家苏炎就迎了上来，对苏瑞施礼道："启禀统领，果然有人妄图闯入府中，幸未让他得逞。"

听到苏炎的汇报，杜松和杜芸都暗自吃了一惊，不得不佩服苏瑞处理事情的精细和果断，真可谓百密无一疏。

然而苏瑞脸上却毫无嘉奖之色，只是淡淡地问道："抓到几个活口？"

苏炎脸上顿时显出羞惭的神色，禀报道："敌人倏来倏退，卑职抓到一人，只是，只是……"

苏瑞仍是那种淡淡神情道："只是你们一时不查，让他嚼舌自尽了，是吧？"

苏炎脸上汗水涔涔而下赶忙跪下道："小的无能，请统领治罪。"

苏瑞摆摆手道："事起仓促，原本怪不得你。"

苏炎声音略有些发颤道："虽然没有留下活口……但……来人所用的兵刃，似剑而狭，似剑而弯，是虢剑无疑。"

旁边杜松插话道："光凭虢剑看不出什么，自本朝开放以来，虢国使者与商人市贡来的虢剑，只怕已经不计其数。再加上工部照样仿制的，就是禁军里面，用虢剑的也不是少数。"

苏瑞点点头道："确实如此，咱们暂不说这个，先进府再说。"然后对苏炎一招手，苏炎凑过来，苏瑞在他耳边说了几句，苏炎连连点头离去。

思颖正在花厅里看着木鸢焦急地等他们，一见苏瑞、杜松、杜芸进来了，忙迎了出来。

杜松只是略顿了一下，并不答话，抢先进了花厅，苏瑞也紧跟着进来了。

只有杜芸轻轻地扶着思颖道："姐姐，我们回来了，你不要着急，一会儿就知道义父的情况了。"

花厅内，苏瑞抢先一步拿起木鸢，轻轻抚摸道："上次匆忙，还没有来得及细看，今日仔细一观，确是精巧绝伦啊。说到机关削器之学，贤弟真是奇才。"

杜松则在桌上的茶盘里端了一杯茶，轻呷了一口，笑着道："苏瑞兄当年于这一道，也算是有些兴致的，不知可看得出什么来吗？"

苏瑞有些惭愧地道："少年时的玩意儿，可是都忘光啦。不过，用鸽子辨认方向，再在鸽子身上勾连杠杆轮滑，带动鸢尾，来控制整只木鸢的主意，也真亏你想得出来。"

杜松看了思颖一眼道："师妹喜欢花鸟，也多亏她的启发。"

苏瑞将木鸢递给杜松道："不过，我看它飞行的速度，似乎比起真的鹰隼之类，似乎还快不了多少。"

杜松摇摇头道："这就是燃料方面的问题了，此道却非我所长，不然，木鸢是该还能飞得再快再远些。"

苏瑞道："是吗？若是如此，以后若有机缘，我倒是可以为你引见一个人。"

杜芸在一边着急地跺脚道："你们说来说去的，倒是快点把木鸢打开，看看义父到底让它带回来什么东西呀。"

杜松一笑，又将木鸢递给苏瑞道："相比之下，如何打开木鸢，这倒是雕虫小技了。苏兄，你可看得出机关所在吗？"

苏瑞掏出眼镜，仔细地端详着木鸢道："容愚兄思索片刻。"

杜松大笑道："好，那么我们先出去，别打扰了苏瑞兄的思路。"说着拉起杜芸和思颖就往外走。

杜芸拧不过杜松，不由得被拉了出来。思颖给杜松这么一拉，感到有些不好意思，只好跟了出来。

皓月当空，秋天的迹象越来越重了。杜松拉着思颖和杜芸，低着头边想着心思边溜达着，这么一想就忘了松开手。

杜芸倒还没有什么，只是思颖一直被杜松拉着，也不好意思抽出手来，粉脸早已羞得通红了。

一阵凉风吹过，思颖忍不住轻轻打了个喷嚏。

杜松一惊，才意识到自己一直拉着思颖和杜芸，赶紧松开手，关切地问道："怎么了？要不要多加件衣服。"

思颖羞得满脸通红小声地道："师兄，失礼了。"

杜芸在一边不满地道："还不就是为了你那个破木鸢，早晨飞到家来的时候，溅了姐姐一身的水。"

思颖赶紧打断杜芸的话。杜松一听，立刻作揖打躬道："师妹，是愚兄把木鸢设计得太过笨重，降落时才会溅起那么大的水花。对不住，对不住。下次愚兄一定做一只纸鸢，那就轻飘飘入水，再也没有妨碍了。"

杜芸都给气乐了，道："有你这么道歉的吗？"

杜松板着脸道："总之，是我的不是。对了，说到纸鸢，这些天秋高气爽的。可曾陪你思颖姐姐，到西山那边放过风筝去吗？"

杜芸不屑一顾地道："去去去，这会子来了，倒是知道讨好了。义父回乡一连这么些天，你怎么就不知道来一趟？"

杜松认真道："这些天，我不是都在做那对翅膀吗？忙得昏天黑地的。偶而歇下来喘口气，刚想该去看看师妹了，一听外面谯楼上，都打三更了。"

听杜松这么一说，思颖心疼地道："师兄，也别累坏了身子，这些天，你可……越发地瘦了。"

杜芸大叫道："思颖姐，少听他胡说。你既然这么忙，那你怎么还有空去那个什么歌伎院？那你刚才为什么，一见我就躲得跟兔子似的？"

杜松也委屈地解释道："喂，你可不能冤枉好人哪。我这……我这哪是躲你啊，我是躲……"说着，朝房内一指。

第十四章　噩　耗

屋内灯火通明，苏瑞的影子映在窗纸上，正在来回踱步，显是在思索如何打开木鸢。

"最近他只要一见了我，就要我到他那里去。架也吵过几次，我也真是怕了，心想就干脆躲着他算了。"杜松还在恼怒。

思颖不解地问道："到斑狱司，还不都是当差。同门师兄弟到一起去，不好吗？"

杜松苦笑道："我现在王宫顶着个侍卫，是个闲职。在那里也没人管我，我也可以胡乱捣鼓些小玩意儿，要是到了苏兄那里……"

杜松的话，把思颖和杜芸都逗笑了，杜芸忍着笑道："哼，总之我看，苏公子就是比你有出息得多。"

思颖想阻止杜芸说下去，杜松自己却早应承下来道："那是自然，那是自然。"三人正说着，苏瑞走了出来，一脸羞愧之色道："愚兄鲁钝，拿它可是毫无办法。"

杜松哈哈一乐道："好，那我可不能白教你这个。乖，你在外面等着。"

杜芸道："你得意什么，苏公子是干大事的人，才不稀罕在这些小事上和你较量呢。"

杜松冲她瞪了一眼，跑进屋去。苏瑞看着他的背影，不禁摇了摇头。厅内先是"嗒"的一声轻响，是木鸢打开的声音。

接下来忽听杜松一声惊叫。三人对视了一眼，一起抢进厅去。

只见木鸢已经打开，里面空空如也。杜松手上拿着一封书信，双手剧烈颤抖。

苏瑞赶紧问道："怎么了？师傅信上说些什么？"

杜松一时似乎竟说不出话来。思颖和杜芸都脸色大变。

杜松哆嗦得说不出话来，将书信交到苏瑞手里。

苏瑞接过信，看了两眼，也是声音打颤道："老师……遇难了。"

杜芸和思颖抢过信，一看，果然信上写着："老夫为抗虢寇而死，自谓死得其所。汝勿以报仇为念，速偕思颖，回归乡里，耕读终老……"

还没有看完。思颖"嘤"的一声，昏厥过去。

杜芸将她扶住叫道："思颖姐姐！思颖姐姐！"

苏瑞一看，大声喊道："来人，叫大夫。"

丫鬟仆人一阵忙活，杜松只是呆呆地站在一边，好像这一切和他无关似的。

好不容易思颖才悠悠地醒了过来，苏瑞让杜芸在房间里照看思颖，自己和杜松信步来到庭院中。

看着杜松呆呆的样子，苏瑞有些不忍地安慰道："你不是替她诊过脉了吗？一时气急攻心，歇一阵就好的，你也不用太过担忧。"

杜松仍然没有说话，苏瑞叹了口气道："恩师的遗书里，叫你带着思颖，回乡务农。从此再别过问朝廷里的事，你怎么想？"

杜松回过神来，沮丧地道："自然是遵照义父的遗嘱，那还有什么话说。"

苏瑞的眼睛里闪过一丝不易察觉的光，问道："这次恩师遇害，前前后后都透着蹊跷，你难道就不想北上去探查一下吗？"

杜松道："我自然放心不下，但，恩师的遗命，又不可违背啊。"

苏瑞略一沉吟道："贤弟，你有没有注意到，那天恩师从宫中回来，带着一只盒子？"

"盒子？"杜松一时没有明白。

苏瑞平淡地道："这只盒子你没见过，我却是看得眼熟。它一直就收藏在宝鉴司，盒子里面，应该装的就是'碧凌剑'。"

杜松奇怪地问道："'碧凌剑'？今天福安查抄宝鉴司，说你弄丢掉的，就是这支碧凌剑？"

苏瑞道："不错。早先也只知道这碧凌剑是前朝留下来的宝物，剑上面雕镂着一些奇奇怪怪的花纹。也没觉得有什么稀罕，所以也没有太留意。现在看来，情形却有些复杂。"

杜松一惊，不由得问道："你是说，恩师遇难，很可能也和碧凌剑有关！"

苏瑞仍是平静道："其实，叫你回乡务农，也未必是恩师的本意。他只是担心，贤弟你虽然绝顶聪明，但性子太过单纯善良，你父亲杜老将军又不在京都，让你独自卷入官场，只怕会……"

说到这里，苏瑞停顿了一下，岔开话题道，"刚才苏炎对我说，今天来犯的敌人，用的是虢剑。所以八成是虢寇，你以为他是真这么想的？你自然也是知道的。现在布在府第四周的斑狱司，说起来都是我的人，但其中未必没有虢寇的人。"

杜松一惊，不等杜松问话，苏瑞继续道，"究竟是怎么回事，我还没来得及问他，但显然不会是虢寇这么简单。一个像苏炎那样老练的人。他捉到的活口，自然也绝不会给人机会嚼舌自尽。"

杜松不解地问道："你是说，他已经从抓到的人嘴里问出了实情。只不过，因为太过事关重大，他才这样说，好有意麻痹对方？"

苏瑞点了点头，没有说话。外面脚步声响了起来，苏炎进来了，将一个小包裹交到苏瑞手里。

看到苏炎，杜松禁不住地问道："苏管家，今个儿你抓住那人到底是什么身份？"

苏炎看了看苏瑞。苏瑞一笑道："杜公子问你什么，就跟我问你一样。"

苏炎对杜松一施礼，答非所问地回答道："公子刚才你说得不错，就是禁军里面，佩有虢剑的也不是少数。小的和这些人交手，他们虽然用的是虢剑，但却并不知道虢剑的厉害。全是双手并持，纵跃斜砍……蒙面人反而是一手持剑，一手以藤牌护身。嗯，这些人藤牌斜掠，然后用滚剑势进逼的招式倒是不坏。只可惜这种一寸短一寸险的功夫，用虢剑反而嫌累赘了。"

杜松眉头一皱道："斜掠藤牌，然后用滚剑势进逼，那是西南诸州，土司麾下的狼兵拿手的绝技啊。"

苏瑞道："三年前，大王为示对粤西岑氏、瓦氏的恩宠。从他们两家各调拨过一队狼兵，充为禁军。京中的狼兵只此一家。"

苏瑞沉默了一阵继续道："恩师这趟说是告老还乡，可是大王对他的行程，竟然是关心得异乎寻常。这么大一只木鸢飞进府里，也不知道有多少双眼睛盯着。只是大王也没想到，斑狱司会这么快就在李府外布兵。不然他只要下一道旨意，命我们不论见京里有什么动静，都不许轻举妄动，我们也是毫无办法。居然把大王弄得这么鬼鬼祟祟，真不知道恩师身上，究竟担着怎样血山似的干系。"

杜松一怔，看来事情要远远地比想象的复杂。

第十五章　猜　疑

苏瑞看着空中明月，没有说话，只是在心里叹道，恩师啊恩师，你又何必事事都瞒着我？

闺房里，思颖已经醒来了，在床上半躺半坐着。杜芸在一旁陪着她，此时思颖已经停止了哭泣，只是两个眼睛还是红红的。看见杜松走了进来，思颖问道："苏公子走了？"

杜松点点头关切地问道："师妹，事已至此，你可千万要保重身子。"被杜松这一问，思颖好不容易忍住的眼泪，又落了下来。

杜松道："师妹，你好好休息，等你身子好些，咱们便一起回永州老家去。"

思颖悲切地看着他，半天没有说话。杜松被她看得有点手足无措。

看到思颖异样的表现，杜芸担心地问道："思颖姐，怎么了？"

思颖并没有理会杜芸的问话，瞪着杜松问道："你是不是也要像爹爹一样，走到半路，忽然，就转道阳泉啊？"

杜松一怔，下意识地摇了摇头。

思颖点点头，自言自语道："是了，不是中途转道。你总是要把我们在永州安顿好了，这才北上的。"

杜松赶紧否认道："哪有这回事？"

思颖没有看杜松，将目光看着窗外，毫无表情地道："师兄，爹爹一定还有其他的话，是吧？爹爹放在木鸢里的遗书，也不止一份吧？"

思颖的话，让杜芸和杜松都惊呆了。思颖并不理会他们二人的表情，只是凝视着窗外，认真地道："爹爹这份遗言，实在不像是他的手笔，爹爹原不是明哲保身的人。对师兄，他又一向寄寓厚望，又怎么会叫你这么年纪轻轻就归隐？如果爹爹真只是为虢寇所害，那这就既是家仇，也是国恨，他正该叫我们竭力为他报仇才对。他又怎么会奇奇怪怪地嘱咐我们放弃？"

杜松叹口气道："唉，谁要是以为我的思颖师妹只是一味的腼腆斯文，那可就大错特错了。"

杜芸不解地问道："杜松，思颖姐，你们究竟在说些什么呀？"

杜松犹豫一下，道："也没什么，义父让我们去阳泉城。找到陈元陈校尉，他会告诉我们前因后果。"

思颖叹了口气，将目光转回来看着杜松道："我倒真希望爹爹的遗书，就是你念的那一份。这一卷进去……师兄，官场黑暗，铁幕重重，不是我们对付得来的。"

杜松不满地一拂袖，道："你怎么和苏瑞一样，也觉得我应付不来？这

56

些年，我是懒得搭理官面上的那些破事，可是这……真要斗上一斗……"可能是觉得自己的话，有些可笑，杜松吸一口气道："总之，我把你们在永州安顿好，就到阳泉去，完成义父的遗命。"

思颖闭上眼睛思索一阵，忽然睁开眼睛道："你要去的话，我和杜芸跟你一块儿去。"

一听这话，杜松双手直摆，道："你们两个女孩子，这种事怎么能一齐跟去？"

思颖直直地看着杜松，声音坚定地道："我是爹爹唯一的女儿，他的事，我不能不管！"

杜芸则瞪着杜松叫道："杜松你怎么了？义父的事情，我们怎么可以不去？再说你那笨手笨脚的，真碰上危险，还得我保护你呢！"

……

一缕阳光照过来，更显得思颖犹如雪中梨花，我见犹怜。思颖躺在床上，脸上犹带病容。杜芸端了一碗燕窝粥，正在喂她。

杜松从外面进来了，来到思颖的床前，关切地问道："师妹身子可好些了？"

看到杜松满脸的关切，思颖的眼泪差点又涌了出来，强撑着坐起身来，道："谢谢师兄，我已经无大碍了。"又转过脸对杜芸道，"屋里这花香气太浓了，你帮我把这盆搬到外面去，好不好？"

杜芸捧着花跑出去了。

屋里，思颖和杜松相互看了一眼，都感到有些不自在，好一会儿都没有人说话。思颖凝视着杜松，良久，忽然说道："爹爹的遗书上，还说了些什么？"

杜松叹然道："真是什么都瞒不过你。义父说，无论如何，不要让苏瑞陪我们一起去。"

思颖道："爹爹这样防备苏公子，你怕他知道了难过，所以就没说？"

杜松也郁闷地道："是啊。我也不知道，老师干吗对苏瑞这么不满。"

思颖沉默了片刻道："师兄，我恍惚记得，机关削器上的本事，苏师兄当年所学，好像也着实不差。何况，你也不是喜欢叫人难堪出丑的人。那天你让苏师兄打开木鸢，是因为你看来，他虽然要花些心思，但终究还是能打开的，对不对？"

杜松笑了笑道："真是什么都瞒不过你。是啊，在机关削器上的本事一开始他进境比我还快。不过这究竟是小道，他很快丢开了就是。老师回来的那晚，和我说过要我远离一点苏瑞。我虽不能明白义父的意思，但是我想老师肯定不会是随便说的。所以，我就想能不能有机会来验证一下……"

58

思颖看着杜松，道："当时大家都在屋外，屋里的情形，可谁都没有看见。师兄，你也别太担心，我也只是胡思乱想……"

杜松眉头深锁，打断思颖的话道："师妹，你猜得没错，苏瑞已经打开了木鸢。但是，我不大明白他为什么要这么骗我们，不过……要是以他的技艺居然打不开，确实有点奇怪。"

思颖也疑惑道："真不知道爹爹的猜测是从何而来？哎，师兄，你说，他会不会主动要和我们一起北上？"

杜松正要回答，外面传来杜芸惊喜的叫声："苏公子，你来了！"

说话间，苏瑞穿着一身朝服和杜芸一起走了进来。苏瑞虽然嘴里在和杜芸说话，当看到杜松正坐在思颖的床前时，心里还是掠过一丝不快。但是很快苏瑞就恢复了正常，在问完思颖的身体后，正色对杜松道："大王追赠恩师司空的荣衔，还要在阳泉大开灵堂设祭。我已向大王请旨，倘使一切顺利，三日后我即可动身，前往阳泉的董将军营中。"

杜松一惊，不由得和思颖对视一眼，随口问道："你要北上？"

苏瑞看了看他道："这有什么奇怪？老师对我恩重如山，不到灵前披麻戴孝，我是无论如何，不能心安。"

思颖忽然接口道："苏公子，我们跟你一道走，可方便吗？"

杜松一听怔住了，不明白思颖为什么忽然提出这样的建议。

苏瑞惊喜道："那是最好不过了。"

第十六章　上　路

杜芸看着苏瑞的朝服道："苏公子，今天怎么穿得这样气派？"

苏瑞道："为了虢寇的事，今日廷议，家父也拉我去凑了凑热闹。"

思颖道："苏师兄可发表什么高论了？"

苏瑞道："无非是些当剿还是当抚之类的话，能有什么新鲜东西了？"说着，突然叫道，"不好，我得赶紧回去。"

杜芸奇怪地问道："怎么了？"

苏瑞道："今日在朝堂，我可把爹爹得罪很了，还得赶紧回去，跟他告罪。"

杜芸道："哦，那我送送你，让杜松和思颖姐再说会儿话。"杜芸陪着苏瑞出去。

看着杜芸他们出去，杜松转过脸来问道："师妹，你怎么又要和苏瑞一起北上了？"

思颖道："他要是想跟着，我们躲得开他吗？不如做漂亮一点。"

杜松叹了口气道："唉，这么事事防着苏瑞……以后我和他这个朋友还怎么做？"

思颖看了看杜松，也叹了口气，没有说话。

杜松叹道："其实，在京城之中，从小到大，我就和苏瑞、二王子姒朔、杜炫，还有你们玩得最好。可是渐渐长大了，反而没有了小时候的趣味。"

思颖道："说起杜炫，我倒想起了一件事情。"

杜松道："怎么啦？"

思颖道："他一心想要入禁军，现在如愿了吗？按理说，他父亲身为朝廷中的神武将军，怎么他连个禁军都做不了？"

杜松笑了，道："他年龄还小，应该再过一两年才能入禁军，佩剑行走。"

思颖点头，道："倒也是！不过我看他平日里天天只知道和太子一起玩耍，也不知用心练剑，这样下去终究还是不行。"

······

京都外，秋高气爽，一队马车正缓缓而行。

苏瑞和杜松正骑在马上并辔而行。杜芸和思颖一身缟素坐在马车里。杜芸一边无聊地逗着鹦鹉一边不时地往外面偷看着苏瑞。

这一路上，杜芸真是又难过又有点高兴。义父的死，让大家都难过不已，但是能有机会和苏瑞一起出行，能天天看到英俊潇洒的心上人，是多么让人高兴的一件事，但苏瑞对她却看不出有多少意思。然而，看看思颖姐苍白的脸，杜芸的心中又多了一层担忧。

思颖正疲倦地靠在车上，虽然自幼和爹爹李轩就是聚少离多，但是爹爹的突然离世，还是让思颖感到孤独和无助。

看着杜芸无聊地逗着鹦鹉，心里不由得一阵感激，真的很难为了这个爱动的义妹。一路上为了陪自己，放弃骑马陪着自己坐在车里，对杜芸来说，是多么难得的一件事情。看到杜芸不时地将眼光往车外瞟，忍不住道："你到外面骑一会儿马吧。"

杜芸一听，摇摇头道："不，思颖姐，我陪着你，再说杜松也让我好好陪你。"

思颖笑了一下道："不用了，姐姐想睡一会儿，你在这鹦鹉叫个不停，姐姐睡不着。"

杜芸犹豫道："那，那我去骑一会儿马。姐姐，你睡一会儿，我们快到了。一会儿，我就回来陪你。"

思颖冲着杜芸笑了笑，点点头，疲倦地闭上眼睛养神了。

苏瑞正和杜松一起边走边谈论着董家军，杜芸忽然从后面催马上来。

看到杜芸过来，杜松责怪道："不是让你在车里陪着你思颖姐姐吗？你怎么跑出来了？"

杜芸噘了噘嘴道："姐姐要睡觉，把我赶出来了。苏公子、杜松，是不是今天就能到董家军的大营了？"

苏瑞点点头道："差不多。"

杜芸道："一路都坐车闷死我了，快到了，那我到前面探探路。"不等苏瑞和杜松说话，杜芸一带缰绳已经催马奔出。马蹄溅起的烟尘正好从杜松面前飘过，呛得杜松连连咳嗽。

杜松看着杜芸的背影摇摇头道："苏兄，我有些奇怪。咱们这次北上，一路上是不是过于太平了？"

苏瑞看着杜松，反问道："那不好吗？"

杜松道："京都那几天闹得那么凶，我以为这一路上，斑狱司和虦寇，还是不肯让我们安生的。"

苏瑞一笑道："大王当着我爹爹的面，要福安监视我，那也就不过是敲山震虎的意思。只要我们老实一点，他也不想跟我们为难。"

杜松道："你说是敲山震虎，我看却是明修栈道。我担心福安只是幌子，暗地里他却另安排了什么人和我们为难。算了，我知道你是心里一直明白，不想挑穿而已。算我多嘴啦。"

苏瑞笑笑，没有答话。心里不由得想起出发前，自己和爹爹苏杰发生的误会——

那日，似羽大王收到一份斑狱司关于阳平关大将董浩奏章。

父亲一品神勇将军苏杰在朝上道："董浩不是奸臣，只是……武人嘛，为人刚愎，轻躁冒进，也是可以理解的。其实，考察那帮虦寇的心性，也不过是贪图些财物，不如就依了他们的要求，大开市贡，赏赐一些金银财帛，倒是可保北方沿线长期和平。"

苏杰的话，当场就遭到了一些人的反驳："虦寇凶残暴虐，所过之处，十室九空，实在是孰不可忍。"

苏瑞却当众表示朝廷应该剿灭虢寇，反对父亲苏杰的以财货招抚策略。苏瑞提出抗虢寇乃民心所向大势所趋，招抚是饮鸩止渴，唯有用变革兵制，操练新军，才能彻底荡平寇患。

——虢寇当剿，但不可急于求成，将在外君命有所不受，剿虢寇的统帅，应许他便宜行事。董浩在北方训练新军，已颇见成效。

当时苏瑞的这些话语赢得了当朝很多大臣的赞许，但是却严重得罪了父亲苏杰。直到自己临离开京城时，都没有取得父亲的原谅，想到这里，苏瑞不由得摇了摇头。

忽然，杜松打断了苏瑞的回忆，道："苏瑞，你看。董大帅派来迎接我们的人到了。"果然迎面是两条岔路。其中左边小路上，隔着一片树林，隐隐可见挑起一面董字大旗。

苏瑞一皱眉道："奇怪。"

杜松也顿时省悟道："是啊，看见了迎接的人马，怎么没听见杜芸叫唤。"迎面一名军官打扮的人骑马率领士兵们迎了上来。

军官在马背上拱手行礼道："参将段时愧，请问哪位是苏大人？"

苏瑞连忙上前答礼，并引见了杜松和李思颖。

段参将一一行礼，正色道："董家军上下，都感李老大人厚恩，自然不敢不尽心尽力。"

话音未落，那边忽然传来嘈杂吵闹之声。就听见杜芸大叫："来呀，难道本姑娘还怕你了？"

第十七章　信　使

杜松道："这个丫头，不知道又要惹什么事。"一提缰绳，赶紧过去了，苏瑞和段参将也随后跟了过去。

小校场上，杜芸和孙闯一个持佩剑，一个挺长枪，遥遥对峙。两队董家军将士，排成方阵，立正在校场一侧，对眼前的情形似乎视而不见。

看到这情形，苏瑞、杜松和段参将都齐声制止。三人匆匆赶到，拦在两人之间。

杜松责备道："怎么刚到阳泉，你就又胡闹！"

杜芸嘴一扁道："谁说我胡闹啦！"

段参将回头对杜芸说道："对不住，杜姑娘。孙闯，这位杜小姐，是李轩李老大人的义女，你怎么敢对她无礼！"

孙闯气哼哼地道："就因为她是李轩这老匹夫的……"

杜芸在一旁气得跳起脚就骂道："你还说！杜松，你也听见了，他这么说义父，我要揍他，是我胡闹吗？"

苏瑞赶紧拉着杜芸劝道："别急别气，慢慢说。"

杜芸道："我看见他们在这里操练，就问他，是不是董家军。他开始还客客气气……"

孙闯在一旁插嘴道："没认出你是李家的贱种，算我瞎了眼！"

一听这话，杜松和苏瑞同时变了脸色。两人不由得相互对视了一眼。

段参将厉声喝道："孙闯，李老大人对我阖军上下，实有大恩。你如此胡言乱语，回去定要将你重重责罚！"

杜芸的脸都气白了，委屈地道："杜松，苏公子，你们也听见了。我一说李轩是我义父，他就这个样子，我是不是该揍他！"

孙闯还要再说，被段参将狠狠瞪了一眼，终于闭嘴。

看到这样的情景，苏瑞缓缓地道："段参将，这其中只怕有些误会。咱们还是先去见过大帅吧。"说完拉着杜松和杜芸就走。

段参将听他这样说，如释重负，抱歉地道："好，苏公子，请。"又回头冲着孙闯喝道，"还不快走。"

孙闯也气哼哼地一挥手，对手下兵士道："收队。"

经过这么一闹，几个人再也没有刚才的好心情了。都不知道是什么原因，让董家军这样仇恨李轩。

杜松和苏瑞都意识到了，李轩和董家军之间肯定发生了什么事情。杜芸则一路气呼呼地向思颖告状。

相对无言，很快来到了董家军大营。还没有等苏瑞一行走到中军帅帐，就看到一个蒙面人被绳索捆绑。几名士兵正推搡着他，先他们一步进帐。大家一看，也就跟了进去。

帅案后，正中间坐着一名中年黑脸汉子，此人正是镇守阳平关的名将董浩。此时董浩正手捧着兵书专心看着。十余名将领站立两侧，悄然无声。

黑衣人被推了进来，口中嘟嘟囔囔地嚷道："放开我！我不是奸细！"

段参将刚要上前禀报，被苏瑞一把拉住，轻声道："且慢，等大帅审完了这人再说。"

一个士兵禀报道："启禀将军，这人在营外鬼鬼祟祟地窥探，我们上去将他拿住，又发现他身上暗藏利刃。"说着将一柄短剑呈上。

董浩看了看短剑点点头，示意兵丁们退下，仍然翻阅手中的兵书并不说话。大帐中鸦雀无声。好一会儿，董浩才缓缓抬起头，平静地对黑衣人道："虽然你蒙着脸，但我知道，你是我杞国的子民，不是虢寇。"

听到这话，蒙面人猛地抬头看着董浩，眼光闪烁，没有说话。

董浩继续道，"去年菏泽大旱，老百姓没有饭吃，你是逃荒逃到这里的吧？我是关东永州人，算起来，我们至少得是半个老乡啊。"

蒙面人呆呆地看着董浩，期期艾艾，却果然是关东口音道："将军，你怎么……知道……俺老家在关东哩？"

董浩微笑着，话里也加了几分关东口音道："这家乡话，到哪里，都忘不掉。刚才我听你在外面嘟囔两声，都带着一股关东大葱的味儿。"

蒙面人自己也禁不住一乐，两旁的参将更是一起哈哈大笑。

董浩继续用关东话道："一个人，家乡口音都改不了，怎么却改了良心，来帮虢寇做奸细！"说到这里，董浩放下书，缓缓地站起来，温言道，"我也明白，你们实在是日子苦得过不下去了，才走的这条道，可是，你们为虢寇接应探报，又让北方的老百姓，日子怎么过！"

听到这话，蒙面人双膝一软，跪倒在地，小声地说道："将军，我不是奸细，那个虢寇人只是命我……命我送一封信给大帅。信在我怀中。"

周参将过来，从蒙面人的怀中取出信交给董浩。只见封皮上写着："慕容端拜上"。

董浩接过信，默读一会儿，面露笑容道："这个虢国人倒也有些意思，这事我已知道。嗯，从今往后，你却打算如何?"

蒙面人嗫嚅道："我……"

董浩像是在自言自语又像是在劝慰道："回乡去吧。我今年回过老家一次，年景不错，新任的关东司徒，也是个爱民的好官。安顿下来，日子能过得不错。来人，取五两银子给他。"

蒙面人哽咽着上前一步，却说不出一句话来，只是哽咽道："将军，小民，小民……"

周参将走上一步，道："大帅，这人虽然自称不是奸细，但也不知真假。也不知道他是否已经窥到我营中虚实，还是审一审的好。"

董浩淡然一笑道："我杞国官军，堂堂正义之师。就是真有奸细窥我军威，也只能令顽敌丧胆，又有什么好担忧的。"

周参将道："是，大帅。末将愚钝。"转手给蒙面人松了绑。

蒙面人都有些不敢相信似的，给董浩磕了三个响头，在一名亲兵的引领下出帐。

段参将侧身进帐禀报道："大帅。"

董浩起身道："苏公子已经到了?"

董家军帅帐内，巨大黑色棺木，后面设着李轩的灵牌。

苏瑞、杜松、李思颖、杜芸一起奔赴过去，抚棺大哭。

董浩站立一旁，也是一脸悲痛之色，吩咐道："通知全军将士前来祭拜李老英雄。"

第十八章　祭　拜

晚上，董家军的将领都到齐了，他们有的是真心悲戚，有的脸上却藏不住不以为然的神色。

董浩亲自在李轩灵前跪拜，苏瑞、杜松、思颖、杜芸披麻戴孝，仍在不住拭泪，四人不停地答礼。

轮到孙闯来到李轩灵案前，孙闯忽然呆呆地站在那里不动，脸上显出怒色。段参将连连向他使眼色，还忍不住咳了一声。

孙闯扑通跪倒，在灵前迅速磕了三个头，然后霍地站起，转身冲出帐外。

孙闯的做法把杜芸气得柳眉倒竖。苏瑞和思颖同时暗暗伸出一只手，拉住要冲上去追打孙闯的杜芸，另一手拭着眼泪，假装什么也没看见。

杜松也假装没有看见，一抬头，忽然看见营门外有一个熟悉的背影，像是陈元，一晃而过，不觉一怔。

这时，苏瑞来到董浩的面前，躬身施礼问道："请问董将军，能否详细告知老师的去世经过，我等对老师的突然离世，甚感惊异。"

听到这话，杜松等人都很感意外，不知道精明过人的苏瑞为什么选在众人面前提起这样敏感的话题。

只见董浩来到李轩的灵前一施礼道："李老大人任监军一职，很少对军务发表见解，经常到阳泉办理一些秘密的事情。李老大人可能有难言之隐，不便对众人明言，所以可能引起了一些非议。那日李老大人于深夜匆匆回营……"

原来那日，李轩和陈元奉命北上。但是在往永州去的路上，中途突然改道，直奔阳平关董浩军中去了。正逢董浩与众将在沙盘前研究对虢寇作战。

李轩当机立断命陈元拿下董浩，众将都来不及上前解救。

李轩还利用手中御赐金牌，点兵三千，但却是自己率领五百人去夜袭虢寇大营。最后全军战死，无一人生还。

李轩在临死之前放出了杜松的木鸢。陈元按照事先和李轩的约定，一见木鸢，就立刻消失了，不知去向。

就在李轩刚刚战死沙场，内侍冯源就带着圣旨来了，命令董浩务必加紧进兵，全歼虢寇，不得再行延误。

——而且更让人匪夷所思的是，三日之内兵部连下十道急令催董家军进兵，偏偏虢寇每次都早有准备，这其中必有蹊跷。

听完董浩的话，大家都陷入沉思中，就连平日里遇事就冲动的杜芸都安静下来了，意识到其中大有文章。

就在这时，一名探报冲入灵堂禀报大股虢寇来袭。

董浩当即命令各营固守本寨，若是虢寇迫近，只管用弓枪火铳射退。看到董浩镇定自若的指挥，杜松和苏瑞不由得都暗自佩服。

夜已经深了，经过一天的奔波又亲临李轩的灵堂。苏瑞、杜松、思颖、杜芸四人都感到疲惫不堪，但是李轩的离世又让大家悲痛不已。

思颖的脸色更加苍白了，杜松正要劝思颖休息，外面忽然传来阵阵的喊杀声。

苏瑞看了杜松一眼，眉头深锁道："照今天的情形看，段参将说什么董家军上下，齐感义父大德，这话可是不尽不实啊。"

杜松也颇有感触地道："至少有一半人，不是真心悲伤。"

苏瑞疑惑地道："到底是为了什么，让那个孙闯会如此痛恨恩师？我可实在是想不明白。"

忽然杜芸大声说道："我明白！我看是董浩在弄鬼！"

杜松失言道："你也太异想天开了吧？"

杜芸正色道："怎么异想天开，如果只是孙闯一个人那么恨义父，那是孙闯的毛病。可是既然有这么多人，那问题的根子，就只能是出在他董浩自己身上。"

杜松三人都不由得瞪大了眼睛看着她。

杜芸气呼呼地道："你又笑话我是不是？"

苏瑞点点头道："杜芸这话确有道理。"

得到苏瑞的赞同，杜芸更来劲了，道："还有，我看董家军的兵士也不对劲。今天小校场上的那些兵，你们看见了没有？都说泉州到处是英俊潇洒的才子，可是我看这些当兵的，却一个比一个难看。"

杜松不高兴地抢白道："原来是想看美男子没看到啊，那也不能说人家当兵的不对劲。"

苏瑞忙制止道："我看杜芸姑娘不是这个意思。"

杜芸白了杜松一眼道："还是苏公子好，听话的时候不乱打岔。当兵的人不用好看，但战场上那么凶险，总得挑精明强干的人吧？可是问题是，这些兵一个个看起来都呆头呆脑的。你在京城里逛一天，都未必能找到一个长得这么呆的人，也难为这位董大帅，居然聚集了这么多呆瓜。"

听到杜芸的话，杜松心里也不由得一怔。来的路上，在董家军里看到的将士们倒还真是没几个长着聪明面孔的，倒也正如杜芸所说的那样，都显得呆呆的。

杜芸继续道，"杜松你是聪明面孔笨肚肠！还没想明白吗？董浩老是跟朝廷要银子说是训练新军，可是花了这么多钱，训练出来的却是这样的一支军队，那他肯定是中饱私囊了。他们董家军上下的将领都不是真心抗虏寇，所以义父这样的人来监军，他们才恨死了义父。义父中埋伏遇害，我怕都是……"

忽然，营外传来虏寇败退的欢呼声！这时就听帐外一骑士一边纵马急奔，一边大声呼喝："大帅有令，按兵不动，有擅自出营追击者，斩！"

听到外面的动静，大家都没有作声，忽然杜芸道："既然打了胜仗，为什么不追？"

杜松呆呆地看着杜芸，假装傻乎乎地问道："啊，为什么？"

杜芸道："我看这一仗，根本就是董浩在演戏给我们看！好让我们觉得他是真心在抗虢寇。"

苏瑞和杜松都忍不住笑起来，思颖也轻轻掩口。

杜松撇了撇嘴道："你这番高论，可真是高瞻远瞩，排山倒山啊。"

杜芸诧异地道："排山倒山，什么叫排山倒山？"

杜松清了清喉咙道："这推断里的漏洞，就是拿一座座大山来填，也填不平啊。"

杜芸一听这话，一下子给气得说不出话来。

将近三更天了，军营因为刚才这么一折腾，显得格外的安静。

寝帐内，杜松毫无睡意，问道："苏瑞兄，杜芸这一大通话，虽然胡说八道居多，但有些地方，倒是确有可疑。"

苏瑞笑道："比如董家军为什么都长得那么呆？"

杜松点点头道："这也是一个原因。但最叫人奇怪的，就是为什么董家军上下，那么多将领对义父如此不满？以义父的为人，怎么也不该如此。"

这时忽然外面有人轻轻叩门。门外深夜来访的是段参将，段参将躬身施礼道："二位公子，多有得罪，末将和几位同袍心中有些疑惑，想请二位过去一叙。"

苏瑞、杜松二人疑惑地对视了一眼点头同意了，道："进来吧。"

啸长风

第十九章　证　据

二人随着段参将来到一营帐内，帐中早已坐着袁、王、张、周、陈五位参将。

段参将引着苏瑞和杜松进来与众人一一引见后，指着桌上的一幅地图道："二位公子请看。我军的探报，已经探访到附近一个虢寇巢穴的所在。明日天晚，我军便将发动奇袭。"

苏瑞淡淡地问道："那段参将的意思是……"

段参将道："苏公子在朝堂之上为我们董帅辩护，直言杞国军政之弊，我们几个都是感佩不已的。杜公子聪明过人，我等也是久有耳闻。因此，这明日行军的方略，正要向二位讨教。"

苏瑞和杜松相对一视，连忙道："这可实在愧不敢当。"

70

段参将没有理会二人的谦逊，径自在地图上比画着，道："有劳有劳！"

四更时分，杜松和苏瑞才回到寝帐，二人相对而坐，都被段参将的举动搞得有些迷惑了。

杜松不由得道："那个姓段的刚刚请我们过去，实在是有些奇怪。"

苏瑞也点头道："是，他说是要跟我们商谈明日一战的方略。但实际上却早已经计划周详，不用我们再提什么意见。他喊我们去，不过是把明日进军的路线时间，都告诉了我们而已。我总觉得他是不怀好意，但是，告诉我们这些，又能怎么样呢？"

杜松还没有来得及应答，杜芸从外面冲了进来嚷道："杜松，苏公子。"

杜松一皱眉道："这么大的姑娘了，还这么疯疯癫癫的，也不敲个门就进来，要是我正在解手怎么办？"

杜芸"呸"的一声，没有理会杜松的抱怨，对苏瑞道："我找到董浩通虢的证据了！我刚刚看见董浩的帅帐之中，就有个虢寇！……"

原来，杜芸对于杜松不相信自己的判断，心里一直耿耿于怀，躺到床上也是越想越气。杜芸为了要验证自己的猜测，就一个人悄悄在军营中到处侦查，看是否能得到董浩通虢寇的证据。

黑夜中，还真让杜芸误打误撞地找到了帅帐。此时帅帐内，董浩和虢国护军慕容端正在商谈事情。杜芸以为自己找到了董浩通虢寇的证据，就匆匆地来告诉杜松和苏瑞。

然而杜芸并不知道董浩和慕容端商谈一些什么事情；杜芸也不知道，董浩和慕容端早已察觉她在偷听，但是没有点破她；杜芸更不知道，她夜探军营的一举一动，都在一个人的观察中，此人正是失踪的校尉陈元。

……

夕阳西下，静空无风，董家军军营上空写着"杞""董"字样的大小旗帜低垂。

一队将士整装待发。人数虽多，但悄然无声。只有远处隐隐传来水涛拍岸的声音。

一名将领向董浩鞠躬行礼。他并未说话，但脸上的神情，却显得一切都已准备就绪。

董浩高举起右手，无声而有力地挥了一下。那将领便翻身上马，引兵进发了。

董浩目送大军远去，目光中却似乎隐隐有一丝忧色。

天已经完全黑了下来。四野一片静寂，阴风惨惨，偶尔传来枭鸟的啼叫。统兵的将领忽然神色一变，抬手示意军士停步。

传令官大叫："停！"

"停""停""停""停"的声音迅速传出去，静夜中听来分外清晰。士兵们有些惊疑地彼此对视。

喊杀呼哨声忽然从四面八方响起。片刻前还一片黑暗的旷野里，忽然亮起了无数火把，已将这队杞军包围其中。

——此时在董家军帅帐内，苏瑞、杜松正在和董浩交谈。

苏瑞道："董将军这些练兵作战的方略，若不著书立说，传诸后世，可实在可惜了呀。"

董浩淡淡地道："传诸后世，那是不敢奢望。我少年时读《兵法》，以为用兵之妙，俱备于此。不过古人的兵书，大多是那些操练结营的琐细节目，倒往往不屑去谈……"

啸长风

杜松也心有同感地道："是啊，高屋建瓴的大话谁都会说，真做起来，可就满不是那么回事了。"

董浩道："董某心中的这部书，倒是于编伍、器械、行营、舟师之类无所不谈，自然不免失之琐碎。不过都是些历年来用兵所得，倒确非口耳空谈。于一般的行军布阵，倒是能有些实效吧。"

忽然，一名探报周身浴血，狂冲进来。原来袁参将中了虢寇埋伏，现在情况危急。

此时董浩仍然像平常一样不紧不慢地吩咐道："刘参将，你在此留守，须小心提防，不要让虢寇乘机来偷袭我军大寨。其他人随我去接应袁参将。"

说完，一撩战裙带着众将快速出去了，将苏瑞和杜松晾在了一旁。看着眼前突发的一切，杜松忽然有了一种不祥的感觉。

晚上，杜松、苏瑞、思颖、杜芸都在为白天发生的事情，感到有些不解。

苏炎叩门进来了，看到苏炎，杜芸诧异地问道："苏公子，你这次还把苏管家带来了？"

苏瑞微微一笑道："若不是苏炎一直暗中保护，你以为这一路上，我们能这么太太平平？"

思颖起身施礼道："苏管家辛苦了。"

苏炎躬身道："区区微劳，小的不敢居功。"

杜松道："你大概和禁军侍卫交手了四次吧，还有两次我们的车队被小股虢寇盯上。但一夜一过，这些虢寇就都销声匿迹，自然也是你的手笔。你今天突然现身，总该还有点新闻要说？"

苏炎仍然用那不阴不阳的态度道："小的只能思考些小事，真要是有敌人大举来犯，小的也是毫无办法，还得靠少爷和杜公子的神机妙算。小的听到董家军中几位参将的谈话，其中提到了李老大人。我听他们说，本朝的规矩，监军历来由内侍来当的。李老大人到董家军来做监军，他虽然不是内侍，但做起事来，也是毫无男人气概。"

一听这话，杜芸大怒道："这人是谁？我非得好好揍他一顿不可。"

杜松道："管家此番前来，自然不是为了转述这些谩骂的言语，不知他们还说些什么？"

苏炎面无表情地道："当时便又有人接口说，假内侍比真内侍更混蛋，真的内侍，至少不会到阳泉城去，逛虢国人开的窑子。"

苏瑞、杜松、思颖同时身子一震，苏炎继续道，"看他们众人的口吻神气，这事在董家军中，已经是尽人皆知。"

杜松眉头深锁道："这就怪了。"

杜芸也气愤地骂道："这帮混蛋一定是在诬赖义父！"

思颖叹了口气道："照苏管家所说的情形，这事不像捏造。只怕……只怕爹爹真是到那种地方去过。"

苏瑞道："恩师不是这种人，他若是到那里去，其中一定另有隐情。"

此时，门外传来一个旗牌官的声音："杜公子在吗？我们董大帅，请公子过去一叙。"

杜松有些迟疑答道："是找我，不是苏公子？"

旗牌官答道："小人奉命传令，不敢有误。"

杜松诧异地看了一下苏瑞，正要前往，忽然苏瑞拉住他笑着道："贤弟，我们不妨打一个赌。"

杜松愕然道："打赌？什么赌？"

苏瑞笑道："董帅找你，要谈的，是机关削器之学。如若不是，我输你一个东道。"

杜松一笑道："好啊。我就不信这你都能猜着。"说着就和旗牌官一起出去了。

杜芸不解地问道："苏公子，你怎么能断定，董浩找杜松是为了……为了他那些木匠活？"

苏瑞笑道："那天段参将对我们几个的情形，摸得清清楚楚，他知道的事，董大帅自然也该知道。何况杜贤弟做的木鸢董大帅也是见过的，这东西用于战事，用处说大不大，说小可也不小。"

第二十章　端　倪

不多时，杜松愁眉苦脸地回来了。

杜芸一看见他这一副倒霉的样子，就戏谑道："怎么了？董浩就喜欢人长得跟榆木疙瘩似的。你端着一张小白脸过去，是不是挨他骂了？"

杜松白了杜芸一眼，道："他对我倒是客气得很，只是苏瑞兄这顿饭，我却是非请不可了。苏兄，这行军打仗的，一路也没什么吃的，这顿饭……"

杜芸欢喜得大笑道："我就说你这点小聪明，不是苏公子的对手。"

杜松无奈地耸一耸肩，杜芸却一副不依不饶的样子道："杜松，你要耍赖可不成。思颖姐姐，你说是不是？"思颖笑了笑没有说话。

杜松连忙分辩道："谁说我想耍赖啦？我的意思是，阳泉佳肴，倒是天下驰名。不如我这顿饭，就到阳泉城里去请，如何？"

苏瑞正色道："专程跑到阳泉，我看你的意思就不是要吃饭，而是要追查老师遇害的事吧？"

杜松点点头道："正是。说老师去逛虢国人开的窑子，我怎么想都觉得奇怪。确是想去探访个究竟。还有，思颖、杜芸两个女孩子家，也好到那花柳繁华地、温柔富贵乡去安顿下来，也省得在军营中风餐露宿地受苦。"

苏瑞略一沉吟道："这样也好，只是，我本来还想跟董帅多学习些韬略，这一去阳泉，可就学不成了。"

杜松道："董大帅也说，今晚和苏瑞兄谈论兵法，很觉得你是个人才，很想留你在身边，参详商略。要不这样，苏瑞兄你就在这里多待一阵，我和思颖她们先走……"

苏瑞笑道："说了半天，你还是要把我抛开，不想请我这顿饭啊。"

杜松一笑道："这是哪里话，让小弟先去阳泉，将那里有名的山水菜肴一一品过，才好确定该在哪里设宴，该请哪些名厨，到时候这个东道，才做得不失体面啊！"

……

阳泉的春天名闻天下，阳泉的秋天也别具特色。杜松、杜芸骑马，李思颖坐在一辆马车之内，三人正一路往西赶路。

杜松却无心欣赏这沿途的美景，不时地回头看看，脸上似有些羞愧之色。想想也是，苏瑞是自己从小一起长大的好友。就因为老师李轩的一句猜测，就要如此对待朋友，心中的感觉确实不太好。

直到晚上在客栈下榻了，杜松的心中还是感到一丝别扭。吃过饭刚要休息，店小二就来了，说两位小姐请他过去一下。

杜松在心中叹了口气，一个杜芸就已经让他感到处处头疼了，再加上思颖。一想到思颖，杜松的心中就不由得感到一丝绞痛，这个师妹从小就端庄娴雅。老师以前在世的时候，就有意将师妹许配给自己，但是在自己的心中，一直就把思颖当成妹妹一样地对待。自从出现若雨，其他女子更是没法放在心上。

得知老师离世以后，思颖的脸色总是苍白的，只有在和自己说话的时候才会有一丝红晕。但是也不知道为什么，每次看到思颖泛着红晕的脸，总能想起跳舞的高个虢国女子若雨。

——自从和若雨在京城一遇以后，就再也没有见过，但是也不知道为什么总是忘不了，若雨的面容时时出现在眼前。

杜松正胡思乱想，杜芸忽然在门口大喊道："杜松，思颖姐喊你过去说话。你怎么还不过来？"

杜松慌忙收回自己的思绪，答道："哦，知道了。这就来。"

杜芸一声轻笑道："我还是出去转悠，不打扰你们说悄悄话，放心好了。"

杜松掩饰道："你出去还有不惹事的？你叫我怎么放心。"

房间里，思颖端坐在桌前，一张俏脸在烛火的照映下，显得格外的动人。不过这张俏脸上却没有任何表情，仿佛主人不愿意别人在上面看到任何东西。

杜松看着思颖的脸，忽然感到有些胆怯，恍惚间，就好像老师李轩在自己面前一样。

杜松小心翼翼地问道："师妹，你找我什么事啊？"

思颖平静地答道："师兄，昨天董大帅找你，谈的可不是什么机关、木鸢的事吧？"

杜松点点头道："虽说是老师的遗命，但这么欺骗苏瑞兄，想来总还是有些惭愧。"

思颖问道："董大帅和你说了些什么？"

杜松道："这些日子，陈元其实一直在董家军中。"

听到这话，思颖不由得一怔。

杜松接着道："这事除了董大帅自己，别人都不知道了。董大帅说，董家军内，现在鱼龙混杂。所以陈元暂时还不能公开露面，不然会引起不小的麻烦。陈元要和我们陈说事情的前因后果，但是我总和苏瑞兄在一起，陈元却不愿意和他照面。"

思颖道："所以你就想了这个法子，以我们到阳泉为借口，甩开苏公子，然后陈元和我们在路上会合？"

杜松点头道："正是这个意思。当然，阳泉也是真要去的，老师当初在阳泉城里碰到些什么事，还是要查清楚。"

思颖叹了口气道："昨天你在营里和苏公子说话的时候，可真是镇定得很……我本来以为你只会骗女人，没想到骗起男人来，也这么面不改色。"

杜松满脸通红地分辩道："师妹，我……"

思颖道："那董将军查到什么端倪了吗？"

杜松道："师妹，这事比我们想象的要复杂得多。"

思颖一愣，道："到底是怎么回事？快说呀，急死我了。"

杜松道："这涉及一个重大的阴谋，可能和七夺教有关。"

"七夺教？"思颖莫名其妙，道："七夺教是个什么组织？"

杜松道："师妹你有没有听说过这样一句话，白虎山的剑，七夺教的毒，青龙门的丹术，藏娇楼的巫。"

思颖点头，道："我好像以前听爹说过这句话——"

忽然，外面响起杜芸的声音："杜松，思颖姐！苏管家来了。"说着，杜芸领着苏炎从外面进来了。

杜松不想让思颖知道得太多，因为他知道，父仇不共戴天。思颖知道的越多，就会越发追究下去，以她的本领。会陷入危机之中不能自拔，便乘机道："这事情待我查清了再说。"

第二十一章　阳　泉

待苏炎请安完毕，杜松和思颖对视了一眼，对苏炎说道："唉，苏兄到底还是放心不下我，其实我又不是三岁小孩子了，哪里就那么容易出事？"

苏炎道："杜公子说哪里话？公子这么聪明，自然没什么应付不来的。不过有小的跟过来伺候，有些琐事，不用公子亲自烦心就是了。"

杜松苦笑点头道："苏管家到底是经多了大风大浪的，你嘴里的琐事，恐怕不少都已经人命关天了。"

苏炎好像没听出他话里有话，从怀中掏出一面金牌和一封信函递给杜松。

杜松接过来一看正是一面斑狱司的金牌，但是却是自己从来没有见过的样式。正疑惑，苏炎在一旁解释道："这金牌轻易不加动用。凭这面金牌，阳泉城内的斑狱司，公子皆可调动。"

杜松点点头赞道："好东西，师妹你先收着，我丢三落四的，别给丢了。"

苏炎忽然向窗外喊道："好朋友，听够了吗？"说着手一翻，双手中各多了一柄钢爪，紧接着身子破窗而出来到院中。

杜松不知道是怎么一回事，也连忙跟了出来。只见苏炎摆了个起手式，如临大敌，凝视着前面一人。

那人正是陈元，他赤手空拳，背对苏炎，屹立不动。

院中众人都被破窗而出的苏炎惊住，指指点点，议论纷纷。

杜芸也抽出宝剑，叫道："我去帮苏管家收拾这家伙。"正要跃出，却被思颖死死拉住了。

只见苏炎低沉地喝了一声，猛身扑上。

陈元并不回头，单足一挑，身边的一张条凳已飞入他的手中。条凳被反手挥出，势大力沉。

苏炎双爪交叉，拦在面前，挡住这一击，身子却被震得平平向后滑出。

陈元抛下条凳，扬长而去。

苏炎稳住身形，但已不敢追击。

陈元的背影消失在夕阳下的人群里。

两人交手也不过是转息之间，待人们回过神了，陈元早已远去了。苏炎也恢复了常态像往常一样垂手站在一边，一脸逆来顺受的样子。

看到这一幕，杜芸不禁吐了吐舌头道："好厉害！"

陈元的现身，让杜松很是意外，他知道，一定有大事即将发生。

——陈元的出现就是要让杜松知道他的存在。

次日早晨，杜松一行继续赶路，同行的苏炎脸色略显沉重。一路上无事，只是道路却越走越荒僻。

杜芸不由得抱怨道："怎么越来越荒啦？是不是走岔道了？"

忽然，苏炎催马向路边的一个小树林跑去。

杜芸和杜松不明就里，也跟了过去。只见树林里的一块空地上，躺着两具尸体，苏炎正在他们身上翻检着什么。

杜松好奇地问道："咦，苏管家，隔着这么密的林子，你怎么能看见这里有死人的？"

杜芸道："笨，用闻的啦。"

杜松摸摸鼻子道："原来苏管家长了个狗鼻子……啊，说错话了，对不住对不住。开玩笑开玩笑。"

苏炎好像没听见他俩的话，继续翻检。好一会儿他才站起身来，道："好枪法。"

杜松不解地问道："什么？"

苏炎解释道："我说杀这两个人的人，好枪法。这两个人是斑狱司的高手，一路来一直跟踪着我们。我和他们交手过几次，却没能制住他们。"

杜松笑道："哦，看来有人在暗中帮我们的忙啊。"

杜芸跳下马，也向伤口看去，一枪咽喉一枪心口，都是一致命就收枪，没有多用一分力。

苏炎继续解释道："这附近的草都没有乱，看来交手也没多久。这两个人还没反应过来，就给刺死了。昨晚和我交手那人，那一下板凳横扫，其实也是枪法。"

杜松摆了摆手道："算了，不想这些啦。师妹一个人在路边等我们呢，回去吧。我看了地图，过了前面的牛耳山，有个小镇，叫作铁锁桥，咱们在那里歇息一晚，明日一早，便可到阳泉城了。"

次日清晨，果然远远就看到高大巍峨的阳泉聚宝门城墙。秦川河脂香粉腻，河边市肆繁华。杜松一行就下榻在一家繁华的大客栈内。

安顿好后，杜松道："好了，咱们就先在这里住下。二位在此歇息，我出去走走。苏管家，你自然是陪我一道的了。"

苏炎面无表情地道："小的跟着伺候。"

杜芸伸手去取已经挂在墙上的佩剑道："我也去。"

思颖拉拉她的衣角。杜芸顿时省悟，脸一红道："你们去吧，我留在这里陪着姐姐。"

思颖道："师兄，阳泉城里，有那么多的……那么多的青楼，你们怎么去查，爹爹究竟去的哪家？"

杜松一笑，道："那些董家军的将领说，是虢国人开的妓馆，这便容易追查得多。"

杜松一路摇着扇子，径直向飘香院大门口走去，苏炎面无表情地跟在后面。

妓院门口，迎来送往，倒也别有一番热闹。老鸨看到杜松气派的样子，老远就打着招呼，苏炎却一脸铁青。

杜松一面和老鸨应付着一面偷偷地对苏炎道："苏管家，你不觉得你这样子，有些不对劲吗？今天咱们这可是逛窑子啊。你这个样子，还有哪个姑娘，敢跟我们搭话呀。"

苏炎不解地问道："那公子的意思是？"

杜松道："我进去，你在外面等着。"不等苏炎答话，杜松快步走进飘香院的大门。

苏炎看着他的背影，果然没有动，而是呆呆站在妓院门口。

——不远处的人群中，老百姓装束的陈元，正静静地关注着他们。

飘香院内，果然四处飘香。妓女们看见杜松进来，纷纷搔首弄姿。杜松一副不屑一顾的样子，一直往里走。

鸨儿看他衣饰华贵，气宇不凡，赶紧亲自迎上，道："这位少爷，楼上请。有相好的姑娘吗？要不要……"

杜松并不答话，径自来到大厅里，懒洋洋坐在椅子上，看着面前的几案上放着精美的细点，直到鸨儿引一排妓女，一个个从杜松面前走过。杜松不时地抬头望天，偶尔摘下面前的一粒葡萄，抛入口中。

鸨儿终于按捺不住，凑到他跟前道："这位公子，您倒是给个话啊，我们这的姑娘个个都是出类拔萃的。"

杜松这才懒洋洋地问道："是吗？妈妈可是自信得很哪。"说着，站起来，围着鸨儿转着看了一圈，眯缝着眼睛笑着道："我看妈妈你，就标致得很。你又说我眼光高，这不是……"

鸨儿笑道："哟，瞧公子您说的。如今老啦，还说什么这些风流勾当。"

杜松故意向她凑过去，一阵浓香让杜松皱了一下鼻子，但他随即仍是满脸堆笑道："有一件事，想跟妈妈打听。我听说……开这家飘香院，是虢国人投的银子？"

鸨儿退了一步，脸色大变道："是谁这么胡言乱语？"

第二十二章　邂　逅

杜松笑道："是便是，也没什么好隐瞒的。"

鸨儿直指着杜松的鼻子道："青天白日的，嚼舌头根子也得有些凭据。老娘24岁上被东山的孙老爷赎身，那老头子没出三年就蹬腿咽了气。他又没儿子，留下的钱全留给了老娘。我妇道人家，又弄不来别的产业，只好还干回了这一行。二十年来迎来送往，阳泉城里谁不知道秦川河边的飘香院，这笔帐清清楚楚。你要胡说什么老娘和那天杀的虢寇有什么干系，老娘可决不能与你罢休！"她唾沫星子直溅到杜松脸上，杜松赶紧站起，后退了几步。

杜松赔笑道："不是便不是，妈妈也不用这样吧。"

鸨儿仍余怒未消地道："谁不知道，虢寇杀人放火，比猪狗尚且不如，你竟然……"

杜松连忙道："对不住对不住。那阳泉城，有哪家青楼，是虢国人的产业，妈妈可知道吗？"

鸨儿气鼓鼓地道："不知道！"

杜松有些狼狈地从妓院里出来，随即脸上却又露出笑容。

苏炎还直挺挺地站在妓院门口，脸上并无一丝表情。有些嫖客远远向他指指点点，他也全不理会。

未等苏炎发问，杜松就主动道："阳泉和京师还真是不一样，这里的人提起虢国人来，一个个都咬牙切齿。看来就是真有虢国人在这里开妓馆，也不大敢走漏风声。走吧，我们再找下一家。"

苏炎并不答话，只是跟在杜松的后面。

杜松只好解嘲似的，自己摇了摇扇子，向下一家妓院走去。

藏春阁、赏心楼、问狼头轩……杜松和苏炎一路走来，每次来到妓院门口，不等杜松说话，苏炎就主动站立在门口等他。等杜松从里面出来，仍面无表情地跟在后面，杜松不问他，他也决不多言。

就这样两人走过了几条街，一路上，陈元都暗暗跟随，并不现身。两人不知不觉地来到了秦川河边，杜松有些没精打采的，和苏炎沿河缓缓行走。

忽然远远有女子轻柔的歌声飘来："君去三五载，花开已半山。谁家痴心女？泪眼问阑干——"

杜松抬头一看，不远处的河面上，漂着一艘乌篷船。歌声从舟中飘出。杜松忽然兴奋地对苏炎道："在这里等我。"说完未等苏炎回答，就向船边跑去。

杜松走到乌篷船不远处，舟中歌声刚好止歇，稍停响起了悠悠的古琴声。杜松正正衣冠，清清嗓子，道："落日沉沉雁声声，阳泉游子寻芳魂——"

一个甜美的声音从帘后传出来，清冷却又动听道："公子有心事？"

杜松一笑，反问道："姑娘怎么知道？"

甜美的声音答道："这里小桥流水，燕舞莺歌，公子手摇纸扇，却能吟出孤雁的悲鸣，岂不是不应景吗？"

杜松将手中的折扇一摇，道："确是不应景，只因人虽然站在岸边，面对此情此景，心，却早已不在此处。"

一阵清风将船帷吹起，露出舟中兰婉儿的面容。此刻她已全不同于藏娇楼时的模样，粉黛不施，清丽绝俗。她名人高士般地盘膝而坐，面前放着一张古琴。清风过后，船帷重新垂下。

兰婉儿柔声问道："心不在岸边，在哪里？"

杜松一笑答道："在舟中。"

兰婉儿一笑拉起船帷道："那，人也请到舟中来吧。"

杜松一喜，但看车离岸边还七八尺距离，想一跃上去，犹豫了一下，却没有敢。

见到此景，兰婉儿淡淡一笑道："公子不会武艺？"

杜松有些尴尬地笑笑道："正是，敢问姑娘芳名？"

兰婉儿道："兰婉儿。"

杜松问道："姑娘可是从虢国来？"

兰婉儿淡淡地答道："公子，你这是何意？"

杜松答道："我不过是在找几个虢国人。"

兰婉儿冷冷地答道："我听公子谈吐不俗，不想却是个与虢寇相勾结的卖国小人！"

杜松连忙解释道："姑娘你听我说……"话音未落，车帷已放下，船迅速向河心摇去。杜松看着越去越远的画舫，连连跺脚。

乌篷船随着河水一路漂荡着，舫中，兰婉儿仍在有一下没一下地拨弄着她的古琴。

一只男子的手，忽然从后面放到她的肩上，中指和食指之间，却还夹着一柄刻刀。

兰婉儿没有抬头，只是抬起一只手，将那手推开。

一个灰衣身形隐没在黑暗里，看不清他的脸，只见这个灰衣人冷冷地道："你说，这小子一颗心，会不会真的还给你勾在船上？"

兰婉儿轻声冷笑道："这种风月场里的浪荡子，哪里真的有什么心了。"一阵风吹起了船帷，可以看见灰衣人的一只手里正拿着一块琢磨了一半的玉石。

好一会儿，就听见灰衣人道："他好像是在找寻那家虢国人所开的妓馆。看这样子，李轩的事情，他多少也知道一点了。"原来，此人正是悄悄跟踪过李轩的傅一刀。

兰婉儿答道："就是知道一点，又难道能跳出你的手掌心了？"

傅一刀一听哈哈大笑。

乌篷船已经漂得很远了，杜松自然看不见，也听不到船中所说的一切。垂头丧气的杜松和苏炎信步来到了柔情苑门口。陈元仍然跟得不近不远。苏炎有些警觉，向陈元的方向看了看。

杜松忽然道："苏管家，这家妓院，可比咱们前面到过的都大。老是我进去打听也不好，要不，这趟您进去？"

苏炎阴阴地道："不了，我这个样子，没有姑娘会上来和我搭话。"

杜松坏笑道："我前面说错了话，苏管家别往心里去。鸨儿姐儿认的都是银子，银子往她面前一抛，问什么还有不说的。好了苏管家，你就辛苦一趟。"

苏炎终于点点头道："那就烦劳公子在这里等我。"说完，苏炎铁板着脸往柔情苑内走去。

妓女嫖客们看到他这个样子都吃惊得张大了嘴，妓院里居然因此安静下来了。苏炎似乎对此浑然不觉。苏炎猛一回头，发现本来守在门外的杜松已经不见了。

苏炎脸色一变，跃出门外。看到他如此身手，嫖客们又愣了一会儿，然后一起鼓起掌来。苏炎站在柔情苑外街道向周围张望几下，人群熙来攘往，不见杜松踪迹，忙从怀中掏出一把小弩，就要往空中发射。

忽然，就听见杜松嘲弄似的喊道："苏管家，我在这里。"

第二十三章　金　牌

苏炎回头，路边一家小茶馆，杜松正在里面喝茶。苏炎收起小弩，走过去向周围看看，并没有什么可疑的迹象，低头道："杜公子。"

杜松喝了一口水道："今天跟那些老鸨龟奴说了几车子的话，我太渴了，坐下喝口水。我在这里不走，这里也没别人，你放心好了，再进去打听打听。"

苏炎很无奈，只好再次走进柔情苑。鸨儿战战兢兢地迎上前，问道："这位爷，您这是……"

苏炎板着脸问道："这妓馆是不是虢国人开的？"

鸨儿答道："我们和虢寇可没……"

未等鸨儿说完，苏炎打断道："我只找虢国人开的妓院。"说完转身就走，根本就没有注意到众嫖客的眼光齐刷刷地集中在自己身上，每个人都铁板着脸。

柔情苑外的茶馆内，杜松自得其乐地给自己斟茶。突然，柔情苑内拳打脚踢和桌椅碎裂的声音不住传出来。

被打得头破血流的嫖客接二连三地往外跑。街上的百姓听到声音，都往妓院大门口凑，伸长了脖子往里张望，你进我出挤成一团。

杜松举起茶杯，吹开漂浮在水面的茶叶，轻轻啜了一口。一个大件瓷器摔碎的声音传来，杜松十分感叹地自言自语道："这碎裂的声音如此轻脆……阳泉秦楼楚馆的风雅，到底比别处不同，瞧不出这小小的柔情苑，居然也陈设的是如此精制的官窑。"

不一会儿，苏炎分开百姓从柔情苑里走出来。他神情仍然沉着坚毅，脸上也没有青肿的地方，但身上却给泼满了酒渍油渍，仍然显得有些狼狈。

看到苏炎的样子，杜松放下茶杯，道："你说你要找虢国人开的妓馆。结果柔情苑里的嫖客们一听'虢国人'三字就来气，以为你是与虢寇相勾结，所以就对你大打出手了？"

苏炎仍是面无表情地道："大概是如此。"

杜松举起茶杯，对天赞叹道："阳泉城中，连鸨母嫖客都有如此的拳拳爱国之心，抗虢寇大业，必可成功啊！"

苏炎不知道该是怒是气地看着他。杜松并不理会，道："咱们今天再跑一处，然后不管消息是否探得确实，咱们都回去。苏管家，走，去藏娇楼。"

远远地可以看到藏娇楼的招牌了，杜松问道："是不是穿过前面这条黑弄堂，就到藏娇楼了？"

没等苏炎回答，忽然弄堂口人影一闪，就听见杜芸咯咯娇笑道："杜松，是我们啊。"

杜松诧异地问道："你们怎么到这里来了？"

杜芸得意地道："我们可比你先找到藏娇楼啊！"

杜松不以为然地道："先到便先到吧，那又怎么？"

杜芸一听更加得意了，道："嗯，今天你先到的飘香院，然后是藏春阁、赏心楼、问狼头轩……太多了。我也不一一说你了，你刚从柔情苑过来。怎么样，你这一天的行踪，我查得清楚吧？"

原来，杜松和苏炎走了没有一会儿工夫，杜芸就烦躁不安地，总是追问思颖杜松何时能回来。思颖也不知道，让杜芸给追问急了，就不理睬她。

杜芸无聊之下，就暗下决心要和杜松比赛，看谁能先找到李轩去过的那家妓馆。

思颖怕她一个女孩家到那种地方不方便，就没同意。

杜芸就想起了苏瑞送给杜松的那块金牌，还有一封杜松还没有细看的信，那是一幅画得甚为简略的阳泉地图。

在地图上，思颖他们所住的悦来客栈的旁边，不远处画着一个歪歪的箭头，箭头所指处写着两个字："傅包"。

思颖和杜芸就按照地图上的指示，来到路边一家傅包铺子。这样的小店面，生意兴隆，过往的自然都是引车卖浆者流。思颖、杜芸两个衣着虽不华丽，却十分雅致干净，两人在人群中，看来十分显眼。

铺子前一个大木盆，里面是混浊的水。一个肥胖的女人端着一大捧碗碟过来，在水中随意洗了几下，就又端了进去。

杜芸皱眉看着思颖，道："这就算洗过了？"

思颖艰难地点头道："恐怕是的。"

包子铺的老板是一个矮小瘦干的男人，正端着蒸笼从一桌送到另一桌。杜芸取出金牌，在手里一抛一抛地玩弄，阳光下，金牌闪闪发光。

傅包铺老板看见了金牌，登时神色大变。老板快步上前，问道："二位小姐是东边的高楼上来的啊，吃傅包？"

杜芸看了一眼地上那盆脏水，心中一阵发怵。不大一会儿，包子铺那个胖女人端着一笼包子送到了思颖和杜芸的面前。果然，思颖她们在蒸笼里面发现了一个油纸包，包着三张纸，上面蝇头小楷写得密密麻麻的。

第一张上写的是各家妓院老板的身份，其中特别提到了藏娇楼。说这家虽是一个姓王的盐商办的，但这个盐商却和虢国人向来有勾结。第二张上写的是常到藏娇楼的客人。第三张上写的就是辰时三刻，一瘦高少年进飘香院，京师口音，身着白袍……

听杜芸说到这里，杜松皱眉头问道："你们动用了那块金牌了？"

杜芸道："怎么啦？苏公子把它交给你，就是让你用的嘛！"

正说着，忽然，巷子那边，传来一阵热闹声。四人不由得一齐向巷子的另一端对面看去，长长的黑暗尽头，那边灯火辉煌。

只见藏娇楼外，一身虢国护军打扮的慕容端，正站在大门口。他背对门外。周围挤满了人，指着他的背影破口大骂。好一会儿，等骂声终于轻了下来。慕容端淡淡地问道："骂够了吗？"

人群中不知谁答道："怎么会够？贼虢寇，杀千刀的狗贼！"

慕容端仍是淡淡道："这里的其他虢国人，都早已经走了。这么多人围住我一个大骂，你们觉得很有意思吗？"

众百姓面面相觑，但随即又大声骂了起来。

慕容端声音不高，但在纷乱的骂声中，却还是听得清清楚楚："如果除了谩骂，你们毫无其他办法的话。那么几十名虢国鞑子，就能横穿整个阳平关，屠杀上千人的事，就一定还会发生。"

忽然人群中有人大喊道："好戏来啦！"一桶大粪向慕容端泼去。

慕容端一抬手，提起身边骂得最凶的那名百姓挡在身后，大粪登时全泼在那人的身上。慕容端转回身，不住手地抓住扑上来的百姓，犹如抛掷草人似的将人摔出去。

思颖道："这虢国人好横！"

杜松无奈地道："可是他的话……还是有一定道理的。唉！"

众百姓一拥而上，拳打足踢。灯火下，杜松等人看清了他的脸。

杜芸叫道："啊，这就是我在董浩大营里见过的那个虢国人！"

第二十四章　碧凌剑

听见杜芸这么一说，苏炎立刻取出钢爪，一跃向慕容端扑去。苏炎和慕容端在人群中极快地拆了几招。

一滴血溅落到杜松的脸上。

杜松在脸上一抹，看见指上的血红，惊喜道："虢国人受伤了？"

思颖脸上露出不忍之色，道："不，是苏管家误伤了百姓。"

随着苏炎和慕容端越斗越凶，众百姓开始散开。

忽然慕容端冷笑道："我要拔剑了！"剑光闪动，众百姓发一声喊，逃散开去。交手的二人身边，显出一块空地。慕容端剑剑进逼，苏炎很快便感觉招架为难。

看此情景，杜芸拔出佩剑，道："我来！"她话音未落。慕容端与苏炎身形一错，慕容端剑虽然刺空，但反手用剑柄撞中了苏炎的太阳穴，苏炎顿时昏厥过去。

"当"的一声，杜芸与慕容端两剑相交，成了僵持较劲的局面，杜芸的剑被慕容端压得向自己的咽喉抹去。

杜松看出不妙，大声惊叫起来，却措手无策。忽然身边响起一声大喝，红缨闪动，一杆大枪直刺过来，点在慕容端的剑身上。杜芸乘机退开。

来人是陈元，二人略微僵持了片刻，只听陈元又大喝了一声，大枪送出，慕容端的剑"啪"地断成两截。

陈元立刻收枪，并不进逼，只是冷冷地看着慕容端。

慕容端上下打量陈元，赞道："好身手。"

陈元也不答话，慕容端又大笑道："好，有机会我们还要再打一次。这里的人我都已经撤走，对董大帅也算有交代了。"话毕，慕容端扬长而去。

忽然，围观人群中又跳出十余人，取出身边暗藏的兵刃，向慕容端扑去。

杜松道："这些人身手矫健，显然不是普通百姓。"

慕容端冷笑一声，双掌一震逼开其中两人，加快步履，向远处奔去，这些人紧紧追了过去。

这时，陈元才冷冷地说道："这些人才是虢寇。"

杜松登时省悟，对杜芸道："你刚刚说斑狱司把我今天的行踪查得清清楚楚，那就是今天一直有斑狱司的人跟着我了？"

杜芸诧异地问道："那又怎么？"

杜松道："把金牌给我。"杜松从杜芸手中接过金牌，高高举起，大声说道："这里的斑狱司的人听着，速速给我去将那些虢寇拿下。"

人群中居然又闪出数十人，向先前冲出的十余人追去。

陈元一笑，向杜松一招手道："咱们进去说话。"

陈元、杜松、思颖向藏娇楼内走去，杜芸本想去搀起苏炎，被思颖一拉，也跟着进门。

藏娇楼大厅内，家什已被搬得干干净净。因此显得格外空阔，灯火阴暗，气氛很有些诡异。

陈元躬身施礼道："杜公子，二位小姐。趁这里无人，才好说一会儿话。"

杜松笑道："陈校尉辛苦，今天跟了我一天了吧？"

陈元道："刚刚外面那些斑狱司的人，也跟了公子一天了。"

杜松恍然道："怪不得。我钻进妓院里，本想这么甩开苏炎，好和你会面。你却一直不跟进来，原来是因为这个。"

陈元道："不论公子到哪处妓馆，那位苏管家就把守死大门，那些斑狱司的人则在各处窥视。大白天的，又不能用那些高来高去的功夫，所以末将只能一直在外面等待时机，倒是害得公子白辛苦了。其实这次公子来阳泉的路上，我一直跟随公子左右，只是苏炎在旁监视，未得其便与公子交谈。现在也多亏了那虢国人将他打晕，我才好跟公子说上几句。"

杜芸不解地问道："为什么你谈话要避开苏管家？你武功这么好，就是真有什么不想让苏管家听到的，自己动手不就完了，干吗还要借那个虢国人之手？"

思颖拉了拉杜芸的衣袖，示意她不要打断陈元的话。

陈元笑了笑道："打倒苏管家不难，不过那就是与苏统领公然撕破脸，下面的事就更不好办了。"

杜芸仍不依不饶地追问道："你不也是斑狱司的吗？怎么……"

陈元道："末将幼时，家乡遭与虢寇勾结的阮尚奎洗劫，家人全部丧命。多亏了李老大人刚好路过，这才救了末将性命。这是再造之恩，末将绝不敢忘。所以，只好愧对苏统领了。"

杜松叹了口气："其实我也真是搞不明白，老师为什么不想让这事叫苏瑞兄知道。这才搞得我们好兄弟之间，处处尴尬。"

杜芸忽然狠狠瞪了杜松和思颖一眼："好啊，杜松，思颖姐，原来一路你们都有事瞒着我！"

陈元连忙道："末将要和公子说的，是碧凌剑的事。公子也已经听说，李老大人曾经到这里来过。到这种地方来，自然是有违老大人的本愿，但他这却是奉旨行事。这个地方，是虢国慕容府的人，在杞国活动的据点。姒羽大王要老大人到这里来，和他们谈成一件事。"

几个人都全神贯注地在听陈元说话，都没有注意到，藏娇楼外苏炎已经从地上爬起来，动作轻快敏捷。完全不是昏倒后刚刚醒过来的样子，无声无息地也走进了藏娇楼。

陈元接着说道："这事具体虽不知道，但肯定和碧凌剑有关。大王将碧凌剑交给李老大人，虽然是最近的事，但却很早就和老大人提过，要他将碧凌剑送到虢国。"

"为什么要这样做？"杜芸问。

陈元不答，道："当时老大人只是觉得大王有点小题大做，也不以为意。但是一次老大人离开藏娇楼的路上，却碰到了一个人。这人告诉老大人说，碧凌剑藏在杞国王宫，碧凌诀掌握在虢国国王身上，碧凌诀其实就是四句谒语。"

杜松道："啊？这怎么可能？"

陈元道："在虢国一直有这样一个传说，只要碧凌剑和碧凌诀相合，就将成为虢国游牧部落的霸者之证，具有驱动天地鬼神的力量。从此虢国将变得无比强大。那人说得头头是道，也不由得老大人不信。想起虢寇的种种凶暴行径，让他们的国家变得强大，那后果更是不堪设想。于是碧凌剑的事，就成了老大人的一块心病。不送到虢国，那是抗旨不遵。送到虢国，则又愧对天下苍生。所以老大人的意思，干脆以身殉国，以求解脱。这样既保全了董家军，自己也不必再为碧凌剑的事决断不下了。"

听到陈元这么一说，思颖和杜松对视一下，心里顿时明白了。怪不得李轩回京的那几天，看起来总是忧心忡忡的样子。

藏娇楼外，苏炎正伏身在厅外窃听。忽然外面传来脚步声，苏炎一侧身，躲到一丛花树之后。一个拿着刻刀的人走了进来，此人正是兰婉儿船上的傅一刀。

藏娇楼里，陈元刚要开口说话，外面忽然响起橐橐的脚步声。傅一刀迈步进来抢过话头道："那个告诉李老大人碧凌剑的秘密的人，就是我。"

第二十五章　交　涉

杜松打量了一下来人，只见傅一刀三十余岁，形貌似是落拓不羁的高人雅士。一手拿着一柄小小的刻刀，一手则是一块雕刻了一半的玉石。忽然笑了笑，上前问道："先生怎么称呼？"

傅一刀反问道："阳泉城秦川湖畔的傅醉石，公子可曾听说过？"

杜松点点头道："傅醉石傅老先生是我师傅在阳泉时的好友，听说他老人家早已仙去。"

傅一刀黯然道："在下姓傅名一刀，傅老先生是在下的先父。"

听到这话，杜松向杜芸使个眼色。然而，杜芸一直气鼓鼓地站在一旁，看到杜松的眼色，却并不理会。

陈元轻轻一笑，一晃身枪到傅一刀面前，枪尖指定傅一刀的咽喉。

傅一刀面不改色地反问道："我对你们有恩无怨，为什么要如此对我？"

杜松笑道："你用那套不着边际的说辞骗我老师，还说是对我们有恩？也真是无耻得很！"

傅一刀微笑道："我的说辞不着边际，但也居然将你老师李大人给骗了。杜公子，你的意思，李老大人是老糊涂了吗？"

杜松一时语塞。

傅一刀拿起刻刀，轻轻在陈元的枪尖上敲了敲，清脆的敲击声，在空荡荡的藏娇楼里听来格外响亮。

傅一刀笑道："碧凌剑用处，你们现在知道多少？你们都在自以为与虢国为敌，于现今虢国国内的情形，你们又知道多少？"

思颖上前一步，向傅一刀敛衽为礼，道："请先生赐教。"

傅一刀看了思颖一眼，继续道："拥有碧凌剑者，便是虢国游牧部落的主人，此说本来荒诞不经。"

杜松道："可见人心不安。"

傅一刀道："如今虢国国内，却是人心思安。慕容府积弱已久，大王不理世事。诸大参将各自为政，你争我夺，混乱不堪。那些虢国的百姓们，都盼着有救世主出现。碧凌剑之说，在虢国流传了数百年，早已深入人心。此刻若是有人以碧凌剑为号召，把虢国归于自己的统治之下，未必便是虚言妄语。虢国一旦统一，那时的虢寇可再不会是像今天这样，这里一股那里一队，彼此不相统属，可以被我杞国官军各个击破。虢寇人战术之精，想必各位也曾见过，若是数十万人有了统一调度，那可就真成了我朝的大敌。"

杜松歪着头看着他，问道："你对这些虢夷的事情，怎么会知道得这么清楚？"

傅一刀笑了笑，道："难为李大人还曾跟在下说起过，杜公子饱读诗书，何以竟不知道？古往今来，这些游牧部落，与杞国便有交往。虢寇虽然凶暴，但对杞国的典章器物，兴趣历来极浓。小可子承父业，还做的是古董生意。若是碰上太平些的时候，与虢寇人生意上的往来，倒是不少。因此知道一些虢国情形，也不算稀奇吧。"

杜松道："当今姒羽大王再三重申牧禁，和虢寇人交易，也一样乃是重罪。看来，你也不是什么良民了。"

傅一刀笑道："杜公子，谁不知道你顽劣胡闹的名声？你好像也不是什么良民吧？"

杜松一笑并没有否认。

傅一刀一边不住手地旋转着手里的刻刀，一边继续道："现在我对一事甚为好奇。只不过势单力薄，孤身一人办不了它，所以，要想请各位襄助。"

思颖问道："傅先生知闻广博，想来朋友多得很，又怎么会势单力薄呢？"

傅一刀淡淡一笑，道："说来惭愧，在下少年时胡作非为，可是把好朋友都得罪光了。现在只剩些生意场上的相识，认钱不认人，要指望他们帮忙，可是难比登天。能靠得住的，也就是一位相好的姑娘。她也无非是烟花丛中的女子。她在藏娇楼做过一阵，也知道了藏娇楼的一些秘密。藏娇楼的人忽然全部离开阳泉，各位想必也会觉得有些奇怪吧？"

陈元忽然冷冷道："这世上奇怪的事太多，我们可也不能一一照顾过来。"

杜松却显出好奇之色问道："傅先生的相好，想必来头不小？那按你所说，是何道理？"

傅一刀道："听说，他们是要到边关，接应一批虢国来的货物。我也不知道详情，不过，据说是些能让我们姒羽大王，更加非把碧凌剑交给虢国不可的东西。"

众人一听怔住了。

看到众人不解的样子，傅一刀建议道："是不是随同在下一起到边关看看，各位尽可商议片刻再给在下答复。我到厅外等候。"说完，飘然出去了。

傅一刀刚一出去，杜芸就冲着杜松大叫道："杜松，你来阳泉，就是为了和陈校尉见面，是不是？"杜松无奈，只得点点头。

杜芸的脸色微变道："为了不让苏公子一起来，董浩才把苏公子留在身边，你们都是串通好的，对不对？"

杜松只得又点点头。

杜芸的声音都有些发颤道："苏公子有什么对不住你们的地方？你们要这样提防着他，事事瞒着他？"

杜松无力地辩解道："我们是觉得……"

杜芸一听，更火了，几乎是叫道："觉得？凭据呢？"

杜松叹了口气，无奈地摇了摇头。

杜芸的脸都白了，思颖上前劝道："别怪杜松，这是爹爹的意思。"

杜芸终于哭了出来，道："思颖姐姐，枉我有什么心事，全都对你说，你却这样瞒我骗我！"

思颖也眼圈发红，劝道："我们是怕你……"

杜芸嚷道："你们都不是好人！"说着就往外冲去。

杜松赶紧上前拦住她，杜芸胳膊一扬。杜松摔跌出去，"哎哟"地大叫。

杜芸哭着道："我去找苏公子，只有他从来不骗我，你别拦着我！"看了看杜松摔痛的样子，脸上露出些关切的神色，但到底还是一咬牙，就要冲出门去。

陈元身形一晃，已拦在她身前。杜芸挥拳向陈元打去，陈元闪过，同时伸指在她太阳穴上一点，杜芸就晕倒了。

李思颖惊叫了一声，陈元连忙解释道："我点了她的眩晕穴，过一个时辰就能醒来。杜公子，李小姐，末将冒昧出手，对不住了。三位还是请回店中住下，每日看看阳泉风物。但愿过些时日，杜姑娘就能消气。"

杜松喃喃地道："此际也只能如此，多谢了。这疯丫头脾气向来来得快去得也快。"

思颖叹了口气道："这次只怕难说，她向来最信任我们，可我们却一路骗她。也确实是……是对不起她。"

杜松压低声音，问道："陈校尉，那碧凌剑现在……"

陈元向周围扫了一眼，凑到杜松耳边说了一句话。

杜松哈哈大笑道："都说我胆大妄为，陈校尉你可比我更胆大十分。"

陈元淡淡一笑道："咱们堂堂七尺男儿，固然一定要精忠报国。但对大王是不是也该要那么毕恭毕敬，可就难说了。"

杜松笑道："不过，这个法子，倒也真好！"

陈元道："我记得杜公子有一只木鸢，不知道这次北上，可还带在身边吗？"杜松不解地点了点头，陈元接着道，"我还是不要跟那位苏管家再照面。末将这便退去，公子何时决定与末将去取碧凌剑，便可放起木鸢，末将一定马上赶到。"

杜松略一犹豫道："我还要远行一趟，碧凌剑还是就放在那里，最为安全。刚才那个傅一刀所说的，倒也有些意思，我想过去看个究竟。"

陈元问道："这傅一刀甚是可疑，我看还是……"

杜松道："正是因为他可疑，才不能放过啊，何况这事也和碧凌剑有关。我跟傅一刀去边关，思颖师妹和杜芸两个留在阳泉，就烦劳陈校尉在这里保护她们了。"

思颖不放心地劝道："师兄，我们在这里没事。还是让陈校尉跟着你的好。"

杜松一笑道："我忽然一副要出去的样子，那位苏管家还不得加紧跟在我屁股后面。只要不碰上刚才那个虢国人，一般人物，苏管家总对付得了。何况除他之外，这一路上还不知道隐藏着多少斑狱司的人。碧凌剑留在阳泉，也还需陈校尉看管。"

陈元点头称道："也好，那末将告辞。"说完，从后门出去了。

第二十六章　山　匪

等陈元走得没有影了，杜松和思颖搀扶着晕倒的杜芸出来。大厅外，傅一刀正悠然地站在那里。对于陈元不见了，杜芸晕倒，傅一刀的脸上竟然没有丝毫诧异。

杜松走到傅一刀面前道："傅先生，我们何时动身？"

傅一刀微微一笑道："杜公子到底还是按捺不住对这批货物的兴趣啊。"

杜松笑道："那也未必，其实我还是对傅先生你，兴趣更大一些。"

傅一刀大笑道："那好，那这一路上，公子有什么想问的，在下一定知无不言。"

杜松也大笑道："正是，咱俩要好好多亲近亲近。"两人边说边往大门外走去。

藏娇楼大门外，苏炎早已躺回到地上，好像从没起来过。

杜松蹲下推了推他，喊道："苏管家，苏管家。"

苏炎好像刚刚清醒，迷迷糊糊地爬起，问道："公子，我怎么了？那个虢国人哪里去了？杜姑娘怎么了？"

杜松没有回答他，只是淡淡地说道："这位是傅一刀先生，明个儿我跟他到边关去看看，你……"

苏炎立刻答道："小的自然追随公子。"

傅一刀一听，笑道："那咱们都回去收拾收拾，明日再会。"说完，转身走了。

晚上，悦来客栈的庭院中，苏炎正将一封信绑在鸽子腿上。鸽子刚

97

啸长风

刚放飞，杜松就从后面绕了出来，但没有说话。苏炎回头看见杜松，连忙解释道："今天那个虢国人的事，我必须禀报苏公子。"

杜松不答，似笑非笑地看着他，道："理应如此！"

早晨，雨后初霁，大山磅礴。

边关一个小小的村落前，一条小路泥泞不堪，脚印杂然交错。路边的小树林后面，数百名山匪悄然无声地站立，一个个蓬头散发，面有菜色，衣衫不整。

杜松、傅一刀、苏炎三个人都骑着马，还有一匹马在旁跟着，马背上无人，却放着一只箱子。

苏炎看着杜松，关切地道："杜公子小心点，雨后路滑。"

杜松忽然没头没脑地问道："藏娇楼究竟是家多大的妓院？"

傅一刀诧异地反问道："杜公子怎么忽然问这个？"

杜松道："你看这地上烂的，不是几百人走过，怎么会变成这个样子？"

傅一刀低头一看，果然地上稀烂无比，显然不是几十个人能踩出的脚印，只好摇了摇头表示，自己也不知道是怎么一回事。

不远处的小山村内，静谧异常，似乎再没有旁人。

……

公孙若雨和矮鬼、一个达干三人正走在路上。达干正向若雨禀报道："慕容大人说，阳泉的事虽已办完，但他还要在董将军营中耽搁一阵，不能亲自过来了。慕容大人说，他相信董将军派来接应的力量。"

矮鬼皱眉道："他也真是不分轻重，药材已经到了，他怎么还这么拖拖拉拉。"忽然，若雨在身后摆摆手。

只见前方，杜松等三人走来。越来越近了，三人已然下马。若雨和杜松脸上都显出难以置信的神色，显然他们都认出了对方。

还是杜松先回过神来，调侃道："我说怎么远远就看见这小山村上，飘浮着一股灵秀之气，原来是若雨姑娘在这里啊。"

若雨欠了欠身，微笑道："居然能在这里碰到公子，倒真是很意外。"

远远忽然传来呐喊声。若雨紧张之色一闪即逝，回头低声对矮鬼吩咐道："你回去招呼我们的人，往西面小丘那里退却。千万不能让药材受到了惊动。"

矮鬼狠狠瞪了杜松一眼，转身而去。

若雨仍微笑着面对杜松，问道："公子，斑狱司的苏统领，也在附近吗？"

杜松做作地大声道："若雨姑娘，你一见我就问苏瑞兄的消息，可是让在下伤心欲绝了……"

远处，呐喊和脚步声越来越近。原来在山村外，众山匪正蜂拥呼哨，向山村冲来。各人手中，有的横拖倒拽着一些单剑长矛，有的则只是一些粗大的木棒。

杜松从苏炎手中抢过一匹马的缰绳，塞到若雨手中，道："若雨姑娘，你快走，我们来顶一阵。"

若雨心头一热，柔声道："来不及啦。"

杜松一抬头，看见众山匪已经迫到近前。

山匪群中突然一阵骚动，人群分开，走出两名匪首。一个身材粗壮，满脸虬髯，一条黑巾斜系头上。一个是独眼龙，体型精瘦，贼眉鼠目的。

身形粗壮的那个匪首单手叉腰，指着杜松他们道："掏钱掏钱！"

瘦小的匪首在一旁提醒道："大哥，可，可不能让人觉得，咱们是，咱们是半路出家的强盗，要说绿林里的黑，黑话。"

胖匪首点点头道："嗯，二弟言之有理。嗯嗯，此山是我开，此树是我栽，要从……"

杜松接着笑道："不如叫作，此山是我挖，此屋是我扎，你们随便住，大家笑哈哈。"

若雨和傅一刀等人都被杜松给逗笑了，都在心中暗自佩服。

杜松能在如此险境之下，面对强敌仍然谈笑自如，真是不可小看。

果然，胖匪首反应过来了，拔出腰剑，往空虚劈了几下，骂道："念得好听！……不对，妈的，小子敢糊弄老子。喂，不管什么黑话了。你们几个，快快把身边的财物乖乖交出来。哼哼，要不然，用脑袋充数吧。"

若雨一带缰绳，上前一步冷冷地答道："小妹孤身一人在此，哪里有什么财物。"

胖匪首道："胡说！昨天我家二弟明明看到，有马车在这里卸货。怎么会没有财物在这里？"一听此话，若雨不由得微微变色。

旁边的瘦匪首帮腔道："正是，你，你们竟敢，竟敢欺瞒我家，我家大哥，罪……加一等。这小，小，呃小娘子长得花，花啊花容月貌，就，就，就给我们做，呃做个压，压，压寨夫人喽？保准每，每，每天吃，吃，吃香的，喝，喝，啊喝辣的……"

此时，刚才和若雨在一起的矮鬼刚好跑回，用貔语向若雨汇报道："药材都已转移。若雨大人没有脱险，小人不敢离开。"

若雨淡淡一笑，看了一眼对面的山匪也用貔语答道："还好。和这一带的貔寇没有干系。看来只是些不相干的山匪，跟咱们不巧碰上了。我们在这里牵制一阵，药材应该还能保全。"

胖匪首不耐烦地一摆手道："你们嘀嘀咕咕些什么，我二弟说的没错，这样吧，只要这位小娘子愿意做压寨夫人的话，你们身边的财物我们就收一半，当作彩礼如何？呵呵。"

杜松跨前一步，挤眉弄眼道："那，那，那样也，也，也好，就，就，就是有一事可，可，可惜，你这位老兄也太，太，呃太，太……只是你这位老兄长得太难看，那可不是癞蛤蟆想吃天鹅肉吗？"

一听这话，山匪中有人便要笑了出来，强自忍住，神情颇为尴尬。

胖匪首勃然大怒，骂道："他奶奶的，我看你们是敬酒不吃吃罚酒，那就别怪老子不客气了。"说着挥剑就向杜松砍去。

第二十七章　车　载

杜松惊叫道："来真的啊！"掉头就要跑。若雨手中短剑一亮，向胖匪首刺去。旁边傅一刀手一翻，刻刀刺出，也是直奔胖匪首的咽喉。

胖匪首身手居然还算敏捷，虽然动作狼狈，但还是后跃避开，不过也顾不上再砍杜松了。

若雨看到傅一刀出手的动作，眉头微微一皱，但没有说什么。

众山匪一见首领吃亏了，一拥而上。这边，苏炎一提一抛，已把杜松放在马背上，同时另一手掏出钢爪，在马屁股上刺了一下，那马一声长嘶狂奔出去。

苏炎自己也翻身上马，紧跟在杜松后面。杜松在马背上摇摇晃晃，好不容易才坐稳，便一带缰绳，拨转马头，向回冲去。

苏炎大惊，叫道："杜公子，你干什么？"

此时，若雨、傅一刀、矮鬼、达干四人已经被山匪围在垓心，虽然都身手不弱，但山匪人多势重，形势也十分危急。

杜松头也不回地答道："我要救若雨姑娘出来。"忽然一声惨叫，跟在若雨身边的那个达干被山匪杀死了。

苏炎急得大叫道："回来！"

杜松不理，他胯下是匹良马，身高腿长，直冲过来，声势骇人。众山匪并无队形，倒也拦不住他，居然被他冲到若雨身边。

若雨回头看见杜松双手乱舞地过来，口中还不停地喊着："若雨姑娘，快上马"。

杜松伸出一只手想拉若雨上马，没想到却身子一晃，自己倒栽下马来。若雨见状，上前两步，一手将杜松提起，抛到马背上，自己也翻身上马。

若雨一提马缰，那马腾空而起。从几名山匪头上跃过，跳出了重围。便在此时，傅一刀和矮鬼也分别上马，从人丛中杀出。

若雨一招手，四马五人，一起向西奔去。众山匪在后面紧紧追赶，但步行不如马快，被越抛越远。

几个人跑了很远，才听到杜松有气无力的声音，哀求道："若雨姑娘，把我身子放正了行吧，我……哎哟！"

众山匪在后面跑得气喘吁吁的，眼看着若雨他们越跑越远，追不上了。胖匪首跺着脚道："这里往，往西，有一座小山包，这里没别的地方好逃，兄弟们，往小山那里去！"

边关，不远处有一座小孤山，但山势并不险峻。若雨等人一路骑马上山。到了山顶，才翻身下马，并不理还被横架在马背上的杜松，手搭凉棚往山下观望。

苏炎过来把杜松扶下马。杜松揉着自己被硌疼的腰，道："咱们可算是逃出险境了。"

若雨冷冷地回答道："早呢。"

杜松讨个没趣，也不以为意，笑嘻嘻地向四边张望。山顶上停着一辆大车，四面都用帘子捂得严严实实。

杜松有些好奇，想凑上去看。

矮鬼身子一晃，拦在他身前，恶狠狠地盯着杜松。他的长剑横在杜松面前，剑上血迹斑斑，看来甚是骇人。

杜松后退一步，道："老兄，这会儿人家还没上来呢，你这么大一把剑老这么横着，不累吗？"杜松一边说，一边偷眼看若雨。若雨只管看着山下，似乎全没听见他说话。

傅一刀凑过来，在杜松耳边轻声道："这车里面，装的很可能就是虢国来的货物。"矮鬼虽然听不懂他们在说什么，但十分警觉地盯着他们。

杜松笑着大声道："京师卖艺的若雨姑娘，和阳泉藏娇楼可没什么关系吧，傅兄就别胡思乱想啦。我猜，是这车里什么都没有。"

听到这话，若雨却回过头来，在傅一刀面前施了个礼，问道："还没请教这位先生尊姓大名。"

傅一刀连忙还礼答道："在下傅一刀。"

若雨看了一眼傅一刀手上的刻刀，问道："原来是傅先生。傅先生是哪国人？"

傅一刀道："自然和姑娘一样，都是我大杞的子民。"

若雨冷冷道："可惜得很，小女是关外之民。"

傅一刀微微一笑，道："姑娘刚刚说虢语，我还以为只是不想让那些山匪听懂。想不到……姑娘虢语说得真好。"

停了一下，若雨仿佛不经意地说道："傅先生用刻刀杀人的手法，也好得很。"

傅一刀仍是微微一笑道："跟一个走江湖保镖的朋友，学过点判官笔的功夫。"

若雨道："是杞国的判官笔功夫吗？我在虢国内有一个朋友，他用短剑杀人的手法，和阁下倒是很相像。"

傅一刀道："杞虢两国一衣带水，互通有无的事情，本来就多得很。"

杜松被冷落在一旁，看看傅一刀，又看看若雨，不明白二人说的什么意思。

苏炎忽然声音低沉地道："山匪追来了。"众人低头往山下看去，果然数百名山匪正在迫近。山下，山匪们正往山上冲。忽然，山石旁的大树后闪出十余名虢国护军打扮的人。

各种奇形怪状的暗器从他们手中打出，当先的山匪纷纷倒地。其他山匪纷纷向后退，但不甘心远去，仍然围在山下。众达干身形一晃，又都隐没不见。

山顶上的杜松看得张大了口，说不出话来。若雨看了他一眼，并不理会他。

杜松忽然念叨道："奇怪奇怪。"并开始不住在若雨面前转，口中反复念，"奇怪奇怪！奇怪奇怪！"

若雨终于忍不住了，发了火，道："你就不能安静一点？"

杜松认真地问道："物不得其平则鸣，你叫我怎么安静？"

若雨被气得一乐道："你还有什么不平？你知不知道，一个安静点的累赘，至少会显得不那么讨嫌。"

杜松委屈地道："那我更要不平了，我这样的智囊，怎么会是累赘？"

若雨气道："你怎么就不是累赘了？"

傅一刀在一旁劝道："杜公子，你别争了，要是打起来，这些藏娇楼的龟奴，可都不是好惹的。"

听到傅一刀提到"藏娇楼"，若雨瞪了他一眼。傅一刀装作没有看见一样，浑若无事地道："我认得他们又有什么稀奇。说起来，在下当初也是藏娇楼的常客呢。"

杜松不服气道："他们打架是比我厉害些，谁是谁的累赘，可还说不定。"

若雨冷笑了一声，没有理他。见若雨不理睬自己，杜松继续摇头晃脑地分析道："这山坡又不是有险隘可守，你手下这些乌龟虽然厉害，这几百名山匪一拥而上，他们挡得住吗？"

若雨看了看山下，咬住嘴唇，仍不理他。

杜松碰了一鼻子灰，仍不甘心，自言自语道，"山匪现在不来进攻，我看是在等什么东西。"

若雨看了他一眼，没有理会。此时矮鬼拖剑过来，道："若雨大人。"

若雨淡淡地问道："慕容大人说董将军会派人来接应我们的，怎么还不见踪影？"

矮鬼咬咬牙道："董家军是在三十里外的路口驻扎，防备乌拉脱的人会从那里过来。没想到却忽然冒出这么一股山匪来……我杀出去！"若雨看着山下密密麻麻的山匪，摇摇头。

杜松一听凑过来，问道："你说什么？这附近不远，就有董家军？"杜松边说边打开马背上的大箱子，露出里面的木鸢。

苏炎走到自己的马旁，打开一个小木笼，取出一只鸽子。往天上一扔，鸽子扑棱棱地从山匪头顶飞过，山匪并未留意。

山下的山匪，几次欲冲击小山，都被瘦匪首拦住了。原来瘦匪首看到若雨等人的身手都不弱，硬往上冲，恐怕山匪们自己要损伤不少，故一时还没有动静。

第二十八章　巨　弩

烈日当空，已是正午了。山匪们散乱地坐着，显得百无聊赖。山上，众人也显出疲惫之色。只有杜松还在嬉皮笑脸地东张西望。

傅一刀则似乎对周遭的情形浑不在意，只管全神贯注地雕刻手中的玉石。

杜松忽然惊叫了一声，直勾勾地盯着傅一刀手中的玉石。那玉石竟然已经雕成了那矮鬼的模样，纤毫毕现，栩栩如生。

若雨看见，不禁莞尔。连矮鬼自己也不禁露出笑容。只有苏炎如同没有看见一样无动于衷。

傅一刀笑道："雕虫小技，不足挂齿……啊，对不住，矮兄，我可不是说你是虫。"矮鬼只管看着自己的雕像，居然没顾上生气。

杜松佩服道："啊，原来傅兄还有这般手艺！"

傅一刀苦笑了一下，道："杜公子又忘了，在下是做古董买卖的生意人。说来惭愧，卖古董的人，很少有不做假古董的，这是吃饭的手艺。"

杜松大笑道："原来如此！"

山下山匪忽然齐声欢呼："无敌神飞霹雳到啦！"原来，山匪们恐怕自己伤亡过大，搬来了一门巨型箭弩车。只见山下前排的山匪散开。

十余名山匪吃力地推着一门巨型箭弩车，正缓缓走近。日光照耀车身，锈迹斑斑。苏炎的脸色登时变了。

胖匪首踏上一步，大声喊道："乖乖地都给老子投降了吧！否则老子的飞霹雳一发威，连发上百箭，你们全成为肉酱！"

若雨也大声地答道："我等身上就只有些散碎银子，大王为我们如此劳师动众，不是有些浪费了吗？"

瘦匪首凑到胖匪首耳边，小声嘀咕道："大哥，他，他们穿戴得那，那么华丽，哪能没，没钱呢？我看，看他们的车，车里，一定有，有……"

胖匪首点点头，道："老二言之有理，怎么看，都是有钱人的样子！先把车里的东西献出来！"

若雨一笑，回头向矮鬼示意。矮鬼走到车旁，不知道在车上什么地方碰了一下。车篷向四面打开。车内果然什么都没有。

山匪们一阵骚动。

胖匪首愣了一下，随即狂笑道："奶奶的，没钱也就算了，有你这娘们，也行！"众山匪爆发出一阵狂笑。

若雨脸色一变，大声喝道："癞蛤蟆，你放箭吧！"

胖匪首眉毛一挑道："你以为老子不敢？"说着，从旁边山匪的手中接过放箭机关绳子，到底还是舍不得放箭，又往山上看去。

若雨低声地用觥语向矮鬼，道："药材怎么样了？"

矮鬼也用觥语低声道："已经安全送走，我总算对得起若雨和慕容大人了。"

忽然，杜松踏上一步，冲着胖匪首，大声喊道："老兄，为你着想，还是不要放箭的好！"胖匪首一愣，没有反应过来。

杜松接着道，"你放箭了，这位如花似玉的姑娘，可都要变成一团肉泥啦。对老兄也没什么好处，何况……"

胖匪首疑惑地问道："怎么？"

杜松道："老兄，你知不知道，你这箭弩车可用的，只有不到一百支箭。"

胖匪首挠挠头，看了看瘦匪首，两人不约而同地摇了摇头。

杜松抬头向远处望望，并不见一点人影，不等匪首们说话，就继续说道，"要对付我们这样散布在山坡上的这么多人，根本没用。"

胖匪首点点头道："老二，这小子这话……好像比你的要言之有理啊！"瘦匪首听得入神竟没有听到胖匪首的问话。

瘦匪首在一旁建议道："大哥，可以把，把这小子抓，抓来，专管大寨的兵器！"

胖匪首点点头，道："老二言之有理。众弟兄！给我往山上冲，活捉这小子！白耗了这么多时候，这不瞎耽误工夫嘛！"

杜松面露笑容道："大王，你还是先留意身后吧。"

山匪们一齐回头，都目瞪口呆了。

阳光下，"董"字大旗迎风飘扬，大旗下领兵的将领，正是苏瑞。苏瑞在马背上一举手，董家军众将士立正不动。

匪首们纷纷议论道："奶奶的，来援军了又怎么样？还是老子这边人多，给我杀！"众山匪不成队形，大吼着杀上。

苏瑞令旗一举。董家军12人一组，每组有两名身材粗壮的战士高举起一根连枝带叶的大毛竹，山下便如突然出现了一片竹林。

胖匪首骂道："奶奶的，搞什么鬼！"说着从身后一名山匪手中接过一支梭镖掷出。许多山匪跟着掷出梭镖。

忽然，每名手举大毛竹的士兵身旁，出现一名手持硕大藤牌的士兵，藤牌组成一道屏障，梭镖纷纷落地。

两军更加接近。苏瑞令旗下挥，大毛竹同时放倒。冲在前面的山匪们被枝叶晃住了眼睛，纷纷惊叫。

一面面藤牌微微晃动，彼此间露出空隙，一枝枝长矛从空隙中穿出。

山匪纷纷惨叫倒地。胖匪首也中了一矛，被身边几名山匪冒死救下。

啸长风

落在后面的瘦匪首忽然醒悟，叫道："掉，掉转箭车，放……"

后面响起杜松的笑声："晚啦！"山上的人这时都已经杀了下来。箭车周围，若雨等站成一圈，有企图接近的山匪，都被迅速击倒。杜松坐在箭车之上，得意扬扬。

瘦匪首抬头看看，只见董家军如同一片移动的竹林，移动到哪里，哪里的山匪就哭爹喊娘，落花流水。胖匪首赶紧扯着嗓子大叫道："风，风，风——紧！扯，扯，扯——呼——！"

胳膊受伤的胖匪首被几名山匪护送着，和瘦匪首会合到一处。瘦匪首还挺仗义地喊道："大哥，你先走！"

胖匪首道："不成，江湖兄弟，'义'字当头，兄弟们没有都退走，我不能走！"

瘦匪首哽咽道："大哥，留得青山在不怕没柴烧，兄弟们可以没我。但不可以没有大哥你，明年今日记得奠奉兄弟一碗酒！"

胖匪首还待说话，已被瘦匪首手下的兄弟架走了。看着胖匪首远离了，瘦匪首咬牙喊道："弟兄们，跟我，我，我上！"

很快，这一仗就已基本结束，只还剩一些零星的山匪在负隅抵抗。

苏瑞离开大队，单人一骑朝杜松等跑来。

杜松远远看见，站立在箭车上向他招手道："苏瑞兄，怎么是你！"

苏瑞也向他挥手致意。

若雨主动迎上，打招呼道："苏统领。"

苏瑞语气有些冷淡，但还是答道："刚刚来的路上，看见你们的药材过去。我又派了一队人暗中保护，你尽可放心。"

若雨浅笑道："一直担心苏统领和小女过不去，哪晓得这次还是靠苏统领帮了大忙。"

苏瑞淡淡地道："董大帅忠肝义胆，是国家栋梁。既然这件事上，他信得过你，我也就一定为他帮你。"然后，对着杜松喊道，"贤弟，你过来，我有话要和你说。"

第二十九章　凌　霄

山上，苏瑞和杜松并肩而立，苏瑞问道："贤弟，你居然也不和我知会一声就到这里来了。你的胆子可真是不小啊。"

杜松有些不好意思地笑笑道："好奇心重，苏瑞兄就别笑话我啦。"

苏瑞看着山下道："董帅要帮若雨姑娘接应一批药材，我就主动请缨，到这里来了。我一心防备虢寇过来捣乱，哪知道虢寇没什么举动。倒凭空冒出这么一帮山匪来，惹出这么大的麻烦。"

听到苏瑞提到若雨，杜松忽然感到一些失落，心不在焉道："哦，一听说是若雨姑娘的事，苏兄就主动请缨了？"

苏瑞有些奇怪地看了看杜松道："贤弟，这若雨姑娘来历甚是奇怪，你……还是小心些好。"

杜松一笑道："我事先可不知道她也在这里，凑巧碰上而已。"

此时，战斗已经完全结束了，士兵们正在打扫战场。众山匪或被擒、或被歼，余下的跳上马奔跑而去。

一名旗牌官，带着几名士兵，押着瘦匪首，到了山脚下。

瘦匪首还一路大喊大叫着，道："要杀便，便杀。二十年后，老子又是一条好，好，好汉……"

看到此情形，苏瑞笑着向山下挥挥手。旗牌军将瘦匪首押走。

杜松感叹道："苏瑞兄，你带来的人数，怕还不及山匪的一半，却这么快便大获全胜。今日一见，才知道董家军果然是名不虚传啊。"

苏瑞忽然问道："为什么董大帅专门要招募木讷朴实的士兵，你现在可明白了吗？"

杜松叹道："两军对垒，兵士的军纪胆色，比什么机智武艺，可都重要多了。好比在阳泉的时候，我碰到一个虢国人，那剑法确实厉害。但若是碰上这样的阵势，他功夫再高，可也只有束手就擒的份了。就是这些老老实实的乡下人，最容易做到不怕死，守规矩。高举着毛竹，要等敌人冲那么近才放下来；自己只管进攻，自身全靠着同伴来保护。这些农家子弟训练几回也许就成了，那些喜欢自作聪明的家伙，反而不容易做到。"

苏瑞开玩笑道："贤弟这算是在自责吗？这么些年来我朝官兵对虢寇一直束手无策，一半就是军纪太差的缘故。这大毛竹看起来笨重，但倒还真是可攻可守，也亏董帅想得出来。"

大获全胜的董家军已在山下结集完毕，山上往下望去，一枝枝青翠的毛竹十分显眼。

苏瑞指着那些毛竹道："嗯，这叫狼筅，今天你看见的，就是有名的鸳鸯阵了。"

杜松大笑道："这些兵士相貌朴实，这阵法的名字，却是很风流。"

苏瑞道："鸳鸯阵说来其实也不复杂，每队 12 人，除了队长和伙夫之外，手持大毛竹的狼筅手两名，长枪手四名，藤牌手两名。此外还有镗钯手两名，因为今天敌人太弱，这镗钯的威力，还没怎么用上。12 人彼此配合，相互照应，山匪就是再多一倍，也不难击溃。"

杜松感叹道："今天这一战，看得我热血沸腾，倒是有点想到董大帅帐下投军了。"

苏瑞笑着道："你算了吧，董帅不能要你。他的募兵法里就有这么一条，你这样脸色白皙眼神轻灵的，十之八九是市井游民，编入行伍，定为害群之马。"

杜松也不怀好意地笑道："这话说得还真是不差。京都里那些市井子弟，看来倒是机灵，但是能有几个是安心当兵的？苏兄，你也就效仿董帅。我这样的害群之马，你们斑狱司，也不要了吧。"

苏瑞打趣道："那可不行，我那儿就专门要你这样的害群之马。"两人就这样边说边笑地下山来了。

董家军在山村外结集，队列整齐。苏瑞等人进村查看。村里被破坏得并不严重。大家都一致认为山匪们忙着追若雨等人，是没顾上在村里多打劫。

傅一刀这才给大家解释道："山匪嘛，专门打劫的是关外来的财货。若雨姑娘的货物，进关还不到一天，还在可打劫的之列，关内的东西，他们是不动的。"对于傅一刀的话，杜松忍不住又嘲弄了一番。

快接近黄昏了，若雨看到苏瑞道："小女在这里已经住了些时日，居处是在村子西头，门前植着两株凌霄花的就是，苏统领有空，可以过去坐坐。"

杜松在一旁赞叹道："难为这小小的山村，竟然也有凌霄花。"

苏瑞似乎没有听见若雨的话，对杜松道："贤弟，我在等几个探报回来，等会儿还有事要和你商议。"

看到苏瑞没有搭理自己，若雨的脸上不觉感到一丝尴尬。但是不愉的神色一闪而逝，仍是面露微笑对苏瑞道："这里往南去那间屋子，本来是准备给慕容端大人住的，苏统领可以先到那里歇息。"

苏瑞这才转头看了她一眼，道："多谢。"然后拉着杜松转身就走了。杜松虽有些不忍，但是拧不过苏瑞还是给拉走了。

看着苏瑞他们远去的身影，若雨的脸色终于变得很难看。一直站在旁边的矮鬼骂道："这个苏瑞，确实可恶！"

若雨深吸了一口气道："除了可恶之外，你觉得他是一个怎样的人？"矮鬼想了想道："非常厉害的一个人。"

若雨若有所思地看着矮鬼，道："我们必须处好和这个人的关系，否则以杞国之大，只怕也无我们立足之地。所以，我一定不能生气。"说完，用力想让自己微笑一下，但是终于没有笑出来。

矮鬼小心翼翼地道："若雨大人，其实杜松那小子也有点意思。今天话里，他提到了藏娇楼，看来在阳泉，他也不是一无所获。还有那个傅一刀，我觉得他很危险。他一定是虢国人。"

若雨略带惊异地问道："你也这么觉得?"

矮鬼肯定地答道："而且，他长得很像一个据说已经死掉的人。"

第三十章　放　人

苏瑞拉着杜松一直来到小屋内，被苏瑞强行拉走，杜松感到一丝不快。但是苏瑞好像根本就没有注意到，径直拿出一张地图在桌上摊开，地图上描绘关外一带的地形。

苏瑞一边戴着眼镜，一边道："我一收到你的飞鸽传书，一边领兵过来，一边就派人去探听这些山匪的来头。"

杜松回过神来，道："他们……一般的盗匪而已，可不像是有什么来头的。"

苏瑞笑了笑，指着地图道："贤弟料得不错。我的人已打探明白，从我们这里出关，不过三十里处的一个山洞就是他们的巢穴，山上不过五百之众。山匪头子叫郑大虎，是附近郑家庄的人，老娘还在庄子里住。"

杜松诧异地问道："奇怪，兔子还不吃窝边草呢。这个郑大虎怎么就在家边上抢劫，他老娘还就留在家里，不怕给乡亲们戳脊梁骨吗?"

苏瑞笑道："怎么会? 他们专抢过往的商车，得了财物，左邻右舍没准还能得分些的。别说不会戳脊梁骨，恐怕对他们感恩戴德的，反而倒有不少。就像家父在京里虽然是千夫所指的赃官，回到故里，倒是常会做些铺路修桥的好事。"

杜松转头去看地图。地图上，山匪所在山头画上了一个红圈。红圈旁还画着几个枪头。

杜松指着枪头，不解地问道："苏兄，你的意思是?"

苏瑞道：“既然已经到这里来了，便索性耽搁一天，将山匪给剿灭了吧。”

杜松犹豫道：“这……”

苏瑞问道：“怎么，贤弟还有什么疑虑？”

杜松想了想，道：“苏瑞兄，这些山匪山下虽然脓包，但是我看他们逃走时操纵箭车，却极为老练。要到山上去和他较量，董家军虽然厉害，恐怕……”

苏瑞笑道：“这个贤弟放心，比起山下厮杀，董家军山地战更是所向无敌。”

杜松仍是很犹豫，道：“若是董家军操纵董家军的战车，那自然如此。但现在并没有专门的战车跟随苏兄到此。苏兄要用车，只有到附近的卫所去调拨……”

苏瑞没有说话，只是在屋中来回踱了几步，道：“这事确实可虑。我大杞一般卫所战车的保养，实在是令人难以放心。……贤弟，要不你看这样如何？连郑大虎自己的老娘都没接到山上去，可见这些匪众的家小，大多都没接走。哦，苏炎！”

苏炎站在门外应声进来。苏瑞吩咐道：“你派人去把郑大虎的老娘抓来，嗯，查到还有一般山匪有什么家人在山下的，也带来。”

苏炎答应着，转身出去了。

杜松刚想阻拦，苏瑞看了他一眼，道：“你放心，我不会真的难为这些妇孺。只要带到匪巢附近，让她们哭叫几声，山匪自然人心大乱，我军便可以乘虚而入。这叫攻心为上。”

杜松不解地问道：“既然是攻心为上，那何不恩威并施？苏瑞兄也说了，他们多半本来是本地百姓。这些山匪不少面有饥色，想来实在穷得日子过不下去了。这才落草……不，落山为寇，也未必就真是些十恶不赦之徒。何况，我看那匪首，倒也质朴可爱……”

苏瑞大笑道：“贤弟倒是个滥好人，片刻前差点成了人家的板丁肉，现在倒反过来替他们说好话。"

杜松："夫不战而屈人之兵，善之善者也。苏瑞兄刚刚所筹划的，虽是攻心，但毕竟还是要与他开战。何不干脆就让一人到山匪巢穴去，晓以利害，令他们归降呢？"

苏瑞故作为难地道："贤弟所想甚好，只是劝降一事颇为不易，谁堪大任？"

杜松双眉一轩，故作无奈地叹了口气道："苏瑞，看来你果然眼神不济了？此人远在天边，近在眼前啊。"

苏瑞眼神闪过一丝好笑的神色，道："看来贤弟是打算亲自去匪巢一趟咯？"

杜松肯定地点点头，道："是啊，苏瑞兄还有什么不放心的？"

苏瑞摇了摇头，认真道："说实话，愚兄的确不太放心。你要有个三长两短，杜芸是绝对不会放过我的。"

杜松一笑道："所以，还要请苏瑞兄预备一番。"

在村外空地上，被俘的山匪们都被驱赶到这里坐下，一个个没精打采。瘦匪首的脑袋昂得比谁都高，一副根本就不在乎的样子。

苏炎走了过来，身后几名斑狱司的人，手中都有托盘，托盘里是一吊吊铜钱。苏炎对众人道："我们斑狱司的苏统领北上剿虢寇，从这里路过，刚好碰上了你们。不过现在苏大人都查清楚了，你们本来都是良民，不是虢寇……"

苏炎的话引起了众山匪一阵议论声，苏炎看了看他们清清喉咙，继续道，"你们都是因为生计困难，走投无路才做了山盗。因此，过去的事，就不追究了。每人过来领两吊钱，这就回家去吧。不愿意回家，一心一意还要回到山上去当强盗的，咱们今日也不阻拦。不过丑话说在前头，苏大人已经备下了数十辆战车，明天就要去追剿今天逃走的残匪。你们要是一定想送死，那可谁也救不了你。"

苏炎的话显然在山匪中，引起了不小的议论。一时众人都议论纷纷，脸上也大多露出了惧意。其中有不少山匪开始为自己辩解了，自己跟虢寇还打过仗呢！

苏炎等众山匪的议论稍稍平静了一下，朗声道："过来领钱吧。"

一名山匪犹犹豫豫站起，上前拿了钱，然后走开。果然无人阻拦。

众山匪彼此看看，很多人拥上取钱离开了。不一会儿，其他人都已经走了，只有瘦匪首仍然呆坐在泥地上，高昂着头颅，一副不肯屈服的样子。

苏炎看着他问道："你还不走？"

瘦匪首不理他。

苏炎讥讽道："我本来以为你是一条好汉子，会回去和你老大同生共死，没想到还是贪生怕死之徒，赖在这里不敢走了。来，你好歹是个当头的，剩下的这几吊钱，你都拿去吧。"

听到这话，瘦匪首"霍"地站起，默默走到那桌前，抬手把他手中的托盘打翻，结结巴巴地骂道："狗，狗官，别，别，别把人瞧扁了。"

苏炎冷笑道："好，你是光棍一条，死了也没牵挂。回去转告你们老大，他留在郑家庄的八十岁老娘，我们苏统领已经把她接过来了。叫你们老大明天放心去吧。"

瘦匪首向地上狠狠吐了一口吐沫，转身而去。

等他的背影消失在众人视线之外，杜松哈哈大笑着走过来，冲着道："苏管家，你平常不怎么说话，但吓起人来，还真有一套。"

树林外，一队董家军正在砍伐树木。一名书记官在旁登记。根据砍倒树木的粗细，书记官唱名：无敌神飞箭一门，佛郎机一架，六合铳一位……

瘦匪首听得战战兢兢。

远处，几十辆大车在山中行驶。一名斑狱司的人在车头喊道："大家快一点，苏统领急着用车。"

苏瑞看了看天时，道："贤弟，我还得亲自去郑家庄走一趟。"

杜松诧异道："不会吧？这事你反而要亲自出马？这哄老太太的事，我可就不在行了。好了，我就不陪你去了。"

苏瑞笑笑道："贤弟明日好要辛苦，早点歇息吧。"

杜松哈欠连天道："好，……唉，也不知道思颖、杜芸她们怎么样了。"

是啊，此时，杜芸她们发生的事情一点都不比杜松这边的少。

第三十一章　打　架

早上，杜松刚刚出门后，杜芸就因杜松和思颖联合起来欺骗自己，怀疑苏瑞，心中越想越懊恼，一大早起床后，也不理会思颖，取下墙上的佩剑，就往外走。

杜芸一个人不知不觉地来到秦川河边，河面上孤零零一艘乌篷船。忽然船内传来了一阵阵的箫声，如泣如诉，如怨如慕。

杜芸不由得听得出神了。仿佛义父李轩慈爱地抚摸她的头发，也仿佛在箫声中看到了自己小时候与杜松、思颖一起生活的场景……箫声何时停了，杜芸都没有注意到。

忽然，一个温柔的声音从舟中传了出来："都说杜芸姑娘是男孩子一样的性子，我却觉得，她的心底，比谁都要细腻温柔呢。"

杜芸看着乌篷船，失声叫道："你怎么认得我？"

温柔的声音并不回答，只是反问道："我刚刚说得对吗？"

杜芸脸一红心里想到，我自己也是这么想的。不过，这可千万别给杜松知道，否则他又要笑我了。

只听见那声音幽幽叹了口气，道："唉，风流遍天下的杜松公子，不知道哄得多少女子断肠，却唯独不肯哄哄自己的妹妹。"

杜芸红着脸争辩道："不不，我哥对我很好的。他也常常哄我。"

温柔的声音缓缓地说道："是啊，他和你的思颖姐姐，不但哄你，而且骗你。"

听到这话，杜芸眼圈一红，差点落下泪来，问道："你到底是谁？"

风吹过，现出舟中兰婉儿的容颜，和那日见杜松时不同，这次她是一脸的哀怨。兰婉儿仍是温柔地道："和你一样，也是一个被骗的人。"

杜芸看着她怔住，喃喃地道："姐姐，你真好看"。

兰婉儿凄惨地一笑，道："都说女为悦己者容，可是，我却……"话音未落，眼泪簌簌而下。

杜芸诧异地问道："姐姐，你……"

兰婉儿轻轻拭去眼泪，道："妹妹，上来说话好吗？"

杜芸干脆地答道："好。"说着，就一跃上船，立足未稳，已被剑尖指住咽喉。此时，兰婉儿手中洞箫的顶端，忽然冒出一截剑尖。杜芸又惊又怒地瞪视着兰婉儿，半天也没有明白过来。

兰婉儿制住杜芸笑道："杜姑娘，船离岸这么远，杜松就不敢跳，你比杜松可胆大多了。"忽然，又冲着岸上喊道，"陈校尉，出来吧。"只见陈元一手提枪，从阴暗处走出。

兰婉儿咯咯一笑，道："陈校尉，上船来一叙如何？碧凌剑的下落，可否告知。"

陈元淡淡一笑道："你要杜公子上船，弹的是古琴；诱惑杜姑娘，吹的是洞箫。现在邀请陈某，又该用什么乐器啊？"

兰婉儿仍用箫剑指定杜芸的咽喉，道："陈将军这样的英雄好汉，自然是该预备下铁板铜琵琶，唱草原苍云相邀。只是舟中简陋，却不曾预备，这，可叫兰婉儿为难了。"

陈元哈哈一笑道："姑娘既有此心，陈某就已经却之不恭了。"说完一跃上船。陈元落下时竟然重得出奇。

船身一晃，兰婉儿的剑登时指得偏了。

陈元乘此机会，伸手挟起杜芸，身子腾起，在船将翻未翻时再落下，然后又再腾起。陈元第三次落下时，船已经整个翻了过来，陈元落在船底之上。

水中，兰婉儿像游鱼一般，向远处游去。

陈元一手抱住杜芸，一手抬起，想将手中枪向水中掷去，犹豫了一下，终于放弃。

兰婉儿在十余丈外冒出头来，大声喊道："陈校尉真是怜香惜玉之人。你舍不得杀我，又这般抱着杜姑娘，你到底是更喜欢我们中哪一个呢。"陈元脸一红，将杜芸放下。

船底既狭且滑，杜芸站立不稳，险些滑入水中，陈元只得赶紧又将她揽住，一跃上岸。兰婉儿放声一笑，又没入水中。

在岸边，刚站稳，陈元就慌忙放开杜芸，将头转向别处，不敢再看。

杜芸却直直地看着陈元，好一会儿才问道："你一直在暗中跟踪我？"

陈元喃喃地答道："杜公子托在下保护二位，末将是怕……"

杜芸大声地喊道："你不要提杜松，你们都不是好人，这一路上，只知道骗我，骗苏公子！"说完转身就走，刚走出几步，忽然站住了。杜芸虽没有回头，但轻声说："多谢你救我。"

陈元一时不知道该如何应答，呆呆看着杜芸远去的身影。

杜芸一人在街头闲逛，百无聊赖，心中觉得委屈。集市十分热闹，各种买卖杂耍使杜芸眼花缭乱。杜芸信步走到一个卖素火腿的地方，问道："老板，这个是什么东西？好吃吗？"

老板看了看杜芸，热情地介绍道："姑娘，是南方来的吧？这玩意南方是没有的，是阳泉的名吃，叫作素火腿。是用豆腐皮加老卤制成的卤味，做成火腿的模样，那味儿咂咂，比真火腿还好吃。您来一些尝尝？"说着，拿纸包好两个，递给杜芸。

杜芸注意力全在素火腿上，拿了纸包就走。

老板在后面叫道："哎，哎，姑娘，您没给钱呢。"

杜芸转过身，不好意思地往腰间掏钱，一摸，僵住。杜芸顿时红了脸，不好意思地道："老板，我，我忘记带钱了。"

一听这话，老板骤然声音变高，嘲讽道："哎，没带钱，我说我的大小姐，你出门在外，身上不带钱，敢情是白吃啊！"

周围的闲人顿时围了过来，七嘴八舌起来："哎哟，没得钱买什么东西哦。""就是嘛，年纪轻轻的，养成吃白食的习惯，真不得了哦！"

老板看围观的人越来越多，更得理不让人地抱怨道："刚才问了半天，结果拿了东西就跑，敢情是想糊弄我啊，你不问问别人，我吴老头子在这里混了几十年，什么时候被人坑过的。"

杜芸被围在人群中间，满脸通红，干脆把纸包往吴老头摊上一扔，道："好啦，本姑娘没带钱就是没带钱，不买就是了！"

听到此言，周围闲人更加议论纷纷。这时两个家丁打扮的汉子分开人群，一个纨绔子弟摇着折扇走来，问道："怎么回事？闹哄哄的，活着不耐烦啦！"

老板弓着腰走上前，答道："许少爷，这小娘们买东西不给钱。"

许少爷色眯眯地盯着杜芸，走上前道："姑娘，这年头，没钱是不行的。缺银子花是吧，本少爷有的是，只要你乖乖的……"

话音未落，只见杜芸圆睁杏眼，伸手抓住许少爷的肩头，一拳打在许的鼻子上，顿时鲜血长流。再飞身一脚，将其踢飞老远。许少爷的两个家丁上前将他扶住。

许少爷喊道："杀人啦，妈的，你们两个废物！没见到少爷被人打啊，上，给我把她抓回去。"两个家丁立刻向杜芸扑了上去。许少爷还在喊着："唉，不许伤了她，少爷我还要……"

话音未落，两个家丁也被打飞，落在许少爷身边。

杜芸昂首而去，她在前面气冲冲地走了，并不知道后面，陈元又将许少爷和两个家丁狠狠地暴打了一顿。

第三十二章　上　山

夜凉如水，路上早无行人了。杜芸一个人在路上漫无目的地走着。一阵风吹过，杜芸感到有些冷，双手抱在胸前。

一个拐弯处，两个捕头与杜芸擦肩而过。杜芸并没有在意，只是一个人来到秦川河边，无聊地坐着。不时地从地上抓起一把石子，向河心扔去，一边扔还一边嘀咕道："我在外面一天，都不来找我！我没带钱，我饿着，你们都一点不管我！"

此时，杜芸也不知道，刚刚擦肩而过的两个捕头已经悄悄地将她误认为女采花贼赵功了。

又是陈元及时出手，他们才没有干扰到杜芸。

杜芸蹲在河边，发了一阵呆，站起来离去了。远处陈元不紧不慢地跟在后面。杜芸信步来到包子铺，此时包子铺的灯还亮着，正在准备收摊，包子铺老板和那胖女人有些惊疑地对视了一眼，但没有说话，只是将一笼热气腾腾的包子放在她面前。

杜芸拿起筷子，夹起一只包子将送到嘴边，手却忽然僵住。想起昨天和思颖姐姐看到的情形，地上木盆里的脏水一漾一漾，里面放着待洗的碗筷。杜芸强忍着呕吐，转身正要离开。

陈元拿着一包素火腿放在了杜芸面前。杜芸看着素火腿，终于忍不住大哭起来。杜芸一边哭，一边随手从旁边拽过一个衣袖，擦着眼泪。

陈元在一旁并不说话，看衣袖都快湿透了，悄悄地递上另一个衣袖，杜芸头也没有抬，接过来，擦了几下。杜芸看着手里的衣袖一怔，终于止住了哭声。

陈元柔声道："回去吧。"

杜芸沉默了片刻，终于轻轻点点头。

悦来客栈的客房里，思颖在房中焦急地走来走去，眼看天都黑了，杜芸出门了一整天都不见人影，原以为小丫头只是一时的任性，没有想到这次她和杜松的做法，对杜芸的伤害这么大，想到这里，思颖悔恨得心都疼了起来。

忽然外面响起了敲门声，思颖开门一看，正是陈元和杜芸。

思颖大叫了一声"杜芸"，冲过去一把抓住杜芸大哭起来，一边哭还一边说道："你怎么就这么狠心，丢下姐姐一个人就跑了。你知道我有多担心啊！"

杜芸鼻子也有些抽搐了，哽咽道："姐姐……我……我……"

思颖哭着道："你怎么能忍心丢下姐姐。以前，爹常不在家，杜松又贪玩儿，三五天不见个人影，平时就我们姐妹俩相依为命。"

听到这，杜芸再也忍不住了，也放声大哭道："姐姐，我错了，我再不和你赌气了……"

她们谁也没有注意到，门外陈元此时已经悄然离开了。

第二日，果然是个好天。旭日初升，码头上就已经泊着许多船只。

杜松看到这么多船只，也由衷地感到苏瑞的能力确实不容小觑。

苏瑞却没有在意众人惊异的表情，只是有些忧心地劝杜松道："贤弟先行一步，愚兄随后就到。你还坚持要一个人去山匪山寨？"

杜松一笑道："人一多反而显得用心不诚了，何况，万一山匪真要动手，就是多两个帮手，又有什么用呢。"说着装作不经意间看了若雨一眼。

苏瑞也笑道："要不，还让苏炎跟着你吧。"

杜松认真地道："这太委屈他了吧。"

苏瑞道："贤弟你就不要固执了，两个人好歹有个照应。"

杜松脸一红，不作声了。

苏瑞故意大声问道："你是不是想换一个人跟着你？"

傅一刀走上一步，自告奋勇道："在下愿意与杜公子同去。"

苏瑞看了看傅一刀，道："傅先生还是不要去的好。杜贤弟跟我说，傅先生是虢国通。等会儿我还有事，要跟傅先生请教。"

若雨忽然出人意料地踏上一步道："我去。"

杜松连忙劝阻，但是话语间还是有一丝掩饰不了的惊喜。

苏瑞略带诧异地看了杜松一眼，正要开口，矮鬼也上来阻拦道："若雨大人……"

公孙若雨向苏瑞一拜道："杞虢两国一衣带水，唇齿相依，我又身受董大帅和苏统领的厚恩，总想能为苏统领略效绵薄，好报答一二。"

苏瑞微笑看着她，不语。若雨正色道："苏统领还在迟疑不决吗？是怕我这个虢寇女子跟山匪有勾结呢，还是怕我要对你的杜贤弟图谋不轨啊？"

苏瑞一笑道："姑娘多心了，在下只是考虑到姑娘在杞国，自己有那么多大事未了，却还能为我们的这点小事操心，苏瑞感激不尽。多谢了。"

早晨的阳光照在山上，碧绿苍翠，两人一前一后，相互看看，很久都没有说话，好像都不愿意打破此时的宁静。

杜松忽然嬉皮笑脸地道："可惜啊！公孙姑娘。"

公孙若雨冷冷地问道："可惜什么？"

杜松正色道："可惜公孙姑娘如此美貌，这趟却要一去不回，做那独眼龙的压寨夫人。红颜薄命，难道不可惜吗?!"

若雨仍是那副冷冷的口气问道："杜公子怎么突然对自己这么没信心了？"

杜松一本正经道："信心自然有，从昨日情形看，我已找到山匪的软肋。"

公孙若雨一笑道："这就对了，这样自鸣得意，才像是杜公子说话。"

杜松似是开玩笑，又似是认真地道："若是把公孙姑娘送给那大寨主做压寨夫人，要他归降，他一定不能拒绝。"

若雨面无表情地反问道："杜松，你就是因为这个，才答应让我来的？"

杜松笑道："自然不是，有公孙姑娘在身边，在下自然高兴得很。不过我那位苏瑞兄能答应你同来，却确实是因为这个缘故了。"

若雨点点头，没有说话。见若雨没有搭腔，杜松索性站起对若雨一揖，道："苏瑞兄还要我转告若雨姑娘，说是虽牺牲了你一人，却省却了一场血战，不知有多少兄弟的性命因公孙姑娘而得以保全。公孙姑娘的大恩大德，我们会牢记在心的。"杜松身子刚刚站直，一柄短剑已指定他的咽喉。

只见若雨气得柳眉倒立，喝道："胡说八道够了？"

杜松赶紧摇摇手道："别，别！公孙姑娘息怒！在下只是走得有些困了，开个玩笑提提神而已，公孙姑娘别放在心上。"

若雨把短剑一挥，杜松哎呀惊叫着一缩头。一缕鬓发徐徐地飘落下来。

若雨笑问道："这样够不够提神？"

杜松吓得一摸自己的脑袋，连连道："够了够了，在下现在精神好得不得了，不用再提了！"

若雨哼了一声道："你那位苏瑞兄处处精明过人，只是如此看重你，却该算是智者千虑，必有一失。"

杜松仍是笑嘻嘻地道："公孙姑娘有所不知，在下天姿聪颖、机智灵巧、力大无穷、心地善良，所以人见人爱！"

若雨一边收起短剑，一边淡淡一笑，又像是自言自语道："世上的无知女子太多而已。"

两人说话间，小车已经接近了小山，若雨他们甚至可以看见山上的哨塔了，但是令人奇怪的是塔上却空无一人。

两人都感到很奇怪，到得山上了，众山匪三三两两，都已喝得酩酊。对于杜松和若雨的到来，他们竟浑然不觉。

第三十三章 劝 降

原来，瘦匪首等人被苏瑞放回来以后，都传说苏瑞有很多大炮，要将小山射平。众山匪都感到绝望，借酒浇愁。

杜松和若雨轻轻上岸，走到一名山匪身后，杜松一拍他的肩膀，喊了声"老兄"。山匪也不回头地答道："来，喝一杯！"

杜松诧异地问道："大伙在边关把守，却喝成这个样子，不怕老大怪罪吗？"

山匪沮丧地道："大炮一射，山上全得玩完，还把守个屁？"

杜松一笑道："那就麻烦进去通报你们老大，让他醒醒酒，就说斑狱司的苏瑞苏统领，派人求见。"说着，杜松走到他面前，道，"今天把我们围在小山包上的，可也有你吗？"

山匪终于看清了他，被惊得目瞪口呆，说不出话来。

杜松一指若雨，笑问道："不认得我，这样美貌的姑娘，总忘不了吧？"

山匪怔了怔道："在这里等着。"说完，转身就向山内跑去。

看着山匪跑得那么快，杜松还在后面关切地喊道："慢点，不着急！"

若雨显然没有杜松的好心情，不住向四下里张望，默默思索着什么。杜松直盯着若雨看，边看还边感叹道："若雨姑娘的眼福，可是大大不如我了。这山上的风光虽说也算不错，但又怎么能和姑娘的容貌相比？"

若雨忽然冷笑道："杜松，说你是小聪明，你还真别不承认。你仔细看看这个山，最值得看的，是它的景致吗？"

杜松也向周围看了看，脸色不由得变了。

就在这时，一山匪出来将两人请了进去。原来山匪巢穴是建在一个山洞里，洞内虽然照不进阳光，但已点起巨烛，这时更有几个山匪手执火把，大厅一片亮堂。

胖匪首坐在正北的座椅上，右手撑在膝盖上，可惜受伤的左臂依旧吊在脖子上，不能如右手一般撑着膝盖来增加威势。

瘦匪首坐在胖匪首旁边，轻摇鹅毛羽扇，俨然一副智多星的模样。一口油锅下烈火熊熊。

杜松面不改色，上前作了一揖道："见过二位当家。"

胖匪首傲慢地道："小子，你昨天逃了性命，怎么今天还敢来送死！"

杜松掏出一个小药瓶一晃道："昨日大当家不小心伤着了胳膊，今天在下特意带来了大内秘制的金创药，来给大当家疗伤。"

瘦匪首在一旁叫道："他，他，他多半在药里，下，下了毒。小子，你想欺骗老子，老子可不上你这个当！"

杜松正色道："苏统领在外面已经布下重兵，数十门神武箭车对准了这里，只要一声令下，说句不中听的话，要把这所有人射成肉酱，也不是难事。我要害大当家，又何必这样大费周章！"

瘦匪首又叫道："胡说！就是把附近几个县城的箭车都加，加起来，也没，没有……"

胖匪首显然很赞同瘦匪首的话，点头道："不错，你少跟老子虚张声势，附近县城的箭车加起来，也没有几个！"

杜松一笑道："二位当家好聪明。只是……何必要从这些荒野小县里调箭车，就要说到苏大人在京城里斑狱司的统领当得好好的，却又为何北上了？"

胖匪首不以为然地道："这些京里的官儿出来游山玩水，又有什么稀奇？"

杜松摇摇手道："这你可就错了，苏大人就是专门运送箭车，去支援董家军的。大当家，昨天我和你说的那些放箭的道理，可不错吧？要不是在苏大人身边跟得久了，看得多了，你说我一个读书人，怎么会知道这些东西？"

胖匪首听得连连点头道："这话言之有理。"若雨也不禁面露微笑。

杜松道："要是信不过在下的话，二位当家不妨派人出去看看。"

瘦匪首向一名山匪使个眼色，那山匪忙奔出洞去。不一会儿，那山匪就慌忙跑回洞中，在胖匪首耳边，说了几句。胖匪首狠狠瞪着杜松道："好个苏瑞！"

杜松微笑看着他道："大当家，昨晚在下还见过了令堂大人……"

胖匪首勃然大怒，一拍大腿道："娘啊，你给那些天杀的斑狱司害啦，儿就油炸了这小子，为您老报仇！"

若雨刚要冲上去阻拦，杜松向她挤挤眼，示意不必。

胖匪首威胁道："这小子细皮嫩肉，油锅滚上两滚，就是个烂熟，正好给老子下酒！"瘦匪首和众山匪都连连赞同。

杜松却哈哈大笑道："我笑大当家是鞑子，到底是外行啊。"

胖匪首不解地问道："这和鞑子又有什么关系？"

杜松道："直接在炭火上烤肉，下酒最好。油炸的滋味，就差得多了。吃烤肉本来是胡人的风俗，鞑子，知道这个道理的，可就少些。"

胖匪首一挥手道："奶奶的，既然你这么说，撤去油锅，老子就把你放到炭火上烤烤！"说着几个山匪就将油锅抬了下来，过来两个人把杜松就要往火上架。

杜松挣了几下，脸色不由得变了。

若雨看着杜松微变的脸色，不由得抿嘴微笑，轻声道："弄巧成拙了吧？"看杜松就要被架到火堆上了，才大声地对胖匪首道："大当家，且慢，令堂好好在苏大人那里做客，你不必担心。还是那句话，苏大人真要想和各位为难，下令攻山也就完了，又何必大兜圈子地和各位家人为难？"

胖匪首疑惑地问道："你是说我娘没死？"

若雨肯定地点点头，道："当然。"

瘦匪首仍是不解地问道："那，那姓苏的到底是什，什么意思？"

公孙若雨朗声道："我也知道，各位虽然落草，但都是响当当的好汉子……"听到若雨称赞自己，胖匪首咧嘴傻笑。

若雨接着道，"哪能和那些没出息的流寇一样？但就是为了他们，朝廷里议论纷纷。说作乱的虢寇，十个里头倒有七八个不是真虢寇，都是些本朝的乱民。这些年虢寇患闹得太凶了，大王龙心大怒。因此，这次苏大人出京的时候，他就给下了一道密旨，说是沿山的流寇犯上作乱，要诛灭九族，一个也不许留。还特别给苏统领写了四个字——"

说此这，若雨故意停了一下，冲杜松眨了一下眼，然后一字一顿道："除恶务尽。"

看到若雨和众山匪说得头头是道，杜松都听傻了，不由得在心里叹道，天哪，这人比我还能吹啊！

胖匪首倒吸了一口凉气道："怪不得来了如此多的箭车。"

若雨一笑道："苏大人查访清楚，各位和虢寇，那是毫无关系。前些时甚至还和虢寇打过一仗……"

胖匪首得意插嘴道："那是，那次虢寇想往我们郑家庄去，在山上给老子杀得屁滚尿流，痛快痛快！"

杜松接口道："山上抢劫，虽然也是大罪，但毕竟和通虢不同。准许你们戴罪立功，归顺朝廷。"

胖匪首问道："苏大人的意思，是要招降我们了？"

杜松点头道："这就是我今天的来意了。"

瘦匪首忽然插嘴道："且慢，你刚才说，大王要除，除……"

胖匪首也赞同道："是啊，大王要除恶务尽，苏大人却招降我们，那不是抗旨不遵吗？"

第三十四章　拷　问

　　听到两个匪首的话，若雨不由得在心里暗自后悔自己刚刚把话说得太过了。

　　倒是杜松反应敏捷地道："你们要是都感念苏大人的恩德，从此成了良民，那就不算'恶人'了，那可不就是'除恶务尽'吗？"

　　杜松边说还边得意地看了若雨一眼。若雨并不理会，只是幽幽叹了口气道："话是这么说，但……本来，苏大人只需奉旨行事顺水推舟就把你们灭了，那是什么事都没有了。但现在这么一来，苏大人可是冒着天大的风险了！"

　　若雨刚说到这，杜松就用责备的口气道："若雨姑娘！这话说它作甚！"说着，若雨和杜松暗暗对视一眼，两人心中都暗自惊叹，相互配合的默契和连贯，仿佛就像排练过的一样。

　　胖匪首忽然"霍"地站起来道："话说到这一步，我们要是再不归顺，可也太对不起苏大人了！"

　　瘦匪首拉住他劝道："大哥，须防，防其中有，有……"

　　杜松见状，插嘴道："大当家的要是还信不过我们两个……令堂就在后面车上，大当家的不妨先见她一见。"

　　胖匪首道："二弟，你在这里等着，我跟他们过去看看。"

　　瘦匪首劝道："大哥，当心是诱敌之，之计。"

　　胖匪首干脆地道："人家一个姑娘，这位公子模样也是斯斯文文的，都有胆量来咱们山上，我要是去看看老娘都不敢，还称什么英雄好汉！"说完，就带头出去了。

　　杜松和若雨在山洞中，和众山匪唇枪舌战的同时，苏瑞和傅一刀也一样没有闲着。苏瑞在吩咐士兵将一截截木头刷上黑漆，从远处一看，还真像那么一回事。

看到苏瑞忙好这一切后，傅一刀悄悄地来到苏瑞的面前，恭恭敬敬地道："苏统领刚刚说有事要问在下，在下怕苏统领忘了，特来提醒一声。"

苏瑞面无表情地说道："傅先生倒是心急得很。"

傅一刀仍是恭恭敬敬地道："苏统领过奖。在下一向僻处荒野，孤陋寡闻，难得有苏统领这样的当世俊彦垂询，自然是要兴奋得不知如何是好了。"

苏瑞道："你说你是秦川湖畔醉石斋傅老先生的公子。傅老先生是我恩师李轩的故交，你的话，我恩师能听得进去，倒也不奇怪。只是我听说，这位傅公子二十一岁上出关做生意，遇到了虢寇，谁都以为，他已经死了。"

傅一刀神色不动地道："总算命大福大，我在一个山洞躲了三天三夜，到了虢国的草地。漂流异乡，一文不名。整整八年之后，才回来。这八年的经历，就不足为外人道了。"

苏瑞仍是漫不经心地道："这位回归故土的傅公子，不但性情大变，形貌也大变。可以作为凭据的，不过是身上的一块玉佩。"

傅一刀心里虽不明白苏瑞为何要谈及这些，但仍是恭敬地答道："一个飞鹰走狗的纨绔子弟，要是遭逢这八年磨难，什么变化也没有，那倒怪了。"

苏瑞点点头道："说得有理。奇怪的是，这位傅公子一回来，傅老先生马上就过世了，倒好像是绝不愿与儿子相见一般。"

傅一刀略带凄凉道："我到家中时，家父已缠绵病榻半年之久。忽然见到早已以为阴阳阻隔的儿子，一时惊喜交集，反而……唉，总之，于父子天伦，我傅一刀实在有愧。"

苏瑞将目光从外面转了过来，看着傅一刀问道："何止是父子一伦，

啸长风

我又听说，自从傅老先生去世，傅公子就为自己起了个别号，叫作'半伦'，这事可是有的？"

傅一刀微微一笑道："苏统领所查到的事，自然不会假。"

苏瑞道："这是说，君臣、父子、兄弟、朋友、夫妻五伦，前面四伦傅先生都已没了，只是宠爱秦川河上的一个姑娘，而这又毕竟算不得夫妻，因此只剩半伦。半伦兄，我这么解，可不错吧？"

傅一刀连忙答道："苏统领这么称呼，傅一刀可不敢当。"

苏瑞道："既然君臣大伦都已经没有了，半伦兄怎么会现在又忽然为了碧凌剑的事情忧国忧民呢？"

傅一刀略一沉吟道："实迷途其未远，觉今是而昨非。"

苏瑞哈哈一笑道："原来先生竟还是回头的浪子。傅兄秦川河的相好，可还在吗？"见傅一刀一愣，苏瑞接着道，"那如此说了，傅兄可至少是有了一伦半了。"

傅一刀一时竟不知该如何应答。就在这时，外面发出了一声尖锐的响哨声，苏瑞道："大概杜贤弟召唤我们了。一起上山去吧，一伦半兄。"

果然是杜松按照事先的约定，吹的响哨。

苏瑞走到人群朗声问道："哪位是郑大虎郑当家的老夫人？"

话音未落，他身后一个白发安然的老妇颤颤巍巍地道："苏大人，别跟他客气，让我来教训这个畜生。你这畜生！这苏大人是世上少有的好人……"

胖匪首一听这声音，大声叫道："妈！"一跃上前，在老妇面前跪下，哽咽道，"妈，儿子可担心死你老人家啦！"

老妇人并不答话，只是用手中的拐棍重重打在胖匪首背上，胖匪首乖乖挨打，动也不敢动。

苏瑞见状，忙上前搀起老妇劝道："老人家，您消消气，外面风大，和令郎到车里说话。我等会儿再回来。"说着，示意亲兵将老妇和胖匪首都扶到车内。

130

杜松悄悄地走到苏瑞的身边，小声说道："你是怎么哄这老人家的？人家这么夸你。"

苏瑞笑而不答，却抬头向四下里看看，赞叹道："这山的形势好得很啊，易守难攻，真要是布置得宜，就是几千精兵，也未必攻得下来。恭喜二位立此奇功。"

若雨只是抿着嘴笑，杜松脸一红，喃喃道："惭愧惭愧。"

苏瑞道："兄弟惭愧什么？"

杜松白了苏瑞一眼，厚着脸皮道："苏兄和若雨姑娘一样，都是一眼看出这山地利，不比寻常。我却要等若雨姑娘点醒，才能注意到这些。"

苏瑞并不理会杜松的眼色，笑笑道："兄弟你是雅人，眼里所见，都是气韵情致。倒是我们，一上来就讲武论兵，真是作践山水了。"

这时胖匪首从车里出来，来到苏瑞的面前，纳首便拜。

第三十五章　释　然

苏瑞连忙躬身将胖匪首扶起。胖匪首硬磕了几个头才挣扎着起身，道："恩公！小人昨日有眼不识泰山，冒犯了大人，大人竟然……我郑大虎是个粗人，也不知道该说什么好，总之，苏大人救了小人的老娘。救了我们满山的兄弟，小人这条性命，从今以后就是大人的了。只要大人吩咐，小人火里火里来，山里山里去，只要皱一皱眉头，不是好汉！"

苏瑞笑了笑道："你们既然已经决意效忠朝廷，那以后……你们既然已经在这里经营了这么久，就也还在这里住着吧。"此话，让在场所有的人都非常意外。

胖匪首惊喜异常地感谢道："谢青天大老爷。小人求之不得！"

苏瑞道："你也别叫我什么青天大老爷了。我想在你山上各处看看，

啸长风

你看可好？"

若雨冲胖匪首嫣然一笑，道："郑大哥，现在天色已经不早，苏统领要欣赏你山上的风光，也不是一时半会儿的工夫。我看他今晚是走不了啦，咱们该去给他准备晚膳啦。"

苏瑞看着若雨和胖匪首离去的身影，心里也不由得感到这个姑娘的善解人意。

杜松在一旁仍有不解地问道："苏瑞兄，你怎么忽然改了主意，让这些山匪还留在山上？"

苏瑞并不回答，只是打量周围的环境连连叹道："各地的情形，都是虢寇常在山上盘踞。这山如此险要，若是给虢寇占去，后果不堪设想。"

好一会儿，苏瑞才对杜松道："贤弟，你是否又要说那也该是由朝廷派兵来镇守啊？贤弟，你真不是官场上的人啊。朝廷山禁颁行已久，说是片木不准下山，这时却忽然要在山上驻军，朝中的那些大臣，首先便要出来反对。就是不怕担奸邪祸国的名声，我现下拟一个折子上去，一时未必抽调得出人来，就是有了，这样一支人马驻在这里，所用度的钱粮须得附近的州府自筹，这就又得增加赋税，嗯，还有……"

杜松不耐烦地说道："好了好了，我大杞官军为什么常常以数十倍的兵力还敌不过虢寇，我可算是明白了。"

苏瑞笑道："所以，留这些山匪在这里，倒是最好的法子。"看着远处的山峰，苏瑞回头对苏炎吩咐道："你回去吩咐各车，除了留一辆接我们明日回去，别的车就回去吧。"

杜松也低声附和道："是啊，这些车是得赶紧走，那大炮车……别给山匪看出破绽来才好。"两人信步向不远处的山峰走去。

这是一个天然形成的山脉，虽不大，但是奇峰峻峭，易守难攻，真是一个难得的军事据点。

苏瑞和杜松站在山峰上向下观望了很久，都不约而同地认为，如果当时强行攻打的话，真不知道要花费多少兵力和时间，再死伤多少人。

杜松指点着远处的一个制高点，道："在这三处布下岗哨，不论敌人想从何处登山，都绝然逃不过守军的眼睛。西首那个谷口若是筑起关隘，大可一夫当关，万夫莫开。还有，这两个山峰，都可筑起箭台！"

苏瑞笑道："贤弟，这利用地势结营布阵的法子，你是心思不用在这里，一旦留意，旁人还真是难以和你相比。"

杜松道："别人笑我纸上谈兵，我就纸上谈兵。"夕阳西下，山面上战车正缓缓远去。

苏瑞忽然叹了口气道："贤弟，愚兄思之再三，觉得这事还是不能瞒你。"说着取出一个小纸团递给杜松。

杜松接过纸团笑着道："大家毕竟都不是小孩子了。有点私事瞒着不说，那也没什么。"

苏瑞摇摇头道："苏炎少年时候，是在西域长大的，学了那里的瑜伽功夫。和人动手，他常常打不过人家，但闭气装死，别人却很容易被他瞒过。他在阳泉被人打晕，那是假装的。然后他窃听了你和陈元、傅一刀的谈话，就飞鸽传书给我。"

杜松苦笑道："他放飞鸽子的时候，我也看到了，但却全没想到这一层。"

苏瑞长叹一声，眼角隐隐湿润，叹气道："苏炎这么做，是对我忠心，我也不能说他什么。我若说他这般做事，并非我的安排，你一定不信，唉，不多说了。不过贤弟你放心，既然老师不希望我参与碧凌剑的事，以后此事我就绝不过问。"

杜松紧紧握住苏瑞的手，道："苏瑞，其实我也想不通。我虽然不知道老师为何如此，但是我信你。苏炎偷听的事，本来我全不知道，你若是不和我说，我也就一直蒙在鼓里。苏瑞兄今日能跟我说这些，足见光明磊落，唉，倒是我这一路上小算盘打了无数，可实在是……苏兄不要见怪才好。"苏瑞叹了口气，并无反应。

虽然是偏僻山上，但是各种山珍海味，倒也满满地堆了一桌。众人

133

团团聚在一起。

胖匪首和瘦匪首各端起一碗酒，一起走到苏瑞面前。

瘦匪首道："恩，恩公这份仁义，那是不，不必说了，现在只带，带着几个人，就留在我们山上，这份胆气，更是叫人佩服得不，不得了。"说罢，两人一饮而尽。

若雨站起来对身边的老太太说道："老人家，从今而后，您儿子可是出息了，说不准不出几年，就变成朝廷的参将呢。"老太太被若雨的话逗得合不拢嘴。

忽然一名斑狱司校尉急急走进，凑到苏瑞耳边说了几句话，苏瑞面露忧色，但是很快就恢复平静，众人都没有察觉到，仍然欢声笑语的，只有傅一刀不动声色地观察着苏瑞。

晚上，当屋内只有苏瑞、杜松两人的时候，苏瑞忧心忡忡地道："刚得到的通报，这些天董将军进军神速，连连告捷。"

杜松一边整理衣服一边道："这是好事啊，为什么当时你的脸色会那么难看？"

苏瑞叹了口气道："贤弟，你知道我为什么要从董帅大营到这里来？"

杜松淡淡地道："你肯定也不全部是为了接应若雨姑娘的药材。"

苏瑞一笑道："如果只是接应药材，那谁都可以来，我又何必亲自出马。其实，我差不多是给逼出董浩大营的。不是一个两个人。董家军上下，有很多人都怀疑，我与虢寇有勾结。"

杜松一笑，示意苏瑞不要在意，心想，当初我们还疑心董浩通虢呢，这种莫名其妙的猜疑，倒是到处都有。

苏瑞道："说我通虢，看来可并不是莫名其妙。自从我一到董帅军中，董家军军情，就连连泄漏给虢寇知道。你说这个时候，不疑心我，还能疑心谁？也不单是我们被疑心。后来我查明白了，当初恩师李轩在董家军中，一样碰到这样的事。他在，董家军就军情泄漏，他不在，就一切安好。就是因此，董家军中才有那么多的将校，到现在还对恩师不能释然。现在，我也碰到了和恩师一样的事。我一离开，虢寇就再探听不到董家军的一点消息。我这通虢的罪名，可是越来越难洗脱了。"

第三十六章　水　路

杜松沉吟一会儿，道："真正泄漏军情的那个人，大概也就是陷害我们的那个人。我们到董家军大营的第一天，那人就莫名其妙地拉我们去议论军情，其实就是有意栽赃。"

苏瑞有些无奈地笑笑道："那是自然。知道是谁又能怎样？人家是多年来患难与共的同僚袍泽，我却是他们口中的奸将之子。你说别人是会信他，还是信我？但若仅是为了要逼我离开，这一计确实是有些小题大做了。"

听苏瑞这么一说，杜松也忧心起来，这样一来，董浩营中的奸细不除，这个时候董将军贸然进兵，只怕……

直到第二日早饭时分，杜松还在想着此事，照着这样的情形来看，董将军若是麾兵强攻，还无大碍，越是想巧计破敌，只怕越要给虢寇可乘之机。

——不成，一定要想方设法通知董将军，军中的奸细还在，万万不可。这是仓促进兵！想到这里，杜松下定了决心，一定要给董家军报信。

但是只要想到董家军中将士们的那些怀疑的目光，杜松就感到一阵发怵，口中自言自语道："不能听天由命，人事可也不能不尽！"

忽然，苏瑞拍了拍杜松的手，杜松这才惊觉，原来自己刚才想问题太入神了，竟然忘了是在吃早饭，举着一个馒头放在嘴边都好半天了，惹得大家都盯着他看。杜松不好意思地冲大家笑了笑，抓起馒头狠狠地咬了一大口。

135

啸
长
风

苏瑞看着杜松，就仿佛揣摩透了他的心思一样，笑着说道："贤弟，好在董将军的大营也就在边关，我们可以径直过去。二位当家，就烦劳你们派人通知我们村里的人，让他们也动身到董家军军营去。"

若雨忽然冷笑道："这可不像是苏公子该说的话。苏公子不是答应董将军亲自保护好药材的吗？怎么只是派了一小队人马跟着，自己却半途而废了呢？"

苏瑞脸上微微一红，向若雨一揖，道："对不住，是我失言。贤弟，看来只有这样，咱们先回，然后兵分两路，我去护送药材到阳泉。去董浩大营的事，就全拜托你了。"

杜松把馒头一扔，道："也只好如此。从山上到董浩大营要多久？"

苏瑞想了一下，道："大概要三天时间。"

杜松跺着脚道："这可未必来得及了。"

旁边的瘦匪首忽然结结巴巴地说道："不必，不必三，三天，我们有，有，有办法。从，从江，江上走，我们有，有船……"

看瘦匪首说得这么费劲，胖匪首干脆接道："下面就是霍尔克斯江，向左直通董帅大营，向右就是虢国京都上阳。我们在江上有只快船，两日便可到董帅大营。"

杜松高兴地道："这太好了，大当家，麻烦你前面带路。"

众人谁也没有注意到，一丝不安在傅一刀的脸上一闪而过。

胖匪首在一旁催道："公子，请，下山上船吧。"

杜松正要抬脚上船，背后响起若雨急促的喊声："杜公子，郑大哥。等一等。"杜松回头一看，若雨正气喘吁吁地向自己跑来。

若雨跑到面前，急促地说道："不是有船吗？我跟你们一起坐船吧。有苏公子在，药材的事，我很放心。"

一听这话，杜松心中不由得一阵狂喜，为了掩盖自己的失态，故意说道："你就对我们放心了吗？"

若雨瞪了他一眼，没有理他，转身对胖匪首道："郑大哥，咱们走吧！"

杜松解嘲似的笑了笑，也上了船。很快，他们的船已经开出了不少距离，回头看去，小山已经是一个黑点。

若雨因刚才急速奔跑，脸上的红潮还未褪尽，杜松看得竟有些痴了。看着杜松痴痴的样子，若雨一时也不知道该说些什么，只好轻轻地咳嗽了一声。杜松一惊，为了掩饰自己的失态，连忙问道："若雨姑娘怎么忽然转念，要坐船了？"

若雨担忧地答道："我必须马上赶到董大帅的营里，慕容端可能还在那里。如果董浩战败，他也会有危险。"

杜松好奇地追问道："你说的是谁？谁在董将军营里？"但是声音已经带有一丝无法掩饰的嫉意。

若雨看了他一眼道："慕容端是参将大人最宠爱的弟弟，我决不能让他有任何意外。"

就在他们走了不久，苏瑞他们也上马出发。傅一刀悄悄左右看看，一看身边无人，似有意似无意地把一件东西抛进山里。那东西是个圆盘，圆盘中央露出一截引线，正在滋滋冒着火星。

约半炷香的时间，圆盘中央忽然有一道烟火射出，直飞到十余丈的空中，然后变成一团浓烟。较远处又有一道烟火射起。过了片刻更远处又是一道烟火亮起。

杜松远远看见了烟火，好奇地问道："咦，这是什么？"

若雨的脸色一下变得煞白，苦笑道："彪寇！这是彪寇召唤同伴的方法！这一带江上的彪寇，现在大概都盯上了我们。"

在前面带路的郑大虎也探进脑袋，道："这里彪寇本来就不多，又给老子教训过一次，我看未必会……"

山风吹过，对面山上雾气慢慢散开，已经隐约可以看见几十个彪寇慢慢靠近江边，还有彪寇的船靠上来。

杜松叹道："果然是彪寇！"

郑大虎倒是不慌不忙地让船渐渐慢了下来。

杜松回头一看，虢寇的船竟也纷纷慢下来。刚开始杜松不明白是怎么一回事，但是没有一会儿，杜松就看明白过来了，高兴地说道："我明白了，虢寇的船不能转动，他只能驶顺风，咱们现在戗风走，他就只能收帆划船了！"

郑大虎夸赞道："嘿，公子连咱们江上的事都知道，真了不起！"

公孙若雨在一旁道："郑大哥，怎么利用风力，这位杜公子可是行家。他还会驾风飞起来呢，什么时候叫他耍给你看看。"

杜松不好意思地说道："哟，你不说我还忘了，我那对翅膀自从给杜芸那疯丫头射坏了，还一直不曾修它……"忽然笑道，"以前老听人说，虢寇登陆的地方，忽南忽北，神出鬼没，加倍难以防范，原来，原来……原来是虢寇自己也没法子，戗风他就走不了，那自然是西南风他就到阳平关和丘城，东北风他就到济州、尧邑……哎哟！"

杜松不由得笑弯了腰。若雨忽然在他背上击了一掌，他本来就弯着腰，给击得一下子扑倒。

一支巨箭从杜松的头顶飞过，正钉在桅杆上。这一箭劲力十足，入木极深，箭尾还不住颤动，吓得杜松面如土色。

郑大虎气道："奶奶的，鬼子就会放箭！可惜老子的无敌神飞霹雳大将军不在这里，否则……"一箭从他耳边擦过。

第三十七章　追　射

若雨也赶紧伏倒，就挨在杜松身边。

杜松逗笑道："若雨姑娘，咱们这个样子，看起来跟同床共枕，可也差不多呢。"

若雨白了他一眼，把身子向旁边挪开一些，道："郑大哥，快趴下。"

郑大虎答应着，趴在若雨和杜松之间。箭如飞蝗，三人趴着都无法起身。杜松微微侧过脸，正看到郑大虎的一张满是虬髯的大脸对着自己，气愤地在船板上捶了一拳。

郑大虎却以为他是害怕了，安慰他道："公子别怕，等咱们的船再抛开他一段，就没事了。"

给郑大虎这么一说，杜松弄得哭笑不得，若雨却在一旁冲着他做了一个鬼脸。

忽然，一箭射中帆索。三人齐声惊叫。帆落下，覆盖住三人。嗖嗖不绝的声音忽然止歇，显然虓寇船已经不再放箭。待三人掀起船帆坐起来时，虓寇船已缓缓驶近了，自己的船却在江中直打转。

眼看着虓寇船越来越近了，杜松急得到处找船桨，若雨笑道："呆子，他船上有那么多桨，你划得过他吗？就是划得过，他只要再一放箭，你还有办法接着划吗？"

杜松气得直挠头，懊恼地道："那怎么办？"

郑大虎挪到一边，从船底取出两块大的受风板。杜松忍不住道："大当家这两把板斧，模样可真有些奇特。"

虓寇船靠得更近，连船桨划水的声音，也清晰可闻。

郑大虎并不理会他，又取出第三块受风板。

杜松挑大指道："两只手用三把板斧，大当家可真是神人！"

郑大虎把受风板往风车架子上一放，一面装一面口中念念有词道："在家靠父母，出门靠朋友，山路靠驴……"虓寇船上看出不对，又是一箭射来。

若雨眼明手快，一刀将射来的箭斩落水中。

郑大虎大吼一声道："……航江靠风！"最后一块受风板安装妥当，成了一只螺旋桨。

随着风向，螺旋桨开始慢慢转动，而且越转越快，打动着水面，船很快启动起来。船上三人不由得齐声欢呼起来，虓寇船上的虓寇也大声惊呼，又开始放箭。

三人只好伏下来，有几箭射在受风板上，当当作响，火花四射。顷刻之间，怪船已把虢寇船抛开很远。箭仍在射来，但都被抛在后面，落在江里。

怪船尾上的受风板急速旋转，怪船乘风破浪，早已将虢寇的船抛得无影无踪。郑大虎爬到桅杆上，接续帆索。

杜松抬头看着他，大喊道："大当家，你这船还真有一套啊！"

郑大虎一边升帆一边回答道："大船上也得有出事时逃命的小船啊！"

杜松道："哦，原来这船还是专门逃命用的，怪不得这风车做得这么……"

郑大虎得意地说道："这可不是。嘿嘿，是我和老二一起想出来的。本来是个风车，后来老二建议我将风车上的叶子都向外斜一些，这样只要风来了，风车就转，叶子推水，船就开了。顺风这么装，逆风就把叶子反过来，还是一样开！"

若雨也赞叹道："郑大哥可真是聪明得很。"

被若雨这么一夸，郑大虎咧开大嘴傻笑，但随即笑容就变成吃惊的表情，三人回头一看，又是七八只虢寇船出现在怪船之后。

原来，附近山上的虢寇接到傅一刀的烟火传讯后，都纷纷赶来了。

郑大虎颇有英雄气概地说道："来多少甩掉多少，奶奶的，老子的宝船难道是闹着玩的！"

忽然前方出现了一块礁石。

郑大虎奋力调整风帆，船身擦着礁石忽地过去了。前方的滚滚山浪之中，一块块礁石不时地露出水面。

杜松大叫道："天哪，这里全是礁石！"怪船在风浪中东倒西歪，但总算每次都与礁石擦肩而过。

后面的虢寇船却躲闪不及，当即便有两只与礁石相撞，船身粉碎，落水的虢寇哇哇怪叫，转眼没顶。

郑大虎哈哈大笑道："奶奶的，髋寇的船就是差劲。你的船要是开得像老子这么快，撞碎了那还有点道理，这么慢得跟乌龟爬似的还会撞碎，真是……哎哟！"说话间，稍一分神，船险些与一块礁石相撞。郑大虎不敢再说，专心控船。

转眼间，又有两只髋寇船粉身碎骨。

杜松在一旁看得直皱眉，自言自语道："奇怪，这船碎得也是实在太快了一点，停船，让我看看那船的碎片究竟是怎么回事。"

若雨白了他一眼，对郑大虎道："郑大哥，别理他，快开！"片刻之后，最后一辆髋寇船也触礁沉没。

郑大虎这才得意扬扬道："杜公子，你看见啦，我这个船啊，绝对是天下第一，坐稳喽。"

前方的礁石却越来越多，越来越密。风越来越大，怪船在礁石间的穿行也越来越惊险万状。

若雨终于开始着急了，道："好了郑大哥，没有追兵了，可以慢些了。可以减速了！把风车停下来吧！"

郑大虎一边吃力地控船，一边说道："这风车转起来……力道太大，……风大的时候，停不下来！等风一小，自然就停了。"

杜松苦笑了一下，打趣道："以后坐你的船之前，你最好把这个问题给解决了。"

风大浪急，怪船风驰电掣。总算是有惊无险地过了那片乱礁，三人都大大地松了一口气，忽然前方的岸边出现了一座巨大的山寨。

若雨叫道："郑大哥，快停下来！咱们到了！"

郑大虎急得一头汗，可是船还是停不下来，若雨一咬牙，一刀斩断了螺旋桨的细轴。

杜松大叫道："不要。"将若雨扑倒在自己身子底下，被斩断的螺旋桨飞了起来，从二人头顶飞过。

郑大虎也惊叫一声，躲到桅杆后面。螺旋桨重重砸在桅杆上，把船帆绞得稀烂。咯吱声响，桅杆眼看就要断了。

郑大虎又往旁边一闪，桅杆倒下，砸在船头后，滑入江中。

郑大虎惊得一摸脑袋，叫道："妈妈呀！"

船身被砸得剧烈颠簸起来。杜松背上给受风板擦了一下，鲜血直流。但他浑然未觉，只慌慌张张地站起，关切地问道："若雨姑娘，你没事吧？"

若雨惊魂未定地坐起来，喘了口气道："对不住郑大哥，毁了你的宝船。"

郑大虎大度地道："没事，船以后还可以再造。只是，这下连帆也没了，咱们可一点动不了啦！"

若雨一扭头看到杜松背上鲜血直流，慌忙问道："杜……杜公子，你受伤了，伤在哪里？"

本来，看到若雨一路上都对自己很冷淡的样子，杜松的心里一直都不是很舒服，现在看到她因为自己受这么点伤，就慌成这个样子，关切之心自然流露，不由得心中大喜，也不觉得疼了，笑道："哈，若雨姑娘，你谢上一声，别说这点小伤，就是脑袋掉了，也不会痛了。"

若雨掩口一笑，嗔怪道："呆子，脑袋掉了，当然是不痛了。"

没有帆的船，随着风向自行向岸边漂去。

郑大虎乐颠颠地道："还好碰上涨潮……"话音未落，郑大虎的脸色都变了，抖声道："啊，若雨姑娘，杜公子，你们再看看，这模样，是董浩的大营吗？"

阳光下，哨塔上千里镜的镜头一闪。一座骁寇的山寨！杜松和若雨都大惊失色。

第三十八章　山　寨

显然对方已经发现了他们，山寨寨门正缓缓打开，当先一条船上站立一人，却是刘参将。

刘参将冲杜松一笑道："杜公子，多日不见。"

杜松惊得张大了嘴巴。刘参将笑道："虢寇倾巢而出，这里差不多是座空营。就在半个时辰之前，我已率人将这个寨子夺下来了。"

虢寇的这个寨子，一半在陆地上，一半则在江中，水面上满是浮桥。刘参将与杜松并肩而行。杜松背上的伤已经经过简要包扎。

若雨和郑大虎跟在二人后面，郑大虎不住朝四面东张西望。

水中停泊着不少董家军的战船，许多战士正在将箭从船上抬下来，向外推去。

刘参将边走边问道："杜公子不是去阳泉了吗？怎么忽然在这里出现了。"

杜松摇摇手说道："不说这个，快带我去见大帅！大帅军中……只怕出了奸细！"

刘参将微笑道："这一层，大帅早已心知肚明。若不是大帅将计就计，刘某又怎么能如此轻易地取下这虢寇经营多年的巢穴。"

杜松叹口气道："唉，早知道这样，我这一路也不用白操心了！"

刘参将躬身施礼道："还是要多谢杜公子。"

若雨忽然从后面赶上来问道："刘参将，前些时，是不是有个虢国护军，到董将军营中来过？他在哪里？"

刘参将摇摇头道："你说慕容端先生？他日前已经离开，现下在哪里，我就不知道了。"

一听此话，若雨满脸失望之色，杜松看在眼里，心里不由得泛出一点醋意。忽然杜松像想起什么似的，急匆匆地问道："刘参将，这山寨之中，还有虢寇的船吧？我想去看一看。"

山寨内另一码头中，泊着大大小小的虢寇船。

杜松凑在船边仔细地观看着，边看还边用手指到处戳了戳，发现船缝之中填塞用的居然是草。杜松这才明白，虢寇的船连接船板，用的不是铁片不是铁钉，怪不得一撞就碎了。弄明白了这个道理，高兴得眉飞色舞。

忽然，一名董家军士兵走到船舷边，大声喊道："杜公子，虢寇开始反攻山寨了，刘参将要小人来问公子，有没有兴致过去看看。"

对于这样千载难逢的好机会，杜松怎么会放过？道："如此甚好！"

山寨壁垒上，可以远远看到虢寇的船，正全面向山寨进攻，而董家军的只是防护，并不出击。

刘参将看到杜松欲言又止的样子，解释道："董将军操练新军，毕竟为时尚短，一时确实是还难以和久经沙场、杀人成性的虢寇相较。"

两人正说着话，旁边的郑大虎忽然叫了一声道："奶奶的，老子忍不住了。"说着反手从一名董家军士兵腰间拔出单剑，居然从高高的营垒上一跃而下。

杜松大惊，制止已经来不及了，只好对刘参将说道："对不住，我这朋友没经过正经战事，不知轻重，坏了你的将令！"

刘参将往下看看战局，道："无妨，也差不多是到该出击的时候了！传令！打开营门，全军冲锋！"

胜利是意料中的事，虢寇打败。

傍晚，董浩在虢寇营中大摆宴席，为有功的将士庆贺。

大堂上，董浩居中而坐，众将济济一堂，欢声笑语。杜松、郑大虎和公孙若雨三人坐在一边。郑大虎虽额头上受了伤，黑色的独眼眼罩之上，又缠着一圈白色的纱布，但仍咧嘴大笑，显得十分开心。

郑大虎拉着杜松的手，道："杜公子，我娘老说我丢祖宗的脸，可今天这一回，我比大羿的威风，也不差了吧。"

杜松看着他，点了点头道："老大威武。"

郑大虎喝了一大口酒，道："嘿，杜公子你这话回去我就告诉我娘，也让她老人家高兴高兴！"众人也都纷纷过来向郑大虎敬酒，把郑大虎乐得大嘴都合不上了。

董浩忽然叹了口气，大厅一下子安静了下来。

袁参将问道："大帅是感叹，没有抓到匪首乌拉脱吗？"

董浩道："乌拉脱没了羽翼，就是不死，也再掀不起什么风浪。"

刘参将问道："是为了葛先生吗？葛先生兄弟三人，都从小在虢国长大，因此很容易取得虢寇信任。今日这一战，全凭他把虢寇营中的讯息，一一通报。我军才能及时部署，大获全胜。"

董浩眉头深锁说道："我就是担心，为什么到现在还一直找不到他的踪迹。"

说话时，亲兵引着慕容端从大门进来。

慕容端向董浩行礼道："慕容端拜见董大帅。葛先生已经被我杀了。"

众人一听都脸色大变。若雨的心里也一怔，一时也不明白慕容端为何要这么做。

若雨失声道："杀了？"

慕容端面不改色地说道："你和他不过最近相识，我和他却是从小一起长大。我们商量过几次，他觉得，这件事，我做比他做，会更好。所以他愿意献上一条性命，帮我获得乌拉脱的信任。"

董浩疑惑地问道："这些时候，派人传讯给我的人，其实一直是你？"

慕容端道："当然，传讯人也还是葛先生的人，后来听我调遣而已。"

董浩站起来，还礼道："那慕容先生，我欠你的这个情，可就大得很了。"

慕容端道："我是在还大帅的情而已。与恩人为敌，是君子不能承受

145

的耻辱。"

董浩眉毛一挑道："这药材的事，对先生而言，竟然需要用一场大胜来偿还？"

慕容端道："我相信，现在你我已经两不相欠。"说完，一抬手，乌拉脱的首级被抛到大厅正中。众人一片惊呼。

慕容端并不理会，转向坐在屋角的若雨，凝视不语。若雨站起来，点点头，向董浩告辞道："董将军，我们走了。"

董浩并不询问，只是站起相送。看着二人并肩走出的背影，杜松不由得怅然若失。

晚上，因若雨的离去，杜松也提不起精神来，一个人留在房间里，满眼都是若雨的身影。脸上一会儿满是喜悦，一会儿又愁云满面的，忽然，刘参将进来打断了他的思路问道："公子好，怎么一个人到这里了？与你同来的那位好朋友呢？"

杜松道："郑当家说，打了胜仗，他得赶紧回去，给他娘报喜。"

刘参将微笑道："公子这位朋友，真是朴实可爱。公子，大帅有请。"

直到刘参将带着杜松进来的时候，董浩眼角犹有泪痕。

杜松也挺纳闷，不知道这位举世闻名的名将因何事伤心。

董浩站在窗前，面向大江，江水轻轻拍打岸边，发出有节律的浪涛声。

杜松有些不自然地说道："大帅，我胡乱想的一些事，你可别笑我纸上谈兵。"

董浩正色道："杜公子天资聪颖，董某愿敬闻高见。"

杜松道："我就是觉得，咱们在江上和虢寇作战，优势好像不大。可是我军的战船，却远比虢寇精良。我看江上作战怕也没太多窍门，大船比小船厉害，大炮比小箭厉害，船要开得快，箭要打得快，这些，我们都不难做到。江战咱们本已占优，若是再全力发展水师，不难将虢寇全歼于江上，也不用在岸上和他多纠缠了。"

董浩忽然问道："那，我们怎么将虢寇全歼于江上呢？"

杜松道："虢寇船帆不能转动，只能顺风而行，它将从何处登陆，根据风向不难判断，只要在这些江边上驻扎水军……"说到这里，想起什么似的，突然住口不说了。

董浩微笑地问道："怎么了？"

杜松脸一红道："不好意思，我想起来了，苏瑞兄跟我说过，要朝廷准我们在江上驻军，实在是麻烦得很。"

董浩问道："你知不知道钟龙冠钟大帅？"

杜松不解地答道："军中都称钟龙董虎。自然是久仰参将。怎么了？"

第三十九章　约　宴

董浩微微一笑道："董某愧称虎将，钟大帅用兵，倒确实如神龙见首不见尾。公子，来，我给你看一件东西。"说完，从书架上找出一份卷宗交给杜松，道："这是钟大帅当年的一道奏章，我抄录下来，杜公子不妨看看。"

杜松接过奏章卷宗，展开轻声念道："江上之战无他术，大船胜小船，大铳胜小铳，多船胜寡船，多铳胜寡铳而已……"杜松一路看下去，满脸通红道，"我还以为是自己有所发现，原来钟大帅早有如此精到的议论。"

董浩笑笑道："杜公子在江上匆匆来去，就能有此见识，也真是聪明过人。"

杜松问道："既然钟大帅早有此意，为何至今不见动静？"刚一说完，就意识到自己问得幼稚，是啊，朝中奸佞当道，祸国殃民，良策不能实施，也是在自然之中了。

董浩长叹一声道："若只是一二奸臣阻挠，那也未必无法可想。若是阻挠此事便是奸臣，那董某自然也是奸臣之一了。"

董浩看了看杜松吃惊的样子，笑了笑道，"为了水军之事，我与钟大帅狠争执过几次。我募兵都用农家子弟，鸳鸯阵也是多用锐钯、狼筅、藤牌之类。因此钟大帅曾和我玩笑，说我的董家军不脱农夫本色，乃是一支农家军。"

想到杜芸对那些士兵的评价，杜松不由得一笑，随即意识到失礼，连忙起身致歉。

董浩摇了摇手，不以为然地道："这话原本不错。本朝的规矩，说来是司农总理国家财政，其实，钱粮的收入与用度，许多时候司农不过是名义上有所监督，到底还是由各州府县直接送到附近的卫所。军中所用的火器兵刃，也是各县分别制作……"

听董浩这么一说，杜松忽然道："这个不行，火器精巧之极，哪里会每个县城，都有制作火器的人才？若是建一个极大的火器坊，那火器造得越多，每件火器上所花费的银两也就越少。若是各县分别制作，不但花费多了数倍乃至数十倍，火器的质量，更是难以保证。"

董浩点点头道："公子所言极是。火器犀利，我军却始终不能用为主要战具，便是为此了。现下情形是，一个百里小县，可能要供应附近十余个卫所，而一个卫所所需的军费，也要十多个府县分别送来。一县所送不足，其余县并无替其补足之责，而有的县缴纳不足的事，又总是在所难免，所以大杞天下都司、留守司、卫所总计四百余处，几乎没有兵饷供应充足的。"

杜松苦笑道："今日我还笑那些虢寇所造的舰船，费工费时费料却反而无用。想不到……我大杞的军制，却也一般如此。"

董浩叹了口气，继续道："好在我如今这支农家军，只需各地的父母官不加刁难，钱粮督办者派遣得人，大概军需供应，并无大碍。而若是采纳钟大帅的建议，则种种祖宗之制，必须一旦尽废。钟大帅想建成一支广大船数百只，兵数万人的水上雄师，则至少牵涉到阳泉、永州、郓城、菏泽四府。那所需军费，便非由司农统一调配不可。"

杜松不解地问道："司农调配又如何？这样的祖宗之制，为何便废不得？"

董浩苦笑道："变革祖制之难，实在是难于登天。何况此事所引起的变故，还不仅是祖制而已。杜公子饱读诗书，自然知道，天下汹汹，百姓流离。董某是庸碌之辈，不敢以天下苍生为赌注，冒此风险。此事非三言两语所能说清。杜公子，你年岁尚轻，以后若是经历多了，自然会明白。"

杜松怔怔不语。

阳光下高大的阳泉城墙显得格外的注目，一想到留在悦来客栈的师妹思颖和妹妹杜芸，杜松不由得加快了脚步，过去短短两天的生活，让杜松又对现实多了一分认识。

杜松刚走进悦来客栈，就发现院中停着一辆大车，六名虢国护军守卫在侧。慕容端正跪坐廊下，犹如老僧入定一般。

杜松见了慕容端，不觉后退一步，诧异地问道："你怎么也在这里？"

慕容端似乎没有听见他说话，连眼都没有睁开。杜松一步跨上前，急切地问道："若雨姑娘也在店中吗？她和你一起来了吗？"

忽然，身后响起了一阵急促的脚步声，"杜松，杜松"。还没有等杜松反应过来，杜芸就冲到了面前。

杜芸本来满是喜悦的脸，突然一下子冷了下来，挣脱开来，转身跑了。

思颖上前施礼道："师兄。"杜松连忙还礼问道："师妹。杜芸怎么了？"思颖掩口一笑，并不回答。

倒是一旁直笑的苏瑞上前一步道："贤弟，辛苦了。先休息一下，晚上再好好赔罪。"说完，拉着杜松就走。

杜松还不明就里，直嚷嚷道："赔罪？我做错什么了？师妹，我做错什么了？"

在客栈的一间上房内，杜松已经略作休整，苏瑞将杜芸这几天的情况大致说了一下，杜松走到窗前一边品茶一边道："苏瑞，多谢你了。要不然这个小姐一定会让我头大的。"

大车停在院中，六名虢国护军守卫在侧，慕容端跪坐廊下。和杜松进店时的情形一模一样，几个人都一动未动。

苏瑞笑了笑，看杜松总是盯着窗外的慕容端和那辆大车，道："下面那车里的药材就是献给大王的贡品。那为首的虢国护军，好像来头不小。"

杜松撇撇嘴道："这目中无人的样子，实在是讨厌。"

苏瑞也给自己倒了一杯水，来到窗口，漫不经心地道："还有这药材，我这一路护送着过来，也觉得似乎确实有点不一般。"

杜松一惊，道："苏兄你也动了好奇之心？这可是难得的很啊。"

苏瑞笑笑道："随口一提罢了。对了，我们上次打的赌，还记得吧？这会儿杜芸和思颖买胭脂水粉去了，杜芸对你还有点气……晚上大家一起吃顿饭，愚兄再帮你赔几句情，这事就算过去了。对女孩子嘛，哄着点。"

杜松有些尴尬地对苏瑞笑了笑，道："多谢苏兄，有你跟杜芸赔情，那是比什么都管用。哎，对了，那个傅一刀呢？"

苏瑞若有所思地答道："傅兄在阳泉还有他的半伦红袖，自然是不会和我们这些光棍混在一起的。"两人正说着，忽然敲门声响起，竟然是若雨从外面进来了。

杜松一见，心中怦然一动，刚才几次都想问问苏瑞是否看到若雨了，怕苏瑞取笑自己就没有好意思张口。自从在山寨，若雨和慕容端离开后，杜松一直都有一些闷闷不乐的，现在伊人就在面前。

杜松不禁失声喊道："啊，若雨姑娘，你果然在！"话语中的惊喜表露无遗。

公孙若雨仍是那副淡淡的样子，对他淡淡一点头，上前施礼道："杜公子也到了。苏公子，我听说你在这里。今日晚上，苏公子可愿意尝尝小女子的手艺吗？"

苏瑞淡淡一笑道："今晚在下有事，恐怕要辜负姑娘的好意了。"

杜松抢着说道："晚上我做东，若雨姑娘也请过来。"

若雨看看杜松，又看看苏瑞道："今晚苏公子所谓有事，就是为了赴杜公子的宴席吗？我明白了。如此，晚上我一定到。"说完转身离去了。

第四十章　药　材

杜松和苏瑞对视了一眼，都没说话。

此时，杜松的心里，真是一种说不出的滋味，自从在京都和若雨一见以后，总是念念不忘。而且最近几日的相处，更让人难以忘记，但是，这个若雨并不像一般的虢国歌舞伎，为人行事处处显得很怪异，好像对苏瑞有更好的印象，时时笑脸相迎，刻意顺从。

"若雨和慕容端身为虢人，为什么却甘愿为我大杞所用？"杜松内心一直有这样的疑团。

还有那个寡言少语的慕容端，竟然也能让她冒着生命危险前去探望，"他们两个人到底是什么真实的身份？"

看着杜松失魂落魄的样子，苏瑞忍着笑打趣道："贤弟，魂掉了吗？"

杜松苦着脸道："苏瑞，我们从小的兄弟，不会要做情敌了吧？"

晚上，杜松、苏瑞、思颖、杜芸、若雨五人一起往外走。从院中走过时，大车旁守卫的虢国护军已经换了六人，慕容端却还坐在原地，就如雕塑一样，一动不动。

杜松招呼他道:"喂,老兄,一起去吃顿饭如何?"

慕容端僵坐不动,仍不搭理。

若雨笑道:"多谢杜公子,不必再邀请了。这个时候,慕容端是决不会擅离职守的。"

杜松向大车走进一步,问道:"这到底是什么药材?这么金贵?"

剑光闪动,两名护军的剑已经架在他的脖子上。

杜松惊叫道:"二位,不用这个样子吧?"

慕容端缓缓睁开眼睛,对两个护军一瞪眼。两名护军立刻将剑收回。苏瑞向慕容端拱手谢道:"多谢慕容先生。"

慕容端一字一顿地对苏瑞道:"苏大人,此去贵国京师尚有千里之遥,一路上保护药材是重中之重。这些药材见不得半点风寒,不可沾染稍许潮气,更不能有人气侵入。倘若路上有什么路匪强盗,使药材受到惊吓,那么,你我都担待不起。所以,我希望苏统领,能够不要在阳泉过多地耽搁。"

苏瑞微笑道:"在下明白,这一路行来,这话在下已听过多次了。"

河边齐楚酒楼,杜松一行正团团围坐宴饮谈心。

杜松逐个为众人一一斟酒,说道:"这桌酒席呢,一来是和苏瑞兄践诺当初打赌之事,二来呢,是向杜芸赔个不是,一切都是我的过失……"

杜松斟酒斟到杜芸身边时,杜芸"哼"的一声,噘着嘴将头歪向一边,不理他。

苏瑞见状,走过来,轻轻把杜芸的酒杯放好,杜松赶紧把酒斟满,苏瑞把酒杯送到杜芸的面前,柔声地对杜芸道:"杜松也是因为老师的遗命,这才如此。有的事他不和我说,我以为他这么做,才是对的。不要生气了,好吗?"

杜芸犹豫了一下,看了苏瑞一眼,有些不好意思地接过酒杯,冲着杜松道:"看,还是人家苏公子大度!"

杜松慌忙应承道:"是是是。"说着向苏瑞感激地一笑。

忽然苏炎进来，在苏瑞耳边嘀咕了几句。原来，秦川河边，斑狱司负责接头的傅包铺子傅老板失踪了。

苏瑞抬头看了一下，对杜松几人说道："失陪一下。你们先聊着，我马上回来。"

杜松道："苏兄，你不是怕我没带钱等会儿要你掏腰包，现在赶紧逃席吧？"说着又给若雨倒上酒，殷勤地道："这次来，也是我们一家人出京以来，头一次好好聚聚……"

听到这，杜芸把酒杯重重往桌上一放，思颖在底下轻轻拉了拉杜芸，杜芸没有理会沉着脸道："谁跟这个虢国女子是一家人了！"

若雨微微一笑，脸上如同往常一样，没有任何表情，也不说话。

杜芸一下火了，刚才在客栈，若雨一直对苏瑞笑脸相迎，早已心中不爽了，现在又对杜松这个样子，更让人气不打一处来，站起来大声说道："杜松，你过来。我就看不惯你死皮赖脸地站在人家面前的样子。"

杜松很尴尬地分辩道："我，我哪里死皮赖脸了？"

一听这话，杜芸再也压制不住心头怒火，抄起一盘糖醋鱼向杜松头上砸去。

杜松吓得大叫。若雨一伸手轻轻把盘子接住，汤汁也没洒出半点，微笑道："杜公子，杜小姐说得不错，你们一家人聚会，我确实不该来。"

杜松赶紧打岔道："若雨姑娘，你别往心里去……"

若雨又是微微一笑，放下鱼盘，看着杜芸笑道："我就是不知道，苏公子跟杜姑娘又是什么亲戚，他怎么又跟杜姑娘是一家人了？"

杜芸一时语塞，说不出话来。

若雨缓缓地喝了一口水，道："对不住，是我的不是了，苏公子是李姑娘心中的如意郎君，现在虽不是一家人，早晚也要是一家人的，是吗？"

杜芸"呸"了一声，骂道："虢国女人，就是不要脸。"

思颖赶紧拉住杜芸，向若雨解释道："若雨姑娘有所不知，杞国礼仪之邦，最重师道。苏公子是家父的门生，有道是一日为师，终生为父。说是我们的一家人，本来也不错。又有一句话，叫作四海之内皆兄弟，说若雨姑娘也和我们是一家人，原也没什么不对。"

若雨微微一笑道："原来如此。还是思颖姑娘大度。"

杜芸气哼哼地道："谁说的！那是说四海之内，她不是关外来的吗？"

趁几个女孩子相互斗嘴之际，杜松早已经溜了出去，在酒楼门口刚好遇到回来的苏瑞。

杜松直盯着苏瑞的脸看，苏瑞给他看得都有些不自在了，忍不住在脸上摸了摸，问道："怎么了？我脸上有什么？你怎么出来了？"

杜松叹了口气道："唉，一向看你无趣得很，哪里知道竟是这么招女孩子喜欢。"

苏瑞一见杜松这么说话，就知道一定是受了里面几个女孩的气，赶紧说道："贤弟，我有些事要先走一步，就烦劳贤弟带二位贤妹和若雨姑娘回去了。"说完，转身就走了，气得杜松半天没说出话来。

晚上，杜松一想起白天碰的一鼻子灰，还懊恼不已。看看时辰不早了，估计客栈的人也都休息了，杜松在窗口放出木鸢。

片刻后，门被轻轻推开，陈元走了进来。杜松笑叹道："陈兄来得好快，本来我还怕夜里看不见，想是不是要在木鸢背上，再安根蜡烛。"

陈元微微一笑道："一进来就看见那个虢国护军，还以为走错了。"

杜松伸个懒腰道："你看见他了？他居然还在那里，精神真好。"

陈元问道："他似乎是在守护什么东西，看我不是冲他去的，就没有追究。"

杜松道："还能是什么东西，就是我这趟专门到边关去看的货物。"

陈元有些奇怪地又问道："公子见着了？"

杜松摇摇头道："没有。只知道是一些药材，却又说是见不得半点风寒，又有什么不能碰潮气、人气什么规矩。这些虢国护军把细得很，绝不让别人瞧上一眼。"

陈元皱着眉道:"那个什么傅一刀不是说过,这药材可以让大王不得不交出碧凌剑。如果真是这样,我们不能让这药材送到京师。"

第四十一章　诏　书

杜松打个哈欠,说道:"有点多此一举了吧。我们无非是不想让虢国人得到碧凌剑而已,你藏碧凌剑的地方那么隐秘,大王就是得了药材,想把碧凌剑送给他们,也没东西好送啊。只不过咱们得了人家的礼物,却答应不了人家的要求,未免显得有点不大地道而已。"

陈元一时无言,想想也是这个道理,就问道:"公子的意思,是想把碧凌剑留在那里,不去取出来了?"

杜松反问道:"还有比那里更妥帖的地方吗?我又不想做什么山外天子,虢国国王,得了碧凌剑也没什么用。这碧凌剑这么多人盯着,要是拿到了手,以后可就没有安生日子过啦!"

陈元犹豫地说道:"可是,老大人言道,这碧凌剑里确实有些古怪,要公子……"

忽然在门外响起一阵敲门声,若雨来访。原来,慕容端看见陈元进来,竟也想到陈元来可能和碧凌剑有关,特让若雨来一探虚实。

陈元不愿意和若雨正面接触,赶紧说道:"公子,我先回避一下。"说着,从窗中一跃而出。

待陈元离开后,杜松打开门,笑着道:"若雨姑娘居然会来看我,实在是让在下感动不已。"

若雨站在门口笑盈盈地道:"这么容易就能把杜公子感动,倒是让我很意外呢。"

正说着,忽然,窗外"轰"的一声响,显然有人摔倒了。

杜松忍不住向窗外看去。原来，陈元从窗中跃出，药材车旁的六名护军登时就警觉了，六人一起拔剑，四人拱卫在车旁，两人飞身向陈元冲了过来，陈元赤手空拳，和那两人打在了一起。

没有几个回合，陈元已将对手打倒在地，显然打斗声惊动了店里。杜芸第一个跳出来，气冲冲地嚷道："什么人在闹事，不知道本姑娘在这里吗？"

其余四名护军正准备冲上，被走廊阴影里的慕容端喝住了。

慕容端并不动身，只是恭敬地道："陈将军，请走好。今天陈将军对我们并没有恶意。"

陈元笑了笑，道："你既然知道我没有恶意，为什么不一开始就阻止你的人？"

慕容端仍是恭敬地说道："你见过我和人动手，如果我不也看你和人打一次，那以后我们决斗的时候，对我未免不够公平。可是，如果你再继续打下去的话，那我今天看到的，又未免太多了。"

陈元不耐烦地摆摆手道："你们虢国护军，还真是不肯吃亏。要打就打，我可没工夫算这笔细账。"

慕容端脸色微变，但神色不改道："请恕我重任在身，今天不送了。"

陈元朗声一笑，道："不敢有劳费心。"说着往外就走。

这时，杜芸在一旁忽然喊道："陈校尉！"

其实，杜芸刚才出来的时候，陈元就心中一慌，想赶紧离开，但是杜芸这么一喊，陈元不由自主地站住了，脸上微微一红，躬身施礼道："杜姑娘。"

杜芸大大咧咧地问道："这些天你在哪里？那天你离开后，怎么就再也没有来找我？我还没好好谢谢你呢。"

一听这话，陈元的脸更红了，说话也变得有点结巴了，喃喃地道："不……不敢当。"说着身子一晃，赶紧跑到门外，长长地出了一口气，额头上居然渗出了一层汗珠。

此时，谁也不知道，堂堂一个校尉，在千军万马面前都没有皱过眉头，现在被一个小丫头的一句话弄出了一身汗。

房间内，若雨看到此情景，笑着说道："杜公子，这位陈校尉，看来是喜欢上你的妹妹了。"

杜松挠头道："别胡说，若雨姑娘深夜到我房中，就是为了谈杜姑娘的婚事？"

若雨一笑道："我们相识这么久，我的身份虽未跟你明说，但杜公子如此聪明，想必也猜到了个大概。我和慕容端虽然都是虢国人，但是和虢寇毫无关系，这个，公子总是知道的。"

杜松扮个鬼脸，说道："若雨姑娘你太高估我了。除了知道姑娘来历不凡之外，我可是什么也不知道。"

若雨脸色一变，仍笑道："慕容端冒充迪尔善，乌拉脱竟然不能识破。可见这些虢寇各自为战，相互间不但并无统属，甚至平时也很少往来。公子可知道，这是什么缘故？"

杜松试探地答道："这……都和你们虢国国内的形势有关吧？"

若雨点点头，道："公子果然聪明。在杞国的眼里，虢国自然是蕞尔小邦。可是就是这小小的虢国国内，现在还分裂成几十个部落。各部落的参将之间战争不休。不同的部落背后，有不同的参将支持，他们彼此之间的关系，就也未必很好了。如果虢国统一，虢寇就算不会消失，也至少会衰落下去。"

杜松一笑道："这话，现在说说自然是容易的。"

若雨不理会他，转过身去，像背书一样，朗朗说道："迩者对邯州、坦州暨诸小州，有盗潜伏，时出寇掠。尔大汗奉王命，咸殄灭之。屹为保障，誓心朝廷，山中之国，未有贤于虢国者也。"

杜松疑惑地问道："你这是背的什么？"

若雨正色道："一份诏书。"

杜松皱着眉，不解地问道："诏书？"

若雨道："正是诏书。永魁四年，当时虢国南北统一，正是最强盛之时。慕容参将第三代参将慕容满发兵剿灭了对邯州、坦州二州的虢寇，将首级呈献到杞国。于是杞王就下了这道诏书给慕容满参将。诏书里说的大汗，就是慕容满参将。慕容府第十三代参将慕容辉，慕容端是他的弟弟。"

杜松挠挠头，打趣道："慕容满、慕容辉、慕容……听名字倒像都是兄弟，原来中间隔了这么多代。虢国人有意思。"

若雨径直说道："现在的慕容府，已不能和当年相比，这才是今日虢寇猖獗的原因。只要能重新建立起慕容府的权威，失去了权力的参将就不再有能力支持虢寇，这样……"

正说到这，门外响起了敲门声，思颖来访。原来，刚才陈元和杜芸的对话，都被思颖看在眼里，天天在一起都没有发现。杜芸其实是一个非常可爱的女孩，也难怪陈元为之着迷。大大咧咧的杜芸一点也没有察觉到，只是气呼呼地和思颖道："想起杜松对那女人的样子，更是来气，你去教训那女人。"

思颖就这样被杜芸赶了过来。

杜松房间里，若雨见思颖来了，微微一笑道："我还是不要和你这位师妹照面的好。"

杜松连忙解释道："就是她一个人，你怕什么，又不是杜芸。"刚一说完就意识到自己的话有些不妥。

若雨并不介意，笑道："杜芸姑娘豪迈爽朗，可爱得紧。就是你这位绵里藏针的师妹，我才吃不消。"说完，一跃下楼。

第四十二章　捕　快

杜松无奈地摇摇头，开门迎思颖进来。

思颖道："刚刚我听你屋里，好像有人。"

杜松挠挠头，知道自己瞒不过这位冰雪聪明的师妹，而且也没有什么好隐瞒的，坦率地道："是若雨姑娘。"

思颖微微一笑，戏谑道："我就说呢，晚上在酒楼上，她对你冷淡得有些奇怪，原来是在人前装装样子。"

杜松连忙解释道："不，不是这样。"随即就一五一十地将自己和若雨结识的过程说了一遍。

直到他说完了，思颖才微微一笑问道："杜松，你为什么要和我说这个？我也没问你呀？"

杜松一时语塞，不知道该如何回答师妹的话。

看到杜松这副尴尬的样子，思颖笑道："杜松，我逗你呢。你不用这样生气古怪地看着我。杜芸逼我来的，过一会儿，我自然就回去。"

就在这时，苏瑞从外面进来了。杜松如释重负，长长叹了口气，心里想我这里今天是怎么了？来人一个接一个，跟走马灯似的。言为心声，不由自主地对苏瑞道："若雨姑娘刚刚来过，你猜她和我说些什么？"也不等苏瑞回答就把刚才若雨的话转述了一遍。

苏瑞略一沉吟道："我看若雨姑娘这番话，有些不尽不实。"

杜松这才回过神来，正色道："我也是这么想的。她说的那件事，正发生在大杞朝最鼎盛之时，似羽大王雄才大略，自然不容小小虢寇兴风作浪。就算他虢国慕容府也有些功劳，那也有限得很。"

苏瑞一笑道："贤弟，你说若雨姑娘找你来说这些，是为了什么？"

杜松随意地答道："我知道碧凌剑的下落，我怀疑她是也有些猜到了。因此希望我对他们不要刁难，也就是能老老实实把碧凌剑交给他们大王。"

苏瑞脸色微变了一下，道："贤弟，刚刚一问，是我失言。"

杜松叹气道："苏瑞，你怎么还这么固执呢。我都说了，这事，我完全信得过你。"思颖奇怪地看了杜松一眼。

苏瑞正色道："我不是说你信不过我。但总之，恩师的遗命，不可违背。你要是有什么事用得着我斑狱司，我当即给你派人，但你这些日子做些什么，我绝不过问。"

杜松摆摆手，道："好了，不说这个。你来找我，是为了什么事?"

苏瑞看了思颖一眼，没有说话。

思颖领悟，起身道："果然苏师兄一回来，你的话匣子就开了。好了，你们俩聊，我回去休息了。"说完，告辞出去了。

杜松不解地问道："什么事，要让思颖走开。"

看着思颖的背影，苏瑞沉默了好一会儿，问道："这句话本来我不该问……若雨姑娘还要跟我们一道去京都，在李思颖和若雨姑娘之间，你到底喜欢哪个多些?"

杜松脸一红道："你知道的，我和公孙若雨只是逢场作戏。"

苏瑞还是有些担忧地说道："只怕李思颖对你……贤弟，无论如何，李思颖在的时候，你还是收敛些。"

杜松点点头。此时在苏瑞的心中，有一种说不出的感觉，思颖是自己从小就非常仰慕的女孩，杜松又是自己的好兄弟。其实，这样的感觉又有几个人能说得清楚呢。

从杜松的房间里出来，思颖有些闷闷不乐的。此时开心的杜芸倒什么也没有了。有很多时候，思颖宁可自己像杜芸一样，简简单单的，开开心心的。

看到思颖的样子，杜芸疑惑地问道："怎么了姐姐，杜松他欺负你了?看你这脸色，我揍他去。"说着就要往外冲。

思颖赶紧拦住她道："没有，他和苏公子在说话。"

杜芸收住脚步，噘嘴道："真不懂，他们两个大男人，怎么就有说不完的话。"

思颖一笑道："我们两个姑娘家的，不也是说不完的话。"

听思颖这么一说，杜芸才转怒为乐，搂住思颖的脖子，神秘地说道：

"好姐姐。……对了姐姐，刚刚我看见一件好奇怪的事！那些药材，要吃饭欸！"

原来，杜芸把思颖赶出去后，一个人感到无聊，就一个人到处溜达，无意中发现一个酒家伙计端了一个托盘给守护大车的虢国护军送过去。本来也没有什么稀奇的，可是看守的护军接过托盘后，居然揭开车帘一角，送了进去。这不禁让杜芸感到奇怪了，这车里装的不是药材吗？难道药材也会吃饭吗？

思颖听杜芸这样说，也觉得奇怪，不明白是怎么一回事，命店小二找来杜松。

杜松刚一进门，还未说话，客栈正厅，就有人打斗。原来是一群捕快，和看守药材的虢国护军发生了争执。双方言语不和，就打斗起来。

杜芸一边看一边不停地问道："怎么回事？怎么回事？为什么打呀？"

杜松不满地说道："你不会看啊！"

杜芸看着摇摇头道："哇，这么狠，看来为了不让人碰药材，这些虢国人不惜杀官造反！"

杜松叹道："杀官可能，造反不至于。毕竟药材还是要送给大王的，要是大王看到药材高兴，他们杀了一两个官，没准也可以不计较。"

忽然，杜松发现对面走廊，公孙若雨一脸焦急的神色，矮鬼紧握长剑，两人似乎就要冲上。他担忧地说道："不好，这矮子要是一出手，那真的非出人命不可。"

思颖焦急地说道："那你还不快去。"说着，把苏瑞的金牌往他手里一塞。

虢国护军身手了得，众捕快很快一一摔了出去。

一个捕头狠狠地道："好小子，还真横！今个儿让你们长长见识，什么叫飞将神箭，霆不暇发，电不及飞，追星落月，花雨漫天！"说着，一手握弓，一手同时从箭壶中抽出四支雕翎狼牙箭，弯弓搭箭就要射。

杜松赶紧亮出金牌，大声喊道："喂，住手，捕头老兄……"

捕头一见金牌马上放下弓箭，跪倒在地，频频磕头，恭敬地禀报道："小的实在不知，实在不知大人在此，冒犯大人，请大人恕罪，大人恕罪！"

若雨、矮鬼和众护军都不知所云地在一边看着，杜松皱了皱眉头，不满地说道："看见一块金牌，也不用害怕成这个样子吧？这么欺软怕硬，还怎么能指望你们秉公执法？"

捕头还不停地磕头道："大人就是公，大人就是法，大人一定要饶过小的，饶过小的……"

第四十三章　吹　奏

杜松看看在场的虢国人，反而觉得自己有些丢脸，摆摆手，捕头慌忙站起来，带着人逃一般地出了客栈。整个过程中，慕容端都坐在那里一动不动。

待众捕快走远后，若雨走到杜松面前，施礼谢道："多谢杜公子。"又看看思颖道："多谢李小姐。"

思颖还礼道："公孙姑娘不必客气，你曾经和杜松同赴虎穴劝降山匪，又在一条船上同舟共济，那真是患难之交了。他的朋友，自然也是我的朋友。"

若雨抿嘴一笑道："这些……他都跟李小姐说了吗？"

思颖也笑道："我们从小一起长大，那是无话不谈的。"

若雨点点头道："原来如此。他呆头呆脑的，能有你这么一个师妹，可真是他的福气。"

杜松在旁边小声嘟囔道："我哪里呆头呆脑了？"

杜芸一敲他的脑袋，嗔怪道："你不呆谁呆？"

思颖道："他这一路上能有若雨姑娘这样的好朋友扶持，才是他的福气呢。"

若雨道："不打扰了，你们师兄妹好好聊。"说完，向思颖和杜芸分别福了一福，却不理杜松，转身回屋去了。

杜松刚想上前挽留，忽然意识到思颖和杜芸在身边，回头一看，果然见杜芸脸色微变道："思颖姐，我也有些累了，我们回屋去吧。"说完拉着思颖就走，没走两步，又回过头来，冲着杜松道："这些捕快来这么一搅，若雨姑娘今天怕是受了点惊吓，你还不跟过去安慰安慰她。"

不等杜松搭腔，两人就回屋了。

杜松被抛在院里，看看围绕在药材车周围的六个凶神恶煞般的虢国护军，挠挠头，只好上楼回屋了。

客栈，苏瑞也正面对一个奇怪的事情。根据斑狱司的报告，苏瑞和苏炎来到秦川河的岸边，此时的秦川河烟雨蒙蒙的，倒别具一番风味，一只乌篷船泊在河心，正缓缓地向岸边划来。

苏炎在一旁禀报道："她不可能不知道斑狱司在追查这事，居然还把这船大模大样地停在这里。"

苏瑞笑了笑，没有说话。两人静静地看着，小船越来越近了。

快到岸边时，一只素手轻轻地将车帘掀开，露出兰婉儿怀抱琵琶半遮面，冲着苏瑞甜甜地笑着。

苏瑞对苏炎吩咐道："我与兰婉儿舟中叙话，你在这里等我。"说完一跃上船，钻进舱中。

乌篷船内，一张小桌上，两碟小菜，一壶水酒，桌后端坐一人，正是傅一刀。

见苏瑞进来，傅一刀起身施礼道："苏统领。"

苏瑞似乎一惊，问道："傅兄，你居然在这里?"

傅一刀笑道："苏统领不记得，小弟有个别号，叫'半伦'的吗? 这半伦的所在，就是这里了。"

苏瑞向兰婉儿打量两眼，叹道："难怪傅先生一到阳泉，赶紧跟大伙告辞。能令傅先生这半伦始终保住不失的，果然名不虚传。"

傅一刀笑道："所以，傅某在此不奇怪。但是苏统领……兰婉儿，连苏统领都是你的恩客，可是大出我的意料啊。"

兰婉儿推了傅一刀一把，站起身来，幽怨地道："秦川河上皆是寻欢客，乌篷船里独有你傅先生，岂不是太煞风景了？苏公子，请稍候，我去泡壶新茶迎贵客。"

苏瑞在傅一刀对面坐下，却还是忍不住看着兰婉儿背影。

傅一刀大度地道："苏统领只管随意赏鉴，小弟虽有万般不是，但唯有一个好处，就是绝不吃醋。小弟就是有一事不明，我听苏统领说过一次只是幼年时在阳泉待过，怎么会也和兰婉儿相熟？"

苏瑞正色道："傅兄误会了，本人今日来此，确为头遭。"

傅一刀哈哈大笑道："苏兄，头遭之后，必有二遭、三遭。"

正说着，兰婉儿提茶壶过来，分别为苏瑞、傅一刀斟好茶。苏瑞伸个懒腰站起，看见船壁上挂满乐器，顺口说道："看来兰婉儿也是熟知音韵之人。"苏瑞伸指弹了弹墙上的洞箫，脸上似笑非笑。

兰婉儿杏眼含春，笑着道："风月场上，洞箫牵线，瑶琴做媒。兰婉儿身不由己，这音律，自然也通晓一二。"说着，一扭腰身，款款从苏瑞身边移过，拿起墙上洞箫，躬身一礼道："二位公子且坐，舟中无下酒之物，殊为慢客。兰婉儿吹奏一曲，以助酒兴，但恐有污清听。"

苏瑞还礼道："愿闻雅奏。"

兰婉儿玉手一横，美目流光，吹奏了起来。

苏瑞一边品茶，心里也不由得赞叹，这个兰婉儿可真的不一般。不料今日在秦川河上，却遇到了这件饶有古风之事。傅一刀却像习以为常似的，拿着小刻刀专心地戳苹果吃，边吃边说道："苏公子，到京师之后，或许我们还有再会之日。"

苏瑞哂了口茶，看着傅一刀，问道："傅兄也要去京师？"

傅一刀拿着水果，双手一摊，无奈地说道："商贾之徒，利字当头，据说京都一批货物急需出手，所以……"

苏瑞看了兰婉儿一眼，问道："有这样的红颜知己在阳泉，傅兄还要时时远游吗？"

傅一刀一笑道："兰婉儿也一起北上。"

兰婉儿为二人斟上酒，含笑道："反正总是北上，要是苏公子怕路上寂寞，这一路兰婉儿就甩了傅先生，陪侍苏公子左右，如何？"

傅一刀在一旁大笑道："兰婉儿已有仰高之情，苏公子可有俯就之意吗？"

苏瑞正色道："一路有两位师妹同行，颇多不便，到了京师之后，倒是不妨……"说罢，三人一起大笑起来。稍停，苏瑞看了看外面，双手抱拳道："时刻不早，苏某今日告辞。"

傅一刀起身问道："苏公子这就走？莫不是我碍了公子的雅兴。"

苏瑞谦让道："哪里，哪里。是我俗务缠身。傅兄若是有兴，可再到悦来客栈一叙。"

傅一刀躬身还礼道："自然是要叨扰的。"

苏瑞走到门口，突然转身，对着兰婉儿笑道："兰婉儿可知我苏某今日前来，所为何事？"

兰婉儿弯腰一礼，道："公子气度不凡，非一般须眉俗物可比，兰婉儿怎敢妄猜。"

苏瑞道："斑狱司天下人闻之丧胆，兰婉儿就不怕我……"

兰婉儿将洞箫交与右手，笑道："公子乃世间人杰，怜香惜玉自然也非比寻常。兰婉儿高兴尚且不及，怎来胆寒之事？"苏瑞一听仰头大笑，上岸而去。

第四十四章　偷　鱼

客栈房间内，思颖好像什么也没有发生一样，似乎很专心地坐在床沿，绣着花样。杜芸则无聊地从窗口向院中打量。

院中，几个虢国护军站在潇潇洒落的小雨中，似乎浑然不觉，还是牢牢看守着药材车。

杜芸不由得更纳闷了，这药材究竟是什么，真让人看得心痒痒的！刚才给若雨这么一搅，也忘了问杜松，药材为什么要吃饭？

杜芸老老实实地在思颖身边坐了一会儿，看她绣花，到底还是按捺不住，又到了窗口，她犹豫了一下，从几上抄起一个茶杯，抖手向对面墙头掷去。"啪"的一声，杯子在墙头粉碎。

两个虢国护军蹿上那边墙头，向四处张望。其余的护军迅速抽出虢剑，环卫药材车，神情警觉。

杜芸不由得嘀咕道："守得还真严！"杜芸又拿起一只茶杯，还想再掷，忽然下面一颗不知什么东西射上来，正打在茶杯上。茶杯裂开，杯里的开水烫得杜芸直叫唤。

杜芸又往下看，蹿上墙头的两名护军回到原位。

慕容端还坐在那里，一动不动的，但是左手的食指和拇指扣在一起，似乎随时可以弹出什么东西。

杜芸恨恨地发狠道："我就不信了！"

思颖在一旁，劝道："别试了，就算你能把这些虢国护军支开，坐在那里的那个人，你对付得了吗？"

杜芸看了慕容端一眼，打个寒战，这个家伙的剑……是真可怕！杜芸忽然一拍脑袋，小声叫道："有了，我知道谁对付得了他！"

想到这，杜芸拉着思颖就冲进了杜松的房间，直嚷嚷道："杜松！你的木鸢呢？"

杜松正在修自己的大翅膀，一见杜芸冲了进来，连忙双手捂着翅膀，问道："干什么？你射穿了我的翅膀，这会儿已经害我累得半死，还想再毁了我的木鸢啊？"

杜芸不理他，叫道："快把木鸢给我！"

杜松摇着头大叫道："不给！就是不给！"

杜芸"唰"地拔出剑来，对准杜松的翅膀，威胁道："给不给？不给，我一刀劈烂了它！"

杜松愁眉苦脸地小声嘀咕道："不就在那边桌上放着吗！你又放不起来，要木鸢做什么！"

杜芸一回头，木鸢果然就摆在桌上，杜芸眉毛一挑，道："嘻嘻，早点看见就不吓你了。我放不起来你帮我放！"

杜松白了她一眼，道："我傻了我……"

话音未落，杜芸的剑又指定在大翅膀上了，思颖赶紧劝道："杜松，你就帮帮她吧，杜芸是，是要找陈校尉。"

杜芸哼了一声，道："对，陈校尉和你说过，木鸢放起来，他就会过来。"

杜松睁大了眼睛，故意问道："你找陈元，喂，杜芸，你不会……"

杜芸眉毛一竖，喝道："你胡说八道什么，快放木鸢！"

杜松一脸倒霉相，只好将木鸢放了起来。果然，没一会儿，陈元就从外面进来了。

陈元刚一进来，杜松就一指杜芸道："不是我，是她找你。"陈元一愣，随即满脸通红。

杜芸倒是大大方方地道："陈校尉，你帮我一个忙好不好？"

陈元诧异地问道："杜姑娘有什么吩咐？"

杜芸道："也不是什么吩咐啦，就是帮我把下面那几个虢国人引开。"

陈元略一犹豫,杜松好奇地问道:"杜芸,你没事去招惹他们做什么?"

杜芸道:"去,你是给那个虢国女人弄昏了头,才不觉得他们有多不对劲。陈校尉,现在苏公子又不在,只有你对付得了那个坐着的虢国人。除了你,没有人可以帮我了!"

看杜芸不像是开玩笑的样子,陈元摇摇头道:"杜姑娘,不到万不得已,那个虢国人,咱们还是不要去招惹的好。"

杜芸肯定地道:"可是,这已经是万不得已了!他们的药材真的是很奇怪啊!"

杜松诧异地说道:"药材?我估摸着,也就是什么千年人参之类的东西,按照一些古书上说,这些人参像小孩,会跑动,有精气,所以要小心呵护,才能食用。不过也是,如果是千年人参之类的珍贵药材,像虢国那样的小国,最多不过出二三株,撑死了几十株,那也就是一个大箱子,怎么会要这么一个坐人的大车,还要那么多厚厚的帘子?有蹊跷!"边说还边来回踱步,抱怨道,"坏了,杜芸,都是你害我的!不想也就罢了,这一琢磨,还真叫人心痒难搔!"

杜芸笑道:"所以,像你这样的人,不撩撩怎么行?"

思颖正色道:"杜芸,杜松这话也不是混说。你记不记得那年有个姓张的道士,曾经向父亲提到,说辽东曾经有一种深山药材,叫童参!说是貌如幼婴,声如老妇,动静不一。说是吃了可以返老还童,升仙得道。"

杜芸反问道:"可是,就算是会动的仙参,也不至于还要吃饭吧?"

杜松惊奇地问道:"你开什么玩笑?药材还要吃饭?"

思颖点点头道:"是真的,这大车来的第一天,我就看见这些虢国人往车里送吃的。"

杜芸打断了思颖的话,抱怨道:"姐姐,原来你早就发现了,怎么不和我说!"

思颖抱歉地一笑,接着道:"而且每天送的,都是一样的。好像也看不出什么奇怪的。是一尾鱼。"

陈元来了兴致，道："这鱼里有什么古怪，我倒是可以去探上一探。"

陈元一个人，悄悄地来到厨房，一个虢国护军用托盘端着一尾鱼正要从厨房走出来。突然"哗啦"一阵响，厨房门口洗好的一批盘子倒了，当场粉碎。虢国护军只好低着头，小心地避过地上的碎片。等虢国护军绕过地上的碎瓷，抬头一看，托盘中已经空了。

房间里，陈元、杜松、思颖、杜芸围着这盘鱼仔细地端详了好一会儿，什么也没有发现。思颖诧异地问道："也没什么特别的啊，不就是清蒸鱼吗？"

杜芸附和道："我看也是。"

杜松仔细看了看，又用鼻子闻了闻道："好大腥味，没有葱，没有姜，这厨子怎么烧的鱼？"

陈元取过一双筷子，夹了一块鱼肉放入嘴里，面无表情地咀嚼着。

杜芸在一旁着急地问道："怎么样啊？"

陈元板着脸，没有说话，只是摆摆手。杜芸性急地说道："我也来尝尝！"说着，拿起筷子，夹起一块鱼肉放进嘴里，旋即就吐了出来，嚷道："呸！盐也没有！什么作料都没有！"

杜松得意地大笑道："让你手快！"

杜芸抱怨道："陈校尉，你也骗我！"陈元好不容易将鱼肉咽了下去，委屈地道："不是，当时我真是难吃得说不出话啊！"

第四十五章　武　功

晚上，在悦来客栈饭厅里，苏瑞、杜松、思颖、杜芸、陈元五人刚一走进来，就看到矮鬼和几个虢国护军正坐在一张桌上，而慕容端则独自在一张小桌子旁吃饭。

苏瑞走到慕容端面前，说道："慕容先生，难得见你不在药材旁。"

慕容端道："现在是若雨姑娘守护在那里。"

苏瑞一笑道："若雨姑娘能歌善舞，想不到武艺也高到足以令慕容先生这样的人放心，真使我辈须眉汗颜。"

杜松等人刚在一张桌上坐下。另一张桌上，几个虢国护军酒喝得很厉害，有些醉了，有些已经开始一边胡乱唱歌，一边扭出各种夸张奇怪的舞姿。思颖见此情形，不由得皱起了眉头。

苏瑞在一旁看见思颖的不悦，解释道："看不出这些虢国人平时规规矩矩，疯起来居然这个样子。"

杜松在一旁深有同感地叹道："压抑得久了，自然就需要放纵一下。所以啊，人还是像我这样，事事随意点好。"

杜芸忽然想起陈元提醒自己的话"除非万不得已不要惹这个人"，有些不服气，上前接了一句，问道："不知道慕容先生，还能够压抑多久？"

慕容端仿佛没有听到一般，仍独自喝着自己的酒。见慕容端不搭理自己，杜芸又大声道："慕容端，你的部下喝得烂醉如泥，怎么看守你那些重要的药材？莫不成一边唱歌一边打，这个功夫可厉害得很啊。"

慕容端哼了一声道："他们今晚不负责守夜，所以不用要求很严。该去巡夜的人，早已经去了。"

思颖还记得陈元的提醒，便拉了拉杜芸，示意杜芸不要惹这个虢国人。杜芸像是没有明白一样，继续问道："你们每次都只派六个人看守药材，要是有敌人大举来攻，那怎么办？"

慕容端仍然冷冰冰地答道："杜姑娘问得这么详细，是怕今晚药材会有闪失吗？"

杜芸看着他的眼神，有点害怕，回头看看苏瑞和陈元，又气壮起来，问道："怎么会呢？我就是羡慕慕容大人的手下都是高手，只出去六个人，就可保药材一夜无事啊。就是不知道，虢国高手的本事，和我大杞斑狱司比起来，谁高谁低，苏公子，你说呢？"

苏瑞看着杜芸，忽然把眼镜掏出来戴上，讨好似的，道："你知道，我不会武功的。"杜芸看他这个样子，忍不住咯咯直笑。

思颖也忍着笑，道："杜芸别闹啦。行军打仗，首先要是为国为民，仁义之师，然后看的是将领的指挥调度，至于武功高低，那是末节中的末节了。你看董大帅，他用兵那么厉害，就是武功不高，又有什么关系？我随口乱说，苏师兄指教。"

苏瑞点点头道："前面的话对，但最后一句不对。董帅常亲自下校场指点将士的武艺，他最恨那些游方教师的花哨功夫，出手朴实无华，但真到了两军阵前，恐怕很难有比他更厉害的功夫。"

慕容端忽然对苏瑞举起酒碗，道："苏统领，我敬你一杯。"

苏瑞一笑道："慕容先生也敬佩董大帅的武功吗？那这一杯倒是不能不喝。"说着，两人将碗中酒一饮而尽，彼此都有些惺惺相惜了。

杜芸一看不仅没有让苏瑞和慕容端斗起来，反而倒彼此相惜起来，略有些失望。杜芸一转头，看到一边的陈元，眼珠一转，来到陈元面前，不依不饶地问道："陈校尉，你倒说说看，你比起这些虢国护军来，究竟高低如何？"

陈元犹豫了一下，答道："我是马上的将官，平地交手的功夫，其实并不在行。"

杜芸笑道："哈，我倒忘了，昨晚那两个虢国护军给你空手打得屁滚尿流，你现在又说你不擅长和人打，那不是……"

慕容端淡淡听着，似乎不以为意。

坐在一旁的矮鬼却突然跳起来，抽剑凌空一斩，将五人围坐的那张桌子劈成两半。裂成两半的桌子翻倒，桌上的碗碟也跌落在地上，碎瓷崩溅，众人纷纷站起，只有陈元巍然不动。

矮鬼收剑转身，一脸傲意地看着陈元。

陈元微笑着看着矮鬼，然后不声不响地将梨花枪抽出，枪身稍稍偏一些，枪头对上。

171

矮鬼看着陈元的笑容，忍不住心头火起，抢剑又要冲上，慕容端却突然站了起来，伸手拉住矮鬼。

杜松突然一拍大腿，叫道："妙啊！矮兄，你可知道，陈校尉已经饶了你一命？"矮鬼不服气地哼了一声。

杜松还真有模有样地继续道："你刚才一刀看似又快又猛，但两眼僵直手不离剑，攻势又没有变化。这杆枪要是在你开始下落的时候，这么一放，你不就是自己撞上去了吗？"

杜芸诧异地问道："杜松，你……什么时候会武功了？"

苏瑞哈哈大笑道："何必要会？不论什么东西，杜松要是不能就着它胡乱讲出一篇道理，那也不足为奇。"

陈元忽然上前一步，道："杜公子这话差了，不是我饶他，只是因为他砍的是桌子不是人，所以我也不能出手。"

杜松连连点头道："是，是，总不能因为客人毁了一张桌子，就找客人麻烦，这不是我杞国的待客之道。"

慕容端冷冷向杜松看去，道："杞国真是地大物博，原来就连杜松杜公子也是深藏不露。"

杜松给他看得往后一缩，小声道："我随口乱说，阁下不必当真。"

陈元向慕容端淡淡一笑，道："阁下是一向强调，我们这一战是要无比公平的。现在你又看了我一招，是不是也该露一手让我们瞧瞧？"

慕容端刚要说话，忽然外面一片混乱，有人大喊："走水啦！救火啊！"——原来，一蒙面人将火把投入客栈厨房及几处空房，顷刻间，客栈四处火起。

苏瑞、杜松、思颖、杜芸、陈元、慕容端、矮鬼连忙来到院中。六名虢国护军守卫大车，对周围的混乱似乎充耳不闻。

让人意外的是，若雨却没有守在这里。

慕容端大步走到车旁，问道："若雨大人呢？"

一护军一指院子的后门，答道："刚刚有一个女子在外面一晃，若雨大人追出去了！"

　　慕容端一听，皱着眉头，心想："是什么人，能让若雨一下子这样乱了分寸？"

　　矮鬼在一旁，请示道："我去找若雨小姐回来！"

　　慕容端伸手一挡，道："不，你在这里看着，我亲自出去瞧瞧。"转身从后门出去了。

第四十六章　禁　军

　　树林中一片漆黑。

　　慕容端低着头向前急奔，忽然一条黑影，从慕容端背后的树梢上掠过。慕容端立刻站定，屏声静气，手中长剑斜指向地面。

　　稍顷，前方忽然传来了女子尖利的笑声。

　　慕容端刚一举步，两支长剑从背后射来。慕容端两手同时扬起，向前打出一枚暗器，回手则把两支手里剑都拨得倒飞回去。

　　前方女子惨叫一声，显然中了慕容端的暗器倒地。身后，一个身材娇小的虢国细作从树上一个跟头翻下来，躲过被挡回的剑。细作刚落地，眼前寒光一闪，慕容端的长剑已经对准了她。

　　微风吹动，蒙面的黑巾裂成两半，徐徐飘落，露出清丽的面容，正是傅一刀的半伦红袖——兰婉儿。

　　兰婉儿忽然放声大笑道："好厉害的剑法，不愧是狼头荣的弟弟。"

　　慕容端听到此话，一愣神，兰婉儿趁机打出一枚烟火弹，一道光亮闪过——若雨竟然倚靠在一旁树上，脸色惨白，手捂住肩头，鲜血正汩汩向外涌出，似乎随时可能摔倒。

　　看见若雨负伤，慕容端一震，兰婉儿又趁机抛下一枚烟雾弹，转眼人就消失了。

慕容端顾不得追击，快步跑到若雨面前，掏出金创药给若雨包扎，若雨咬牙道："我没事，她真要杀了我，也没这么容易。"

慕容端疑惑地问道："这个女人是谁？她怎么会知道参将的小名？"

若雨摇摇头道："不要问了，我们赶紧回客栈去。"

客栈里，慕容端刚刚离开，就见陈元忽然把手中的大枪挥出，在车轴上敲了一记。矮鬼见状显得非常紧张，一晃手中巨大的虢剑，对准陈元，众护军也一齐按住剑柄。

陈元身子一晃，枪杆歪过，拄在地上，似乎喝醉了站不稳的样子。

杜松赶紧劝道："对不住，他喝多了。"又不停地埋怨陈元道，"让你少喝点。你不听，来，杜芸帮忙扶陈校尉上楼。"说着就和众人扶着陈元一起进屋了。

刚一进屋，陈元就挺直身子，笑道："等会儿，只要这大车一有移动，大家就有希望看到，那药材究竟是什么了。"众人闻听都哈哈大笑起来，陈元则暗暗看了一眼杜芸，杜芸却浑然未觉。

此时，客栈周围混乱声越来越大，从窗户里可以看见远远近近有不少火把。

苏瑞皱着眉，自言自语道："人都哪去了？怎么会乱成这个样子？陈校尉，你留在这里保护大伙，我下去看看。"说着，转身出去了。

客栈院中一支支火把不断地从外面扔进来，向大车抛去，有的被虢国护军接住反抛出去，有的被用剑拨落在地，有的火把落在院里的草丛里，登时燃起几个火头。

混乱中，谁也没有注意到傅一刀闪身钻入了店中，正躲在一扇门后向院中观看着。

十几名黑衣蒙面人忽然冲入院中，将看守药材的虢国护军团团围住。一为首的蒙面人手一挥，众蒙面人手持藤牌虢剑冲向大车。

杜松他们在楼上，见到此情景都很吃惊。

思颖指着黑衣蒙面人失声叫道："杜松，他们和那天闯进咱家的人用的武器一样。"

杜松疑惑地重复道："长剑加藤牌，西南的狼兵？"

陈元解释道："为了剿虢寇，调到阳泉的狼兵、土兵可就多了，一时怕是不容易看出来历。"正说着，身后的楼板被踏得直响，显然有人正在往楼上冲。

陈元脸色一变，手中大枪一挥冲了出去，刚出门口就看见两个蒙面人正在若雨屋内四下翻搜着什么，陈元悄悄地站在门口，静静地看了一会儿，问道："朋友，找到没有？"

一蒙面人顺口就回了一句道："没有！"随即就意识到不对劲，回头一看是陈元，双方顿时交起手来。

只两招，一名蒙面人就被陈元一枪挑死，另一个眼看局势不对，往门口退去，刚好杜松从外面进来，被蒙面人一把抓过来，一刀架在杜松脖子上，大叫道："不许过来。"

陈元并不答话，不等他话说完，一枪从他嘴里扎了进去。

杜松吓得手足乱舞，大声惊叫起来。

陈元用枪杆捅了捅地上尸首的裆部，笑着道："别叫了，人早死了，这人不是内侍，身手不错。"

杜松这才回过神来，拍着自己的心口，惊魂未定地道："禁军！白天禁军就来过一次，一定是禁军的人。"

陈元微微一笑道："你能断定吗？没准根本就是斑狱司。"

杜松蹲下在尸身上摸索，忽然看见死者脚上穿着一双官靴。站起来说道："不会是斑狱司，这样便装行动的事，斑狱司干得多了，经验老道，不会犯穿着官靴这样差劲的错。应该是禁军的人。下面的虢国人好像顶不住了，咱们好歹还是帮帮他们吧。"

陈元点点头，提枪要下楼。

院中，蒙面人人数虽多，但矮鬼率领虢国众护军，配合默契丝毫不落下风。忽然蒙面人首领一甩手，把藤牌抛开，变成双手握住虢剑，其他蒙面人纷纷效仿，虽少了一面藤牌，但这些蒙面人的动作，登时灵活凶横了很多。

果然，局势很快发生了变化，转眼间一名虢国护军就中剑倒地了。不一会儿，地上已有数具蒙面人尸首，虢国护军也有二人阵亡，防守圈缩至四人。

矮鬼大呼了一声口令。三人抵挡住蒙面人的攻击，另外一人要发动药材车。突然一边轮子打滑，紧接着一个插销自行跳起，然后整个车轮掉了下来。

药材车一下子剧烈晃动起来，车厢内传出女子的惊呼声。

虢国护军都齐声惊叫起来，蒙面人却趁机进攻，又有两名虢国护军被杀，矮鬼也中剑挂彩。

就在这时，慕容端突然从后门口飞身抢入，一手挽住药材车，同时反手一刀，将一名蒙面人劈翻。

矮鬼要上来相助，慕容端却回头示意让矮鬼照顾若雨。矮鬼咬着牙将受伤的若雨扶到门口。

蒙面人的首领一看，忍不住大吼道："杀了这奸细，为弟兄们报仇！"

就在这一刹那，最后两名虢国护军也被杀死，十几柄虢剑同时对准慕容端。

慕容端一手挽住大车，一手持剑，形势不利已极，但脸上丝毫没有畏惧之色。

危急时刻，陈元大吼一声，从廊下冲出，大枪一个起落，两名蒙面人就倒地了。

瞬间，陈元就到了慕容端身边，见大车沉重，慕容端单手支持不住了，陈元单手持枪，腾出一只手帮慕容端扶住大车。

两人剑枪同时对外，并肩而立，对视了一眼，隐隐有惺惺相惜之意，丝毫不惧。

蒙面人首领一看，大吼道："就这么两个人，再厉害又能怎么样!"指挥着蒙面人就要冲杀过来。

第四十七章　转　移

突然，外面喊杀声大起。大队斑狱司拥了进来，局势顿时发生了变化。蒙面人在斑狱司的围攻之下，被或擒或杀。

蒙面人首领却居然杀出了重围。

门后，傅一刀已经悄悄观看很久了，见蒙面人首领要逃，一皱眉，手中刻刀一翻，就要掷去，忽然肩头一沉，有人按住了他的肩膀。

傅一刀回头一看，却是苏瑞。

苏瑞道："怎么收拾这些跳梁小丑，就不劳半伦兄费心了。半伦兄什么时候到的?"

傅一刀脸上掠过一丝尴尬，笑道："特为赴苏公子之约而来，不想却碰上如此局面。"

此时，蒙面人首领已经逃了很远了，后面影影绰绰还跟着一条人影，正是苏炎。

苏瑞也微微一笑，道："本来想请傅兄来把酒言欢，却被这些人扫兴，真是遗憾得很。"傅一刀只好赔笑了两声。

院中，战斗已经结束，斑狱司们忙着运走死者，给受伤的同伴包扎。

直到此时，杜芸才回过神来，对思颖道："药材会叫?"

思颖道："不是药材叫，是女孩子的声音。"

杜芸疑惑地道："这人参不会还分男女吧?"

苏瑞眉头深锁，和傅一刀一起走进院子，一名斑狱司禀报道："禀统领，俘虏牙齿里都暗藏毒药，全部自尽了，一个活口也没留下。属下防备不严，请统领治罪。"

苏瑞看了傅一刀一眼，道："敢找到斑狱司门上来挑衅的，自然都是死士，不怪你们。"

傅一刀在一旁却若无其事地笑笑。

苏瑞并不理会，在现场看了一圈，转向傅一刀道："半伦兄，我本是想喊你来大家一起聊天消遣的，没想到你一来就碰上这档子事儿，可实在是对不住了。"

傅一刀面色如常地道："既然苏统领现在大事繁忙，那我就不叨扰了，改日再……"

苏瑞淡淡道："也说不上什么忙，半伦兄还是在这里歇会儿。"忽然抬高了声音大声吩咐道，"苏炎回来之前，谁也不许离开悦来客栈一步。"

傅一刀仍然面无表情，但飞速旋转着手里的刻刀。

院落一角，一名虢国护军在修理车轮，药材车旁，若雨肩头的血还是流个不住，矮鬼在旁边急得跳脚。

杜松一见若雨受伤了，立刻凑到跟前，手忙脚乱地不知如何是好。

楼上，思颖见状，对杜芸道："杜芸，去把箱子里云南白药拿来。杜松马上就要跟我们要了。"话音未落，果然杜松在楼下喊了起来："思颖，杜芸，老师当年从云南带回来的白药，还有没有？"

杜芸冲思颖一眨眼，道："哈，思颖姐你真是杜松肚子里的蛔虫！"

思颖一皱眉道："好好的，打这么难听的比方。快把药送下去吧。"

杜芸答应着，拿药来到楼下，把药瓶塞到杜松手里。

杜松接过药，就想给若雨敷上，看见矮鬼的眼光恶狠狠地向自己射来，又回头看看杜芸，再抬头看看楼上的窗户，到底还是只把药瓶交到若雨手里。

若雨道："多……多谢杜公子！多谢杜姑娘，还要多多谢谢李小姐！"

杜芸看若雨脸色苍白，也觉得有些不忍，安慰道："好，我跟思颖姐姐说……你，怎么伤成这样？"

若雨摇摇头，示意矮鬼过来扶自己回屋。

杜松忽然像想起什么似的，道："你们今晚就在我屋里住吧，你们屋里死了两个人……就算收拾干净了，到底不好。"

若雨闻言，略一停步，点点头，就和矮鬼上楼了。

深夜，苏瑞、杜松、陈元、傅一刀还有几名斑狱司校尉仍坐在客栈正厅，大家都面面相视，不明白突然来袭的蒙面人是怎么回事。

苏炎从外面进来，走到苏瑞面前低声说了几句，苏瑞一下子站了起来，在大厅里来回踱步，忽然问道："你们看，今天这批蒙面人，都是什么来头？"

众校尉议论纷纷众说纷纭，但是很多人都认为可能是京城来的禁军侍卫。

苏瑞不置可否，忽然，站到傅一刀的面前，问道："今天来捣蛋的这批人是什么身份，对此傅兄有何高见啊？"

傅一刀毫不犹豫地一字一顿地答道："是虢寇。"

众人闻听都发出难以置信的惊叹声。

陈元和杜松也相互对视了一眼。

苏瑞静静看着傅一刀道："好像大家都不太同意半伦兄的这个见解啊。"

傅一刀看了看苏瑞，也站起来，正色道："蒙面人所穿的官靴，好一点的裁缝铺子就可以做；京片子，京师虽然是天子脚下，未必就没有败类通虢；至于虢剑，那本来就是虢寇的东西。这些蒙面人，只用虢剑比同时用盾牌要厉害，这个，陈校尉应该看得更清楚。此其一。今天我们没拿下一个活口，看这批人被围攻时的那股子拼命的狠劲，不是我说，禁军侍卫可决计没有。此其二。"

苏瑞不由得在心中也暗自佩服傅一刀分析得在理，于是看了看众校尉，问道："半伦兄说得很有道理，大伙和禁军打交道这么多年，没这么狠打过。还有其三吗？"

傅一刀仍不快不慢地，说道："和慕容端动手的时候，那个蒙面人喊了这么一声，'奸细'！慕容端帮助董大帅剿灭了阳平关的虢寇。他要不是乌拉脱的余部，为什么会说慕容端是奸细？这是其三。"

苏瑞拊掌大笑，赞道："半伦兄当机立断，这一番高论，可是精彩得很啊。刚刚我的管家已经查得清楚，今晚来的人，确实是虢寇，现在正聚在梅花山。既然禁军和虢寇同时盯上了我们，我们也得小心从事。明天一早，我们就动身回京。"

众人点头，苏瑞又道："嗯，若雨姑娘身上有伤，苏炎，你去给她套一辆可以躺着的大车。"转身又向众校尉吩咐道，"从现在起到明天天亮，除非有我的金牌，还是不许任何人出入悦来客栈。大家都累了，还是早点歇着吧。"说完，带头回房间了。

陈元在一旁一直没有说话，但是听完苏瑞的话，脸色却微微一变。杜松一拉陈元，道："陈校尉，不如今晚就和我抵足而眠吧。"不等陈元说话，拉着陈元也回房间了。

两人来到房间内，杜松这才问道："陈兄，你还是怀疑今晚来的人是斑狱司假扮的？"

陈元笑笑道："斑狱司当然不会用假扮盗匪这么笨的计策，现在是确实有人盯上了我们。但那么多斑狱司在外面，本该是何等严密的把守，这批人竟然长驱直入，你难道不觉得其中有诈吗？苏统领嘴上说得漂亮，心里却到底想要得到碧凌剑，有意放这些人进来，把水搅浑，他就可以趁机查看，我们是不是取出碧凌剑。"

第四十八章　祭　坛

听到陈元这么一说，杜松心里也不由得一动。陈元却毫不在意地继续说道："算了，先不管这个。只是，虢寇又怎么会忽然聚集到了梅花山？"

杜松随口答道："边关待不下去，就得往山里跑。"

陈元不无担忧地叹道："可是，这样一来，碧凌剑就未必安全了。"

杜松一听，也感觉到事态十分地危险，一时，两人相对无语。

忽然陈元道："我现在就过去，把碧凌剑转移。要苏统领的金牌才能出入店门，我记得，这金牌你是本来就有的。"

杜松叹道："我看还是干脆告诉苏瑞兄得了，让他派人跟我们一起去。至于老师的遗命，我到现在也不知道为什么。我知道，你是信不过苏瑞。其实你也知道了，今晚是虢寇和禁军的人同时来袭，斑狱司应付不过来，那有什么稀奇……算了，苏瑞也是个犟脾气，就是找他，他没准还说是恩师遗命他不能插手呢。可是，陈校尉，现在这店外虢寇和斑狱司的人全都盯着，你一个人出去，马上就几百人围上你，这不等于是把碧凌剑送给他们吗？"

陈元分析道："他们不会马上动手，一定会跟着看我究竟是到哪里。而在那个地方，我可以有意惊动附近的守军，就能替我挡上一阵。"

杜松连连摇头，道："大杞的官军还是别指望。这样吧，勉为其难，我陪你走一趟。老师的遗命，可就是要把碧凌剑交给我的，就算我是累赘，你也得带着我吧！"

陈元一听，连连摇头。

杜松威胁道："不答应金牌不能给你……哎哟，金牌还在我原来的房里，得先去找若雨。"说完，赶紧往思颖房中跑去。

院子里，慕容端仍坐在廊下，矮鬼扛着剑在他身侧。守着大车的已只有四名护军，有两人身上还带着伤，但神情仍然很坚毅。

杜松和陈元出来，慕容端只和陈元对视了一眼，两人都没有说话。陈元和杜松凭着金牌，顺利走出悦来客栈，扬长而去。

杜松他们刚刚离开，傅一刀就向门边走去。原来，傅一刀躲在一边，偷听了杜松和陈元在房间中的对话，见杜松他们一走，就非常着急也想离开，但是却被门口两名斑狱司拔剑拦住了。

傅一刀显出有些不好意思的样子，取出一个布囊，又从囊中取出一个玉石雕像，放在门前的一个小桌上。

两名斑狱司凑上前一看，正是苏瑞的雕像，傅一刀又取出一个杜松的雕像，两名斑狱司不由得连声惊叹。

傅一刀不断地取出雕像，矮鬼、若雨、杜芸，甚至还有其中一个斑狱司的雕像，这个斑狱司拿起自己的雕像，爱不释手，连连感叹，居然有自己的雕像。

另一个连忙问道有没有自己的，傅一刀愁眉苦脸地倒提起布囊，往下抖了抖，里面空空如也。

182

傅一刀抱歉地说道："小的对雕刻一道，爱好成癖，手上片刻也闲不住，本来，是就准备要雕大人的像的。可是，我这里一块玉石也没有了，不过，小人家里多得是，小人想回去再给诸位雕刻，分分钟的事情。"

看着两个斑狱司的卫士有些犹豫，傅一刀赶紧说道："小人家就在秦川河边，天亮前准能赶回。"

两个斑狱司的卫士相互看了一眼，就让傅一刀快去快回。傅一刀道一声"谢"便走了，刚一出门就疾步如飞，转眼就没有身影。

凌晨，在通往王陵的官道上，杜松背着一个大盒子，与陈元一路正飞马疾驰。杜松边跑还边说道："都说杜松胆大包天，其实你陈元陈校尉才是天下第一大胆之人，居然将碧凌剑藏在祭坛之中。"

陈元并不理会，只是回头看了看，在他们身后，尘土飞扬，显然追兵将至。

陈元向周围观察了一下，道："前方便是祭坛，要是斑狱司，那没有法子，要是虢寇，那里的守军总可以纠缠一阵。"说着，二人拨转马头，向祭坛疾驰而去。

远远地，就可以看见祭坛的守军组成路障，拦在路当中。见杜松和陈元飞奔而来。

一名千户大声叱喝道："来者何人？瞎了眼了，敢冲撞祭坛！"

杜松并不答话，从怀中掏出金牌，在千户面前一亮，大声说道："斑狱司司卿杜松奉旨行事，不得阻拦，违者，斩！"

陈元则在马上将大枪一横，威风凛凛的。

千户看清金牌，立马点头哈腰地放行了。

杜松收起金牌，又吩咐道："后方有贼人追击。速速将其拦住！"

千户提了提腰带向士兵吩咐道："什么人敢惹我们斑狱司司卿，不想活了！大人放心，小的一定将其一举擒获！"

杜松和陈元马不停蹄地继续赶路。

此时关注杜松的各路人马都已经早早地出发了，禁军侍卫也带着一队人马追来，一群便装蟊寇也闻讯而来，就连客栈里的慕容端也借机来了。

看来一把碧凌剑，势必将导致一场轩然大波。

陈元和杜松马不停蹄，来到了下马坊，路正中，一块硕大的牌坊，上刻："诸司官员在此下马"。

陈元和杜松相互一笑策马而过，杜松叹道："陈兄，咱们不理王家规矩的约束，这气派，只怕世上无人能比了吧？"说话间，已经到了祭坛外面，两人下马进入坛中。

杜松将始终抱在怀中的木鸢放下，向四下张望，问道："陈校尉，你把碧凌剑放在哪里？地砖下面？祭坛梁上？还是掏空了哪根柱子？"

陈元并不答话，只是跃到祭坛中，把神灵牌位移开。从牌位下取出一个剑匣，又把灵牌放回原位。两人刚要离开，坛外就传来马蹄声。

杜松苦笑道："这些无法无天的人，居然也没下马？"

陈元一笑道："你是文人，他们是小人，不守规矩，本来就是文人和小人的相似之处。"

杜松故作惊异地叹道："陈校尉，你嘴巴这么厉害，杜芸居然还说你是老实人。"

陈元脸一红，示意从祭坛后离开，杜松摇摇头，蹲了下来。

啸长风

祭坛外传来一阵尖利的长笑，禁军的谭内侍带着一队人马走进来了，边走还边斥责道："杜松，好大的胆子，藏着大王的碧凌剑，想造反哪！"

第四十九章　赌　斗

杜松头也不抬地继续蹲在地上摆弄着自己的东西，陈元则一横手中长枪，挡在杜松身前。杜松抬手示意陈元让开，地上一个蜡烛正燃烧，蜡烛下还牵着一根引线。

杜松这才直起腰来，说道："你们看清楚了，我们早就存了同归于尽的心思，这蜡烛点完，炸药自然也就响了……"

谭内侍大惊，道："你……你小子居然敢炸祭坛！"

陈元淡淡地说道："连你们过下马碑的时候都敢不下马，我为什么不敢炸？"

杜松一笑，道："嘿嘿，我看这神烈山是兵家必争之地，祭坛早晚也还是个要给炸掉的命，今天来这么一下子，我看也好。"

谭内侍大声喊道："来人，给我把这两个无法无天的家伙拿下！"一边说，自己却一边往外退去。众侍卫忽然发一声喊，一起往外蹿去。

陈元喜道："老弟，你这空城计，还真有些管用！"

杜松摇摇头，神色沉重地说道："也不全是空城计……"话音未落，外面就传来乒乒乓乓的打斗声，杜松这才惊喜地叫道："虢寇到了，禁军和虢寇真的打起来了！"

祭坛外的祭祀广场，阮锦贤率领虢寇和禁军正在搏杀。前一天率领人众攻打悦来客栈的蒙面人带领另一队虢寇正在向祭坛后追去。

杜松怀抱剑匣和陈元刚跑过琉璃门，后面就响起了急促的脚步声。杜松一听，立刻转道向明楼跑去。陈元虽不明白，但也跟着跑了过去。

两人气喘吁吁地来到了明楼顶层，向下一看，虢寇首领阮锦贤的狰狞面目已隐约可见，禁军和虢寇打得正欢，下面倒是热闹非凡。

杜松迅速打开箱子，取出自己的大翅膀给陈元背上，示意陈元在腰里一按，翅膀就会张开。

此时追兵已至，陈元见状，从明楼上一跃而下，单手持枪，直刺为首的虢寇。

为首虢寇用虢剑来挡，虢剑断，长枪穿喉而过。

陈元另一只手在腰间一按，合拢的翅膀张开，大风吹过，他的身子居然又飞回到明楼附近。

杜松一跃而起，刚好抱住陈元的腿。两人晃晃悠悠地向远处飘去。众人皆目瞪口呆。

陈元和杜松落地，杜松大声抱怨道："还好今天风大，但到底吃不住两个人的分量，我还指望飞回东门呢。"

陈元则一言不发地看着远方——慕容端正冷冷地站在不远处。

原来，慕容端匆匆离开客栈后，就一路追了过来。

陈元冷冷地说道："慕容先生，你要是想现在从我手里劫夺碧凌剑，那可不能不让你失望了。"说完，示意杜松把剑匣打开，里面是空的。

慕容端的眼中掠过一丝惊异，叹道："你们果然聪明。"

陈元长枪一晃，道："慕容先生，你我这一战，就在此处，如何？"

慕容端略一沉吟道："我若输了，从此终生不履中土。"

陈元问道："那你要我如何？"

慕容端仍冷冷地道："你输了，这就北上随董浩抗虢寇。"

陈元哈哈一笑，道："'抗虢寇'三个字从你嘴里出来，听着还真有些古怪。这个约定，好像我可是占足了便宜。"

慕容端默默拔出剑，缓缓地说道："只要你不跟随苏瑞去京师，你另有什么别的打算，我也无异议。"

陈元点点头道："我也不想你就这么回虢国，要是输了，那就别再打碧凌剑的主意，我倒是很想交交你这个朋友。"说罢，挥枪向前，两人战在一处。

陈元力大枪沉，渐渐占到上风。

此时，祭坛内，杜松点的那支蜡烛终于燃尽了，引线被点燃了。引线的另一端，连接着木鸢尾部。木鸢头部的鸽子笼里，鸽子因受惊，正拼命地扇着翅膀。引线燃尽，木鸢尾部火光喷射，木鸢从殿门内飞出，直上云霄。

众虢寇面面相觑，大叫道："妖法！妖法！"

陈元已经连续击断击飞了慕容端三把剑。

慕容端哼了一声，脚步忽然飞速移动，由原来的双手持剑，变成两手各持一口长剑。慕容端越跑越快，陈元只觉四面八方都是慕容端的影子，终于一个疏神，被慕容端击倒。

慕容端一刀指定倒在地上的陈元，一刀向一旁观战的杜松挥去。杜松惊叫一声，手中的剑匣从中裂开。

慕容端冷冷看着他道："虽然碧凌剑现在不在这盒子里，但你既然得到了盒子，那碧凌剑在你手里，我也确信无疑。"

杜松吓得后退一步，问道："你想怎么样？"

慕容端哼了一声，道："你放心，我也不急这一天两天。"说罢，一收手，双剑还鞘，扬长而去。

好半天，陈元从地上站起，朝杜松一作揖，转身离去。

杜松在后面喊了半天，陈元头也没回，杜松无奈，只好一个人向客栈走去。

"这到底是怎么回事？一个个跟谜语一样，谁是友谁是敌？"杜松一头雾水。

傍晚，垂头丧气的杜松刚走进悦来客栈的大门，思颖就迎上前，道："杜松，你的木鸢飞回来了。"杜松没精打采地点点头。

杜芸诧异地问道："陈校尉呢？"

慕容端从外面进来，插话道："陈校尉觉得，相比到京师的官场上厮混，还是随董浩大帅北上，上阵杀敌来得有意思些。"

听到这莫名其妙的话，杜芸不解地追问道："杜松，真的?"

杜松点点头。

思颖看杜松的脸色不对，打岔道："陈校尉这样的英雄，我想，他也本该如此。杜松，你的木鸢，我已放回到你的房里。苏公子说，咱们等会儿就启程回京都了。"

杜松也不答话，一回到卧房，就立刻紧闭门窗，然后再小心翼翼地打开木鸢，取出碧凌剑。

碧凌剑光华璀璨，两面刻满了奇怪的花纹。

杜松盯着花纹看，一边自言自语道："这纹饰和现在风行的花式全不相同，可真是有些古怪!"忽然杜松身子一晃，差点摔倒。

杜松摇摇脑袋，有点不敢相信地又紧盯着碧凌剑看，旋即身子又摇摇晃晃起来。这下，杜松不敢再看了，一手扶住桌子，一手按住额头，好一会儿才明白过来，原来这花纹看一会儿人就要头昏，看来，这个碧凌剑要钻研个清楚，还真是不容易。

忽然，外面杜芸叫道："杜松，你快点啊，大家都等你哪!"杜松答应着，快手快脚地又把碧凌剑重新放进木鸢里。

第五十章　拿　人

清晨。在京都近郊的一个小客栈内，苏瑞从房中一出来，就看见慕容端端坐在院中，紧盯着院子里的药材车，不由得佩服这个虢国人的恪尽职守。

苏瑞上前施礼道："明日此时，药材当已交割完毕，慕容先生就可住到京师馆驿之中，也不必如此辛苦了。"

慕容端起身还礼并未答话。

苏瑞又笑笑道："但愿这药材，不要使我们的大王，过于辛苦才好。"

慕容端脸色微变，问道："苏统领，这话是什么意思？"

苏瑞道："从来都说良药苦口。这药材如此珍贵，自然是辛辣苦口得很了。"

正说着，杜松从外面进来了，手上还提着合拢了的大翅膀。

苏瑞好奇地问道："贤弟起得好早，这是出去干什么了？"

若雨在房中听到动静，也由两名侍儿搀扶着，走了出来。

杜松一见若雨，顾不上回答苏瑞，冲着若雨惊喜地问道："若雨姑娘，你能走动了？"

若雨笑笑道："多谢杜公子关心。"

慕容端看了看杜松手中的大翅膀，道："昨夜风也不算大，公子爬到屋顶上，居然也能一飞那么远。杜公子的新花样，可是越来越叫人佩服了。"

杜松吐了吐舌头，冲着慕容端做了一个鬼脸，道："真是什么都瞒不过你。"

慕容端的黑脸上掠过一丝笑意，道："杜公子架梯子上房时，碰落了三块檐头瓦，站在屋顶上，踩碎的瓦片又有恐怕不下二十片。就是店中的客人，被吵醒的只怕也不在少数。我就是想听不到你的动静，只怕也不容易。"

杜松道："在下不像你们这些会功夫的人，行动敏捷，三脚猫，三脚猫！"

苏瑞忍着笑，对苏炎吩咐道："等会儿算房钱的时候，多封一两银子给店家。算是赔人家的瓦钱。"

杜松红着脸道："我昨晚对翅膀做了些改动，就出来试试。"

看着杜松的窘样，苏瑞上前解围道："好了，试也试过了，等师妹她们出来，大家就上路吧。"

京都。熙熙攘攘的人群来来往往的，一番热闹的景象。

苏瑞、杜松一行刚进城门，远远地，就看见一支队伍迎了上来，当先是两名内侍，正是禁军的冯内侍和乌内侍。

杜松和苏瑞一看都很吃惊。这两个内侍，一副傲慢的样子，来到众人面前，尖着嗓子问道："哪位是虢国贡使？"

慕容端上前答道："慕容端见过二位内侍大人。"

内侍冯源哼了一声道："慕容先生客气了。这一路上，药材都还好吧？"

慕容端道："托大王和内侍的洪福。"

乌内侍笑了笑道："慕容大人，这份药材，大王可是等得急了……那就请贡使大人，随我到天禄宫见驾吧。"

慕容端躬身答道："如此最好不过。"转过身与众人告别，便与若雨、矮鬼等护送着药材车离去。

杜芸噘着嘴道："这两个内侍，真够恶心的！"

杜松挠着头，自言自语道："居然让一个敬事房的内侍来接药材，可真是有点不大对劲。"

杜芸一听，好奇心打起，问道："敬事房是什么？为什么敬事房的内侍接药材就不对劲？"

思颖红着脸，拉了拉杜芸道："这……女孩子家，别乱问好不好？"

杜松随口就答道："敬事房是……是管大王晚上到哪位娘娘那里过夜的。"

杜芸的脸一红，骂道："杜松，你又耍我！"

见药材已经远去了，内侍冯源忽然转过马头，向苏瑞一拱手道："刚刚公务在身，不能与统领郎答礼，苏统领不要见怪。"

苏瑞连忙上前答礼道："内侍说哪里话。"

冯源看着杜松，问道："听说苏公子有个师兄，叫作杜松的，不知道是不是尊驾？"

杜松诧异地点点头。

冯源的脸忽然一板，喝道："拿下。"大批的禁军侍卫一拥而上，将杜松等人团团围住。

只见冯源缓缓地从怀中拿出圣旨，展开宣读道："斑狱司司卿杜松，欺君罔上，私藏宝鉴司国宝'碧凌剑'。着斑狱司将其羁押。钦此！"

众人闻听均面色大变。

苏瑞上前抱拳问候道："冯内侍，这事情是……"

冯源一摆手，并不答话，看着杜松厉声喝道："杜松，现在就把碧凌剑交出来，到时候，没准还能将你从轻发落！苏统领，这是大王下的旨意，周内侍亲自交代的事情。小人只好得罪了。搜！"

众禁军侍卫一拥而上，将杜松一行的行李都翻得一塌糊涂，却并无"碧凌剑"的踪迹。

冯源点点头道："人说杜公子是工神转世，他巧夺天工做成的那只木鸢，你们可看见了没有？"

一名侍卫闻言将木鸢呈上，冯源看了看，命令道："打开。"

几个侍卫折腾地好半天也没有打开，杜松在旁边"嗤"地一笑，建议道："那边那位拿铜锤的兄弟，你来砸上这么一下，不就开了嘛。"

那侍卫真的提锤就要上前，另一名侍卫呵斥道："笨蛋，碧凌剑在里面，怎么能这么蛮来。还不滚开。"

杜松一听，反问道："你怎么就认定碧凌剑在里面？"话音刚落，苏瑞忽然拉住杜松的手，道："贤弟，不得对冯内侍无礼。"

杜松笑道："那我自己来把木鸢打开，冯内侍信不信得过？"

苏瑞也上前道："冯内侍，您目光如炬，再加上这里这么多双眼睛盯着，我这位杜贤弟手段再高，也不能在您面前弄鬼。"

苏瑞说这话时，杜松用手指飞快地在苏瑞手心里写了几个字。

冯源点点头，杜松上前接过木鸢随手一按，木鸢就打开了，里面是一个包裹。

冯源见状，喝道："你让开！"

杜松则一副犹豫不退的样子，被两名侍卫大力搜开，见冯源向木鸢边走过来，大惊失色地叫道："不，内侍……"冯源并不理会，伸手按住包裹，忽然脸色变了，厉声问道："什么东西？"

杜松神色慌张地答道："内侍千万看不得。"

冯源哼了一声，把包裹打开，露出的是竹简《经学》。

冯源不快地说道："既然只是本书而已，那你刚刚大惊小怪作甚！"说着打开竹简翻了几片，忽然脸色大变，哼了一声，抛在地下。

苏瑞把竹简从地上捡起，掸掸竹简上的灰尘，道："贤弟，这书就留给愚兄先看了。"

冯源气得一挥手，示意手下把杜松带走！

苏瑞脸忽然板了起来，一抬手拦住冯源，厉声道："冯内侍。我这杜贤弟虽非什么朝廷官员，但好歹是我斑狱司的人，他的老师李轩李老大人虽然过世，但可是大王的宠臣，你又没有搜到碧凌剑，就这么无凭无据地要从我这里把人带走，禁军可也欺人太甚了吧！"

冯源一怔，道："我也是奉命行事，周内侍的意思是……"

苏瑞打断道："好，那我现在就跟你一起去见福安。"转身对苏炎吩咐道："苏炎！你回去，给我把箱子里的朝服取来，要是跟周内侍还分说不清楚，我就与他去天禄宫，到大王面前，辩个是非。"

说着，把刚才杜松给自己的钥匙放到苏炎手里，道："这是开那箱子的钥匙。"

苏炎略一迟钝，心道："怎么又多了一把钥匙？"但是他不敢多问，转身而去。

第五十一章　密　室

晚上，明月高悬，思颖和杜芸都担心不已。杜芸在屋里来回疾走，没有一刻安宁，思颖看着头晕，只好望着窗外出神。

这时，苏瑞从外面进来了，杜芸一见高兴地冲上去抓住苏瑞的胳膊，急切地问道："苏公子！杜松怎么样了？"

苏瑞看了一下思颖，犹豫了一下，道："我和福安争到现在，他答应暂不对杜贤弟用大刑，但杜贤弟他……他还得在禁军关些日子。"

杜芸一听，急了，从墙上取下佩剑，就要往外冲。

苏瑞赶紧拦住，喝道："杜芸，你干什么！想劫禁军大牢吗？"

杜芸愣住了，支吾道："我……"

苏瑞拍了拍杜芸的头，柔声道："杜芸，别急，慢慢来，咱们总有法子可想。"

思颖缓缓地说道："禁军怀疑碧凌剑在我们手里，也不是一天两天了。但都是假扮别人在动手，从没敢这么跟我们明火执仗地硬来。所以，不是获得了什么确实的讯息，禁军绝不敢如此。"

苏瑞也叹了口气，不无担忧地道："此次禁军不惜撕破脸皮，确实大出我的意料。但是禁军哪里来的消息，可也叫人难以索解。"

思颖没有说话，看着窗外，忽然幽幽地说道："禁军得了讯息，却并没得到什么好处。真正因此获益的，只怕另有其人。"

苏瑞点点头道："说起来，杜贤弟这次被抓，最像是得了好处的，倒是我了。"

杜芸不解地问道："姐姐，苏公子，你们……你们这话都是什么意思？"

思颖叹了口气道："苏师兄，你说话做事，确实处处显得光明磊落。"

苏瑞看了看思颖，心里不由得感到，无论怎么做，在思颖的心中，始终不及杜松，于是幽幽地说道："本来碧凌剑与我绝不相干师妹，此时我也不必加以辩白。"

杜芸不满地抱怨道："你们又打暗语！老是说一些我听不懂的话。"

苏瑞歉意地看了杜芸一眼，接着说道："师妹，我插手碧凌剑的事，确实有违恩师的遗命。但无论如何，恩师的遗愿，就是碧凌剑绝不能落到虢国人手中。二位师妹也请早些休息。我这就回家里去，一来明天还得和禁军周旋，总得养好精神，二来……但愿我爹爹能帮上些忙吧。"

杜芸看看苏瑞，又看看思颖，道："苏公子，我信你一定能救出杜松，你也要好好歇息。"

苏瑞感激地看了杜芸一眼道："杜芸，多谢你。"刚走出几步，又回过头来，郑重地说道："师妹，如果明日成功，我就派人来找你。"

苏瑞走了好久，思颖都没有再说话，只是静静地坐着，也不知道在想什么。

杜芸也一反常态，静静地坐了一会儿，忽然莫名其妙地对思颖说道："姐姐，你不要疑心苏公子了，好不好？虽然我听不懂你们刚才说什么，可是我也知道，刚刚你们，有些不对劲。"

思颖感到有些不忍，上前安慰道："好了，杜芸，别想了，苏公子会想办法的。我们休息吧。"

听到思颖这么一说，杜芸立刻转忧为喜，和思颖一起关门休息了。

苏瑞匆匆离开李府，刚一进门，苏炎就已经守候在门外了。看见苏瑞进来，冲着苏瑞点了点头，苏瑞也点了一下头，转向旁边的老管家吩咐道："快带我去拜见爹爹。"说完，又匆匆地来到苏府大厅。

见苏瑞进来，苏杰满面喜色地问道："吾儿，这一路上可好吧？"

苏瑞躬身行礼，说道："孩儿不孝，有劳爹爹挂怀。"

苏杰慈爱地说道："你这一出去这些日子，东北又是兵连祸接……

为父可实在是悬心啊。"

苏瑞道："爹爹放心，董大帅用兵如神，孩儿在他营中，绝无半点风险。你看他运筹帷幄，谈笑之间阳平关为祸多年的虤寇便……"看见苏杰的脸色微微一变，苏瑞住口不语了。

见苏瑞不再提董浩了，苏杰笑了笑，道："孩儿，你我父子多日不见，又何必谈这些国家事扫兴。我听说你刚过午时就进了文德门，怎么却拖到现在，方才到家？"

苏瑞道："爹爹，孩儿有一事请求爹爹相助。我那杜松贤弟，被诬偷藏'碧凌剑'，现在被禁军收押……"

苏杰一皱眉，不满地说道："这'碧凌剑'的事情，怎么又和杜松牵连上了？"

苏瑞连忙解释道："此事与杜贤弟无关，都是禁军周内侍陷害。"

苏杰担忧地说道："苏瑞，这事关系重大，你对我可千万不要有什么隐瞒。"

苏瑞吸一口气，正色道："孩儿不敢欺瞒爹爹。"

苏杰犹疑道："可是，要是禁军认定了碧凌剑在杜松手里，只怕，为父也不能有什么办法。"

苏瑞道："'碧凌剑'乃是国家重宝，爹爹只需据理力争，将这案子移交到斑狱司公开审理，一切便好办得多了。"

苏杰若有所思地微微点点头。

苏瑞见目的已经达到，就告辞出来了，径直来到后院，苏炎正站在那里，此时，园中并无旁人。

苏炎见苏瑞来了，小声禀报道："就在客栈南边不远的歪脖老槐树下。"

苏瑞点点头道："还好杜贤弟早有准备，否则今天禁军来这一手，还真给他打乱了阵脚。"

苏炎犹豫地问道："这事，咱们真的连老爷也要瞒过了？"

想到这事连自己的父亲都要欺瞒，苏瑞感到有些羞惭，解释道："爹爹什么都听大王的，他要是知道了，非把碧凌剑交给大王不可。"

说着，和苏炎一起向密室走去。二人一路来到密室，桌子中间正放着一个破旧的盒子。苏瑞一见盒子，失声笑道："杜贤弟哪里弄来这么难看的一个盒子……这锁倒是精巧。"

苏炎将钥匙交还给苏瑞，苏瑞接过钥匙，对着锁端详了一会儿，叹道："这锁看来还是杜贤弟设计的，一般的盗贼，恐怕还没本事撬开……"说着，"嘎嘣"一声用钥匙将锁打开，"碧凌剑"在昏暗的密室里发出一道微光。

苏瑞盯着碧凌剑看了一会儿，突然感到一阵眩晕，苏炎赶紧搀扶着，苏瑞有些不敢相信似的，再看碧凌剑，仍然头晕，愣了好一会儿，才自言自语道："这碧凌剑还真有点邪门，看来，不把杜贤弟从牢中救出来，是没法弄清碧凌剑的秘密何在了。"

苏瑞在密室内来回踱步，眉头紧锁。苏炎不解地在一旁看着，忽然苏瑞调皮地看着装碧凌剑的盒子道："这盒子朽烂到这等地步，锁再好又有什么用？明儿一早，你跟我一起去禁军要人。"说完，嘴角露出一丝微笑。

第五十二章　要　人

次日，禁军大堂外，上次在祭坛追赶陈元和杜松的几个档头，正在议论纷纷。其中一个解恨似的说道："今天也算咱们雪耻之日，杜松这家伙，居然敢炸祭坛！他拿了碧凌剑不算，居然还引来一帮虢寇！"

正说着，苏瑞和苏炎已经率先进入禁军大堂，见杜松被押在堂上。

冯源一见苏瑞进来，阴阳怪气地叫了一声："苏统领，咱家这里有礼了。苏统领到底还是放心不下呀。"

苏瑞微微一笑:"打扰内侍了。我这贤弟杜松在内侍手下受审。我来看个究竟,一来看看内侍风采,如何审案;二来,也存着个私心,谁要是当堂胡说,做出伪证,那么……"说着将目光转向那几个档头,档头们立刻满脸谄媚。

冯源一笑道:"几位档头,杜松拒不承认和碧凌剑有关,你们且说说阳泉祭坛一事。"

一个档头上前禀报道:"启禀内侍,这杜松胆大包天,居然在祭坛里埋制炸药!"

冯源皱皱眉头道:"哦,这可是大逆不道的事情啊。"

杜松忽然高叫道:"等等。这就不对了,在祭坛埋设炸药,何止是大逆不道,简直是罪大恶极!别说在祭坛里埋炸药了,就是平白无故,擅闯祭坛,都该问个斩罪了!"

冯源一听,道:"那还用说。"

杜松高声说道:"那我倒要请问,几位档头是怎么会看见,我在祭坛里埋置炸药的?这些日子国家又不曾有什么祭祀祖宗的大典,就是有,恐怕也轮不到几位参加吧,怎么你们几位倒好像对祭坛里的事情,都一清二楚呢?"

档头们一听都面面相觑,一个档头支支吾吾地道:"这……那天明明是……我们也是听说!"

苏瑞上前一步,道:"哦,原来也只是听说。"

给苏瑞这么一说,档头们更加疑惑了,好半天,才有人答道:"我们……我那天偶感风寒……因此那天谭内侍去追拿杜松,我们都没跟去!后来,侍卫在祭坛外发现了谭内侍的尸体……我们推想起来……谭内侍之所以会到祭坛,自然是为了追踪杜松……所以杜松也一定是去过祭坛的……"

苏瑞冲他们微微一笑,问道:"那就是说,杜松进祭坛的事,你们并非亲眼所见?"

听到苏瑞这么一问,冯源狠狠瞪了档头们一眼。其中一个吓得一下子跪倒在地,哆哆嗦嗦地分辩道:"我们……我们……"竟被吓得语无伦次,说不出话来。

苏瑞见状厉声说道:"各位,欺骗上级,浮辞冒功,不过是该打一顿板子,擅闯祭坛,可就怎么也逃不过一个死罪!"

各档头听苏瑞这么一说,恍然大悟,连连说道:"是是,我们什么也没瞧见!"

杜松更是理直气壮道:"反正我没去过祭坛,我是什么也不知道!"

几个档头看看苏瑞,又看看冯源,然后面面相觑,不敢说话。

苏瑞继续道:"那什么在祭坛里埋设火药云云,就更是臆测之辞了?如此说来,擅闯祭坛的,就只有谭内侍一人,与杜松无关,与几位档头也无关……"

几人一听,立刻异口同声地答道:"正是如此!"

苏瑞叹了口气道:"我与谭内侍,也一向是相识的。却想不到他如此人面兽心,竟然想炸祭坛。就该揪出他的同党,一个个满门抄斩,诛灭九族才对!冯内侍,你说是不是?"

冯源无奈地唯唯称道:"是是。"正说着,外面圣旨到了——

原来,昨晚苏杰看儿子苏瑞走后,想了想,还是一大早就来到了天禄宫禀奏姒羽。

大殿上,苏杰偷眼看看姒羽,恭维道:"大王今日龙颜祥光流动,看来这修真养性的功夫,越发不比寻常了。"

姒羽缓缓点头道:"这虢国送来的药材,功效果然不同。今个有什么折子,要本王亲自看的吗?"

苏杰满面陪笑道:"御史张诚有本,参禁军专擅,说什么诏狱为刑法掣肘,长此以往,'法司可以空陈,刑官为冗员',实不利于军国大计。"

姒羽一听惊异地问道:"这是参你儿子的本章啊,怎么,你要本王惩

197

啸长风

办张诚，为令郎出气吗？"

苏杰正色道："微臣以为，张诚所论，实在是至理名言。治理天下，当王道、霸道并用，中庸与权变相辅相成。譬如大王修真养性，总以阴阳调和，龙虎交汇为正理。不然，若是有阴没阳，或是一味有阳没有阴，修炼再久，总是不能得道的。"

姒羽微笑道："卿家于修炼一途，倒也有所心得。"

苏杰偷眼看了看姒羽继续说道："所以国家法度，有的事需要斑狱司与禁军办理，方能随机应变，雷厉风行，有的案子……"

姒羽侧脸看看福安，福安立刻躬身微笑道："奴才只知道照大王的意思办事，这国家大事，老奴可就不懂了。"

姒羽一笑，问道："譬如杜松一案？"

苏杰大声说道："不是杜松一案，是'碧凌剑'一案。杜松黄口孺子，岂值一提？只是现在国宝'碧凌剑'失踪，杜松牵涉其中，这名字才上达天听。何况，倘使碧凌剑并非杜松所盗，那杜松自然就该开释，但'碧凌剑'的案子，却并不因此而完结。究竟是谁胆大妄为，偷窃碧凌剑，总还要一直查下去的。祖宗设斑狱司缉拿奸邪。周内侍追查此案，拿获杜松，自然是已立了大功，但下面的事，却似乎还是交付……"

姒羽问道："那……爱卿的意思，是要把杜松移交到斑狱司大牢了？"

苏杰赶紧跪下，道："是否移交斑狱司，自然是大王圣裁。只是以微臣愚见，'碧凌剑'实是国家重宝，此案绝不可轻忽。"

姒羽频频点头，道："嗯，是这个理，周内侍，你说呢？"

福安虽然早已怒火万丈，也只好无奈地道："大王明见万里，正该如此。"

就这样，苏杰，终于按照苏瑞的要求取得了圣旨，但是，临走出大殿的时候，苏杰也在心里骂道："这个小畜生，一天到晚也不知道想干什么。回头一定要好好教训教训。"

虽说苏杰心里并不情愿，但是爱子心切，还是很及时地为苏瑞弄来圣旨。

圣旨一到，苏瑞丝毫不敢耽搁，当即就将杜松带到了斑狱司。

第五十三章　坐　牢

杜松由皂隶搀扶着走进大牢，刚进入囚室，杜松看已经左右无人，忽然挺身站起，半点没了挨过板子的模样，孩子一般跳了跳。然后一屁股坐在床上，大叫道："斑狱司大牢，好歹不像禁军那么让人憋气。"

苏瑞道："贤弟，以后若有外人在时，还是小心些，那天情势匆忙，有些疑问，还没来得及问你。"两皂隶对视了一眼，告退出去了。

二皂隶刚走，就看见苏炎向牢中走去，身后还有几名苏府家丁，扛着一只只大箱子。

苏瑞见二皂隶走了，低声道："我们一进京，禁军就来拿人，你以为是什么缘故？"

杜松唉声叹气道："唉，说来心痛，多半是若雨姑娘！"

苏瑞一笑道："我看你对若雨姑娘也是半真半假，真心喜欢人家，哪有你这样没事就大喊大叫的。"

杜松怪声怪气地大叫道："苏瑞啊苏瑞，我发现越来越得另眼看你了，想不到你竟是情场老手啊。"

苏瑞笑了笑，也模仿杜松的声调，怪声怪气地叫道："是吗？我倒不知道。"说完，两人不由得相视大笑起来。

杜松的心里却一直真的在想公孙若雨，明明知道自己这次牢狱之灾是她造成的，心里却连一点责怪的意思都没有。但是若雨每次对苏瑞必是笑脸相迎，就是对身边的那个虢国护军慕容端也是关切之心溢于言表，对自己反而每次都……多想无益，杜松叹道："慕容端是认定碧凌剑在我

199

啸长风

手上的啦，本来我还担心这一路上他动手硬抢。哪知道他来得更绝，居然和禁军通气。"

苏瑞似乎没有察觉杜松的坏心情，点点头道："和虢寇相比，倒还真是若雨姑娘他们，才叫人莫测高深。"

杜松担忧地问道："她这药材献了上去，看来也是真支使得动大王了，我得罪了她，看来以后大大不妙啊！我在这里要待多久？"

苏瑞似笑非笑地看着他，道："大王和禁军都认定碧凌剑在你手里，碧凌剑你又交不出来。关你一辈子，那也不算稀奇。"

杜松惊叫道："苏瑞，你不能这么吓我！"

苏瑞为难地说道："那……等什么时候大王把这事儿给忘了，咱们再找个死因，把你给替出来？"

杜松愁眉苦脸地叫道："那恐怕也得十年八年的吧？"

苏瑞忍着笑，道："大王记性好，要忘掉什么确实不容易。"

杜松站起来，在牢房中来回走了几圈，忽然拉住苏瑞的衣袖，急切切地说道："苏瑞，我关在这里，实在气闷得慌，你……你把那套《易经》还我！"

"那不成。"苏瑞微微一笑，不理他，只是拍了拍手掌，外面，苏炎应声进来，朝苏瑞一点头，对牢房外的几名苏府家丁挥挥手，众家丁陆续抬了好几个箱子，并依次打开箱子，每人手上都抱着一大摞书走了进来。苏瑞看看牢中地面，十分潮湿，吩咐道："把书都放床上吧。"顷刻，半张床就全给堆满。

杜松惊喜地叫道："苏瑞，你还让不让我睡觉了？"

苏瑞笑道："你睡相好点，剩下的地方，也尽够了。"

杜松随手拿起一本杂书，不解地问道："我看这书干什么？"

苏瑞微微一笑道："把你关在这里，让你静心钻研也好，省得尽像在家中似的，老搞些不切实际的小玩意。嗯，我会留一名家人在这里，你笔墨不够，或是要查什么书，跟他说就是了。"

杜松看看床上，垂头丧气地说道："不必了，这么多纸，我就是关到下辈子也够用了。"

苏瑞忽然向杜松深深一揖，正色道："这事关乎阳平关抗虢寇的大业。贤弟，我代董家军全军上下，向你多多致谢。"

杜松一怔，张了张嘴，终于安静下来，埋头翻了床上的书，苏瑞见状，悄悄地退了出去。

杜松这边安静地坐牢了，若雨他们可并不安静。

自从送完药材，慕容端一回到驿站，就看着若雨，诡异地笑道："相信，杞国大王现在已经在使用我们的药材了。"

若雨叹了口气，道："但愿这能使他满意。"

慕容端肯定地道："他会满意的。只是不知道，如果董浩知道我们送来的竟然是这样的药材，不知道会不会后悔帮了我们。"

若雨没有说话，愣了一会儿道："今天禁军的人突然出现，居然还是没有抄得碧凌剑，苏瑞也确实了不起。"

慕容端白了若雨一眼，冷冷地道："你是不是给苏瑞迷花了眼睛？"

若雨脸色一变，慕容端道："很明显，这次厉害的不是苏瑞，是杜松。昨晚他半夜飞出店去，我也只当是他玩性重，试验新翅膀，并没当回事。现在看来，他是猜到禁军可能有这一出，他是去藏匿碧凌剑的。"

显然，慕容端的话，出乎了若雨的意料，过了好一会儿，才慢慢地说道："我只是为了虢国的利益，才去接近苏瑞，你不要胡思乱想。"

慕容端看了若雨一眼，没有再说话。其实，在若雨的心里，也不时地出现一丝说不清楚的感觉，每次看到苏瑞的时候，总有一种略带恐惧的感觉。而杜松这样的人，明明是一个不学无术的花花公子一样的人，但是每想到他的博学多才，总能让人忍俊不禁。看来，杞国真的是人才辈出，如果自己不是重任在身，如果不是……若雨想得入神，连慕容端何时出去的，都不知道。

其实，若雨想得再多，也不会知道，在慕容端的心里，也是同样的难过。大王下令，要自己保护若雨出使杞国，多日以来的朝夕相处，早就已经将若雨的喜怒哀乐当成自己的了。但是这种念头，慕容端非常清楚，就算想想也是犯罪。这次出使如果成功，若雨就有可能进入慕容部落，成为自己的嫂子，她将是自己的哥哥——大参将慕容辉的妻子。

第五十四章　到　访

　　京都的天气很好，但是同一片天空下，正上演着不同的故事。

　　李府花厅里，思颖和杜芸就没有那么平静了，她俩到现在还不知道杜松已经到了斑狱司的大牢，思颖倒还能静静地坐着，但是杜芸却坐立不安，一会儿也安静不下来，思颖终于忍不住了，轻声责怪道："杜芸，你就不能安静会儿吗？"。

　　杜芸焦急地说道："也不知道苏公子去救杜松，救成了没有？这么久了，连一点消息也没有。"

　　杜芸又走到花厅门外不停地张望，忽然惊叫一声道："树上有人！"说着，从厅中一跃而出，呵斥道："谁！给本姑娘从树上下来。"

　　树上果真有两人应声跌了下来。两人"哎哟哎哟"地从地上爬起来时，正是在祭坛追赶杜松和陈元的两个档头。

　　杜芸并不认识两人，"唰"地抽出宝剑，按在一人的脖子上，厉声问道："你们是什么人？"

　　档头赶紧跪下，求饶道："姑娘饶命！"

　　另一个档头道："姑娘好大的本事，用什么手段把我们兄弟打下树来，我们可是半点也看不出来。"

　　杜芸一听愣住了，心想怎是我把你们打下树来？哦，一定是这两个家伙胆小，我一叫，就吓得掉下来了，还以为是给我打下来的。想到这里，故意哈哈大笑道："这是本姑娘从昆仑山学来的魔音穿脑功，你们可知道厉害了吧？"

两个档头齐声喊道："哎哟哟，好一个魔音穿脑功！"

其中一个有些糊涂地嘀咕道："可是……可是怎么穿得我屁股生疼啊！"

就在这时，外面响起了敲门声，杜芸一听惊喜地叫道："一定苏公子回来了。苏公子，杜松怎么样了？"说着，也顾不上两个档头了，跑到门前，开门一看，一下子愣住了。

门外，傅一刀正笑吟吟地站在那儿，见杜芸发呆，笑嘻嘻地问道："杜芸姑娘，不认得在下了吗？"

杜芸疑惑地问道："怎么会是你？"

傅一刀微微一笑，也不回答，径直向里面走去。

杜芸一见，在后面连连阻止道："你……你怎么自己就往里闯啊？"

傅一刀一直走到还蹲在那里大叫"哎哟"的两个档头身后，弯腰从二人屁股上各自拔出一柄小小的刻刀，这才回答道："我刚到门外，就看见这两个家伙趴在树上，冒昧出手，二位姑娘莫怪。"

思颖从厅里出来，弯腰一施礼，道："多谢傅先生。"

傅一刀连忙还礼道："李小姐，客气了，举手之劳，何足挂齿。"然后转到两个档头面前，问道："二位是从哪里来？"

两个档头对视了一眼，异口同声地回答道："我们是玄武门赵功的手下！"

杜芸一听，骂道："胡说八道，赵功一向在阳泉活动，怎么会到了京师？"

傅一刀则向她一摆手，说道："这个也不奇怪，在下也是一向在阳泉做生意，这不也到京师来了？本来我还有些担忧，不过二位既然是赵功爷的手下，那就好办得多了。"说着将手里的刻刀一晃，道，"我这刻刀上喂有剧毒，中剑的人，过个一时三刻，一定会毒发身死。不过赵功爷是用毒的大行家，这点子毒药到他面前，那是不在话下。二位就赶紧回

啸长风

去吧。"

杜芸急着叫道："喂，怎么能就这么放他们走了！"

思颖忍着笑，在旁边轻轻一拉杜芸。两个档头一听，一齐跪了下来，不住地磕头求饶道："老爷饶命！小的不是赵功爷的手下。"

傅一刀点点头，却转向思颖，问道："在下来得冒昧，不知道杜公子现在可在府上？"

两个档头还在边磕头，边一五一十地汇报道："老爷，小的实是禁军的人。今天，冯内侍嫌小的们做证不力，没能坐实杜松的罪状……要重重责罚小的……小的就想，要是能在府上得到点碧凌剑的讯息，说不定能将功赎罪……"

思颖、杜芸对视了一眼，惊喜地问道："我只问你，杜公子现在怎么样了？"

两个档头哆哆嗦嗦地回答道："杜——杜公子，已经被提到斑狱司去了！"

杜芸一听，高兴地和思颖抱在一起。

傅一刀在一个档头的屁股上踢了一脚，笑道："想不到这两个黑脚狗子，倒做了报喜的喜鹊。剑上没毒，滚吧。"

两个档头不敢相信似的，追问道："真……真没毒？老爷不……不是骗我们吧？"

傅一刀又从囊中取出一柄刻刀，威胁道："再不滚，真给你们来柄有毒的尝尝。"两个档头一见，连滚带爬地去了。

傅一刀看着思颖，叹道："我昨日刚到京都，就听市井中传说杜公子因为碧凌剑的事被捕。当时还不怎么相信，没想到竟是真的。我与杜公子阳泉一别，思念得紧。我这趟进京，又置办了几件新奇玩意儿，本还想请杜公子法眼品鉴，唉。"

思颖则淡淡地说道："苏公子已经在设法营救，傅先生也不必过于担心。"

傅一刀看着思颖，心中不由得暗暗叹道，世间竟然还有这样的女子，但口中仍然说道："杜公子为了不让碧凌剑落入虢寇手里，竟然甘愿身陷囹圄，这份为国为民的情怀，可是叫人佩服得紧。"

外面忽然传来苏瑞一声长笑，道："半伦兄竟然说出这样的话来，于君臣大伦，半伦兄可是越来越有体会了。"随着话音，苏瑞走了进来，一施礼道，"半伦兄来得正好。在下最近心烦意乱，能多和半伦兄谈谈。"

傅一刀也笑道："苏公子有兴，在下与……与那个自然求之不得。"

杜芸一见苏瑞来了，上前问道："苏公子，杜松已经被关在斑狱司了，是吗？"

苏瑞一笑道："杜芸，你倒先知道了。现在他进了斑狱司大牢里。"看见思颖在一边不说话，苏瑞走过去向思颖一揖道："愚兄无能，要救杜松贤弟出来，一时还有些为难。不过，略过几日，我就可以带二位贤妹去看他。"

傅一刀见状，只好告辞离开了。看着傅一刀离去的背影，苏瑞呆呆地想了很久，他的脑海中正酝酿着一个计划。

第五十五章　大　炮

略过几日，苏瑞和思颖、杜芸一起来到天牢外。刚到门口，苏瑞留下来的那名家丁迎上来，还没有等苏瑞问起，就急急忙忙地禀报道："公子您快进去，不好了，杜公子疯魔了。"

杜芸一听脸色大变，苏瑞连忙问道："怎么回事？"

家丁答道："这几天，杜公子统共只睡了几个时辰，头不梳脸不洗，问他什么也不回答。成天在那里念咒，小的可是一些也听不懂。"

苏瑞点点头道："我明白了。"杜芸也松了口气。家丁摸摸后脑勺，纳闷地嘀咕道："都疯成这样了，怎么公子反而不着慌了哪？"

苏瑞和思颖、杜芸边走，边叹道："杜贤弟一用起功来，还是这个老样子。"

思颖也歉意地说道："咱们见得惯了也就不以为什么，你那家人头回见着，也难怪以为是疯魔了。"

只有杜芸不以为然地抱怨道："谁说见惯了就不以为什么？我可瞧不顺眼，说他是在发疯，可也没错啊！"

牢房内，书册和绘满草图的纸张丢得到处都是，墙上也画满了图形。杜松一身囚衣，嘴里叼了根草坐在草席上发呆。看见苏瑞和思颖等人走进来，就好像没有看见一样，似乎是在和众人打招呼，又好像在自言自语地说道："箭车重达千钧，阳泉地势崎岖，一旦陷入泥潭，那就根本无法移动，几乎与废铜烂铁别无二致……"

苏瑞一笑，接道："所以，要重新设计箭车用于阳泉的战事，首先一条，就是要减轻箭车的重量。"

杜松直摇头，叹道："谈何容易，谈何容易……"一抬头，看见苏瑞等人，连忙笑道："啊，苏瑞！师妹，杜芸，你们怎么也来了？"

杜芸见状，一拽苏瑞道："我们先出去。"

苏瑞一怔，没有反应过来就被杜芸拽了出来。杜芸见苏瑞不解的样子，解释道："你怎么也变得这么迟钝了呢？让思颖和杜松多说会儿话。"

苏瑞没有回答，回头看了一眼，牢中杜松和思颖仍相对而立。

杜芸没有察觉，继续道："他们好久没见面了，不知道有多少话要说……哎，你别往里面看啊，你一看，他们还怎么好意思……"

看着眼前故作聪明的杜芸，苏瑞只有苦笑道："是是是。"

杜芸指着自己的鼻子，还得意地说道："你看，我多善解人意，是吧？"

牢房内，思颖看着杜松，眼眶一红，杜松却像个没事人一样，说道："思颖，我还有个问题没想通，你等一会儿。"说完，就仰面朝天继续发呆。

思颖只好蹲在一旁默默地看着他。忽然，杜松一低头，正面对思颖，眼睛直发亮。思颖见状脸一红，刚要说话，杜松突然大叫起来："苏瑞，快进来，我有话说！"

牢房外，杜芸听见杜松这么一叫，诧异地说道："怎么回事，这么快就说完了。"苏瑞叹了口气，只好再进入牢内。

杜松一见苏瑞进来了，直摇头道："以往为防炮管断裂，铸炮时往往会特别将炮管加粗加厚。可是现在我们要想大炮变轻，那就得反其道而行之。"

听杜松这么一说，苏瑞也眼前一亮，问道："怎样反其道而行之？"

杜松摇摇头道："我现在虽然有些想法，可是光在图上比画，说不准的事情却实在太多。"

苏瑞点点头，道："所以现在最紧要的事，就是要赶紧把你弄出去！阳平关的虢寇可不是乌拉脱可比，他们不知道从哪里搞来了重炮，威力惊人，势不可当，董将军的一支先头部队，已经受了挫折。"

杜松大叫道："啊？那……你怎么不早跟我说，害得我……我刚还睡了半个时辰！苏瑞，你安排人劫牢，我马上就要出去！"

苏瑞摇摇头，道："劫牢是不成的，不过，我倒有个主意。我想……贤弟，咱们要是想个法子，让人在别处发现碧凌剑。那不就证明了，碧凌剑失窃和贤弟无关吗？"

杜松问道："你的意思是，要把碧凌剑交给大王？"

苏瑞微微一笑，摇了摇头，答非所问地说道："傅一刀傅半伦，也到京师了。"

从大牢出来，思颖一路上都一语不发，脸上似有一种哀愁。就连杜芸都感觉到了，问道："姐姐，怎么见着杜松了，你好像反而不高兴？"

思颖淡淡地答道："没什么，我高兴着呢。"

次日，苏瑞带着苏炎和几个斑狱司来到傅一刀的古玩店。苏瑞在门口一挥手，苏炎对斑狱司吩咐道："你们在门口守着，没有公子的命令，不许任何人出入。"

古玩店内，傅一刀正在雕刻一些小玩意。看见苏瑞和苏炎进来，故作惊异地招呼道："苏公子？哎哟，稀客、稀客，来人，上茶，上好茶！"

苏瑞看了一下傅一刀桌上的雕刻，赞道："半伦兄好雅兴啊。世间商贾，唯利是图之余，尚能潜心雕刻玉石，唯有傅兄啦。"

傅一刀赶紧回道："哪里，哪里，公子官居要职，日理万机，居然有空来看我这等闲散人物，这才是好雅兴，真风流！"

苏瑞哈哈大笑道："我哪有什么风流、雅兴咯，今日来此，却是有事相求于半伦兄啊。"

傅一刀诧异地问道："世上也有苏公子不能办妥的事情？不知何事，用得着我傅某？"

苏瑞不答，拿起博古架上的摆设，仔细地看着，但是苏瑞没有看到屏风后，兰婉儿正悄然而立，好一会儿，才严肃地说道："此事……此处说话可否方便？"

傅一刀赶紧站起来，关了前门，又往影壁后跑去关后门，恭谨地说道："小人做的不过是小本生意，苏统领见多识广，哪里看得上我这些破玩意。"

苏瑞哈哈一笑，拿起博古架上自己的雕像，道："真货也许是醉石斋不如尚玉司，假货可就是宝鉴司不如你醉石斋了。"

傅一刀只好有些尴尬地在一旁赔笑着。苏瑞似乎漫不经心地继续说道："宝鉴司的高手匠人虽然也有不少，但和傅兄的赝品手艺比起来，那就未免微不足道了。"

傅一刀凑到跟前，讨好似的问道："莫不是苏公子要傅某伪造什么信符印件？"

苏瑞目视傅一刀，一字一顿地说道："是'碧凌剑'。"此言一出，傅一刀脸色大变，退后两步，诧异地问道："如此说来，碧凌剑已到了公子手中？"

苏瑞正色道："正是。不过为了救身陷大牢的杜松贤弟，必须拿出碧凌剑。只好向傅兄求助了。"

傅一刀脸色一变，问道："苏兄，是要把碧凌剑交到虢寇的手里？"

苏瑞道："正因不想，才来要傅兄做一只假的。"

傅一刀稍稍思考一番，咬咬牙道："也罢，事关重大，傅某不作多想，但凭公子差遣。"

苏瑞一拍傅一刀肩膀，赞道："好！最是傅兄有义气。只不过……此等事情，份属机密。京都不比阳泉，禁军眼线，遍布京师。只好委屈傅兄，随我到一隐秘处，操办大事了。"

傅一刀缓缓点头道："确有道理。只是这碧凌剑的材料……"

苏瑞微微一笑道："傅兄不必过虑，苏某掌管斑狱司多日，些许材料还是可以操办的，只等傅兄手笔啦。"

傅一刀郑重地问道："现在就走？"

苏瑞也郑重地答道："刻不容缓。"傅一刀深吸一口气，拿起桌上一袋刻刀，做了一个请的动作，就跟着苏瑞走了。

第五十六章　做　假

苏瑞和傅一刀等人走进一个较小的四合院。院子里面有一些人在扫地、砍柴、烧饭，对苏瑞等人视若不见。水井边上，一头驴在拉磨，奇怪的是磨石中间还套着个绞索，绞索一直连到水井上面的小水车上，驴子拉磨，水车也在绞索的动力下将水提出来，注入水井旁的水缸里。

一个壮汉在一旁墙角里摆弄一个圆轮，圆轮的侧面有个手摇把手，摇动把手，从圆轮侧面的开口中就会源源不断地射出水柱。

傅一刀有些奇怪，诧异地问道："这儿究竟是哪里，这么些新奇古怪的东西？"

苏瑞微微一笑，道："这是杜松贤弟的住所。这些东西，都是杜贤弟发明的。"

傅一刀见院角里有一口大景阳钟，好奇地问道："杜公子也搜罗古董吗？这里又不是寺庙，这么一口大钟摆在这里，算什么意思？"

苏瑞笑道："傅兄不急，等会儿自然会明白。"说着，领着傅一刀来到一个房间里，一名侍卫正坐在书桌前，拍了一下桌上的砚台，桌子对面的椅子上立刻升起一把尖剑。

躺在床上的一名侍卫伸手一拍床板，床沿立刻升起一块钢板，钢板放下时，床上人已经不在了。

傅一刀看得心惊，由衷地叹道："杜公子真乃神人，设计机关巧夺天工。"

苏瑞笑着走到窗前，在窗台上按了一下，窗台下面立刻出现一个通道。通道的尽头是一扇厚重的门，一名侍卫用力将门推开，里面是一间密室。

傅一刀经过门时，轻轻推了推，很重。傅一刀不解地问道："既然杜公子如此聪明，为何不将这扇门设计得灵巧一些？方便一些？"

苏瑞笑道："傅兄有所不知，我这杜贤弟虽是聪慧过人，习性上却是懒得可以，所以他设计了这扇门，我们每推门一下……在茅厕边上的水泵就会压上一泵水，冲洗茅厕。这样他就可以名正言顺地偷懒了。"说着又推了一下门，外面顿时传来冲水声。傅一刀恍然大悟，赞叹不已。

两人说着，进了密室内，两名斑狱司侍立在一旁，苏瑞指着墙角的一些什物说道："雕刻的工具，傅先生自然有称手自带的，如有不足，这里一应俱全。这里预备下三十块璞玉，都经高手匠人鉴定过，玉质与碧凌剑全然一模一样。"地上，果然堆着一堆玉石。

苏瑞又指着两名斑狱司，道："傅兄在此的一切生活所需，他们二人会全权负责。"说完，苏瑞向一个侍卫点点头。侍卫走到墙边的幕帘前，打开幕帘，里面是一丈三尺长的通道。通道口是一架千里镜。

一条条铜丝纵横交错地布满通道，铜丝上系满铜铃。通道的尽头，一个台子上放着耀眼闪光的碧凌剑。傅一刀不由得倒吸了口冷气，问道："隔得这么远，碧凌剑我又如何能看得清楚？"

苏瑞一指千里镜，道："傅兄从这里观看，自然便一切清清楚楚。"说着，苏瑞似有意似无意地碰了一下铜丝，铜铃顿时频频作响，略过片刻，外面又传来浑厚的钟声。

傅一刀暗自一惊，这小小的铜线一被触动，竟然能敲响外面的巨钟！想不到防人盗取碧凌剑，设计如此森严。

苏瑞若无其事地解释道："这都是杜贤弟无聊做着玩的，现在恰好用上了而已。"

傅一刀长叹道："杜公子的游戏之作，已胜过别人眼里的天罗地网了。"

苏瑞道："在下衙门里还有点事要办，这便告辞。凡有需要，向他们说一声就可以了。"说着，将钥匙交给一名侍卫，转身离去了。苏瑞刚一走到门口，像是想起什么似的，回过头说道："半伦兄，碧凌剑注目时间久了，人会有眩晕感。傅兄可操作片刻，随时休息。"

傅一刀点点头，去看碧凌剑，不再言语，在千里镜中对碧凌剑看了许久，自言自语道："如果要看碧凌剑侧面，怎么办？"

在旁的斑狱司侍卫伸手拉了一下雕刻桌旁边的一个机械手臂，放碧凌剑的台子下顿时传出"咔嚓、咔嚓"响声，随后台子一旋转，将碧凌剑转了个圈，碧凌剑背面正对傅一刀。

傅一刀抬头看看侍卫，叹了口气，坐到雕刻桌前，开始雕刻起来。

密室内，傅一刀一个失手，刻刀将手中雕了一半的碧凌剑刻出一个缺口，心疼得傅一刀"哎哟"一声叫了出来。

旁边的侍卫连忙说道："您别急，这儿都给您备着哪。"说着拿过一块玉石，交到傅一刀手上，又要把做坏的那只碧凌剑取走。

傅一刀连忙制止，斑狱司不解地问道："这都做坏了，您还留着干吗？"

傅一刀解释道："看看自己上次是怎么做坏的，让自己长点记性，下次避免再犯一样的错。"

侍卫略一停顿，旁边另一个侍卫点头称道："傅老爷说得对。苏统领又没让把做坏的碧凌剑都交到他那儿去，你多这事儿干吗？"

侍卫想想也对，就将坏的碧凌剑放下，站到一边去了。

傅一刀复制碧凌剑很不顺手，一边的瓷盆里已经扔了三只雕刻失败的碧凌剑模子。傅一刀似乎有些烦躁，冲着两个侍卫说道："你们能不能不在边上看着我？"

一个侍卫抱歉地解释道："傅先生，苏统领吩咐，制造碧凌剑，我等一定要在旁观看，不可懈怠。"

傅一刀皱起眉头，道："你们在这里看着，我思维上总受限制。而且，我工作时间也不固定，跟着我这样搞，你们不觉得疲劳，不适应吗？"

另一个侍卫长长地打了个哈欠，道："也是，傅先生起息时间还真让人说不准，昨天晚上您睡了三次，工作了四次，让我们在旁陪着，还真有些不适应。"

傅一刀站起来，凑到这个侍卫面前，建议道："要不这样吧，我看二位就在外面休息。我专心雕刻，这样速度快些，各位也可早些回家？"看对方还在犹豫的样子，傅一刀又指了指隔着重重铜线的碧凌剑，道："二位难道还怕我傅某把碧凌剑拿跑了？碧凌剑离得这么远，谁有本事拿到手？更何况，即便拿到碧凌剑，我也得出门不是，你们把门一关，我跑得了吗？"

侍卫赔笑道："不是这个意思，傅先生，我们斑狱司办事一向是按照章程办，上面怎么要求，我们就怎么办，这样，出了差错，我们也少承担些责任。"说完，一转身，腰间的钥匙一晃一晃，特别显眼。傅一刀耸耸肩，低头继续雕刻了。

第五十七章　药　渣

傅一刀开始雕刻碧凌剑不久，苏瑞就来到了天牢里，表示碧凌剑的事也急不得，要让傅一刀慢慢地做，让杜松在牢里多待几天。杜松已经将大炮的图纸全画好了，正等着出去进行试验。

杜松一见苏瑞，就摩拳擦掌，兴奋地说道："等我出去了，就可以试验个究竟了。可真是叫人……董将军那边战况怎样？"

苏瑞一听，也高兴地说道："正像那日贤弟所说，大炮重达千钧，阳泉地势崎岖，一旦陷入泥潭，那就根本无法移动，几乎与废铜烂铁别无二致。董大帅就是巧妙利用地形，连续挫败虢寇。而且，董大帅已经缴获了几门大炮，并且派人，送了一门到京师来。"

杜松高兴地一拍手，道："有实物在眼前，很多事就轻松多了。"

苏瑞停了停，担忧地说道："只是，听说虢寇又在购买第二批大炮。据说无论数量还是质量，都远在这次之上。"

杜松点点头，道："我知道，咱们还是得加紧。嗯，还有一件事，苏瑞，这炮的图纸我是画出来了，可是……这铸炮的价钱，可比原来要贵上了好多倍！哎，苏瑞，我也是没办法，你想，既要大炮威力猛，又要它便于移动，首先铸炮用的材料就不比寻常的了，还有……"

苏瑞听得直皱眉，为难地说道："不过还好，这次看来大王对支持董将军抗虢寇，兴致不错，要司农拨银子铸炮，还是有些指望的。"

杜松很感意外，诧异地说道："哈，我出生以来，可是难得听说大王英明一回啊。难道他服用了若雨姑娘送来的药材，脑筋开了窍了？"

苏瑞也表示，自己也不清楚药材的事情。

忽然，杜松问道："药材这么远巴巴送来，要不来碧凌剑，大概就不免向大王提些别的要求吧？若雨姑娘他们对虢寇的仇恨，不比我们轻。"

杜松想了想，忽然灵机一动，把嘴附到苏瑞耳边，小声道："既然是药材，总得有药渣吧。苏瑞，你……"

苏瑞大喜，道："你真的是聪明！"

夜晚，后宫外御河边，两个内侍抬着布袋，边走还边抱怨，快到河边了，左看右顾，四下无人，便将布袋"扑通"一声，扔进河里，离去了。

两个内侍刚一走远，就从暗中走出两个斑狱司的卫士侍卫，他们将布袋捞起，背上肩头，迅速离去。

苏府后院，两个侍卫扛着布袋，来到苏瑞的面前，打开布袋，从中拉出一位少女。少女业已昏迷。侍卫掐其人中，少女渐渐醒来。

见少女醒了，苏瑞略一示意，等两名侍卫退出去后，问道："你听得懂我说话吗？"

少女有些害怕地点点头。

苏瑞又问道："你们是虢国大王送给我朝大王的贡品，由慕容端参将把你们关在大车里送来的，是不是？"

少女再次点点头。

苏瑞面色较缓，和声问道："你不要害怕。我问你，为什么你们大王会把你送到杞国来？"

少女有些抽搐，哽咽道："我们是大王抚养长大，从小到大，我们都只能吃不放盐的鱼。"

苏瑞点点头，不解地问道："这是什么意思？"

少女道："我们自己也不知道……大王说，这是为了送我们来杞国，为了拯救故乡，虢国人都会记住我们的。"

苏瑞皱皱眉头，又问道："最近几天，都是你们在伺候大王，是不是？"

少女只是哭泣着点点头。苏瑞走到墙边，用手在门上敲了敲。两名侍卫进来，迅速上前，用绳子将少女勒死。

苏瑞扮咐道："今天发生的事情，事关重大，谁也不要外露。把苏炎叫来。"

两斑狱司齐声道："请大人放心。小的半个字都不会说出去。"

苏炎进来后，苏瑞扮咐苏炎带两个侍卫去领赏。

苏炎答应着，带着两个侍卫，扛着少女的尸体出去了。

苏炎带着两个侍卫一直来到荒郊外，让两人挖一个大大的坑，把少女埋了，等二人挖好坑，苏炎悄悄地伸手掏出双爪，将两个侍卫杀死了，并将两人尸体和少女的尸体一起埋了。

苏炎做完这一切，还不到一个时辰。

此时，在密室内，一支碧凌剑已经几乎完全雕刻成功。傅一刀正在小心地修饰最后几道花纹。

两个斑狱司的卫士显得特别兴奋，小声地议论道："傅先生手段真是高明，看来我们可尽快向苏大人复命，回家抱老婆了。"

傅一刀在一旁听到直皱眉头，而两个斑狱司的卫士浑然不觉，还兴致勃勃地聊着天。

"老弟，你不是嫌你老婆不好，整天管着你，想把她休了吗？"

"老婆到底是老婆，要过一辈子的，几天不见还是想的。"

"你不会想错人吧，我以为你想的是那个春暖楼的小花呢。"

"那也想，不过和想老婆是不一样的。"

说到高兴之处，两名侍卫竟然笑出声来。忽然，两人发现傅一刀停住手，呆在那里。

原来，傅一刀手里的碧凌剑，花纹旁出现了一点疵痕。

一个斑狱司叹惜道："又使岔劲了？这可是费了好大功夫的啊！"

突然，傅一刀将手里的刻刀"啪"的一声往桌上一拍，另一只手不住颤抖，将碧凌剑放进脚下的瓷盆里，怒道："你们在一旁叽里咕噜的，我怎么好安心雕刻，你们要么干脆憋着一句话都不讲，要么就按我说的到外面去。"

傅一刀越说越火，索性站起来，端起瓷盆，道："你看看，这是做坏了多少个了！这样下去，就是一年也完不了工！"二侍卫互相看了一眼，伸了伸舌头。

其中一人拉了拉另一个小声嘀咕道："要不，大哥，我们就到隔壁守着。否则雕刻出了问题，这账是算在咱们头上的。我们可承担不起啊。"

另一人沉思了一会儿，道："也好，傅先生，我们就去外面静候佳音了，您忙，有什么需要招呼一声就成。"

说着，两人向门外走去，其中一个还从腰间取下钥匙，边走边在手中一抛一抛的。二人出门后，"咔吧"一声，屋内终于归于清静了。

等二人出去后，傅一刀从地上拿起一块较大的玉石，一边飞快地雕刻，却又一边在侧耳倾听外面的动静。稍停，傅一刀迅速地从怀中取出一条细长的玉石，飞快地雕刻起来。转眼间，已隐约可以看出，他雕刻的是一把钥匙。

早上，苏瑞收拾停当，准备到斑狱司大牢探望杜松，告诉他关于药材的秘密，想到那些奇怪的药材，苏瑞也感到很迷惑，不知道杜松能不能弄清楚。在听完侍卫关于碧凌剑的制作进度后，刚要出门，外面一个侍卫来报，说一个女子求见。

不一会儿，兰婉儿手提包裹，款款走了进来，给苏瑞道了万福，说道："兰婉儿给苏大人请安。"

苏瑞还礼道："原来是兰婉儿，你也来京师了。"

第五十八章　替　身

兰婉儿将眼睛微微一闭，道："秦川舟中匆匆一面，兰婉儿已铭刻于心。既然到了京师，自然是急于再一睹大人的风采。"

苏瑞一听，哈哈大笑道："只怕兰婉儿来看我苏某人，其实还是为了傅君吧？"

兰婉儿抿嘴一笑，嗔怪道："大人明察秋毫，兰婉儿又怎敢在大人面前说谎。兰婉儿的确是为了傅君之事而来。但是……大人笑兰婉儿花心也好，多情也罢，此刻一见大人，心中对傅君思念之意，倒是淡了几分。"

说着，兰婉儿上前将包裹放在桌上，说道："大人，这是兰婉儿一点心意。兰婉儿知道大人家中富有，金银财宝，自是视若粪土；大人风华正茂，娇妻美妾，自然十倍于兰婉儿此等凡花俗草。因此……"说着，包裹已经打开，里面是一份精致的虢国烧烤。

兰婉儿道："兰婉儿听闻大人力主抗虢寇，壮我大杞，心中仰慕。所谓知己知彼，百战不殆。兰婉儿曾学得一些虢国烹饪手法，今日特做烧烤一份，在大人面前献丑，以表仰慕之心。"

苏瑞笑道："哦，虢国烧烤，倒是看不出它蕞尔小邦，饮食如此精细，我来尝尝。"说着，拿起一个烤肉，慢条斯理地吃了起来。

兰婉儿媚笑道："兰婉儿今日前来，一为看望心中仰慕之人，二来，也是向苏大人打听傅君消息。兰婉儿听闻傅君于数日前被大人带走，至今音信全无。所以……"

苏瑞叹道："原来兰婉儿也是如此重情重义之人。"

兰婉儿慢步走近，柔声道："公子，兰婉儿身世不幸，自幼被卖入娼门，本已万念俱灰，不作他想。然而娼妓总有从良意，浪子终有回头心。傅君为兰婉儿赎身，呵护有加。此等情义，兰婉儿今生不能，只图来世得报。"

苏瑞颇有兴趣地看着兰婉儿，看得兰婉儿脸上微微发红。只见，兰婉儿款款走过来，左手轻轻搭在苏瑞肩头，右手掏出一条丝帕，将苏瑞嘴角肉末轻轻擦去。

苏瑞微笑着，将身子慢慢移向一边，笑道："我请傅君办些事情，至今尚未完工。由于事关重大，因此封闭进行。完工之后，自然将傅君还给兰婉儿。"

兰婉儿长叹一声，看着苏瑞道："苏公子，傅君倘若只是为兰婉儿赎身，那也不过寻常恩客。只是兰婉儿久在烟花之地，性情多有所染，喜动恶静，好众怨寡，而傅君居然购置乌篷船，让兰婉儿在秦川河上，遥望当年画舫，以此消遣，化解心绪。苏公子，兰婉儿今日心中虽有他属，但傅君如此恩情，难道兰婉儿不应该前去探望一番？兰婉儿知道，兰婉儿虽身脱青楼，但到底身居下流，寻常小事，别人尚且不予信任，又何况是军国大事呢？"

苏瑞连忙歉意地说道："苏某也不是这个意思，只是此等事情，总要斟酌再三的嘛。"

兰婉儿无奈地缓缓坐下，忽然，发现苏瑞裤子上起了一个线头，走上前按住苏瑞的腿，柔声道："公子今日定是操劳过度，无暇顾及其他，衣角上竟然也出现线头。这些针线小事，就由兰婉儿代劳好了。"说着，跪在地上，脸微微贴着苏瑞大腿，目视苏瑞，用牙齿将线头咬断。然后，将手按住苏瑞大腿轻轻推挪，嗲声嗲气地哀求道："公子，就让兰婉儿探望傅君一次。公子恩情，兰婉儿来日定当回报。"

苏瑞长长地吸了口气，无奈地说道："也好，就只一次。苏炎！我现在有事，就由你带兰婉儿去看望傅一刀。"

听苏瑞这么一说，兰婉儿这才站起身来，向苏瑞抛了个媚眼，道："公子大恩，兰婉儿日后一定亲自回报。"苏炎做了一个请的动作，带着兰婉儿探望傅一刀去了。

待兰婉儿走远了，苏瑞长长地出了一口气，这才和门外一直站着的一名侍卫一起往斑狱司大牢赶去。

苏瑞带着那青年侍卫刚走进杜松的牢房，杜松正要说话，忽然看见苏瑞身后的青年侍卫，惊得目瞪口呆。原来，那青年侍卫不仅长得和杜松一模一样，而且脱下身上的袍服后，露出里面一身囚衣，连破烂处都和杜松一模一样。

杜松奇怪地问道："苏瑞，是否从今天起，就由这位仁兄替我坐牢？"

苏瑞笑道："想得美死你。替你两个时辰，你还得回来。"

杜松愁眉苦脸地叫道："那还出去干什么？"嘴上虽这么说，但还是接过侍卫脱下的袍服，穿了起来。

苏瑞道："造大炮的事，咱们得加紧，最好是贤弟你一从牢里出来，大炮就能造起来！我先带你去见一个人！"

斑狱司大牢外，三匹马正停在路边。其中一匹背上背着一只大箱子，里面正装着杜松的木鸢和大翅膀。两人飞身上马，疾驰而去。

苏瑞简略地将昨晚查获的虢国药材的秘密，告诉了杜松，杜松气得直骂人。苏瑞不解地说道："这些虢国人这么把一群小姑娘养大，也真是匪夷所思。不过大王素来崇信道教，平常就爱用秋石、红铅什么的，他信这个，也不奇怪。"

杜松忽然想起什么，说道："差不多这样的法子，我们杞国的书上，倒也是有记载的。那什么所谓的'蟠桃酒'，对女孩子的办法，就和这一车药材保养的办法差不太多。一对眉清目秀身体健康的童男童女，就是所谓鼎炉吧，然后把两个人放在一起……干什么不用说了……一旦女孩子怀孕了，就要对她细心调养，给她吃粟、稷、稻、猪、鱼，但是不能吃五荤和'不洁'的肉……等到八个月的时候，把小罐子绑在女孩子胸前，时时查看，要的只是一滴乳汁！一滴金黄色、有'异香'的'黍米金黄'，也就是所谓蟠桃酒了。"

苏瑞有所领悟地说道："吃的鱼里不放作料，还真是一样。这些东西，贤弟知道得倒多。"

杜松拧着眉头，道："你笑我品味低俗是不是？这都得怪你！"

苏瑞疑惑地反问道："怎么又赖到我头上来了？"

杜松叹道："你给我那些造大炮的书，连好多道书都找来了，有的只有一页提到火药配置，其他就乱七八糟全是记载的这些玩意。道士眼里，火药和这些玩意都是炼丹，写在一本书里也不奇怪。"

苏瑞一听，哈哈大笑道："我们现在要找的，正是一位道长。"

第五十九章　道　人

一个时辰后，杜松和苏瑞已经来到一座山下的一个道观外，二人绕到道观后，来到靠近悬崖的一处云房外。

老远，杜松就闻到一股很香的味道，不由得吸吸鼻子，道："好像这不是道观里该有的香气啊……红烧羊肉？"

苏瑞一笑，在杜松耳边说了几句，高声喊道："这位道长脾气特异，酒肉穿肠，那是一天也少不得的！"

正说着，有人叫道："胡说！什么酒肉穿肠，我……我可是京里少有的素食道人！"

一个身形胖大、满嘴油光的道士从云房中走出，正是丘昊。苏瑞也不说话，迈上一步，就从丘昊身边挤进屋去了。

丘昊阻拦已经来不及了，只好嚷嚷道："喂喂喂，你怎么就这么往里闯呢？"说话间，杜松也趁其不备挤了进来。

屋内，地上有个炉子，炉火上一只砂锅，烧得正热。丘昊见二人都进来了，赶紧挡在砂锅前，说道："我这正在炼丹！你们这样乱闯走了丹头，那可怎么得了？"

苏瑞向旁边走过去，指着一个东西忽然问道："咦，那是什么？"丘昊一转身，苏瑞趁机转到道人身后，伸手就揭开了锅盖，长吸了一口气，叹道："啊，好香的羊肉！"

丘昊脸涨得通红，杜松忽然说道："苏瑞，这你就有所不知了，羊肉炼丹，原本是极好的材料啊。"见有人给自己解围，丘昊感激地看了杜松一眼。

苏瑞疑惑地问道："是吗？我怎么从没听说过？"

杜松背着手，认真地说道："你想，人粪狗血，都是驱除邪魔歪祟常用的东西，狗血尚且如此，何况羊肉呢？何止是羊肉可以炼丹？古经中记载'丹经内伏硫磺法'，说要用皂角来炼制火药，里面有一个伏火矾法，则说其中还该用到马兜铃。常人意想不到的道理，也不知道有多少！"

一番话说得丘昊连连点头，还拍拍苏瑞肩膀，郑重地说道："喏喏喏，可不就是这个道理。年轻人，知道错了吧？以后切不可自作聪明，今天就不和你计较了。"

苏瑞故做恍然大悟状，也连连点头。

忽然，丘昊像是反应过来似的，转身直盯着杜松，两眼放光地问道："你懂火药？"

杜松一笑道："倒也知道一些，制造蒺藜火球，要用硝石四十两，硫磺二十两，木炭五两，外加巴豆、砒霜、狼毒、草乌头、黄蜡、竹菇、麻菇、小油、桐油、沥青……"

丘昊胖大的身躯一跃而起，攥住杜松的胳膊，说道："兄弟，你书看得不少啊！可惜书上说得好多不对，你幸亏碰上了我，今个叫你见识见识，随我来！"说着，打开内室的门，带着杜松向里走去。

杜松给他捏得直叫疼，边叫还边对苏瑞眨眨眼睛。

室内摆放着各种稀奇古怪的火器。

杜松顺手拿起桌上的一个铁筒，惊叫道："火弩流星枪！"看着苏瑞不解的样子，解释道，"这筒中装满了枪头，每支枪后都有药线，这些药线又都连在一根总线上，点燃总线，筒中的枪就一齐射了出去。"

杜松的话，让苏瑞听得心惊，这如果用在两军对垒，那还得了。丘昊在一旁不屑地说道："什么火弩流星枪？火弩流星枪里才有 10 个枪头，我这叫一窝蜂，里面有 32 支枪哪！真是少见多怪，这是我休息的时候做着玩的，算得了什么？喏喏，这是四十九矢飞廉枪，还有一次射一百个枪头的百虎齐奔枪，这才算略微有点意思。"

杜松也惊叹道："还有这样的利器？道长真是神人！"

丘昊嘿嘿直笑，得意地说道："要说火器上的本事，天下只怕还没人能和我相比！小兄弟，你刚刚念叨着火药的配方，前面硝石、硫磺、木炭三样不错，后面那什么巴豆蘑菇乱七八糟的，可就全是乱加的了。"

杜松作了一揖，道："佩服佩服。为什么要加这些东西，小可也一直没想明白，今天幸亏道长指点，才知道根本是多余的。"

听到杜松的话，丘昊更加得意了，摇头晃脑地说道："嗯，书要多读，但关键还是要有高人指点。"

杜松眉头一皱，问道："多谢道长。只是在下有一事不明，道长对火器有如此兴趣，怎么会当了道士呢？"

丘昊忽然火起，大声骂道："妈妈的那个昏君，我要钱钻研火器，四处求告，也没人批个一钱银子给我，一怒之下，只好做了道士！"

苏瑞连连点头，道："原来道长是心灰意冷，这才出家的。"

丘昊更火了，骂道："胡说，大丈夫百折不挠，我哪能这么容易就心灰意冷？这大王老儿信奉道教，我做了道士，造火药只说是炼丹，那银子就……哈哈……"

杜松、苏瑞不由得对视了一眼。丘昊忽然意识到不对，挺挺身躯，整整衣冠，咳嗽一声，道："开玩笑开玩笑……贫道潜心修炼道法无边，指日就要飞升，来来来，再看看这个。"只见，架子上有一个极长的竹筒，竹筒上绑着四个大火枪筒，竹筒的顶端，安着一只一窝蜂。

杜松好奇地问道："这又是什么？"

丘昊笑道："火龙出水，今个儿要你开开眼界！"说着，调整竹筒方向，对准了窗外，然后点燃了火枪筒。火枪筒燃烧产生的推动力将整个竹筒射出，飞到悬崖上空。火枪筒一只一只燃尽脱落，然后点燃了顶端的一窝蜂，顿时利枪四射。

见两人都看得目瞪口呆，丘昊得意扬扬地炫耀道："怎么样？"

杜松叹道："火药可以产生这么大的推动力……那就是把人送到天上，也不是没有可能啊！"

丘昊连连拍着杜松的肩膀，赞道："孺子可教孺子可教。我刚刚说我指日就要飞升，难道是乱说的？瞧！"顺手一指屋角边，放着的一只翅膀，外形和杜松的很像，但多了几个火枪喷射筒。

杜松凑上前，仔细地看了看丘昊做的翅膀，疑惑地问道："道长就想用这个白日飞升？"

丘昊得意地答道："正是。哎，我看你小子也蛮机灵，不如就在这里跟我做徒弟吧，你一定受益无穷，我呢，也正缺个助手……"

杜松用手摸摸翅膀的弧线，摇摇头道："道长，你要靠这个上天，那非送命不可。"

丘昊一听，大怒道："什么，竟然小瞧道爷的……的法术！"

第六十章　打　赌

杜松皱皱眉，道："道长，我们要不要打一个赌。赌你这次白日飞升一飞冲天，一定失败。"

苏瑞则在一旁添油加醋地说道："兄弟，丘昊道长刚刚演示的几样本事，件件出人意表，你可千万不能胡说。"

丘昊气哼哼道："赌就赌，你要是输了，就留下来给我当道童。"

杜松笑道："你若是输了，那也请拜我为师。"杜松的话，把丘昊的脸都气白了。杜松耸耸肩道："道长不敢赌，那就算了。"

丘昊大怒，喊道："我怎么会不敢！击掌！"说罢，上前和杜松二人击掌为誓。

云房就直接建在悬崖的边上，丘昊和杜松都上了屋顶，一抬头就可以看见万丈悬崖。

杜松蹲下来，也取出自己的翅膀背好。

丘昊见状，不解地问道："喂，徒儿，你这是做什么？"

杜松不理会他，嘀咕道："谁是谁徒弟还没准呢。道长不用管我，飞你的就是。"

丘昊大笑一声，翅膀上的火枪后火光喷出，庞大的身躯果真一飞冲天了。但是，刚刚飞起，丘昊就感到翅膀的设计明显不对，受风不均匀，身子在空中晃晃悠悠东倒西歪。

一阵大风刮过，丘昊向悬崖那边飞去。看着脚下的万丈深渊，丘昊吓得大叫道："妈妈呀！"

杜松见状也大叫道："乖徒儿，师父来救你了！"说着两翼张开，杜松乘风飞起。就在丘昊摇摇晃晃的快要撞上悬崖时，杜松飞近了，伸出一只手抱住丘昊，一只手则调整翅膀。

显然丘昊太重了，杜松一手抱不了，好半天才调整好翅膀，双手把丘昊抱住。翅膀吃不住两人的分量，虽然飞向崖边，但是也不住下坠了。两人都吓得齐声惊叫起来。幸运的是，杜松和丘昊刚好跌在悬崖边上。一些小石头扑簌簌滚落下去。

二人对视一眼，都是面色惨白。

苏瑞赶紧过来，也心有余悸地说道："贤弟，可把愚兄吓坏了。"

杜松苦着脸，道："我……我怎么知道他会这么重啊！"

丘昊则怔怔地对杜松的翅膀看了半天，忽然仰天大笑道："好啊好啊，这次虽然失败了，但是加上这只翅膀，白日飞升，那是早晚非成功不可的！"说着，就跪了下来，对着杜松咚咚磕了几个响头，口中还叫道："师父在上，受徒儿一拜！"

杜松赶忙上前搀扶，道："道长，这怎么受得起。"

丘昊一瞪眼，不满地问道："你当我是言而无信之人吗？"

杜松看看苏瑞，道："苏瑞，有丘道长相助，铸造大炮的把握，可就又多了几分。"

丘昊瞪大了两眼看着二人，这才想起来，问道："苏瑞？大炮？闹了半天，你们究竟是什么人？"

杜松、苏瑞不由得相视一笑。

就在杜松和丘昊道长打赌飞天的时候，兰婉儿已经进入了杜松的住所。在苏炎的指引下，兰婉儿来到一个小房间，里面一个老年妇人正在做针线活。

苏炎面无表情地说道："按照规定，不能有任何夹带。要搜身的。"说完，转身出去，把门关上了。

兰婉儿一件一件地脱，老妇人就一件一件地检查，全身的衣服都脱光了，也没有发现任何夹带。

全身裸露的兰婉儿，除了脖子上挂了一个很大的玉佩，没有任何饰物了。老妇人盯着玉佩叹道："小姐的这块玉佩倒是很别致啊。"

兰婉儿闻言，一笑道："这是我相公送我的定情信物。请问我可以穿衣服了吗？"说完穿衣出去，看着兰婉儿走远的背影，老妇人骂道："呸，看那个样子就知道是骚婊子！"

密室内，傅一刀正埋头工作，两个侍卫带着兰婉儿进来，傅一刀也浑然不觉，一个侍卫拍了拍傅一刀的肩膀，傅一刀头也没抬，没好气地说道："干什么？都说了没事别来烦我？"

侍卫只好解释道："傅先生别跟我们生气了，你的相好来看你啦。"

兰婉儿在一旁也柔声叫道："相公，我可想死你了。"

傅一刀一呆，站起来，顾不得别人在场，一下子拉过兰婉儿。

两个侍卫见状，转身出去了。锁好门还是能听到里面傅一刀和兰婉儿亲热的声音。

一个斑狱司偷偷笑道："旷男怨女干柴烈火，脚指头也能想出来在干什么。"

另一个淫笑道："咱们也瞧瞧去！"两人相对一笑，一起凑到门缝边向里张望。

密室内，兰婉儿罗衫半解，头上高高的发髻也已散开，一头黑发披散在背后。兰婉儿托起胸前的玉佩，嗲声嗲气地说道："相公，这些天你不在身边，我只有时时看着这你送我的玉佩，聊寄相思之苦。"

傅一刀忽然脸色一变，扭头冲着外面，喝道："二位，你真的要逼我傅半伦翻脸不成。你们也别当我是文弱书生，你不作声，我手里的刻刀等会儿从门缝里射出去，瞎了谁的狗眼，可怪不得我。"说着手指间刻刀快速飞转着。

密室外，二侍卫都情不自禁地脑袋往后一缩，吐了吐舌头，叹道："他这刻刀上，是有点真功夫的……算了，这娘儿咱们又沾不到荤腥，看了也是白白上火，不看就不看。"

一个说道："要是他们在里面传递点什么，咱们这不是得吃不了兜着走？"

另一个则说道："说点私房话罢了，这娘儿身上衣服也没几件，等会儿还要过魏婆子那一关，咱们担心什么？"说着，两人叹息着离开了。

傅一刀听二人脚步声已经渐渐远去了，极快地从怀中掏出一块和兰婉儿一模一样的玉佩，两人换过玉佩，傅一刀小声吩咐道："这里丝线铜铃的分布，我都已经刻在玉佩上。"说着，又指着碧凌剑的材料，说道："这种羊脂玉，你应该是认得的。下次来的时候，带一块玉料给我。"说完，搂住兰婉儿，色眯眯地笑道："你来到这里，居然一点不急，除非已经和那苏瑞……"

兰婉儿把他的手一推，嗔怪道："如果这么快就让这位苏统领得手，还能把他抓到我的手心里吗？"

傅一刀的两只手在兰婉儿的身上动作得更快了，嘴里还小声嘀咕道："就是为了把戏演像，咱们也得好好做一场是不是？快点，这些天我憋得坏了。"

兰婉儿也半推半就，一时间，密室内也春色无边。

第六十一章　掉　包

密室外，两名侍卫倚在墙边，早已恹恹欲睡，直到密室内传出敲门声，两个侍卫才打着哈欠，打趣道："这小子真牛，居然折腾了这么长时间。"说着上前开锁。

兰婉儿从密室内走出来，两个侍卫的眼睛顿时睁得老大，原来，兰婉儿的衣服并未穿好，只是随随便便地披在身上，酥胸若隐若现，只是头上发型却比原来不同，挽了一个高高的盘龙髻，看得两个侍卫直咽口水。

兰婉儿笑道："让二位久等了。"

一个侍卫色眯眯地叹道："傅先生看来这些天真是憋得难受得很了，姑娘没累坏吧？"

兰婉儿笑而不答，斑狱司又叹道："看来真是累坏了，衣服都没力气穿好了。"

兰婉儿冲那个侍卫抛了一个媚眼道："到那里还得再脱一次，现在穿得那么整齐做什么？"

还是来时的那个小房间，还是那个老妇人，边检查边问道："姑娘，看你脸色红扑扑的，一定是见着相公了吧？"

兰婉儿点点头，老妇人敲了敲兰婉儿脖子上的玉佩，叹道："你相公对你可真好，这么大的玉佩，我还是头一次见到。"

兰婉儿笑道："我相公有这门手艺，这玉佩是他亲手雕的。"

老妇人叹道："可真是情深意重啊。"

兰婉儿笑笑，穿好衣服，出去了。

兰婉儿匆匆地回到据点，缓缓解开自己的发髻。一把玉石雕成的钥匙就藏在发髻里。又从怀里掏出玉佩，轻轻一掰，玉佩从中分开，分成若干层。每一层剖面上，都线路纵横，代表着放置碧凌剑的铜丝和铜铃。

夜已经很深了，还可以看到兰婉儿身形柔软如蛇，尝试从铜丝阵中的空隙间穿过，铜铃阵阵作响。兰婉儿叹口气，咬咬牙，蒙上眼睛，继续跨越。

此时杜松和苏瑞早已回到了斑狱司大牢。苏瑞听完了关于兰婉儿来访的报告后，笑着对杜松说道："这两天，你家可就热闹了。"

杜松则无所谓地说道："我不管，反正弄坏了东西，你要赔我银子。"

晚上，在杜松住处的墙角边，阮锦贤和几名细作正蹲在地上双手搭桥，兰婉儿站在桥上，冲几人点点头，几名细作手上用力一抛，将兰婉儿抛入围墙。

阮锦贤等人脱掉细作服，从怀里拿出酒瓶，往口里灌了一些，身上倒了一些。阮锦贤一摆手，众人迅速离去。

杜松家大门口，有人在门口胡闹，正是一身汉服的阮锦贤和几个虢寇。阮锦贤高声唱歌："妹妹你等等我，我有话说……"另几个虢寇拼命踢门，狂喊道："小芳，你出来啊!"

一个侍卫刚一开门，就被阮锦贤一把抱住，往他脸上乱亲，嘴里还乱喊着："想死我了，好妹妹!"

侍卫一阵恶心，努力想把阮锦贤推开，骂道："妈的，醉鬼!"但是阮锦贤抱得很紧，半天也推不开。谁也没有注意到，在杜家隔壁的一户人家里，慕容端和矮鬼正冷眼看着这场闹剧。

原来傅一刀被苏瑞带到杜松的居所，早已经引起了若雨和慕容端的怀疑。白天兰婉儿的来访，使他们更确认了，苏瑞想要复制碧凌剑的企图。所以，他们也密切地注视着杜松住所发生的一切动静。

外面乱成一团的时候，兰婉儿从黑暗中跃出，闪身进屋。密室内，傅一刀一手拿着一只做了一半的碧凌剑，一手烦躁不安地转着小刻刀。

忽然门开了，兰婉儿从外面进来，迅速地将一块玉石塞到傅一刀的手里。傅一刀往自己手中那只做了一半的碧凌剑上凿了一刻刀，放进瓷盆里。然后从瓷盆里捡出上次说是功亏一篑的那只碧凌剑，手指一抹，杯壁内掉出一小块玉屑，花纹边的瑕疵消失不见了。

傅一刀把这只碧凌剑交给兰婉儿。兰婉儿接过碧凌剑走到铜丝阵前，深吸一口气，越过铜丝阵，将假碧凌剑替换了真碧凌剑，然后迅速返回。

兰婉儿站定在傅一刀面前时，才长长地出了一口气。傅一刀叮嘱道："快走，阮锦贤他们未必还能绊住侍卫多久。"

兰婉儿点点头，转身离去了。

此时，阮锦贤等人还在和斑狱司拉拉扯扯的，忽然，墙头上出现一个黑影，兰婉儿跃下墙头，迅速离去了。

这边，两个斑狱司的侍卫才忽然醒悟，不再理会阮锦贤等人，赶紧来到密室，进来一看，傅一刀仍然在专注地雕刻碧凌剑，好像什么事情也没有发生一样。两个侍卫又仔细地检查了密室以及地上作废了碧凌剑的石料，一切如常，这才长长地出了一口气。

兰婉儿和阮锦贤等人，刚刚离开杜松的住所，就察觉后面有人跟踪，阮锦贤侧耳一听，对身边的几名细作吩咐道："有两人跟踪，你们去拦住他们。"几名细作应命而去。

兰婉儿和阮锦贤刚要继续赶路，身后就传来惨叫声。

兰婉儿脸色一变，道："除了慕容家的人，没有人有这么厉害的剑法！"说着，把碧凌剑交到阮锦贤手里，命令道："你走，我来拦住他。"

月光如水，夜风吹过空旷寂静的街面。兰婉儿静静地拦在路中央，月光下的兰婉儿，如同女神一般，神秘而美丽。

慕容端和矮鬼奔到近前，看到兰婉儿反而一怔。随即慕容端冷笑一声，长剑斜指地面，一步步走上。

兰婉儿冷笑道："慕容端，我就知道，我们很快又会见面的。你要想从我手里夺到碧凌剑，那可是痴心妄想。"

慕容端冷笑一声，并不答话，继续向前。兰婉儿一咬牙拔出洞箫剑，猛身而上。只一击，兰婉儿的洞箫就被击飞了。

兰婉儿掷出烟幕，慕容端哼了一声，也跃入烟雾之中。雾气散去时，慕容端的长剑已经刺穿了兰婉儿的左肩。

慕容端冷冷地说道："你难道不知道，同样的招数，绝不可以在一个真正的对手面前，使用两次。"

兰婉儿咬着牙道："慕容家的男人，果然一个个都是笨蛋！"说着，后退一步，剑带着一股鲜血从肩头抽出，兰婉儿哼也没哼一声，只是媚笑道："我已经说了，你要是想从我手里夺到碧凌剑，那可是痴心妄想。左手没了力气，脱衣服会慢一点，请慕容端原谅。"说着，抬右手去解自己的衣扣。

慕容端皱皱眉头，道："你干什么？"

兰婉儿媚笑道："我要请慕容端看看，我身上没有藏着任何东西。"

慕容端哼了一声，扬手一刀。兰婉儿的衣衫从中裂开，全部飘落。

慕容端狠狠地说道："你想舍身掩护碧凌剑逃走？好，我成全你！"说着，扬剑就要劈下。

忽然，有人从后面叫道："住手！"随着话音，若雨从街角走出来，步履不稳，看得出伤还没有痊愈。

若雨看着兰婉儿，缓缓地说道："慕容端，你不能杀她。这么做，是违背参将的意愿的。慕容端，你应该知道，参将小时候，曾受过一家人的照顾。"

兰婉儿在一旁大叫道："若雨，我不要你求情！我不要乌善尔饶命！"

慕容端斜眼看着赤裸的兰婉儿，长剑回鞘，冷冷地说道："你不能决定任何事情，包括是不是饶你。"

若雨向兰婉儿说道："兰婉儿，很多事，不是任何人的意志所能改变。参将大人他，其实也很无奈。我知道，有一些敌意，也不是任何办法所能消除的。今天不杀你，只是希望你能原谅我幼时的失礼。"

兰婉儿狂叫道："我不信，我才不信！你别做梦了公孙若雨，不论生死，我都一定要取你的性命！"

若雨没有回答她的话，看了看远处，说道："天就要亮了，兰婉儿，你是不是很希望整个大杞京师的人，都看见你这个样子？"

凉风吹过，兰婉儿不禁双手拢在胸前。

若雨一边脱下外衣，掷给兰婉儿，一边转向慕容端说道："既然没有夺得碧凌剑，我们就回去吧。"说完，不再理会兰婉儿，和慕容端、矮鬼离去。

兰婉儿咬牙切齿地发狠道："若雨，我一定要杀了你！若雨，我一定要杀了你！"一边说，一边紧了紧若雨掷给她的外衣，艰难地向黑暗里走去。

第六十二章　呈　王

密室里，傅一刀伸了个大大的懒腰，面前放着一支碧凌剑。

苏瑞从外面进来，笑着说道："听闻傅兄艰苦奋战，不分昼夜，已将碧凌剑赶制成功。苏某特来道喜了。"

傅一刀见苏瑞来到，连忙站起来，口中说道："哪里，哪里，傅某还要多谢苏公子，允许兰婉儿前来探视，好让在下安心。"

苏瑞掏出一把钥匙，插进墙上一个小孔里，铜线铜铃"唰"地收起。一名侍卫过去把那碧凌剑取了过来。苏瑞将两只碧凌剑放在一起，详细地做了比较后，称赞道："傅兄手段着实超群，这真假碧凌剑放在一起，我还分辨不出呢。"

傅一刀面露得意之色，问道："所谓赝品，不就是以假乱真嘛。苏公子，现在我可以回去见我那兰婉儿了？"

苏瑞笑道："那是当然，我总不好再找理由困住傅兄，贪图你那半伦红袖吧？"说完，将傅一刀送到门外。

看着傅一刀渐渐远去的身影，苏瑞的脸上露出一丝微笑，转身向斑狱司大牢走去。

斑狱司大牢里，杜松还是衣冠不整的样子，看到苏瑞进来，放下手中的尺子和石墨，问道："看苏瑞兄这副自鸣得意的样子，是不是复制碧凌剑的事已经大功告成了？"

苏瑞笑着点点头，道："这个傅一刀，果然……果然手段了得。"

杜松又问道："那，我是不是就快可以出去了？"

苏瑞笑道："今天不行，你至少要等有一位朝中官员找到了碧凌剑。呈到大王面前了。你才能出去。"

杜松伸了一个懒腰，道："找到碧凌剑的这个人，和你苏家关系亲近了，咱们还是洗不脱嫌疑；要是和你敌对，又怕他另生事端，可不好挑啊！"

苏瑞点点头，道："对头归对头，他的为人，我是信得过的。就是贤弟你的顶头上司，谢宁。"

中午，迎宾楼内，座无虚席，热闹异常。斑狱司指挥谢宁一身便服，径直走进二楼雅座内，酒店伙计点头哈腰地招呼道："谢老爷，今个儿是哪阵好风，把您给吹来了？"

谢宁一撩衣襟坐下，吩咐道："老样子。"

伙计答应一声"好嘞"便下去准备了。

谢宁拿起桌上的茶壶，正要给自己斟茶，忽然，外面传来两个大汉鬼鬼祟祟的谈话声。

一个大汉说道："这个东西出手了，至少有个二十万两。"

另一个则说道："大哥，这个货烫手啊，现在斑狱司和禁军的侍卫四处搜查，风声很紧。"

谢宁一听皱起了眉头，向外望去。只见二楼大厅靠近窗口的地方，坐着两个外地打扮的大汉。

谢宁略一留神，听两个大汉继续说道："要不，咱们还是去北方卖吧。"

另一个立刻反对道："我说老弟，你也太没见识了，这玩意，不在京城卖，那肯定出不了好价钱。听说虢国人对这东西，看中得不得了。别说二十万，就是上百万，我怀疑都是能出手的。"

见酒店伙计端着酒菜上来，两大汉立刻闭嘴，转移话题。

谢宁见状眉头一皱，低声问道："小二，外面那两个人是什么来头？"

伙计朝外看了看，道："对不住爷，外路人，没见过。"

谢宁点点头道："下去吧，不用你伺候了。"伙计答应着下楼去了。

此时，两个大汉已经准备走了，其中一个大汉用嘴朝雅座里一努，对同伴说道："里面那个，没准是官面上的人。咱们快走，省得麻烦。"

谢宁见状，从雅座中出来，冷笑道："还想走吗？"

两大汉大惊，看谢宁是读书人打扮，威胁道："也不掂量掂量自己几斤几两，敢惹老子！"

谢宁微微一笑，道："斑狱司指挥，这个分量，可够招惹二位了吗？"

大汉后退了一步，相互对视一下，齐声道："他……他是谢宁！"其中一个大汉咬咬牙，将手中包袱往空中一抛，谢宁变色，一跃而起，接住包袱。

两大汉趁机跳楼逃跑。谢宁赶到窗口往下看。街上，人来人往，已不见二大汉踪影。谢宁小心翼翼地将包袱打开，里面是一个剑匣，打开剑匣，正是"碧凌剑"。

都城，西苑天禄宫内，谢宁正觐见姒羽，姒羽面无表情地听完谢宁的陈述，命内侍将剑匣呈上，一旁陪侍的福安打开剑匣，姒羽看了一眼，仍旧交给福安。

姒羽幽幽地问道："歹人可曾擒获？"

谢宁小心翼翼地答道："微臣怕碧凌剑有所闪失，因此让歹人走脱，请大王恕罪。"

啸长风

福安在一旁，疑惑地问道："大王，碧凌剑大伙辛苦找了这么久都没有踪迹，谢指挥却得来全不费工夫，是不是……也太巧了一点？"

姒羽点点头，问道："谢宁，你发现碧凌剑的时候，可觉得有什么异常吗？"

谢宁答道："臣不敢妄言。碧凌剑臣只是偶然发现。既是偶然发现，便全不知前因后果；全不知前因后果，是否异常，则便不能轻易定论。"

姒羽不耐烦地摆摆手，道："你说话小心，这是好的。福安，既然碧凌剑找着了，就拿去，赏赐给那个虢国贡使吧，也省得他们老是在本王耳边聒噪。"

福安又奏道："大王，这碧凌剑看起来虽然像是'碧凌剑'，但……要是将来传出去，说咱们天朝大国，竟然赐了支假碧凌剑给番邦，可是有失国家体面哪。臣启奏，将碧凌剑拿去鉴定一下。"

姒羽刚要准奏，谢宁抢先奏道："启禀大王，为了'碧凌剑'失踪，禁军与斑狱司都奔波劳碌已久。关于周内侍与斑狱司的苏统领之间，京中也颇有些风言风语。让周内侍去……"

姒羽点点头，看看福安，吩咐道："是不是有人刻意仿造，那也不能不防……这样，明个你让宝鉴司也派两个人来。这么大的事，可别给人留下话把儿。"

福安赶紧跪下，道："老奴领旨。"

等谢宁退出后，福安凑到姒羽近前，奏道："大王，倘若碧凌剑是赝品，那一定是杜松的同党为了搭救他，有意为之。"

姒羽哼了一声，道："碧凌剑若是假的，本王当即就将杜松斩了！"

第六十三章　鉴　宝

斑狱司大牢里，苏瑞摘下眼镜，将手里的图纸放到桌上，疲倦地揉揉眼睛。

杜松在一旁抱怨道："苏瑞，底下的事，可都是牢里做不来的。你要是还不能弄我出去，以后我在这里可就是浪费日子了。"

苏瑞笑道："贤弟你放心。明日宝鉴司、尚宝监就要会同鉴定碧凌剑，一有结果，贤弟就可以出狱了。你要的助手，我也都已经找到了，都是千中挑，万中选的行家里手，不过……"说到这，苏瑞故意顿了顿，继续说道，"这老几位，是龙有性，一分能耐一分脾气，可未必都好相处。"

杜松一笑道："这不妨，做这件事儿，不怕有脾气，就怕没能耐！"

苏瑞笑道："这就好。你一出大狱，我就带你去和他们相见。"正说着，外面响起脚步声，显然是女子走路的声音。苏瑞打趣道："莫非是思颖想你了？"

杜松道："去，思颖穿的是弓鞋，这女子显然是大脚。"

苏瑞又猜道："若雨？"

杜松白了他一眼道："你几时听见若雨走路这么斯文啦？"

正说着，若雨走了进来。原来，若雨和慕容端没有从兰婉儿那里截获碧凌剑，又得知姒羽已经获得碧凌剑，况且明日就要在尚宝监对碧凌剑进行鉴定。因此若雨断定，真的碧凌剑在傅一刀的手上，明日一旦鉴定出来，给姒羽帝的碧凌剑是假的，杜松一定会被斩首示众的。想到多日以来，和杜松相处的点点滴滴，若雨有些于心不忍，因此特地前来探望。

杜松一见若雨就张大了嘴巴。确实，若雨能来探望自己，出乎预料。对于这个姑娘，杜松一直都是怀疑的，但是也一直都是难以忘记的。

若雨被杜松看得有些不好意思了，就对苏瑞道："这么巧，苏公子也在。"

苏瑞看着杜松，显然对若雨的到来，也感到意外，就打趣道："哈哈，想不到想不到，贤弟这一手暗度陈仓果然高明。"

若雨闻言，脸微微一红，道："苏公子说笑了。"

苏瑞向若雨一拱手，道："不打扰你们说话，先走一步。"说完，转身出去了。

见苏瑞走远了，若雨这才向杜松施礼道："没想到一到京师杜公子就身陷囹圄。我早想过来探望，不过我一个番邦女子，要进斑狱司大牢诸多不便，才拖到今日。"

杜松还看着若雨发呆，说不出一句话，只是痴痴地盯着若雨微红的脸。若雨有些不好意思地环顾四周，到处是散乱的书籍和纸张，连墙上都画满了设计图样。一低头，就能看见满地的大炮图纸。

忽然杜松一激灵，反应过来，连忙将图纸收起，道："若雨姑娘。"

若雨假装没有看见，随意地说道："本来我还担心杜公子在牢中吃苦，现在看来……公子这副好学深思的模样，倒是因祸得福，简直是脱胎换骨了。"

杜松摇摇头，道："没有没有。"

若雨故意问道："怎么了杜公子，不欢迎我来吗？"

杜松有些尴尬，结结巴巴地回道："不……不是，只是万万没想到姑娘会来。"

若雨一笑，道："我和公子几度一同患难，来看看公子，那不是很自然的吗？"

杜松闻言面露喜色道："姑娘，你这么说，我可实在是开心坏了。"

若雨叹了口气，道："只可惜今日一见，就不知道何时才能重逢了。"

杜松一下子跳到若雨面前，握住她的手，激动地说道："绝不会久。我一出去，第一件事就去找姑娘！"

若雨一怔，缓缓抽回手，没有说话，好久才问道："公子自信马上就能出去？"

杜松得意地一笑，道："苏瑞已经有巧妙的安排，只是暂时不便对姑娘明说。"

若雨没有说话，看着杜松的眼神有些悲悯，心中叹道："如果你能出去，我又何苦来看你。不过就算你立刻死了，你也已经帮苏瑞做成了一件重要的事情。"看到杜松满怀希望的样子，若雨有些于心不忍，略待片刻就告辞出来了。

若雨刚走，杜松就对伺候在牢房外的苏府家丁，吩咐道："给我把这里的书都搬到外面烧掉！全部烧掉，一本也不许留。再给我弄一盆炭火，一桶油漆来！"

家丁有些疑惑不解，但还是按照吩咐去准备了。

一会儿工夫，大牢里的书都已经搬走，作废的纸张摞成一摞，放在床上。杜松取出大炮设计图纸，又看了两眼，小心地包进油纸包，收进怀里。又将稿纸草图一张张地丢进火盆里。

做完这一切后，杜松坐在床上，看着眼前的熊熊火光，发了一阵呆。忽然站起来，拿起漆刷，将墙上的图形数据刷去。

第二天，在尚宝监大厅西侧，苏瑞正端坐在那里，和两名宝鉴司司丞。东侧坐着福安，慕容端坐在福安下首。二人身后都站满了内侍和斑狱司侍卫。

大厅正中放着一只打开的剑匣，剑匣里正是碧凌剑。

福安向苏瑞一拱手，吩咐道："这就开始吧。"说着，福安背后走出两名内侍。苏瑞身边也急急走出两名宝鉴司司丞。

四人同时匍匐在碧凌剑四周，瞪大了眼睛仔细查看。福安神态又紧张又期待。慕容端面无表情。

苏瑞从身后一名斑狱司手里接过茶盏，轻啜了一口，还轻声问道："今儿这茶叶不错，哪里送来的？"

好一会儿，鉴定碧凌剑的司丞和内侍才站起来，四人低声交谈了几句。福安的神色更加紧张。一名内侍开口说话道："小的四人所见相同，盒中碧凌剑，确系国宝'碧凌剑'。"

慕容端闻言"霍"地站起来，叫道："什么！不可能！"

苏瑞微笑看着他，缓缓地说道："怎么？慕容先生早就认定这碧凌剑

237

是假的了吗?"

慕容端盯着苏瑞看了一会儿,才缓缓坐下,道:"苏统领,在下佩服。"

苏瑞将茶盏交给身后的斑狱司,缓缓站起,一掸衣衫,转向福安,道:"周内侍,辛苦了这么久,咱们这是不是就可以去向大王交旨了?"说完,对几名斑狱司一挥手,带着碧凌剑走了。

见苏瑞走远了,慕容端才看着福安,肯定地说道:"今天的碧凌剑不可能是真的。"

福安则回头瞪视两名鉴定碧凌剑的内侍,厉声问道:"你们到底怎么回事?"

一个内侍小声禀报道:"这碧凌剑……确实是真的。实在是挑不出毛病啊!"

福安紫涨了面皮,怒喝道:"给我打!给我打!"几名如狼似虎的侍卫将二内侍按倒毒打。两个内侍被打得直叫冤枉,实在受不了,只好承认是收了苏瑞给的三千两银子。

福安一气之下,将两名内侍乱棍打死,要向姒羽启奏,苏瑞贿赂欺君,慕容端则认为没有证据,决定另外想办法。

第六十四章　人　才

宝鉴司和尚宝监同时鉴定碧凌剑为真的消息,很快就传到了傅一刀那里。傅一刀闻听,异常沮丧,因为碧凌剑如果是真的,那么杜松将很快被释放。可是明明已经被掉包的碧凌剑怎么可能为真?兰婉儿也很纳闷,问道:"你会不会雕刻太细,以假乱真了?"

傅一刀肯定地摇摇头,道:"当然不会。尚宝监的人,也不是吃白饭的。我故意漏了一块，就是等着他们看出来的。"说着，茫然地坐回椅子，叹道："这位苏统领还真是神通广大啊。看样子，鉴定的内侍，一定是给他收买了。"

兰婉儿见状劝道："你也不必过分忧虑，不管怎么说，真碧凌剑现在还在我们手里。"同时兰婉儿还告知了傅一刀，苏瑞正召集高手匠人，齐聚火器坊，看样子是想要研制新型火炮。

傅一刀闻言狞笑道："好，我要你杞朝的火器人才，一个个都死在火器坊里！"

次日，斑狱司大牢外，杜松正在几个家丁的簇拥下，准备离开。临上马前，杜松回头看了看斑狱司大牢，心里叹道，还没有出来，就有这么多的血雨腥风了，这一出来，还不知道要发生什么事情。

中午，斑狱司内，院中站立着高高矮矮胖瘦各异的八人。这都是为了大炮研制，被召集来的各地能工巧匠。

杜松看了看这八人，一个也不认识。正在琢磨怎么没有看见丘昊道长，苏瑞对八人说道："你们都来见过杜松公子，此次工程，由杜公子主持。"

八个人一起向杜松行礼，杜松手忙脚乱地，连连说道："诸位别这么客气。苏瑞啊，我可是头一次手下有这么多人，还真不适应。"

苏瑞一笑，指着八个人介绍道："军器营大使崔贤，营缮所所正史家俊，这二位都在我们工部当差，贤弟和他们就算没见过，想必也是久闻的。"

杜松连忙作揖，道："久闻崔兄是铸造方面的好手。至于史兄，当初我做木鸢的时候，还多亏史兄帮忙呢。"

崔贤一躬身，已示还礼。旁边的史家俊恭敬地说道："杜公子天资聪颖，做出了木鸢，可没有下什么功劳。来，公子，这位你赶紧认识认识！"

说着，一拉身边一名身材不高，但满脸精悍的汉子，介绍道："当年的武元郎，后来因为庚午之变的时候，力主出城与鞑靼决战，被逐出了京师。但这些年在东山镇又是声名鹊起，去年北疆各镇大校之后，更号称九边之地，机关削器第一……"

杜松惊喜地叫道："武元郎曹玉麟？苏瑞，你连曹兄都请来了，怎么不早跟我说！"

曹玉麟却态度冷淡，只勉强拱了拱手。

苏瑞不理会杜松的抱怨，继续介绍道："这位田野兄弟，是我硬从禁中斑狱司调来的。他们周指挥为此很不高兴，今晚我还得摆酒向周指挥赔情。"

田野微笑道："铸炮抗虢寇，这是为国为民的大事。我们周指挥就算有点不乐意，也不能阻拦。至于小的，更是一听说这次的事是杜公子主持，就恨不得赶紧肋生双翅地过来帮忙。"

曹玉麟在一边哼了一声。

被田野这么一说，杜松都有些不好意思了。田野却继续说道，"对别人说恨不得肋生双翅，或者夸张，对杜公子却不然。听说公子曾振翅飞过文德门，我是真想请公子把制作翅膀的本事，对大伙指点一二啊。"

众人大笑，曹玉麟脸色更加难看。

苏瑞笑着拉过身边一位体型精瘦、两眼滴溜乱转的汉子，大声说道："这位胡兄，姓胡名一坤。"众人闻言均齐声惊呼起来。

崔贤低声嘀咕道："军器局永州造办处的胡一坤，想不到竟是这个样子。如今永州精铁，甲于天下，听说一半就是此人之功。"

一条大汉踏上一步，躬身施礼道："久闻胡大人的大名，只恨咱是个平头百姓，没机会拜见。没想到，倒在这里见着了！"

胡一坤眼珠转得飞快，尖着嗓子道："嘿嘿，好说好说，想不到胡某竟有这么大的名声，哈哈，哈哈。"

田野打趣道："难得胡大人一口京片子，分毫不带永州口音。否则要是胡大人一口永州鸟语，我们说话时，不是还要个翻译啊！"

苏瑞见状，上前一指那大汉，道："这位郑半水，是京中最有名的铁匠。他虽是白身，但苏某敬重他这身本事，特地把他请来。各位跟他多亲近亲近。"

苏瑞一指余下二人，朗声道："阳泉地形低湿，河汊纵横。杜贤弟一再跟我提起，铸造大炮时，就得把这个考虑在内。这位李固李兄，这位王雪川王兄，就是我特地从阳泉请来的。他们专长制造战车，又熟悉地利，铸炮时需顾虑哪些，贤弟可多跟这二位讨教。"

田野则在一旁讨好似的，说道："苏统领用人不拘一格，小的们佩服。"

见众人相互引见完毕，苏瑞大声说道："铸炮所用的精铁，由郑半水、胡一坤准备；设计大炮体型构造的是崔贤、田野；大炮机括由史家俊、曹玉麟负责，李固和王雪川解决大炮运输问题。此外，还有一位客卿，贤弟要和她好好配合，多加小心。"说完，一拍手，一女子从外面婀婀娜娜地走了进来，来人正是公孙若雨。

杜松惊得嘴张得老大，说不出话来。

若雨倒不介意，和众人打过招呼后，笑盈盈地站在杜松的面前，说道："杜公子，你说一出大狱就来找我，怎么却到这里来了？"

见若雨这么一说，杜松面红耳赤，结结巴巴地也没有说出一个字。若雨微微地掩口一笑道："我却惦记着杜公子，赶紧找到这里来了。"

苏瑞见状解释道："若雨姑娘是大王钦点的客卿，特来这里相助各位，大家见过了。"

若雨笑道："今日天色不早，小女子这便告辞。杜公子，明日火器坊再会。"

见若雨去远了，杜松这才低声对苏瑞责怪道："苏瑞，你今天这事儿，做得差了。再怎么说，若雨姑娘也是虢国人，你怎么让她来了呢？"

苏瑞一笑，打趣道："本来我还担心贤弟在若雨姑娘面前把持不定。现在贤弟既如此说，愚兄就放心了。"

杜松气得一跺脚，小声说道："苏瑞，你什么时候变得这么爱乱开玩笑了？"

见杜松真的生气了，苏瑞这才解释道："她来，是大王钦点的。今天我和福安拿着碧凌剑去交旨的时候，大王见了我就问，你们斑狱司是不是在钻研大炮。我说是。他说有个人想来瞧瞧。大王开口了，我能说不吗？"

听完苏瑞的话，杜松长长地叹了口气，道："这药材献上去，若雨姑娘他们提什么要求，大王可真是没有不允的。"

想到那些作为药材的无辜女子，苏瑞也感心中略有不忍，就转开话题，道："对愚兄挑的这些助手，贤弟印象如何？"

此时，院中众人正三三两两地相互谈论着，唯有曹玉麟谁也不理，好像众人都欠他钱似的。

杜松笑道："真难为苏瑞兄网罗了这么多人才。一向听说曹玉麟脾气坏，今日一见，才知道倒也不是过甚其辞。"

苏瑞也笑道："他就是生来这么一副恃才傲物的脾气，不然以他的本事，何至于这么多年屈沉下僚，至今还只是一个小小的经略司都事啊。"

第六十五章　吃　醋

正说着，杜芸和思颖走了进来，杜松一见，欣喜地大叫道："杜芸！思颖！"同时心里也暗暗庆幸，幸亏若雨姑娘走了，不然给杜芸看见又得打闹一场。

杜芸一见杜松就大叫道："杜松，你从大牢出来了，也不来看看我们。思颖姐可想你啦。"

思颖的脸一下子红了，只好瞪了杜芸一眼，对杜松说道："恭喜师兄脱困。"

杜松也给杜芸说得有些不好意思了，难为情地打趣道："嘿嘿，总算运气不坏。"

杜芸则不管那么多，看廊下的曹玉麟等人，大声叫道："杜松，你一出来就有了这么多手下，威风得很啊。"

思颖一听赶紧制止道："杜芸不要胡说，这些师傅、军爷，都是帮助杜松造大炮的。"

杜芸仍然不解地问道："昨晚苏公子还跟我们说，接下来杜松要领着一帮人造大炮，既然被领着，还不是手下？"

杜芸这么一说，曹玉麟和王雪川脸上露出不悦的神色。

杜松见状，只好解释道："诸位仁兄，杜芸少不更事，胡言乱语，诸位莫要见怪。"

曹玉麟阴阳怪气地说道："杜大人不必客气！在下在军中多年，看上级家眷奴仆的脸色，这也不是头一回了。"

杜芸一听，立刻就要翻脸，杜松赶紧拽住她，道："曹兄真是快人快语。嗯，苏瑞，我徒弟呢？"

杜松的话，引起了杜芸的好奇心，马上忘了刚才的不快，急急地问道："徒弟？杜松，什么徒弟？你什么时候有了徒弟？"

杜松故意卖关子，道："明个儿你见着就知道了。"

苏瑞挠挠头，解释道："哦，贤弟，我忘了告诉你，此次研制大炮，完全封闭进行。制造坊将由斑狱司看守起来，没有命令，不可随意出入。"

杜松略有疑惑地问道："那不是像大王一样闭关修炼了吗？京中奸细太多，闭关这是应该的。但……这和我徒弟不在又有什么关系？"

苏瑞忍住笑，道："丘昊道长知道要闭关，所以赶紧找地方吃肉去了。"

杜松一听，大笑道："苏瑞兄，你供饭可得大方一点，我这位乖徒儿，没有肉吃，可是不成的。"

次日，苏瑞、思颖、杜芸送杜松到了火器坊大门外。思颖眼睛红红地叮嘱道："师兄当心身子，别太劳累了。"

杜芸刚要说话，若雨从门内走了出来，还旁若无人地问道："杜公子，你们怎么才来？大伙就等你和丘昊道长了。"

杜芸一见脸色马上变了，厉声问道："这个女人怎么会在这里？"

杜松捅捅苏瑞，示意帮忙解围，苏瑞只好硬着头皮，解释道："这次研制大炮，若雨姑娘也是参与其中的。杜芸，你……"

没等苏瑞说完，杜芸一跺脚，叫道："苏公子，我也要陪杜松造大炮。"

苏瑞愣了愣，诧异地说道："你？我说杜芸，造大炮有什么好看的？"

杜松也在一旁，劝道："杜芸，你就别瞎捣腾了。"

杜芸上去踢了杜松一脚，嚷道："我瞎捣腾？我是怕你笨手笨脚地把自己给砸了！"

见到若雨，思颖的脸也有些变难看，但是看到杜松和苏瑞那为难的样子，只好也上前劝道："杜芸，你就别闹了。造炮打仗是男人的活，他们男人干就可以，我们女孩子家，就别掺和了。"

杜芸不满地辩解道："谁说女孩子就不能造大炮了？"杜芸越说越气，指着杜松，骂道："你不就是不让我去吗？那个虢国女人，你怎么就巴巴把她请进去了？"

杜松委屈地辩解道："她……谁说她是我请的了？"

若雨则笑吟吟地从旁边看着，好像这一切都和自己无关。

就在这尴尬时刻，丘昊道长骑着一头体格娇小的驴从路口出来，匆匆地向这边赶着，远远看见杜松，丘昊大叫道："师父！"

看着丘昊古怪的模样，杜芸诧异地问道："这就是你新收的徒儿？"

苏瑞则上前一步，严肃地说道："道长迟到了。"

丘昊连连施礼道："抱歉，抱歉，昨天炼丹，太过辛苦。苏统领，火药一事尽管包在我和师父身上，衣食住行安排就麻烦侍郎大人了。"

苏瑞闻言，微微一笑道："道长放心，杜贤弟已经跟我说了。"

丘昊笑着点点头，道："说了就好，说了就好。"随即像是想起什么似的，面色一变，厉声问道，"他说什么了？我可是宫里少有的素食道人啊。"

杜松不等苏瑞回答，拉过丘昊给杜芸、思颖一一介绍道："这位就是丘昊道长。"

丘昊一下子跳下毛驴，叫道："你是师父，哪有叫我道长的道理？罚你把今天午饭的羊肉，都让给我！"

杜芸一听惊叫道："啊，道长你吃羊肉啊？"

丘昊尴尬地擦擦汗，掩饰道："胡说，羊肉是炼丹用的！"

杜芸绕着丘昊转了一圈，看着丘昊肥胖的样子，笑道："好可爱的道长！"又看看丘昊的毛驴，摇摇头道，"好可怜的毛驴！"

若雨忽然走过来，对苏瑞行了礼，说道："苏统领，就让杜芸姑娘也进来吧。还请思颖姑娘也一道参加，如何？我看杜芸姑娘可爱得紧，想和杜芸姑娘多做做伴。"

杜芸一听愣住了，嘴里却不依不饶地说道："去，谁要跟你做伴！"

思颖则大大方方地对苏瑞说道，"苏公子，要不这样吧，我和杜芸都去吧，虽说铸造大炮研制火药，我们帮不上忙，但端茶递水，煮米下锅，总还是行的。"

苏瑞看了看思颖，指着杜松说道："也好。不过一日三餐就不用费神了，我会让人送到门口的。师妹，你就帮我看着这个家伙，不要偷懒就是了。"

杜芸一听高兴地大叫道："好哎！"

苏瑞笑道："别现在叫好，进去了就不许出来，可别过个几天，就在里面哭鼻子。"又转过头对四名斑狱司侍卫说道，"你等四人严密把守制造坊周边地带，不许任何人接近火器坊。任何试图接近之人，格杀勿论！里面的人，也不可以随便出来。"说完，一挥手，众人进去，火器坊的大门缓缓关上。

此时谁也没有注意到，火器坊对面的酒楼上，慕容端和矮鬼远远看着火器坊的大门合上。

第六十六章　试　威

火器坊后院空地正中放着一尊红衣大炮。众人都围在大炮的周围，这大炮正是董浩从虢寇手中缴获的。

胡一坤围着这大炮转了一圈，叹道："这么大个的玩意儿，砸了卖铁，也能值不少银子。"众人闻言都一怔，随即大笑起来。

田野则笑道："久闻胡大人不苟言笑，今日一见，才知道竟是这样风趣。"

为了让大家了解一下红衣大炮的威力，杜松给大家演示放炮，一炮竟然命中数里外一个土墩。众人都非常惊异，一炮居然可以打得这么远。

杜松解释道："这还不是虢寇炮里最好的。据董大帅的折子上说，虢寇的大炮，最远可打十里之遥。"

崔贤叹了口气道："军器局自铸的大炮，通常射程只有三里，当年我自制一门铁铳，能打五里远近，自以为已经是极厉害的火器，今日才知道……"

杜松道："今日请各位来，就是一定要铸成更胜过虢寇的大炮！"

众人的脸上神色各异，但显然并不信心十足。

丘昊得意地拍着杜松的肩膀，道："师父放心，我师徒二人联手，还有什么事办不成的。"

曹玉麟在旁边冷笑了一声。丘昊不满地向他一瞪眼睛，问道："你笑什么？"

曹玉麟不阴不阳地道："大人师徒高谈阔论，我们做下属的，自然要赔笑几声。"

丘昊被呛得好一会儿都说不出话来，半天才气哼哼地说道："嘿嘿……我看出来了，你是瞧不起你道爷。来，我来问你，要造火药，需要什么材料？"

曹玉麟仍是那种不以为然地说道："术业有专攻，在下的专长，是布置机关，火药一道，并不在行。"

见曹玉麟不接招，丘昊更得意了，说道："打肿脸充胖子，哼，你的脸就是再肿，也胖不过你道爷！"

杜芸在一旁悄悄地拉了拉杜松，小声嘀咕道："杜松，你这个徒弟比你可爱多啦！"

杜松可乐不起来，这些人各具奇才，所以谁也不服谁，真有点担心他们会吵起来。

丘昊不依不饶地还在叫道："布置机关，就用不到火药了吗？这都说不出来，可见机关做得也不怎么样！"

这下轮到曹玉麟按捺不住了，嗓门也大了起来，叫道："你当我真不知道？硝石、硫磺、木炭，道长，你问这样简单的题目，不是小瞧人吗？"

见曹玉麟火了，丘昊却不紧不慢地说道："知道要用这三样玩意儿，那是没什么稀奇。该放多少硝石，多少硫磺，你可知道？"

曹玉麟刚要张口，丘昊抢先说道："我不要听你说外行话。史家俊、田野、崔贤你们说说看！"

崔贤、田野连忙走上一步，劝道："道长。"

史家俊则拉住已经涨紫了脸皮的曹玉麟，劝道："曹兄，你刚到京城，不知道道长的脾气。其实他就是嘴臭点，其他什么都挺好的！"

丘昊一听，朝史家俊也瞪起了眼睛，厉声问道："你说什么！"

史家俊连连摆手，一副息事宁人状，转头低声对曹玉麟说道："我也才认得他不久，火药上头，这道士确实有两下子。"

丘昊把油腻腻的袍袖一拂，气哼哼地说道："你们是不是说，硝烟六成，硫磺三成，木炭一成。"

曹玉麟轻蔑地哼了一声，道："这是早有定论的东西！"

丘昊白了曹玉麟一眼，大声道："哼，就是因为早有定论，才把你们一个个都骗了！"说完，拉着杜松气冲冲地来到旁边的一个院落。

在院子中央竖着四块石板，其他地方都是空荡荡的，众人面面相觑，不知道这个坏脾气的道长要干什么。丘昊也不解释，只是递给杜松一个面具。

杜松奇怪地问道："要面具干什么？"

丘昊头也不抬地答道："我不知道新的火药威力究竟有多大，我还好，师父你这张脸要是毁了，现在为你打架的姑娘们，恐怕就都不要你了。"说着，将一个盒子放到石板中间，拉出长长的引线。

杜松一听接过面具就戴上了，还连连点头称是。见丘昊已经准备好，就招呼众人都钻进旁边的屋子。

屋内，众人都很关注地盯着丘昊，丘昊等众人都在屋内了，就将火折子递给杜松让杜松点火，口中还解释道："师父，你是工程主持，若有意外，到阎王面前，我好推卸责任。"

杜松摇摇头，接过火折子出去点火，片刻后狂奔进屋，反手将门关上。此时丘昊早已经缩在墙角，口中还叫道："师父，别站在门后。"

众人一听，都赶紧缩到墙角蹲下来，掩住耳朵。过了好一会儿，没有动静。杜芸把手放下来，站起来，问道："怎么回事？是不是引线灭了，我出去看看！"

杜松一把拽住她，把她摁倒在地，厉声道："你不要命啦！"

话音刚落，引线已经迅速传及火药。"嗵"的一声，火药爆炸了，瞬间将四块石板炸得四分五裂，气浪冲击，屋门也脱钮飞出。众人虽已蜷缩在屋角，碎石和泥土还是溅得满身都是。

等大家回到院中了，都还没有缓过神来，一个个傻眼了，特别是若雨，更是脸色苍白。

杜松吐了吐舌头，道："这么厉害，十倍于寻常火药。"

丘昊老老实实地摇摇头，道："十倍也过分了，三倍或四倍还是有的。"

史家俊、田野不约而同地齐声道："请道长指点。"

丘昊得意扬扬地说道："这个火药里，硝接近八成，磺略少于一成，炭连半成都没有。"

杜芸撇了撇嘴，道："你就是多放了一点硝石，少放了一点硫磺木炭，威力就大了这么多？"

丘昊把头一扬，道："那当然。"

杜芸不屑地哼了一声，道："看大炮都粗粗笨笨的，原来造大炮却这么精细……这，好像和我想的有点不大一样。"

杜松心想，和你想的一样，那还了得了，但是看看这个他惹不起的妹妹，没有敢说出来。

曹玉麟沉默了一会儿，对丘昊问道："这个火药配比，你是怎么知道的？"

丘昊胖脑袋一拧，道："当然是试出来的。我不停改变三种配料的多少，看看怎样爆炸的威力才能做到最大。你知道我总共试验了多少次？"说着伸出了三根手指。

杜芸好奇地问道："三次？"

丘昊道："三百次！总算运气好，这身肥肉没给熬成肥油。"

曹玉麟忽然走上一步，向丘昊深深一揖。把丘昊吓得一愣，只见曹玉麟正色道："道长的胆色毅力，在下十分佩服。刚才失礼，道长别怪。"

听见曹玉麟这么一说，杜松不由得暗暗赞叹，心道："武元郎真乃性情中人！"

丘昊却仍得意扬扬地说道："你们都学而不思，食古不化，还不快拜杜公子为祖师爷爷！"

杜芸诧异地叫道："为什么要把杜松拜得那么老？"杜芸这么一叫，让丘昊有些不好意思地晃晃大脑袋，道："嘿嘿，拜他做祖师爷，我可不就是他们的师父了吗？哈哈哈哈。"

第六十七章　射　杀

不一会儿，众人都三三两两地围坐在火器坊后空地上，崔贤、田野、曹玉麟三人在箭车旁交谈着，若雨站在一边悄悄地观看，并不搭话。

这时，杜松推着自己设计的炮轮，哼着小曲走过来，在若雨面前停下，说道："若雨姑娘。今天忙着大炮的事，没能多和姑娘说话，实在是失礼得很。"

若雨微微一笑，道："杜公子。我们到这里来，本来就是为了铸造大炮。又有什么失礼的。"

杜松索性盯着若雨，说道："嘿嘿，姑娘也真是好兴致。在这个地方，像上午我那徒儿引爆火药这样的危险，时时都有。要是不小心把姑娘给伤了，我可要抱憾终身了。"

若雨并不回避，也盯着杜松道："杜公子年纪轻轻，还有的是机会喜新厌旧，说什么抱憾终身。"

见若雨这么一说，杜松只好收回自己的目光，叹了口气道："若雨姑娘这忽冷忽热的，可是要把在下折磨死了。"

若雨一指院中崔贤、田野、曹玉麟三人，冷冷地道："公子是找他们来的吗？小女子告辞了。"说完，转身而去。

杜松看着若雨的背影，忽然感到一阵怅然若失的感觉，这个姑娘是敌是友，到现在自己都搞不清，但是若雨的一颦一笑总让人难以忘记，但是她的忽冷忽热也确实让人头疼。

直到崔贤来到自己身边，问他手里拿的是什么东西的时候，才惊觉过来，赶紧答道："这是我设计的炮轮，我觉得可以镶在大炮两侧。"

崔贤敲了敲炮轮，好奇地问道："代替车轮吗？这是空心的。恐怕没有那么大的承受力吧。"杜松微微一笑，摇动炮轮一侧的手柄。炮轮的开口处迅速射出短箭，强有力地钉到了对面的墙上。

曹玉麟斜眼看着。田野立刻鼓掌赞道："杜公子实在高明！"

崔贤不解地问道："这……这个中道理，我还有些弄不明白。"

田野道："大哥，这是杜公子设计的连弩。你想想，大炮打得虽远，但倘若贼人近了，你将如何？"

崔贤一拍大腿："就用此连弩设计！的确高明！"

田野赞道："当年大羿神弩，也不过连发三箭。杜公子此举，却是连射十余箭，出神入化，比起大羿，有过之而无不及啊！"

曹玉麟忽然冷冷地说道："大羿岂是凡人可比？神弩只能射三箭？你从哪里看来的？这样的小把戏，我要做多少就有多少，还好意思拿出来。"

一听这话，田野的脸色顿时难看起来，杜松却装没听见一样，对崔贤说道："我想拜托崔兄，将此炮轮安放在大炮两侧。可活动摘取，这样一旦实战，可在大炮两侧直接射击，也可随时拆卸，另作他用。"

曹玉麟仍在一旁说道："大炮该如何铸造，还全无规划。就把心思花在这些附加的零碎上，也未免太不知轻重缓急了吧？"

田野忍不住悄悄地拉了拉曹玉麟，示意他说话注意一点。

杜松并不在意，赶紧将炮轮抛下，道："曹大哥教训的是。这炮轮是早就做好的，并不是在下此刻在忙这些不急之务。一时想起，就拿了过来……"

远远传来杜芸的声音："开饭啦！"打断了大家的谈话。

火器坊大门下方开有一个小门。小门打开，外面的人将一批食盒依次放进来。杜松将炮轮往地上一丢，和众人一起离去了。

晚上，众人都在饭厅吃饭，苏瑞为了庆贺大家开始研制大炮，特别准备了非常丰盛的菜肴，大家的兴趣都很高。

谁也没有注意到郑半水不在。

菜肴显然非常合丘昊的胃口，丘昊频频下筷，狼吞虎咽，边吃还边

251

说道："好，好！宫里的也没有这么好。妈的，我可以不回宫了！"

思颖在一旁小声说道："道长，你慢点吃，我给你装饭。"

丘昊嘴里含着东西道："嗯，这姑娘好，你要做我师娘，我一定赞成。"思颖脸一红，拿着空碗快步出去了。众人闻听都大笑起来。

曹玉麟突然指着杜松头上方，问道，"咦，你们看，那是什么东西？"众人随着他所指的看去，围绕着墙壁上方钉有一圈木板，木板上整齐地排着一个个小木块，木块沿着木板的走势，一个接着一个顺延下去。

杜松也奇怪地说道："此等东西，我还是头次见到。谁这么别出心裁地摆这些？杜芸，不是你无聊，故意摆的吧？"

史家俊道："这些木块我在木工房见到过，是以前木匠留下的。"

杜芸走上前敲了一下杜松的头，道："只有你无聊才会摆这个小孩子的玩意。"抬头看了看，问道，"这些木块挨得这么紧，岂不是推倒一个，其余都倒？"

杜松道："你才发现啊。"

杜芸白了他一眼，伸手推倒一个木块。端间其余的木块产生连锁反应，依次倒下。众人沿着木块倒下的走势一路看去，最后一个木块倒下了。杜松的目光一移，距离木块不远处，炮轮就镶在墙角里。

杜松突然大叫道："不好！"刹那间，炮轮射出一连串的短箭，坐在对面墙角的史家俊当场连中数箭，被射死在椅子上。

史家俊尸体仰坐在椅子上，脸部、颈部、胸部各中一箭，三支箭由上至下成一条直线。一时间，众人全部惊呆了，沉默无语。

杜芸高声叫道："不是我害他的，不是我！"

思颖上前将杜芸抱住，不住地安慰道："杜芸，别怕，别怕！不是你，不是你害的。"

杜松慢慢地抬起双手，道："大家不要轻举妄动，或许还有机关。"

众人面色凝重，丘昊将手中的碗慢慢抱紧。杜松沿着墙壁，仔细观察一番，拿把椅子站上去，慢慢将炮轮拆下来。炮轮侧面的扳手上拉着一根细细的铜丝。众人一见都议论纷纷，纷纷猜测是不是有人潜伏进来杀人。

思颖忽然说道："我想，应当不是外人进入的。斑狱司已经把这里围得水泄不通，有人想混进来，不是件很容易的事。"

若雨也接着说道："而且，如果是外面的人企图动手杀人，又何必用这个法子？"

丘昊夹起一块羊肉，边嚼边问道："那……他会用什么法子？"

若雨指了指满桌饭菜，道："在这里面下毒，这里有谁逃得了。"

丘昊闻言一激灵，赶紧放下还端在手里的饭碗。

杜芸尖声嘲讽道："你对杀人的事，还真精通！"

若雨立刻答道："杜姑娘要是感兴趣，以后我可以教给姑娘一些。"

杜芸被噎得半天说不出话来。

王雪川有些不相信地摇了摇头，问道："思颖姑娘，莫非你是说……凶手就在我们当中？"

第六十八章　疑　凶

一直在查看炮轮的杜松插话道："我刚才看了一下机关的布局，此人不但知道炮轮该如何使用，并且还由此作出改变，将炮轮和一个控制机关连接在一起。我想，此人大概对于器械机括十分精通。"

曹玉麟闻言缓缓地站起来，道："史兄弟已经遇害，杜公子自己自然不会是凶手，那这里精通机括的，就只有在下一人了。既然曹某嫌疑最大，抓到真凶之前，就请徐大人将曹某拘禁起来。"

杜松赶紧赔笑道："曹大哥，你何必如此？大家并没有怀疑你。"

曹玉麟一字一顿地冷笑道："是吗？你不抓我，我自己进去。"

胡一坤在旁边叫了起来："他都认了，大伙还犹豫什么？"

曹玉麟被关进囚室，囚室是一个狭小的地下室，只有铁门上开有小窗，墙壁上插着一只火把。

杜松站在囚室外面，隔着门上的铁条看着曹玉麟，问道："曹兄，你就不打算为自己辩解一下？"

杜芸站在杜松身后，道："杜松，他无话可说，凶手就是他！"

曹玉麟只是冷笑，并不回答。

杜松沉思片刻，肯定地说道："我看不会！"

曹玉麟一听，开口就骂道："杜松，你少在这里假充好人。我一来就得罪了你，你设局陷害老子，当老子不知道吗？"

杜芸气得也大骂起来，杜松拉住她，道："曹大哥给贪官污吏排挤久了，要是骂我两句能够出气，也是好的。"

曹玉麟一怔，反而不骂了。

忽然，杜芸抽了抽鼻子闻了闻，问道："杜松，什么味道这么刺鼻？"

杜松寻着味道找到囚室隔壁的房间，打开门一看，里面是一桶桶火油。

杜松边看边说道："火油，大概是以前留下的。不知道这次研制会不会用到。"

杜芸对火油没有什么兴趣，在房间里面到处张望，忽然问道："杜松，这个房间的墙壁怎么都是木板？"

杜松顺手敲了敲墙板，解释道："大概是为了防潮吧，也有可能是工匠偷工减料，研制坊里这样的房间多了。"

隔壁的曹玉麟忽然开口，说道："杜公子。难道没有注意到，吃饭的时候，一直有一个人不在？"

杜松和杜芸对视一眼，齐声道："郑半水！"

炼铁炉旁，郑半水神情沉重地正望着眼前的炉火，杜松和杜芸走过来。杜松喊了一声："郑大哥！"郑半水没有反应。

杜松一连喊几声，郑半水才回过头来看了看杜松。杜松问道："郑大哥似乎有心事，连饭都没有去吃。"

郑半水笑笑，道："大哥这称呼可不敢当。我是在想，怎么才能不至于对不起丘昊道长。"

杜芸诧异地问道："杜松的胖徒弟，你怎么会对不起他？"

郑半水道："前两天看丘昊道长演示新式火药，那是真叫厉害。但这么一来，炮管炸膛的事，恐怕就更免不了了。要是找不到合适的材料铸炮，那不是对不起丘昊道长发明的好火药？唉，公子，我郑半水是个粗人，蒙苏公子瞧得起我，要我也来做这造炮抗虏寇的大事。当时我心里就想，可千万别在我郑铁匠身上出了岔子。没想到才第一关，就把我给难倒了。"

杜松点点头道："这确实是个问题。铁炮炸膛，这是老大难的事儿了。郑大哥也别太着急。嗯，用青铜铸炮，好像倒是不那么容易炸开。"

郑半水摇摇头道："铜比铁柔韧些，是不容易炸，但放两炮炮身也就软了，还是没用。而且，和铁比起来，铜可又要沉得多啊。"

杜松想起阳泉阴雨绵绵的天气，也点头道："阳泉的大炮，太沉了可不行。"

这时，胡一坤一边剔牙，一边走过来。

郑半水见他一拱手问道："胡大人，都说你是天下铁匠的都头领，这铸炮该选用怎样的材料，您有什么高见？"

胡一坤打个饱嗝，道："你们先聊着。我听听，有什么不到的地方，我再指点指点。"

杜松问道："我听说郑大哥用'百炼钢法'给人打造利剑，锋利绝伦，可是有的？"

郑半水被杜松这么一说，笑道："杜公子想用百炼钢铸炮？这百炼钢的道理，也就跟家里揉面差不多。反复锻打，除掉杂质，就得到纯钢，就像洗掉柔面，面筋就出来了一样。其实这是个笨法子，费工费时费料，所以除了打造宝剑的刃口，是用不上的。铸一尊炮就要上千斤精铁，要等百炼钢出来，真不知要到何年何月！"

胡一坤突然插话道："且慢。老郑，这就是你的不对了！咱们铸炮是为国家出力，你怎么能害怕麻烦？何况我刚才听老郑你说的，麻烦的不就是排渣吗？这不难，让工人们尽点心，实在不行做个铜丝网把渣给排了就是。"

杜芸一拍手，赞许地叫道："对呀！"

杜松和郑半水都很奇怪地看着胡一坤，然后相互对视一眼，没有说话。

饭后，大家因为史家俊的意外死亡，有些不安，三三两两地聚在一起休息。

杜芸和思颖到茶水房为众人烧水，杜松本来想找若雨聊天，但是若雨好像很疲倦似的。

杜松一个人很无聊地找到杜芸和思颖，一边帮二女冲水，一边自言自语道："本来怀疑郑半水，没想到现在看来，还是胡一坤更加可疑。"

思颖一听，诧异地问道："怎么了？"

杜松叹口气道："这个胡一坤对矿冶一道，竟然一无所知。"

思颖疑惑地反问道："胡一坤那么厉害，不至于吧？"

杜芸也不相信似的问道："他一无所知吗？我听他说得挺有道理呀。"

杜松摇摇头，道："这么专门的学问，要是连你都听懂了，不是蒙是什么？这次来的工匠，都是你师兄千挑万选出来的。他们每个人是本行当数一数二的人物。如果胡一坤对冶炼一无所知，那么很可能就是冒名顶替，专为杀人而来的。"

听杜松这么一说，杜芸又一拍手，道："一点不错，这个胡一坤一定就是凶手！我看他就不大对劲！"

杜松苦着脸道："杜芸，好眼力！"

杜芸的眼一亮，道："那你还不动手把他抓起来？"

杜松只好无奈地解释道："我也只是怀疑，一时难有定论，暂且不要声张。"

杜芸不满了，叫道："这还没有定论？你要等到什么时候才有定论，等他将我们都杀了才有吗？"

思颖忽然叹了口气，轻轻说道："这个胡一坤瘦小单薄，确实是怎么看也不像一个冶炼师傅。可是，他有什么必要杀史家俊呢？在此之前，他们似乎并不熟悉。有什么动机呢？"

杜芸叫道："要杀一个人哪来那么多理由，那么多动机？"

杜松点点头，道："难得难得，你这话倒也有理。"

杜芸瞪了杜松一眼，道："证据是吧？好，我现在就去抓！"说着，抽出长剑，冲了出去。

杜松刚要阻拦，被思颖拉着了。

思颖小声道："杜松，我想，让杜芸去闹一闹也好，你我趁此可看看胡一坤的反应。"

第六十九章　冒　名

火器坊院中，杜芸手持长剑顶住胡一坤的脖子，崔贤、田野、李固、王雪川、丘昊、若雨都束手无策在一旁站着。

杜松、思颖、郑半水也匆匆赶了过来，杜芸握着宝剑，恶狠狠地问道："我问你，胡一坤，我手腕上这个纯银镯子，要刻上花纹，你要哪些器材，哪些工序？"

胡一坤吓得瑟瑟发抖，道："姑娘，姑娘，我没得罪姑娘你啊。"

杜芸手腕一用力，剑尖微微向前一顶，厉声喝道："快说！"

胡一坤连话都说不完整了，道："要，要，要扳手，锤子，钢丝，绳子，哎哟，姑奶奶，你轻点儿！"

杜芸手腕一抖，收回宝剑，道："呸！！你拿扳手锤子刻点花纹给我瞧瞧！你就是杀史家俊的凶手！"

众人一时间全都没了声响。胡一坤摸着自己的脖子，强辩道："我？我不是凶手，谁说我是凶手。我跟他往日无怨近日无仇的，我凭什么杀他！我，我甚至都不认识他！"

这时，郑半水站了出来，道："老兄，你是不是凶手，我不知道。但我知道你肯定不是胡一坤。瞧你这几天的举动，肯定是一个外行。"

王雪川在一旁附和道："那不用问了，一定是他安了那个炮轮！"

田野摆了摆手，大声说道："等等，大家不要轻易下结论。把事情先弄清楚。胡一坤，我问你，你为什么要杀史家俊？"

胡一坤"扑通"一下跪在地上，道："我，我，我冤哪！杜公子，我……我确实不是胡一坤……"

杜芸厉声问道："那你是谁？"田野悄悄地走到杜松身边，对杜松耳语几句。杜松点点头，田野转身跑开。

胡一坤边哆嗦边答道："我，我是谢宁的小舅子！"

杜松眉头一皱，道："谢宁？斑狱司指挥谢宁？"

胡一坤连连点头，道："是啊，谢宁就是我姐夫。我姐叫费玉凤，我叫费虎。"

杜松扭头向众人问道："谢宁有哪房夫人是姓费吗？"

众人都不应声，只有若雨上前答道："谢宁的众夫人中有没姓费的我不知道，但那位朝廷诰命的谢夫人确实姓费，谢宁也确实有个小舅子叫费虎。"

杜松惊异地问道："怎么反而是你知道？"

若雨苦笑了一下，道："我们好容易到了杞国，一路要打通多少关节，知道得当然多些。哪能都像你杜公子这样清高，顶头上司的夫人姓什么都不晓得。"

杜松继续道："如果你是谢宁的小舅子，你来这里干什么？"

费虎一下子坐在地上，道："此话说来就长了。自从我姐嫁给谢宁之后，我就被谢宁赶出了家门……"

杜芸插嘴道："他是你姐夫，赶你出门做什么？"

费虎立刻气愤地抱怨道："是啊，还是姐夫呢，凭什么赶我出门！"

杜松摇摇头，道："不对！谢宁不是不通情理的人，你一定做了什么十恶不赦的事情。"

杜芸上前一把揪住费虎，另一只手就按住了宝剑。

费虎连连求饶道："我说，我说。他嫌我手脚不干净，胸无大志，好吃懒做……他……"

杜芸同意地点点头，道："我以为世上除了杜松，就没有第二个好吃懒做的家伙了。原来你也是。"

杜松被说得脸一红，面露窘色，怪道："杜芸，你少说两句。费虎，闲话少说，你来这里干什么？"

费虎连连点头道："是，是，是。我被他赶出家门以后，无家可归，流落街头……我姐就经常给我些资助。这次听说苏大人招募工匠做工程，我想反正现下工程多，人手杂，混进来说不定能有些好处。因此，让我姐想办法，顶了胡一坤的名来了。"

杜松对思颖叹道："看来，我大杞朝腐败无孔不入，即便苏瑞如此精明人物也防不胜防啊。"

正说着，田野抱来个箱子，放在众人面前，打开箱盖，里面装的都是些铁器。田野用脚踢了踢地上的箱子，厉声问道："那我问你，这个箱子你怎么解释？"

费虎低头道："那是我在制造坊里收集的，将来出去兴许能卖个好价钱。"

杜芸轻轻一笑，道："你倒会找机会啊。杜松，怎么处理这个家伙。"

杜松挠了挠头，不知如何是好，思颖在一旁，道："杜松，这费虎言语一时难辨真伪，多少有些麻烦。不如将他先关押起来，待大炮研制成功，再作处理。"

晚上，在杜松房间里，对白天发生的事情，思颖有些担忧地问道："杜松，你把费虎和曹玉麟关在一起，就不怕其中一人杀了对方？"

杜松低着头，玩弄着手中的茶杯道："那是最好，这是明白的，谁动手，谁就是凶手。我想这个凶手，能设计出如此精良的机括，定不会如此愚蠢。"

思颖摇摇头，道："我最怕的事情是，曹玉麟和费虎都不是凶手。"杜松有些担忧地点点头。

一旁的杜芸忽然大叫道："杜松，照你白天说的，还有一个人很可能是凶手。"

杜松头也不抬地答道："那是谁呀？"

杜芸道："嗯，你说谁不懂铸炮，那就很可能是专为杀人而来的。我看那个虢国女人对铸炮好像也不懂什么，凶手很可能是她！"

思颖赶紧制止了杜芸的猜测，解释道："杜芸，别胡说！我们也不懂铸炮，我们是为杀人来的吗？"

杜芸有些不服气，不敢再说话了，但还是小声地嘀咕着："那……就算我说得不对，也是杜松胡说在先。"

杜松一心玩弄着手中的茶杯，在心中虽然不认可杜芸的看法，但是对若雨的到来，还是奇怪的，而且也是有一些担忧。

思颖制止了杜芸乱猜，继续说道："倘若真凶就此住手，那是他和史家俊的私人恩怨；倘若凶手继续下手，杜松，那么……"

杜松随口就接道："那他的目的，就是阻挠研制大炮。他一定会想杀光我们这里所有的人。"

杜芸腾地站起来，道："实在定不下心，我出去瞧瞧去。"说着就往外走，杜松见状，也站起来，道："一起去。"

第七十章　火　油

　　杜松等人赶到囚室，从窗户外，正好能看到里面。囚室里，墙上的火把一闪一闪。

　　费虎边哭边叫道："曹大哥，我冤啊，我真不是杀人凶手啊。"

　　曹玉麟则双目紧闭，不理他。

　　费虎哭喊了一会儿，见没有人理他，骂道："妈的，这个杜松，居然敢找我麻烦，等我出去，让我姐夫收拾他！奶奶的，这个房间这么小，连床被子都没有，想冻死爷啊！"

　　曹玉麟忽然微微睁开眼，道："你闭上嘴！再吵，我杀了你。"

　　费虎愣了一下，突然扑到铁窗上，抓住铁条，狂喊道："杜松，杜公子，你放我出去。他是凶手啊，救命啊。"边喊还边用力拉铁窗上的铁条，拉了一半，突然想起什么。回头看了曹玉麟一眼，曹玉麟仍旧闭目养神。

　　只见费虎从怀里掏出一根木棒，从木棒的一端拉出一根锯条。不一会儿，铁窗上的铁条已经断开，费虎瘦小的身躯奋力从窗上翻出。

　　曹玉麟睁眼看了一下，又闭上了。费虎双脚刚一落地，囚室隔壁的火油储藏室的墙板突然倒下，数桶火油砸了过来，幸亏费虎反应极快，迅速闪开了。火油桶撞到墙上，溅得火油四处都是。

　　忽然，远处有个人影一闪，费虎脸色一变，然后就迅速向相反方向逃离了。墙板倒下的声音显然已经惊动了大家，众人都向囚室跑来，泄漏的火油开始沿着地面流进囚室。

　　此时，囚室内曹玉麟浑身已经浸透，缩在墙角，火油已经齐到了他的膝盖。而室内的火把也将要燃尽了。

囚室外，杜松一见这种状况，大吃一惊，一旦火把燃尽，就会有火星溅出，那时曹玉麟就完了。想到这，杜松赶紧找钥匙，但是钥匙呢，钥匙呢？

正着急之时，丘昊披着道袍跑过来了，边跑还边喊道："师父，钥匙，你丢在我这儿了。"

杜松接过钥匙开门，但塞了几下都没塞进去。杜松仔细看看钥匙，疑惑地问道："是不是这把钥匙？"

丘昊也很疑惑，答道："应该……应该没错吧。"

李固凑过去看了看，道："是不是都没用了，锁眼里给人灌了铅。"

田野赶紧上前帮忙撞门，没有用，门很结实，不是一时半刻可以撞开的。崔贤气得在一旁骂道："妈的，早知道就把费虎那个小子宰了！"

王雪川也骂道："我早说了嘛，他就是凶手！"

"那你现在就宰了他！"众人回头一看，若雨正手持短剑，押着费虎走过来。

原来，对白天所发生的事情，若雨也感到不解，晚上在床上睡不着，就起来想到处看看，是否能找到一些可疑的线索。到火器坊院中，就看到费虎鬼鬼祟祟地逃出来，正好被若雨捕个正着。刚到囚房，就看到发生的一切。

囚室内，火把上的火苗开始"呼呼"地上下跳动。火油也越漫越高。大家在外面一看都焦急万分，突然，王雪川诧异地问道："奇怪！就是这几桶火油，怎么会漫出这么多？"

李固闻言，一侧身，撞开旁边火油室的门。火油室内，所有的火油桶全部倾倒了。李固一下子叫了起来。

杜松低头看了一下地势，道："这里的地势，所有的火油都会流进囚室。"

王雪川一把揪住费虎骂道："妈的！畜生！你为什么要下这样的毒手？"

费虎脸色苍白，分辩道："不是我……"

262

没等费虎说完，王雪川伸手就是几个巴掌。

费虎被打得一边狂叫，一边挣扎道："别打了，别打了。疼死我了。哎哟，杜公子！我——我愿意进去把火把给灭了，证明我的清白。"

杜芸一听，叫道："是啊，他不就是从窗子里爬出的嘛。他一定也能爬进去把火灭了。"

杜松沉思一下，道："也好，切记，用湿布把火把灭掉。"

正如杜芸猜测的一样，费虎很顺利地翻进了窗户，瘦小的身躯沿着囚室的墙壁慢慢攀爬。

杜芸看着费虎那贼头贼脑的样子，笑道："谢宁把这个家伙赶出家门倒是对的，你瞧他，天生一副贼手段。杜松啊，他干吗不直接走到墙边去灭火把。"

杜松皱皱眉头，还是答道："火油都浸到曹玉麟腰了，放在费虎身上，一定过胸了。曹玉麟不敢去灭火把，因为一旦靠近，就可能自燃。费虎就更不敢了，只好顺着墙过去。"

给杜松这么一解释，杜芸不说话了，专注地看着费虎。

费虎慢慢爬到火把旁边，从怀里掏出湿布，众人都挤在窗口，瞪大眼睛，屏住了呼吸。费虎小心翼翼地用湿布包住了火把，随着火光的熄灭，众人发出了一阵欢呼。曹玉麟也神情舒缓，慢慢靠到墙上。

费虎也带着得意的笑容，自墙上跳下，双脚落地，突然神情变得恐惧——

突然，对面墙孔中射出三根钢刺，将费虎射死。这突发的一切，把众人都惊呆了。

杜松有些恐惧地看了看思颖，思颖竟然像杜芸一样，咬着牙说道："杜松，他是要把我们全部杀掉。"

夜已经很深了，火器坊大厅仍然灯火通明，人们都无意睡眠，聚集在一起。曹玉麟也已经换过衣服，呆呆地坐在那里，好半天才叹了口气道："我宁可死的是我，不是费虎。"

田野在一旁劝道："费虎为救你而死，曹兄也不必太过悲伤。"

曹玉麟冷冷地说道："我这么说，是因为费虎也许可以告诉我们凶手是谁，我却不行。"

崔贤诧异地问道："费虎知道谁是凶手？那刚才他怎么不跟大伙说？"

曹玉麟道："费虎并不知道这个人就是凶手，只是他逃出囚室的时候，应该看见了有人正好过来。"

丘昊在一旁挤了进来，问道："你怎么知道这个人就是凶手？"

曹玉麟自嘲地笑笑道："之前之后都并没有其他人来过，锁眼只能是这个人堵上的。可惜我耳朵不大好，听不出是谁的脚步声。"

李固则在一旁，叫道："很简单，谁抓住的费虎，谁就是堵锁眼的那个人。"

若雨微微一笑，问道："这是说我是凶手了？"

曹玉麟摇摇头，道："不是她。"

李固有些恼火，提高了嗓门，问道："你怎么知道不是她？虢国女人害怕我们研制出大炮对他们不利，因此要把我们一个个都杀了，有什么稀奇？"

第七十一章　奇　思

曹玉麟道："脚步声是谁的我听不出来，是男是女我总知道。"

田野问道："这么说，我们这些爷们都有嫌疑？"

曹玉麟道："不。你田兄是有嫌疑，但王雪川王兄没有，杜公子也没有。这人又高又壮，不过，比丘昊道长，还差点分量。"

显然，曹玉麟的话刺激了李固，李固歪着头反问道："你盯上我了是不是？"

曹玉麟仍是一副事不关己的样子，道："这里又高又壮的又不是你一个，郑半水郑爷，崔贤崔兄都不着急，就你急个什么？"

王雪川猛地站起来，大声骂道："妈的，到底是哪个兔崽子，你出来，有种的直冲着我来！你不是要把我们杀光吗？来啊！"

田野上前拉住王雪川，劝道："王兄不要急躁，此事可从长计议。"

王雪川一挥手，不耐烦地说道："什么从长计议，等我们被杀光了吗？"

李固冷冷地说道："姓王的，你不要到处嚷嚷，也说不定，凶手就是你！"

王雪川火了噌地站了起来，李固白了他一眼，道："我说凶手也可能是你，有什么不对吗？"

王雪川大声骂了起来："你一会儿怀疑这个一会儿怀疑那个，我看你自己才最像他妈的凶手！"

杜松见状，赶紧上前劝阻道："两位不要争执了，现下最主要的问题是，先将今天晚上安全度过。"

思颖也在一旁劝道："的确如此。王大哥，你不要急躁。或许那个贼人就在等我们急怒攻心、神智失常的时候下手。"

杜松来回走了几步，大声道："诸位，我想，今夜我们最好聚在一起，不要给贼人以下手的机会。还是暂且不要去想凶手是谁，我们都来谈谈大炮的事。"说着，从怀中取出图纸，让大家都来看看。

杜松这么一说，大家都不再争吵了，围拢在杜松身边，王雪川也默不作声地走到田野身边坐下。若雨见状向后退了一步，和思颖、杜芸三个女孩子留在原地。

时间过得很快，转眼两个时辰过去了，刚开始众人都抢着发言，各抒己见，渐渐地，只有杜松一个人在那里指手画脚、滔滔不绝，身边诸人都听得连连点头。

一旁的杜芸坐在椅子上，打了个哈欠。思颖站在她身后，轻声道：

"杜芸，困了就睡会儿吧。"

杜芸瞪了一眼站在对面的若雨，道："不困，她不睡我也不睡!"若雨没有在意杜芸说什么，一直都凝视着杜松，但眼神渐渐地与往常有些不同了。

不知不觉中，清晨的阳光就照了进来。杜松丝毫没有倦意，终于说完了，田野打着哈欠问道："是不是让大家歇会儿?"

杜松边收起图纸边道："各位辛苦。今天我们一切照常。继续开工，我们做得好，凶手就会迫不及待地想动手。他越急，我们就越能找出他的漏洞。"

天气很好，又是一个艳阳天，众人都在紧张地工作，杜松来到茶水房，对思颖说道："我已经跟门外的侍卫说了，让他去通知苏瑞这里的事情。"

思颖看了杜松一眼，道："你昨天把大炮图纸给大家看了，确实对人心振奋不少。不过，杜松你要休息一会儿。"

杜芸也道："是啊，连那个曹玉麟暗地里都服你了。"

杜松挠挠头疑惑地反问道："有吗?"

杜芸道："他脸上虽然还是瞧不起的样子，但我一看他的眼神，就知道他已经服了。"

杜松问道："妹子，你什么时候这么擅于察言观色了?"

杜芸道："看别的我不行，但说到心里认输嘴上不承认的经验，谁能比得上我?"

杜松点点头道："原来你也知道。"

想到杜松拿出的图纸，思颖犹豫地说道："只是凶手既然就在我们大伙当中，杜松这样一来，等于就是把大炮里最机密的部分，泄漏给虏寇知道了。"

杜松胸有成竹道："放心，凶手跑不了。"说完，离开茶水房，径直来到一个房间里，和丘昊、崔贤、田野以及郑半水讨论起火药来了。

丘昊见杜松加入，高兴地说道："师父，我想了一个新式的炮弹。你看现在我们的大炮，每打完一炮，就要慢慢往里面填药装弹。这药装多了炸膛，装少了药子又打不远。等你估量得正好，敌人也已经冲到近前了。现在我想，将炮弹和药室合并，你看这样行不行？"

杜松听得不住地点头，众人也有些惊奇地看着丘昊。只见丘昊拿出一个圆柱形的炮弹，说道："这是原来的炮弹，这是原来的药室，现在把它们紧密地塞在一起，一旦药室炸了，炮弹就飞出去了。"

杜松摸着丘昊的炮弹道："如此一来，是不是炮管要细一些，好与炮弹紧密结合？"

丘昊点点头，道："是的，所以我问你，有没有办法将炮管的承受力加强一些？否则依照现在箭的硬度，一定是不行的。"

田野从杜松手里接过炮弹，翻来覆去地观看，半天没有说话。郑半水看着炮弹叹道："道长的火药炮子越做越好，可是不断地给我出难题啊。"

杜松道："真的胡一坤没来，现在炼铁的事全靠郑大哥一个人负责，可真是辛苦郑大哥了。"

郑半水道："上次跟杜公子话还没有说完。百炼钢法是用不上，但要出钢，后世的炒钢、抹钢、苏钢之类的法子，可是比百炼钢方便得多。"说着，取出一块焦炭，一块莹石，说道："炼铁之前，先炼焦炭。这东西烧起来，远比寻常木炭管用……"

杜松疑惑地看着莹石，问道："这红红白白的石头也能烧吗？"

郑半水道："不是，这个石头投入炉中，生铁就更容易熔成铁液。炼铁的高炉，我已经改造过了。至于鼓风的水排，我把风扇改成了风箱……"说完，又取出一个小小的风箱模型，演示了几下，是活塞式的。

杜松点点头，道："这么一来，鼓出的风来，可是又大得多了。"

郑半水道："所以，要炼出钢来，倒也不难。难处倒是……淬火。用水淬火冷得太快，打造剑之类的小玩意倒也没什么。像炮筒这样的大件，拿冷水往上一浇，那是非裂开不可。就算不裂，也会导致铁质不均，留下后患。"

杜松来回走动，忽然想起来，道："咦，我好像记得古人有用尿来淬火，不知道是不是真的？"

丘昊诧异地问道："尿？又是书上胡说八道吧？师父，我早跟你说过，书上东西信不得……"

郑半水也点头道："这个法子小人倒也听说过，而且也试过。用尿淬火确实比水好些……可是……要是只炼一尊大炮也就罢了。要是以后上百门大炮一起开工，又哪里找那么多尿去？"

田野一听哈哈大笑道："这个郑师父不用担心，尿水不够，对别人是麻烦，又怎么难得倒斑狱司！"

杜松也一拍大腿，道："是啊，我这就给苏瑞送信，要他征集尿水！"

田野打趣道："嗯，吩咐京都每天早上倒马桶的老妈子都不许浪费，一个个都给挑到斑狱司衙门去！"

丘昊忽然有一种要呕吐的感觉，叫道："天，这下斑狱司可真成了黄金万两的衙门了。这下，以后斑狱司送来的饭菜，我还怎么敢吃？"

第七十二章　炼　铁

中午，众人都围在一起吃饭。杜芸边吃还边说道："连着几天，凶手可都没动作了。"

杜松扒拉了一大口饭菜，边咀嚼，边有些含糊地说话道："他是在有意想拖垮我们，等我们提心吊胆、精疲力竭了，这才下手。咱们……偏给他来个……好吃好喝，心安理得，看谁先急死谁？"

思颖看着丘昊拿着饭碗发呆，就像要哭的样子，好奇地问道："道长，你怎么了？你怎么不吃啊？"

杜松在一旁忍着笑道："他是觉得……菜里，菜里……有尿味。"

杜芸一听伸手把碗端到鼻子下闻了闻，诧异地道："挺好啊！没有呀！"

正说着，苏瑞走了进来，向众人拱手打着招呼，来到杜松桌前，看见丘昊没有吃饭，问道："咦，道长怎么不吃，口味不好吗？"

被苏瑞这么一问，丘昊就像再也忍不住自己的委屈一样，抱住苏瑞大哭道："放我出去啊，我要回宫里吃饭！"

一时，苏瑞也给弄得莫名其妙，问道："道长嫌斑狱司的厨子手艺不佳吗？那这样，以后我请御厨做饭，直接给道长送来。道长你看如何？"

丘昊还真的哭出眼泪了，边抹泪边道："也行……其实火药上面的事，我也都做完了，你就让我先走了吧？"

杜松在一边笑道："这倒也是实话，我徒儿负责的这一块，问题都解决了。"

苏瑞给抱得喘不过气来，只好央求道："这事再议……道长，你先放开我行不行？"

丘昊摇摇头仍抱着苏瑞，苏瑞好不容易才挣开一只手，道："我给各位送淬火的材料来了。看了材料，我们再商量让你回去的事情，行不行？"

丘昊一听，吓得往后猛地跳开，举起袍袖在鼻子下闻闻，惊魂未定地叫道："你和尿一起过来的？"

好不容易挣开丘昊的怀抱，苏瑞长长地出了一口气，道："等吃完了饭，各位随我出去一看便知。"

院中停着几辆大车，车上放满了圆桶。杜松和郑半水走到车旁，揭开一只圆桶，里面都是白色的粉末。

杜松问道："这是什么？"说着用手指挑起一点尝了尝。丘昊恶心地用双手捂住了眼睛。

苏瑞笑笑道："贤弟叫我征集尿水，还嫌斑狱司的名声不够臭是怎

269

啸长风

着？贤弟知不知道我朝有个顾可学，就是给大王献秋石的那个人。所谓秋石，就是取童男童女的尿液，去其头尾，加上石膏，烧炼后留下的白末。这东西说起来玄乎，据我看，也就是尿里的盐吧。我不信童男童女的尿和一般人的尿有什么不同。同样，尿和一般的盐水，也未必有多大的不同。"

杜松问道："你是要我们用盐水淬火？"

苏瑞笑道："贤弟先试试看，要是实在不成，我再来为贤弟做这个抢尿侍郎。"众人一听都笑了起来。

火器坊内，众人都在紧张地工作着，苏瑞悄悄地将杜松拉在一边，道："贤弟还是要加紧。这些时为了是否与虢寇决战，朝野议论纷纷，要是大炮研制成功，很能鼓舞士气。"

杜松表示自己知道其中要害，苏瑞很是满意，要杜松注意安全，他将全力来调查已发生的凶案，说完就离去了。

杜松送完苏瑞，一转眼的工夫，发现不见了丘昊，原来丘昊见苏瑞没有去弄什么尿水，就回去吃饭了。

杜松闻言，只好摇摇头，拿这个率真可爱的徒弟一点办法也没有。

白天很平安地过去了，没有发生什么事情。晚上，杜松让田野和王雪川在火器坊院内巡夜。自己和思颖、杜芸、崔贤等人去研究淬火的问题。

田野显然对于巡夜有些恐惧，不停地向王雪川问道："王兄，我们是先巡东边，还是先看西边？小弟，小弟心里有些发毛，不知道那个杀手什么时候再下手。"

王雪川不耐烦地拍拍他道："你怎么这么胆小，先巡视东边，然后西边。跟着我，别怕，那个凶手要是敢来，我活剐了他！"两人一路吵着离开了。

待田野和王雪川离开后，杜松、思颖、杜芸、崔贤也来到了炼铁房外，在外面焦急地等待着，里面不时地传出淬火时的嗤嗤声响。

杜松紧张得不停地问自己，用九分水溶一分盐，拿来淬火，不知道行不行？直懊恼自己以前怎么没有想起来做一个这方面的试验。

院门忽然打开了，郑半水满脸喜色地走了出来，微笑道："用这样的盐水，加上油脂，比尿还好！"

杜松乐得一拍手，笑道："我最担心这一环，总算解决了。"

一旁的思颖也行了一个礼，道："恭喜郑师傅！"

崔贤高兴地搓着双手，道："自从见了杜公子的图纸，在下一直摩拳擦掌，这下总算可以一试身手了。"

杜芸突然喝道："谁！"只见，远处黑暗中一个影子摇摇晃晃地过来了，"是我！田野。"黑影答道。

杜松松了口气道："田兄啊，巡视完了？"

田野走近说道："快完了，雪川兄在检查西边，我回去添一些灯油，打这儿经过。"

思颖轻轻说道："是吗，这灯油这么不经用啊？"

田野抱怨道："也不知怎么的，就烧得这么快……"正说着，火器坊东边传来一声爆炸声，惊天动地。

郑半水叫道："不好，像是东边火药室！"大家都向火药室跑去。

众人纷纷赶到时，若雨正站在火药室外，火药室内漆黑一片。

杜松一见，问道："怎么回事？"

若雨摇摇头示意自己也不清楚。

杜松取出钥匙，开了火药室的门。杜芸就要往里闯。若雨一把拽住她道："等一等，先点灯。"

一阵混乱，终于点起了灯，只见火药室中间一个箱子炸得黑焦一片。杜松上前欲打开箱子，斜角里突然射出一支短箭，杜松闪避不及，正射中肩部。

思颖尖叫了一声："杜松！"就要扑上去，崔贤一把将思颖拉住，道："不要靠近，可能还有机关。"

271

杜松倒在地上，身子不停地颤抖。

若雨小心翼翼地走上前去，众人都屏住呼吸，一片静寂。只见若雨慢慢打开箱盖，道："给我找把剑来。"

田野迅速扔过来一把小剑，大声叫道："姑娘接住，千万小心。"

若雨左右慢慢移动箱盖，右手用小剑将连接盖子的一条丝线割断。箱子里面是一个烧焦的方盒。若雨将盒子取出，交给杜松。杜松仔细看了盒子，心中也不得不承认对方设计的巧妙。

曹玉麟突然问道："王雪川呢？"

刚才大家谁也没有注意王雪川不在其中。

等众人找到王雪川的时候，王雪川已经躺在地上，胸口一道很深的伤口，油灯扔得很远。

众人都面面相觑，不知道下一个该轮到谁了。

第七十三章　连　环

房间内，对着杜松的伤口，思颖边包扎边掉着眼泪，杜松只好没话找话，随手拿着射入肩头的钢刺，笑道："这是一把大锥子锥头，这个家伙真会现场找材料。"

郑半水手上拿着一个长长的管子道："公子，这是安装在墙角的射管。"

杜松接过来在手里掂了掂，赞道："这厮确实精通暗器，知道远距离要用长管喷射。"

杜芸在一边抱怨道："杜松，我说你也真是的，一点闪避的反应都没有，真差劲！"

杜松不置可否地摇摇头，问道："我没有躲闪？你确定？"

杜芸一跺脚，道："你当然没有闪避，我看得很清楚。这次是你命大，他的设计准头不好。"

杜松叹了口气，道："他设计从来严密，应该不会……"

这时，李固忽然走到若雨面前，问道："姑娘！你怎么知道火药室会爆炸的？"

若雨一愣，答道："谁说我知道的？"

李固又问道："如果不是事先知道，你怎么会第一个到那里？"

若雨道："我睡不着，刚好走到那里。"

李固上前一步追问道："只是巧合？"

若雨也上前一步答道："就是巧合。"

李固又问道："那……上次唯独你抓住费虎，也是巧合？"

若雨答道："那不是，我看准了那个牢房关不住那个小偷。"

李固瞪着若雨，道："哼，我们都看不出，为什么你就看得出？"

若雨幽幽地看了远处一眼，道："你如果和虢国细作打过交道，你就明白，看出这个不算什么。"

一丝嘲讽的笑容，掠过李固的脸，李固阴笑道："你不说我还忘了，你是虢国人！"

若雨立刻接道："你明明一直因为我是虢国人提防着我，什么叫我不说你还忘了？"

被若雨抢白了一下，李固只好干笑了几声，问道："火药室的机关，你能那么快就看穿，也是因为你是虢国人吧？"

若雨犹豫了一下，还是干脆地答道："射伤杜公子的布置，确实是细作的手法。"

"这里只有你一个虢国人！"

"未必。"

"那你说还有谁"？

"我不知道。"

"明明是理屈词穷！"

273

"不信，那也由得你。"

两人言辞越来越激烈，杜松听得眼睛都直了，不知道自己该如何劝阻，忽然曹玉麟插言道："李固，你不用转移视线。最先到火药室的没有问题，最后到的才是凶手！"

曹玉麟的话，显然让大家都一怔，曹玉麟接着说道，"在我们大家往火药室奔的时候，凶手杀了王雪川，虽然他动作很快，总也多少耽搁了点时候。凶手就算不是最后一个到火药室的，总也是到得比较晚的。我到得也不早，所以也不脱嫌疑，不过李固兄你好像还落在我的后面。"

李固一下子怔住了，杜芸在一旁抢着说道："还有，我检查了一下王雪川身上的伤口，是一个左撇子干的。"

杜松有些不敢相信，连眨了几下眼睛，追问道："什么？左撇子？你怎么知道是左撇子？"

杜芸道："当然确定，伤口从右至左，末端很深，这是用左手的标志。你来看……"说着，指着放置王雪川尸体的地方，说道，"这摊血，是王雪川身体上流的。而这些血滴是在尸体右侧的，明显是凶手杀人之后，剑尖上滴下的血。这明显是左撇子干的。"

突然，曹玉麟绕到李固的旁边，道："李固兄，我好像看你吃饭拿筷子的时候，一直用的是左手。"

李固面色有些惨白地点点头，杜芸拍拍手，道："那就是你了。"

李固连连摇手否认。曹玉麟并不说话，慢慢向李固靠近。李固显然有些恐惧，一步步向后退，撞到了崔贤的身上。崔贤推了他一把。

李固面色大惧，喊道："杜公子，真的不是我，不要上贼人的当！"

杜芸抽出长剑，喊道："看你往哪儿跑。"说着就扑了上去。

田野突然挡在杜芸的面前，大声地说道："大家听我一言。此凶手狡猾刁钻。李固兄虽是较后到达火药室，但这不足以说明什么。贼人已经几次引诱我们互相猜测，此次定要斟酌再三。"

思颖插话道："诸位，我觉得田大哥的话有理。我们且勿莽撞行事。

至于谁最后到达火药室，此事现下难以说清。不如暂时搁置，再做商量。"

杜松支撑着站起来，道："我们还是谈大炮的事。告诉大伙一个好消息，郑大哥已经找到提炼铸炮的精铁的办法了。郑大哥，这次研制箭车，你该记头功！底下大炮的形制，我虽已画了个大概，但纸上谈兵，也不知道是不是能成。曹大哥，底下就多拜托你了。"

曹玉麟对他岔开话题有些不满，但还是点点头。杜松叹了口气，去捡王雪川丢在地上的油灯，伤口一牵动，脸上肌肉就抽搐了一下。

次日，大家显然还没有从昨天的事情中挣脱出来，每个人都显得心情很沉重，连平时总是也安顿不了的杜芸，也一声不响地帮着思颖将一盒盒食盒从制造坊大门递出。

杜松正拿着长射管在火药室里埋头沉思，田野走过来，问道："大人拿着此管想了半天了，是不是有什么发现？"杜松看了田野一眼，道："不是，只是觉得，这个射击管可能对大炮设计有用。"

田野道："哦？这，莫不是大炮炮管还要加长？以提高射程？"

杜松微笑道："田兄思维确实惊人。"

田野也谦虚地一笑道："大人过奖，卑职这点小聪明比起大人的才思，那是拍马也难以企及的。"

杜松道："不过，田兄只猜中了一点。想知道更重要的吗？"说着对着远处的崔贤喊道，"崔兄，请来一下！"等崔贤走近了，杜松接着说道，"昨夜那贼人的射管射我不中，我详细勘查了一下，这个射管虽然精巧，却有一个致命的缺陷。"

见杜松这么一说，田野和崔贤都不由得一怔。杜松笑了笑，接着道，"射管的位置安装很好，对准的是我的胸口。然而由于距离较远，因此射击准头有偏差。这也是我们大炮要考虑的问题。众所周知，大炮准头不够，一直是我朝大炮设计的大问题。考其原因，炮弹在膛内发出到击中目标，一直都在乱转。自然有时命中，有时不中。"

崔贤问道："如此说来，大人一定是又想到什么妙招了？"

杜松点点头，道："我看，是不是可以在炮管内部，刻上几条线……"

崔贤道："这炮膛内刻几条直线的法子，卑职也曾用过……"

杜松摇摇头，道："不是直线，是顺序螺旋线！"

崔贤想了一想一拍巴掌，赞道："妙啊！真是神了！大人放心，膛内螺旋线的事情，就包在我和田老弟身上了。"

田野思索着："如此一来，炮弹既可以减少风力影响，又可提高精确度……真是高明。"

杜松点点头道："就刻六道膛线吧！"崔贤和田野答应着，准备去了。

276 杜松又摇摇头，去找曹玉麟了。

在火器坊后面的空地上，曹玉麟正在那红衣大炮底座上摆弄着什么。李固坐在远处，冷眼看着，显然还在为自己昨天所受的委屈生气。

杜松看了看，走到曹玉麟面前，问道："曹大哥，摆弄什么呢？"

曹玉麟手也不停，道："我想了个法子，先在这大炮上试一下，如果能成，等崔、田二位的大炮造出来，就给安上。"

杜松好奇地问道："什么法子？"

曹玉麟道："现在我也不知道是不是能行，等做成了再和公子说吧。"

见曹玉麟现在不愿意告诉自己，杜松只好告辞走开了，一边走，还一边不时回头看两眼，心里在想，这人到底在搞什么呢？

第七十四章　初　断

晚上，众人都已经休息了，火器坊里也显得格外的安静，好像什么也没有发生过一样。杜松悄悄地开了房门，向外张望了两眼，来到火器坊后面的空地上。只见杜松打着一盏气死风灯，向大炮走去，一心想知道白天曹玉麟搞的是什么，所以一个人悄悄地过来看看。

刚刚走近大炮，忽然大炮下黑影一闪。杜松吓得险些跌倒，手中的灯跌落在地，顿时一片漆黑。就在这时，黑暗中传来若雨的声音："杜公子，是你！"杜松一听长出一口气，道："若雨姑娘，你怎么会在这里？"

一阵窸窣声，若雨把灯点了起来，问道："你这么深更半夜地出来，不怕凶手一举手就把你杀了吗？你好歹该让杜姑娘和你在一起，遇上凶手，也能过上两招。"

杜松被说得有些不好意思地笑了笑，解释道："我白天看见曹大哥在这里摆弄什么，越想越好奇，就忍不住过来看看。她已经睡了，不忍心喊她。"忽然问道，"你知道七夺教吗？"

若雨道："听说过，是早些年的一个魔教，怎么啦？"

杜松喃喃自语，道："你说，如果七夺教在其中兴风作浪，会是怎么样的结局？"

若雨叹了口气道："你这胡乱好奇的毛病，说不定哪天，就把你的命给送了。"

杜松做了一个鬼脸，道："那趁着没送，赶紧多做些事情。"说着，从若雨手里接过灯，往大炮底座上照去。

公孙若雨不解地问道："你看什么？"

杜松赞叹道："好主意啊！"

若雨不明白杜松所谓的好主意是指什么，连连追问道："什么好主意？"

杜松一指炮座上的滑轮组道："点炮轰击的时候，炮子朝前打出，同时一股后冲的力道，也会使炮身跃起。放炮的人往往因此受伤。现在我那徒弟提高了火药的威力，郑师傅又减轻了大炮的重量，这大炮跳起来，就更可怕了。现在曹大哥在箭座上加了这个东西……喏，你看这一个个的轮子，就像太极拳里的抱球式，以柔克刚，可以把大炮后冲力消于无形。"

明白过来事由，若雨也感叹道："这个曹玉麟还真是个人才。"

杜松忽然笑起来，道："不过，我还可以给他加点东西！"说着，在炮上摆弄起来。

秋天的夜晚，还是比较凉的，但杜松工作得十分专心，左右观察，这儿敲敲，那儿摸摸，浑然忘却了若雨还在旁边。

若雨在一旁提着灯，看着杜松专注的工作神情，心里也不由得觉得有些意外，想不到这个家伙平时嘻嘻哈哈的，做起事情来却如此认真。在来火器坊之前，对杜松的印象，总是不好的要比好的多，可是在火器坊的短短几天，几乎让若雨认识到一个全新的杜松。一时间，若雨看着杜松竟然有了一种恍惚的感觉。

杜松丝毫没有察觉，正费力地搬着大炮，气力不够，挪了几下都没有挪动，若雨见状赶紧上前帮忙。若雨见杜松忙得满头大汗，情不自禁地掏出手绢，想替杜松擦汗，忽然，脸上一红，将手缩了回来，把手绢放在杜松伸手可及之处。杜松顺手拿起，擦完后放在原处。

杜松搓搓手，说道："成啦，明晚再来一次，应该能大功告成。"

若雨叮嘱道："明天，记得和杜姑娘一起过来，别白白送命。"

杜松看着若雨忽然说道："你这么担心我不如你明天还来陪我好吗？"灯光很暗，但是还是可以看到若雨的脸已经红到了耳根。一时，两人都没有说话。

直到远处传来敲更的声音，杜松才拍拍手说道："嗯，害得你在这里干站着，看我忙活了半天，真是不好意思。咦？这手绢？"一扭头看到手绢，忽然醒悟过来，脸一下红了，喃喃地说道，"公孙姑娘，我……我洗了还你。"

若雨拿过手绢收起，一笑道："没什么的。你不问我，为什么会半夜里到这里来吗？"

杜松摇摇头，道："姑娘想说，自己会说；不想说，我问也白问。"

见杜松这么一说，若雨低下头想了一会儿，道："你倒会说话。我想我大概知道凶手是谁了。"

杜松笑道：“我也知道是谁了，我们写在地上，看大家想法是否一样。”

其实，在若雨的心里还说了一句话，那就是：“你这么相信我吗？为什么你相信我就如同我相信你一样？”

杜松如果听见这话，相信一定会笑得更开心。可惜，若雨是说给自己听的，没有人听得见。

若雨和杜松两人，一人在大炮的一边画字。不一会儿，两人又交换位置，看看对方的字，然后相顾一笑，接着用脚擦去，并肩离开了。

在火器坊的空地上，除丘昊外，所有人都在，大家围坐在大炮四周。大炮后面多了长长的一截炮管。见曹玉麟奇怪的样子，杜松解释道：“这是我新加的小玩意。等会演示给曹大哥瞧瞧。曹大哥，你把我们大家喊来，有什么事？”

曹玉麟道：“上回跟公子说的设计，我已经做完了……”

不等曹玉麟把话说完，李固冷笑着插话道：“不就是一个消除后冲力的东西吗？偏你神神秘秘了这么久？”

曹玉麟一惊，问道：“你怎么知道？”

李固不屑一顾地瞥了一眼大炮，道：“我在旁边看了这么久，有什么看不出来的？”

曹玉麟忽然换了一种冷冷的口气，道：“李兄是个执掌军中草料的草场大使，想不到对机械也如此熟悉。”

李固腾地站了起来，厉声问道：“你什么意思？”

曹玉麟慢慢站起来道：“什么意思！姓李的，不谈滑轮也就罢了，今日一提起机械，我看出来了。凶手就是你！”

李固瞪圆了双眼，问道：“你凭什么说是我？”

曹玉麟道：“凭什么？就凭你不该熟悉机括偏偏又如此熟悉，就凭你最后到达火药室，就凭你左手杀了王雪川。”

李固被气得一笑，道：“不是本职的东西，熟悉了就是凶手，你这不是要大伙都别把真本事拿出来吗?"

曹玉麟顺手拿起一根填药的铁棒,喝道:"老天有眼,让你几次害我不成。现下,你就偿命来吧!"说着,挥起铁棒砸向李固。

李固一边躲闪一边高叫:"来人啊,他疯了!"众人赶紧过来劝解。但曹玉麟一副凶神恶煞的样子,一时众人也没办法。

李固不敌曹玉麟,边躲边逃向田野,曹玉麟舞着铁棒追了过来。

田野挡在李固面前,劝道:"曹兄,不要着急,事情尚未明了。即便是李固兄弟下的手,也要摸清来龙去脉啊。"

就在这时,丘昊匆匆赶到,看大家乱成了一锅粥,赶紧问道,"师父,怎么暗里杀人,突然变成明里动手了。"

杜松道:"徒儿,你也真是世外神仙!凶手至今未查清楚,你就不急,不害怕?你看现在都打成什么样子了。"

丘昊脱口而出,道:"他只要不在肉里下毒,我就没有顾虑了。"思颖在一旁听到此言,抿嘴而笑。

第七十五章　推　理

这边,李固被田野挡着,曹玉麟一时也够不着,恼火地骂道:"姓田的,你他妈别做什么好人,给我闪开!"

杜松见状,只好上前一步,硬着头皮劝道:"曹兄莫要着急……"

曹玉麟可能是气糊涂了,见杜松也来阻拦自己,破口大骂:"杜松,你是什么东西。仗着有苏瑞给你撑腰,耀武扬威。查了半天,什么都没查出来!别废话!滚一边去。今天谁拦我,我就打死谁。"说着,舞着铁棒就往上冲。

杜松见状,吓得大叫道:"杜芸,拦住曹大哥。"

杜芸抽出长剑对杜松喊道："杜松，你这个家伙，思路不清，脑子进水！谁是凶手，早已明明白白！曹大哥，你停手，我来杀了姓李的。"说着，手持长剑，从田野的左边向其身后的李固砍去。

田野反应很快，迅速伸出左手，去抓杜芸的右手。杜芸突然丢开长剑，反手擒拿田野左手。田野不假思索，左手反擒拿，拿住杜芸右手。

杜芸大叫道："哎哟，疼啊！"

田野赶紧松手，道："杜姑娘，得罪了。"给杜芸这么一闹，曹玉麟好像清醒了似的，提着铁棒愣在那里了。

杜松见局势平稳了，上前说道，"好了，杜芸，别闹了。"说着把杜芸拉到一边，又看着曹玉麟，问道，"曹兄，你认定李固是凶手？是不是？"

曹玉麟肯定地答道："是！你自诩聪明，其实不过是酒囊饭袋，迂腐之至。现在我查出来，李固就是凶手！你别拦我！"边说边把手中的铁棒提了提，又想挥舞起来。

杜松又问道："倘若，我证明，李固兄不是凶手，你将若何？"

曹玉麟道："不是？哼，只要你言之有理，我曹玉麟从今往后做牛做马，随你差遣！"

杜松正色道："好！"说着，慢慢踱步走到屋子中央，大声说道："这个凶手，不但凶狠异常，且精通机括、火药，又熟知人的心理。他所用的杀人器材，都是在制造坊里现场取用。你们看。"

说着，一挥手，若雨不知道从哪里将炮轮、钢刺、长锥头一一地递了过来，杜松接过来，继续说道，"在饭厅，他第一次杀人，用了我设计的炮轮，放在饭堂架上，炮轮射击的方向，正是饭堂的死角，也就是史家俊的位置。"

"凶手设计的过程是：一个个方块倒下，然后炮轮射出短箭，史家俊中枪身亡。由于饭堂较小，我们人多，所以这个角落，是一个相对比较宽敞的位置，因此一定会有人坐在此处。所以，一旦炮轮启动，此处定有人中箭。这个凶手，他不是为了杀某个人，而是要把我们全部杀光。

他的目的，就是阻挠大炮的研制，我想，此人定是虏寇的奸细！"

说到这里，杜松气得来回走了几步，然后说道："此人算定了我们会怀疑懂得机括的人是凶手，因此安排第二次杀人的机关。

"由于他不知道第一次杀死的是何人，因此他做好准备在囚室中的是两人，也就是假胡一坤和曹玉麟。因此，他利用了囚室隔壁就是火油室的条件，将第二次的杀人手法换成火。

"囚室窗下的方砖是一个机关，火油室的墙板连着机关，谁踩中方砖，机关都会启动，墙板倒塌。所以当费虎要跳窗逃走的时候，火油室的墙板会突然倒塌。墙板又连着最下方的火油桶，因而火油桶全部倒了，火油泄漏。

"根据地势，火油流进了囚室，会顺着地面流进囚室，只要火油触及一点火星，囚室就会烧起来。这是他的第一步。

"他的第二步是，一旦有人想灭掉火把或者拿下火把，势必会踩在火把下方的方砖上，这块方砖也有机关，就是对面墙孔里的射管，无论是谁去灭火把，那三根钢刺都会射中要害。所以当费虎爬在墙上，用湿布灭掉火把后，跳到地上三根钢刺就射出了，费虎被射死。"

杜松顿了顿，叹了口气道："这招的确厉害。至于我中的那一箭……"

众人的眼睛都睁得大大的，盯着杜松。

杜松的目光从众人身上一一掠过，继续说道，"这人是用火药的好手，使用了火药延时装置，从点燃引线到火药爆炸，他有足够的时间离开，给自己制造了不在场的证据。他料到会有人打开箱盖，因此设置了在墙角里射管射出锥头，射中开盖的人，大家都已经知道了，对方射中的人就是我。

"然后，在我们都去火药室的时候，他将最后赶到的王雪川杀死。由于情势紧急，因此没有用什么机关，直接左手使剑下手，才会使王雪川胸口上有一道很深的伤口，油灯也扔得很远。

"由于火药室空间较大，射管距离我较远，因此导致了设计缺陷，所以我这条命是捡回来的。不过，我也由此对大炮做了改进。

"至于左手使剑，此人清楚李兄是左撇子，因此力图使我们相信，李固就是凶手。可惜了，此人无论才智心思，均在我等之上，却附逆虩寇，实在是可惜了。"

听到这里，丘昊叫道："师父，你就不要卖关子了，说，是谁吧！"

杜松转身走到田野面前一字一顿地说道："田兄，老实说，我真没想到，你就是凶手。"

此言一出，众人一片惊愕。好一会儿，崔贤才站起来，道："什么？杜公子，你没弄错吧，田野不会是凶手！"

田野也慢慢地站起来，道："杜公子，你说我是凶手，可有真凭实据？"

杜松道："本来，我也没有想到。可是有一件事情，却让我开始对你怀疑。"

田野问道："什么事情？"

杜松看了田野一会儿，道："灯油。"

"灯油？"田野有些糊涂了，小声重复道，"灯油怎么了？"

杜松道："火药室那次，你为了造成不在场的证据，提前回来取灯油……你自己说雪川兄在检查西边，我回去添一些灯油，打炼铁房经过。"

田野不服气地道："那又怎样？"

杜松道："师妹思颖虽然不懂大炮，但是端茶递水，添灯加油，却是十分精细。王雪川尸体旁的灯油洒了一地……当我去捡王雪川丢在地上的油灯时，发现地上一片油渍。这使我十分怀疑，同样地用灯，怎么你的油就消耗得如此之快？

"所以，第二天我就让师妹检查了一下几处地面。结果，在西厢房的地上，发现了相同的油渍。这就是说，有人在事发当天晚上，将灯油倒了一些出去。"

田野微微点头，道："我是无意洒出去的。"

杜松也点点头道："所以，这只是我怀疑你的开始。我让师妹借递饭盒的机会，向苏瑞传了个口信，让他查查你的情况，结果发现。田兄，你虽然只是斑狱司的一个负责铸造的工匠，却也精通机括、火药。正是由于这些，几年前，斑狱司把你从建宁造办调到京城。我想，兴许你在建宁的时候，就已经和虢寇有所联络了。"

第七十六章　坐　实

284

田野忽然冷冷地说道："就这些，恐怕还是证据不足吧。"

杜松道："是！但由此，我却想到了前后几件事情。第一件，这个凶手用来杀人的器材，大多是现学现用，自己加工。我摆弄炮轮的时候，你是在场的……"

田野插话道："在场的也不止是我一个。"

杜松点点头，道："第二件，杜姑娘审问费虎的时候，你告诉我发现费虎藏有一个箱子。然后你去取箱子……现下想来，其实你早已料到，费虎也会被关进囚室，因此事先将囚室门前的砖下机关断开，等费虎进去之后，再找时间将其连接。

"第三件，我中枪之后，若雨姑娘打开箱盖的时候，你扔给她一把剑，当时你的声音很大……你希望通过此举，造成大家一个错觉，那就是你不是较后一个到场的。可惜，你却没有瞒过若雨姑娘。"

若雨微微一笑道："本来最后一个到场也未必是凶手，但还喊得这么大声，就反而可疑了。"

杜松看了若雨一眼，继续说道："第四件，就是刚才，杜芸向李固出手，其实这是我安排的……杜芸，你说说看你的发现。"

杜芸嘿嘿一笑，道："依我看，田大哥的左手不但有力，而且一手擒拿功夫好得很啊。"

田野气得暗自握紧了拳头，道："你们简直是血口喷人。"

杜松毫不在意地继续说道："除此之外，田兄，每次我们怀疑到某个人的时候，你都是最忠厚的一个，你都会劝解别人保持冷静，保持克制。不过，田兄，你的劝解都会顺手带上一句，这句话其实最大的用处，就是强化大家的怀疑……

"我们审问费虎时，田兄说：'等等，大家不要轻易下结论。把事情先弄清楚。胡一坤，我问你，你为什么要杀史家俊？'

"我们审问李固时，田兄说'李固兄虽是较后到达火药室，但这不足以说明什么。贼人已经几次引诱我们互相猜测，此次定要斟酌再三。'

"这些我没有说错吧。"杜松问道。

杜松的一席话，让众人都默默无语。忽然，田野冷冷地说道："想不到你记忆如此惊人，只言片语都记得清清楚楚。"

杜松晃了晃头，道："比起田兄的博闻广洽，熟知人心，杜某实在是望尘莫及。只是，我想不通，田兄，以你这样的大好人才，怎么会暗通虏寇，卖国求荣呢？"

田野哈哈大笑道："杜松啊杜松，枉你自诩聪明盖世，居然这点都想不通。你想知道？"

杜松一拱手道："愿闻其详。"

田野上前一步，道："其实，我……"说着，突然身子一仰，从大炮上倒翻过去，抬手一晃，手里拿的正是丘昊制作的锥体炮弹。众人都怔住了。

田野迅速地将炮弹塞进箭膛，晃亮火折，对准大炮上的药捻，道："道长，幸亏你发明的好炮弹，不然装弹怎么能这么快！"

丘昊咬牙大骂道："这煮不熟的兔崽子！"

田野突然狂叫道："大家后退！"

众人望着乌沉沉的炮口，不禁后退。

杜芸刚想踏上一步，田野笑道："杜姑娘，你武艺高深，身手敏捷，我倒要看看，是你快，还是炮弹快。"

杜芸也不禁往后退。若雨微微一笑，走上一步。

田野大叫道："站住，再不站住我点炮了！"

若雨没有站住，又走了一步，道："其实，那天费虎看见你了，他也告诉我，他看见你了。"

田野大叫道："胡说！"

若雨叹道："是啊，这里的李固李爷、崔贤崔爷都不相信我；曹玉麟曹大哥虽然帮我辩护过几句，但那是他脾气骄傲，不屑冤枉人，心里面，对我这个虢国女子怕也没什么好感。你的人缘却一向挺好，我如果早早地出来指证你，大伙确实都会认为我是在胡说。"

众人闻听都面面相觑。

若雨继续说道，"所以我当时什么也没说，但这些日子，却一直盯着你。那天我会第一个出现在火药房外……就是因为我看你刚刚进去过了。姓田的，我要是告诉你，这炮弹里的火药都给我倒掉了，你信不信？"

田野的手开始颤抖起来，杜芸大叫道："哈，原来是颗空炮弹啊！"

田野忽然狂吼了一声道："我不信！"说着点燃了药引，随着一声巨响，炮身剧烈地震动了一下，曹玉麟设计的滑轮组刚一转动便被卡住了，多出来的那截炮管里忽然向后甩出一个大石丸子，正砸在田野头上，田野当场毙命。

圆锥形的炮弹从箭膛里滚出来，落在地上滴溜溜乱转。

若雨有些发怔，问道："怎么回事？我已经把火药倒空了，炮怎么还是会响？"

杜松走过来，捡起炮弹，拍拍炮身说道，"这里的火药是空了，不过，这里面我给填了一点药。"

若雨柳眉一竖，道："什么？"

杜松吐了一下舌头，道："我就知道，被揭穿后，这家伙狗急跳墙，一定会想抢炮逃命，所以事先做了点手脚。我放了一点火药，又在炮膛里做了一点手脚，这样产生的力道，打不出炮子，却足以把后面的石弹给抛出来。”

若雨幽幽地道：“你这几夜在炮上忙活，原来是为了这个。”

曹玉麟忽然踏上一步，问道：“公子在炮身上花了这么大工夫，不仅是为了除掉这个奸细吧？”

杜松微笑道：“曹大哥好眼力。”又一指炮座上的滑轮，说道，“曹大哥的这个设计，将放炮时的后冲力消于无形，确实十分精妙。可惜，也有美中不足。”

曹玉麟一拱手，道：“请公子指点。”

杜松道：“指点不敢当。这么一来，炮座越发复杂，搬运起来也就越发困难。所以小弟另想了一个法子。”

曹玉麟凝视炮管，疑惑地问道：“你把炮管后面打通了？”

杜松道：“正是。我在炮膛内同时放上两颗炮弹，放炮时真炮弹照常前射，假炮弹则往后抛出。两股力量抵消，炮身也就不会跳起了。后抛的假炮弹会落在什么地方，事先可以算出，只要放炮者避开这一带，就可以平安无事。只可惜，这姓田的却不知道。”

第七十七章　观　炮

火器坊内，红衣大炮旁边，又多了一尊新大炮。曹玉麟、崔贤等人围绕在大炮旁。曹玉麟蹲着在摆布炮架，手中工具不称手。李固从后面递了个扳手给他。曹玉麟回头，二人相视一笑。

苏瑞和杜松看着忙碌的众人，若雨站在夕阳的余晖里看着他们，脸上没有任何表情，也不知道心里在想什么。

苏瑞叹道：“这帮人脾气一个比一个傲，贤弟你用的什么法子，居然叫他们合作得这么好？"

杜松挠头，道："什么法子……没什么法子，大概是都看我是个嬉皮笑脸的家伙，觉得犯不着跟我生气吧？"

苏瑞沉默了一阵，说道："三日后，为了董大帅在东北的战事，又要廷议一次，这次，大王点名要我上殿。"

杜松问道："对铸炮抗虢寇的事，大王态度如何？"

苏瑞笑笑道："这回廷议，除我之外，比平常还多了一个人。这人不过是个小小的县令，对，正是古安县褚泽峰。"

原来，古安县县令褚泽峰，在当时是一个著名的抗虢寇官员，虽然职位低，但是为了抗虢寇，其意志之坚决，确属无人可及。姒羽大王既然启用此人来商讨抗虢寇事宜，也就表明了朝廷对抗虢寇态度的坚决。所以苏瑞这么一说，杜松立刻喜上眉梢。

思颖提着水壶经过，见杜松喜上眉梢的样子，很好奇。苏瑞一笑，打趣道："我这个监工，正在催租讨债呢。"

思颖也笑着说道："看看杜松那样子，要是被逼债的都能像他这么乐，那也真是天下大同了！"说着，走到大炮旁众人身边，招呼大家喝水休息一下。

杜松看着思颖忙碌的背影，若有所思地说道："苏瑞，这新大炮从古到今只怕还未曾有过。威力之大，现在连我自己都说不准。天下大同不敢说，但没准真能轰出一个新世界来。"

苏瑞的脸色忽然一变，好半天才说道："它能轰出个什么世界咱们先不管。难得大王对灭虢寇兴致这么高，咱们可得赶紧拿出点东西来给大伙提气。"

杜松提高了声音，冲着不远处的曹玉麟喊道："曹大哥！你这边可是最后一环，什么时候能完？"

曹玉麟头也没有抬，就回答出四个字："今晚准成。"

杜松笑了笑，对苏瑞说道："那……就请苏瑞明日来观看大炮试射吧！"

苏瑞点点头，说道："铸炮要花费多少银子，贤弟也请开列一份清单，明天给我。"

早晨，火器坊的大门一开，苏瑞就走了进来，杜松和丘昊在门口迎接，苏瑞张口就问道："贤弟啊，此次试射可有把握？"

杜松志气满满地拍了拍胸口。苏瑞一笑将目光转向丘昊的肚子，叹道："道长数日不见，神采依然啊。"

丘昊打了个哈哈，道："多亏了侍郎的伙食，这红烧羊肉真是……"发现漏嘴，赶紧捂住，道，"当然，以炼丹而言，是稍稍油腻了些。"

三人说笑间来到火器坊后面的空地上，三个女孩子都站在一边。思颖、杜芸在一起，若雨远远地在另一边。

曹玉麟和李固将新制的大炮推到箭位上，见苏瑞走过来，李固一怔，说道："苏统领，您还是到那边高台上观看吧。万一有什么意外……"

苏瑞正色道："诸位都是我大杞一等一的火器人才，我绝对信得过各位。"众人闻言都为之一振。曹玉麟向远处一指，对大家说道："那里的土丘，就是目标！"

苏瑞手搭凉棚，疑惑地道："这……可足有十里之遥啊！"

曹玉麟躬身答道："卑职已经丈量过，刚好是十五里。要不是为了一定打中，还可以更远些。"说着，拿出一颗新式炮弹，递给崔贤。崔贤打开后膛盖，将炮弹推入炮膛。

见苏瑞疑惑的目光，杜松解释道："这是曹大哥和崔贤崔兄一起想出来的。炮口装弹，既麻烦又危险，这下可是方便快捷多了。"

崔贤盖上后膛盖，瞄准，片刻后给杜松一个手势。

杜松高声道："请苏统领传令！"

苏瑞也神色庄重地点点头，道："点炮！"

崔贤一打火折，大炮开火，地动山摇。炮弹准确击中远处的小山丘，将山丘打出一个大坑。

这么大威力的大炮，别说是见，就是想也想象不到，苏瑞面露惊讶

289

之色，一时竟说不出话来。

一旁的若雨更是脸色大变。

当杜松领着曹玉麟等人向苏瑞行礼，说"大炮铸成，向统领交令"时，苏瑞都没有回过味来。

良久，苏瑞终于回过神来，叹道："简直是神器！"

杜松在一旁扬扬自得，道："所以嘛，我说就是轰出一个新世界来也说不定。"

晚上，苏瑞在火器坊大厅，设宴为众人庆功。苏瑞端起酒杯对众人说道："这下大功告成。明天的火器坊，也就不必再这样隔绝内外了。大伙都辛苦了这么久，也是该都让回去歇歇了。"

众人也纷纷开怀畅饮。

苏瑞悄悄地在杜松的耳边，问道："若雨姑娘在火器坊里，可有什么举动？"

杜松道："还好，她只是远远在旁边看着。机密的东西，她应该看不到，就是看到，也看不懂。"

苏瑞点点头，道："那就好。对了，铸炮要用多少银子，可算出来了没有？"

杜松忽然露出不好意思的神色，犹犹豫豫地从怀中，掏出一张纸递给苏瑞。

苏瑞打开一看，"啊"了一声，小声道："造第一批大炮，就要花费三百万两？"随即眉头锁了起来，道，"这个数，司农是无论如何拿不出来的。贤弟，你先休息一下，我去想想办法。"想到爱财如命的姒羽大王，苏瑞也感到十分的棘手。

杜松和众人都离开了火器坊，回家休息了。

若雨也回到了驿站，但是若雨的脸上，没有丝毫的喜悦，反而显得忧心忡忡的，对于矮鬼和慕容端的欢迎，若雨也显得无动于衷，只是一个人坐在那里默默地喝着茶。

第七十八章　忧　虑

慕容端忍不住，问道："若雨大人，你并不懂火器，我很想知道，在火器坊里，你究竟能够发现一些什么？"

若雨沉默了一会儿，这才答道："我发现了，我们支持杞国大王打击虢寇，很可能是错了。你不知道这种新大炮的可怕……也许有一天，我们不得不和腾格里达联起手来。"

慕容端一听，眼睛睁得老大，惊道："你疯了若雨，腾格里达是我们最大的敌人。"

若雨幽幽地道："苏瑞也许会成为全虢国共同的敌人。"

慕容端不以为然地傲然一笑道："达干的剑法，不害怕任何敌人。"

若雨看了慕容端一眼，突然站起来厉声说道："如果杞国人重新开始制造大炮，神狼是不是还足以保护虢国？如果大炮的炮弹从十五里甚至更远的地方呼啸而来，就算你慕容端的剑法天下无敌，你又有什么办法抵敌？"

对于若雨突然的发火，慕容端一怔，随即说道："杞国大王没有这样魄力。"

若雨又缓缓坐下来，慢慢地说道："苏瑞有！我现在去找福安，要他告诉杞国大王，停止支持苏瑞，至少，绝对不能让他铸造大炮。"

看来，杜松他们历经千辛万苦研制出来的大炮，要面临的风雨，又何止点点滴滴！

下午，初秋的阳光暖暖的，思颖一个人闷闷不乐地坐在花厅下面。

杜芸从外面进来，嚷嚷道："姐姐，你怎么了？好像一脸不高兴的样子。到底为什么事情不高兴啊？"

思颖勉强一笑道："哪有什么事情？我没有不高兴。"

杜芸撇撇嘴，道："姐姐，你别总拿我当小孩，自从火器坊出来以后，你就一直闷闷不乐的，是不是因为苏瑞？"

虽然被杜芸说中了心事，但是思颖嘴里还是抵赖着："怎么会？我挺高兴的。"杜芸看了看思颖，一反常态地坐在思颖的身边，轻轻叹了口气。

思颖有些奇怪，问道："杜芸，你怎么了？什么时候我们的杜芸也会叹气了？"

杜芸沉默了一会，幽幽地说道："姐姐，其实，我心里也很难受。"

思颖好奇地问道："为什么啊？说给姐姐听听。"

杜芸将头轻轻地靠在思颖的肩膀上，道："我觉得苏公子，好像变了。"

思颖一惊，问道："杜芸，你怎么会有这样的感觉？"

杜芸摇摇头道："我也不知道，反正自从火器坊以后，我就一直有这样的感觉。"

思颖默默地揽过杜芸的肩头，没有说话，其实同样的感觉，思颖也有，因为怕杜芸难过，所以一直都没有说，没有想到这个大大咧咧的丫头，自己竟然也感觉到了这一点。

杜松从外面进来，看到两个人这个样子，奇怪地问道："咦，师妹，杜芸，你们怎么了？"

思颖笑了笑，掩饰道："我们正在感怀秋天将至，替古人忧伤。"

杜松笑道："师妹，你感怀也就罢了，杜芸也感怀吗？笑死人了。"

杜芸突然站起来，恼火地说道："有那么好笑吗？我凭什么就不能感怀？"说完，掉头走了。

杜松有些莫名其妙，思颖苦笑了一下，解释道："杜芸她长大了，有了自己的心事。"

杜松："她能有什么心事？！"

听见杜松这么毫不在乎的口气，思颖的语气不由得变得有些严厉，冷冷地说道："她怎么就不能有心事？"

杜松不解，道："师妹，你们这都是怎么了？"

"连杜芸都长大了，你，你还如此。"

"我？我怎么了？"杜松问道。

"师兄，你何时才能成熟一点？若不是爹爹突然离世，你，你……"思颖"你"了半天说不下去了。

"我？我怎么了？今天怎么都这么莫名其妙。"

思颖咬咬牙，道："你早就到了成家立业的时候，该成亲了。"

杜松没有理解思颖的用意，将眉头一皱，说道："师妹，我知道我不求上进，可是你也不用一天到晚教训我啊。"

听杜松这么一说，思颖委屈的眼泪在眼眶中直打转，颤声问道："我什么时候教训你了？"

杜松不耐烦地摆了摆手，道："好了，好了。我走了，等你们气消了我再来，看来我来得不是时候啊。"说完，转身就跑。

思颖又急又气，有心喊住他，但是一时情绪激动，没有喊出口，就这么一眨眼的工夫，杜松就跑得没有影了。

杜松闷闷不乐地从李府里走出来，边走还边小声嘀咕道："真倒霉，本来想找你们出去玩玩，散散心，没道理的，碰了一鼻子灰。"杜松摸摸鼻子，摇摇头走了。

苏瑞却没有杜松那么倒霉。今天在朝会上，苏瑞像往常一样，没有理会那些三个一群、五个一伙的官员，而是径直走向褚泽峰。

此刻就是上朝，褚泽峰身穿的也是破破旧旧的七品官服。他虽然被冷落在一边无人理会，却仍不以为意，自顾自闭目养神。

苏瑞走到褚泽峰面前，深施一礼道："下官拜见褚大人。"

褚泽峰睁开眼睛，问道："阁下是……"

苏瑞恭敬地说道："在下苏瑞。"

褚泽峰仍是面无表情地说道："你是斑狱司统领，相府公子，我不过是一个七品县令，你如何对我行如此大礼？"

苏瑞道："我这一拜，不仅是拜的褚大人。"

"哦？"

"我还拜的是祖宗法度，天下百姓。"

"苏公子何出此言？"

"褚大人管辖的，虽然不过是古安一县，但清廉刚正，直声布于四海内，却称得上是天下民望所系。"

"这话如何敢当。"

294

"今日朝中，于祖宗法度，口是心非，阳奉阴违者，实在数不胜数。上回鄢懋卿奉圣命清理盐课，一路上极尽奢华，却不也是自称素性简朴，不喜承迎。也幸亏有褚大人特立卓行，直斥其非。唉，大杞诸司官员要是都能如褚大人这般，该是多么的清平！"

"如此说来，鄢懋卿一事，苏公子不怪泽峰？"

"苏瑞对褚大人敬佩不已。清理盐法，本为了虢寇猖獗，军中用度不足。这般时候，鄢懋卿居然还铺张浪费，耗蠹官银，实在是罪不容诛！"

褚泽峰一惊，站直了身子，问道："怎么？抗虢寇用度不足吗？"

苏瑞没有直接回答褚泽峰的问话，而是向顾佳溪一拱手，示意顾佳溪过来，待顾佳溪走到自己的面前，才慢慢说道："顾大人，你总督东北军事，与虢寇大小百余战，自然是知己知彼。苏瑞有一事请教，和虢寇相比，我大杞官军长处在何处？短处又在何处？"

第七十九章　愁　钱

顾佳溪有些诚惶诚恐，不知道这位大神一般的人物，为什么在这个时候，问这样的话题，小心翼翼地答道："苏公子太客气了，怎么说得上

'请教'二字。剑剑弓矢，我军不如虢寇；但论到鸟铳火炮，却是我军占优了。"

苏瑞："火器向来是我朝抗虢寇的利器。可是，现在却强弱逆转，虢寇新置的红衣大炮，远非我军原有的铁铳所能抵敌。眼下，我这里虽然有铸造新式大炮之法，却恨国库空虚，无力支持啊。"

旁边围观的官员着急地问道："那……苏统领可另想出什么法子没有？"

苏瑞："还能有什么法子，只有看等会儿廷议的时候，能不能求动大王发内帑了。"

人群中一阵骚动，有人低声嘟囔道："发内帑？这是要动大王的私房钱啊。"

褚泽峰忽然拉住苏瑞的手，道："苏统领，我褚泽峰愿意倾家荡产，支持你铸造大炮。"

顾佳溪听褚泽峰这么一说，忍不住"扑哧"一声笑出声来，问道："褚县令，你是没见过大炮吧？"

褚泽峰不以为然，道："是没见过，那便怎样？"

顾佳溪道："听说上回褚大人给母亲过生日，买了两斤猪肉，这已经是了不得的大事了。褚县令这点身家，就是全部捐出来，也不够铸几个炮子吧。"顾佳溪的话引起了围观者一阵哄笑。

褚泽峰看了看众人，正色道："我褚泽峰的这点银子，自然是杯水车薪，但积羽沉舟聚沙成塔，只要大家齐心协力，以我大杞天下之大，多少银子，聚不出来？"

苏瑞撩起衣襟给褚泽峰跪下，道："有褚大人为天下士民的表率，抗虢寇大业，一定成功。我代东北各州为虢寇所苦的百姓，谢谢褚大人了！"

褚泽峰赶紧搀扶起苏瑞，连声道："苏大人，使不得。"

黄亚群走上一步，道："这等为国为民的大事，我黄亚群不敢人后。"

一时间，厢房内众官员纷纷表示愿意捐献，看着众人踊跃认捐，苏瑞的脸上露出一丝不易察觉的笑意，心想要早点将这个好消息告诉杜松。

晚上，杜松正焦急地等在家里，如果苏瑞得不到大王的准可铸炮，那么不仅自己和众人的努力是白费了，关键是前线抗虢寇就成了大问题。

好不容易等苏瑞进来了。杜松没有等苏瑞喘口气，就急切切地问道："铸炮的事情，大王准了没有？"看到苏瑞点点头，杜松还是不放心地问道，"你不是说，那么大数目，司农一定拿不出来？"

苏瑞一笑道："司农出一半，大王发内帑五十万钱，此外，京师官绅士民，争取能共凑一百万。"

听苏瑞这么一说，杜松兴奋得摩拳擦掌，道："好，这回大王可真不错，连私房钱都拿出来了。我让大伙这就准备起来。"

"那倒也不用急。"

"不用急？什么意思？"

苏瑞淡淡一笑，道："大王是准了铸炮，不过可没说是由我们来办理啊。"

"那是谁来？"

"内监的兵器局。"

"啊。这……"杜松就如同当头被浇了一盆冷水。

"只要大炮能造出来，由谁来，也没太大分别，是不是？"看到杜松这个样子，苏瑞却不以为然地笑了笑。

"算了吧，兵器局这帮内侍贪墨惯了的，只想着雁过拔毛，听说庚戌年鞑靼大军兵临城下，京军去他们那里领火器，他们还是不交常例钱就不肯发放，这事可是有的？"

"这倒是不假。"

"所以，这铸炮的事，对他们不过是一笔飞来横财罢了，他们哪里会真心铸炮？"

"这次大王盯得紧，也许他们不敢弄鬼。"

"就算不弄鬼又怎么样？这大炮材料、形制、机括都一丝一毫马虎不得。他们偷工减料惯了的，不是我说，就他们那点子能耐，天知道做出来会是个什么玩意！"

"那……贤弟的意思，是还非得我们自己来不可？"

"这个自然。"说到这里，杜松已经沮丧地坐在了地上，因为当今的大王，虽然昏庸无能，但是却相当地固执，凡是决定的东西，从来就没有改变过。

苏瑞微微一笑，道："既然如此，贤弟先好好玩几天。到时候，自然会有人帮我们把铸炮的机会夺回来。哎，对了，现在秋高气爽的，满山的红叶正美的时候，你怎么不约师妹她们出去走走？"

"苏瑞，你怎么了？你不去约，干吗让我去？"

"你不去谁去啊？你可别忘了，思颖可是你没过门的妻子啊。"

"苏瑞，我现在没有心思和你说这些，辛辛苦苦研制的大炮也造不成了，说这个有什么意思。"

秋天正是京都最好的时光，在香山脚下，杜松正低着头，小心翼翼地对若雨说道："若雨姑娘，风和日丽，秋高气爽，值此良辰美景，不知姑娘有没有些许空闲，同在下一起，去香山赏日赏山赏枫叶呢？这香山的红叶飘飘，遍地铺血，可不输于贵国的雪莲……（萨库拉）呢？"

若雨很意外，杜松居然能说虢语。杜松调皮地笑了笑，道："公孙姑娘精通鄙国语言，在下若不学点虢语，岂不太丢颜面，又怎能同姑娘进一步沟通呢？"

虽说若雨是一个很大方的姑娘，但还是被杜松的话说红了脸，小声嗔怪道："又来了，你这油腔滑调就不能改改？"

杜松赶紧一作揖道："是，是，在下这便改过。"说着，偷眼看了看若雨，一张标致的瓜子脸上透着层层红晕，满是羞涩之情，竟没有半点责怪的意思，不由得一高兴正要上前。

一卖玩具的小贩吆喝声"风筝、竹蜻蜓、泥娃娃——"传了过来，两人都不由得看过去。只见，一群小孩一同在玩耍，有的在放风筝，有的玩竹蜻蜓。

一个四五岁的小女孩缠着一个十来岁的小男孩，央求道："哥哥，买个竹蜻蜓，我要跟小虎比一比。"小男孩为难地说道："哥哥没有钱，哥哥做一个给你好不好？"小女孩噘着嘴道："不好，哥哥做的竹蜻蜓根本飞不起来。"说着委委屈屈地哭了起来。

杜松和若雨相对一笑，杜松走到小女孩的面前，蹲下来，柔声说道："叔叔买给你好不好？"一旁的小男孩则说道："妈妈不让我们要别人的东西。"这么一说，小女孩哭得更凶了。

杜松把小女孩抱在怀里，柔声劝道："小妹妹别哭了，嗯，那把哥哥做的竹蜻蜓给叔叔看看好不好？"小女孩抽噎着递过来一只竹蜻蜓，杜松接过来看了看，对旁边商铺的老板说道："老板，借刻刀使使。"话音刚落，若雨递过来一把短剑，问道："这剑行不行？"

第八十章　香　山

这是一把精致的小匕首，薄薄的剑刃，居然还雕刻着一朵朵的凌霄花，粉红色的剑柄，镶嵌着各色宝石。轻轻一试，竟然锋利无比，真是一把价值连城的好剑！

杜松不由得赞道："好漂亮的剑！这剑用来做这木工活，可真是大材小用了！"说着，在竹蜻蜓上削了几下，双手一搓，竹蜻蜓就高高飞起来了。两个小孩、杜松、若雨、小贩都一齐仰望天空旋转着的越飞越高的竹蜻蜓。

几个小贩叹道："从来没看过飞这么高的竹蜻蜓！"两个小孩也高兴地叫了起来："叔叔真厉害！"

然而，杜松就像没有听见一样，盯着竹蜻蜓出神。若雨连叫了几声，杜松才缓过味来，道："对不起，公孙姑娘，我刚刚想起了……"

若雨笑道："郑大虎的怪船？"

杜松大吃一惊，叫道："公孙姑娘?! 你怎么知道？"

若雨脸一红，道："他们都是旋转的，其实我不是很明白，只是看你出神的样子忽然想起了那次逃亡而已。"

杜松叹道："我们真是心有灵——咳咳，不长记性。旋转似乎能产生一种不可思议的力量，并且能改变力量的方向，比如风车和那辆车，还有大炮里头的膛线，当然还有这竹蜻蜓。"

杜松说着双手一搓，微微皱眉，自语道："仅仅这样，它便能飞这么高，用这么大力绝对掷不了这么高。木鸢和纸鸢用的都是风筝的道理，假如加上这个竹蜻蜓，会不会飞得更快更高？并且负重更大？又用什么燃料让竹蜻蜓不停旋转呢？火药？"

"不行，得找一种持续性较长的燃料。假如这种飞行器械，嗯，就叫飞器吧，能够制造出来，即使若雨姑娘远在虢国，我也能半日而达。天涯不过是咫尺而已。"杜松喃喃自语道。

若雨听他提到自己，脸"唰"地红到了脖子，毕竟被一个自己也心仪的男子当面提及，还是感到非常不自在，但是心里却是甜甜的很受用。

见若雨扭捏的样子，杜松一下醒悟过来，道："对不起，对不起，公孙姑娘，我一想到这些就出神，都忘了你还在旁边。"

若雨深吸了一口气，道："男子专心于某样事情的时候，自有一种神采，比如慕容达干练剑的时候，你研究大炮的时候。很让人——心折。对了，杜公子，苏公子平时爱干些什么，他也爱铸炮吗？他干吗要铸炮?"

杜松叹口气道："苏瑞啊，他可不爱这些个，他志向可大了去了，他平日总研究家国天下什么的，不像我，我对这些一点兴趣都没有，只想寄居山野。"杜松说到这，又停了停，看着若雨，小声道，"守着一个心爱的姑娘。"

若雨的头更低了，内心却很甜蜜。

杜松又看看远处嬉笑玩耍的小孩们，道："养一群孩子，然后鼓捣鼓捣我的小玩意，不过，公孙姑娘，我总认为，这些小玩意迟早有一天会派上大用场的，那时候，车夫不用划车，农夫不用耕作，一切都交给器械来完成。"

若雨惊讶道："杜公子，你的志向可不比苏公子的志向小。"

杜松一挠头道："我可没觉得。"忽然看见手里的剑，赞叹道，"若雨姑娘，你的剑真是太漂亮了！"

若雨脸一红，小声说道："既然公子喜欢，就送给你吧。"

杜松一听，高兴得跳了起来，可是一下没有站稳，跌坐在地。若雨红着脸将杜松轻轻地拉起来，两人相视都会心地一笑，此时的快乐真是无人能及。

下午，两人来到香山脚下的一个小茶馆里，虽然天已经不早了，但是两人谁也不提要回去，都不愿意就结束这么美好的一次约会。

杜松坐在桌子后面，兀自呆呆地看着若雨。若雨被看得不好意思了，嗔道："你怎么每次见我，都要端详上半天。"

杜松痴痴地说道："因为……你太美了，我连眨下眼都觉得可惜。"

若雨头一次听他这么大胆地赞美自己，不由得心中一甜，口中却道："平日见你还有个衣冠楚楚的书生样，这会儿却跟丢了魂似的，成了大胆好色的登徒子了。"

杜松："非也，非也。我是君子非登徒子，古人云，窈窕淑女，君子好逑，见到美女不仔细看，那就不算是真君子了。"

若雨啐道："哪里来的歪理，你可是每见一个稍有姿色的女人都会变成这副德行。"

杜松正色道："姑娘是人间绝色，岂是一般的庸脂俗粉可以比的？"

若雨心中欢喜，口中却道："好了，我不要听你这些疯话。"

杜松道："我担心姑娘的安全……"

若雨一笑道:"你手无缚鸡之力,怕是连一个普通市井无赖都打不过,若真有敌人来袭,能不成为我的累赘就已经不错了。"

杜松脸一红,道:"我武功虽不济,但好歹也有几件防身利器。"

若雨道:"你指望你那只火铳吗?在真正的高手面前,只怕你连出手的机会都没有。"

杜松被她说得如此不中用,不由得面有惭色。

若雨见状,心有不忍,柔声说道:"所以,如果真的有我对付不了的敌人来袭,你还是赶紧自己逃命去吧。"

杜松陡然站起,激昂道:"怎么可能!就算拼出我这条命不要,也要保护你。"

若雨听他说得如此大声,连忙向左右看了看,见没有人注意自己,忙道:"你不能小声点!非要让别人听见是不是。"

杜松脸一红,坐下来,故作镇定地端起茶杯,手却因刚才的情绪激动而微微颤抖。

若雨为他真情所动,伸出手,轻轻按在他拿茶杯的手上,小声道:"我知道,你是真心对我好……"

杜松第一次被她主动抓住手,心荡神迷,手一松,茶杯摔落粉碎。不由得叫出声来。

店小二听到摔杯声和杜松的喊声,赶紧过来,问道:"客官,怎么了?没烫着你吧?"

杜松连连摇头,道:"没事,没事,我不小心碰翻了茶杯。"

店小二不明就里,边打扫边说道:"没烫着客官就好,否则小店可赔不起。"

杜松和若雨看了一眼彼此的尴尬样,相视而笑。

晚上在李府,杜松因白天和若雨一起游香山,兴致一直很高,但是刚一回来,就听说了兵器局被破坏的消息。

原来,就在杜松和若雨游香山的时候,北斑狱司衙门内,苏炎正在向苏瑞汇报兵器局被破坏的情况。

可是很奇怪，苏炎竟然对苏瑞汇报道："公子请放心！兵器局已经全面被毁坏，别说开工，就是重新修缮，也毫无可能的。"

苏瑞不仅没有生气，反而微笑地点点头。就好像兵器局被破坏是一个功劳一样，没有丝毫的心痛。

杜松毫不知情，好不容易等苏瑞来了，立刻问道："苏瑞，你那天说会有人帮我们把铸炮的机会夺回来，是不是就是指虢寇袭击兵器局这事？"

苏瑞道："差不多吧。"

第八十一章　作　坊

杜松凑近问道："苏瑞兄又是怎么事先得到消息的？"

苏瑞微微一笑道："没得什么消息。"

杜松急着追问道："苏瑞好歹透露一二，也好让我们知晓三分啊？"

思颖在一旁插话道："师兄，苏公子诸事自有他的安排，他不说自有他的道理，你也不必苦苦追问。"

苏瑞哈哈大笑道："好啊，你们师兄妹联手起来查我啊。"

杜芸道："苏公子，我支持你！不要告诉他们！"说着，还走到了苏瑞身边。

苏瑞点点头，表示感谢，道："我就是觉得虢寇不会甘心让我们铸成大炮，一定会派人破坏，所以叫苏炎早作准备而已。"

杜松看了看思颖，又看了看杜芸，问道："就这个？"

苏瑞睁大眼睛点点头，道："我就是怕说出之后，你觉得不够精彩，所以还是不说的好。"

杜松追问道："那……现在大王的意思怎么样？"

苏瑞微微一笑，道："大王是下定决心不再让我介入此事。所以宁可将铸炮的事交给一个乡下的铁匠，也不发回到斑狱司了。只是大王万万没想到，其实我才是那个乡下的铁匠铺的主人。刘老实的铁匠铺，就是我的产业。明天我们就可以去看看。"

京都外不远处的一个山区里，坐落着一个镇子，镇子很小，只有几条街道，在一个较大的路口，稀稀落落有几个铁匠铺。

杜松疑惑地问道："就是这里？"

苏瑞笑笑并不回答，举举马鞭，示意杜松再往里走。拐过一道山坳，远远就能看见高高的炼铁炉顶。

在山坳的出口处一个显得有些破落的铁匠铺，挂着一个沾满灰尘的招牌，招牌上写的正是刘老实铁匠铺。

苏瑞和杜松下马，走进铁匠铺，绕过前厅，来到后面，竟然是一个规模宏大的火器坊，许多工人正在繁忙地工作。

杜松边看边叹道："苏瑞，你什么时候搞了这么一个地方？朝廷可是有明文规定，官员不可经商的。"

苏瑞笑了笑，答道："所以在名义上，这里始终只是京城富人刘老实的一个铁器作坊而已。只不过私下里，我用他来制造火器。"

杜松东张西望了好一会儿，才问道："看这炼铁炉的模样，少说也用了四五年了。火器这玩意儿老百姓又用不到，你造这么多年火器，能卖给谁？"

苏瑞长叹一口气，道："说来你或许不信，此间所产火器，均销往北方各州督府、地方造办。工部与各省虽都设有造办，专营火器制造，朝廷和地方也都年年拨款，但是，地方造办，形同虚设。"

"他们胆大的，将每年火器拨款收入私囊；胆小的，偷工减料，以次充好。直到数年前沙州造办全员贪墨一事被朝廷查处，才有所顾虑。然而一时之间，将亏空火器全部造出，又是登天难事。因此，他们就找上

啸长风

了我。"苏瑞道。

杜松有些不敢相信地问道："这些火器就是卖给他们的?"

苏瑞点点头,道："而且,从此我和他们私下协议,每年火器由此处制造,朝廷拨款双方五五分成。我一直想调贤弟到斑狱司,就是想请贤弟总管此处。"

杜松长叹一声,道："唉,想不到我千躲万躲,到底还是来了。"

苏瑞道："我这个火器坊,还有一个与众不同的地方,不知道贤弟可注意到了没有。"说着,带着杜松走到一个工人身边,工人正在加固一个佛郎机握柄。

苏瑞从工人手里接过握柄,递给杜松。

杜松仔细查看,赞道："手艺确是不错。"杜松低头,注意到工人脚下放满了做好的握柄,却没有佛郎机的其他部件。

苏瑞解释道："这一位就是专做这个握柄的。这就是此火器坊的特别之处。在我这里,每个工匠都只进行他最拿手的一道工序。"

杜松一拍脑门,道："哦,我知道了!将一件火器,分成若干工序,按工匠所长进行分工。做工之时,犹如流水,速度自然快了数倍。"

苏瑞道："贤弟啊,以你的聪明才智,现在才悟出这个道理,可不该呀。"

杜松不好意思笑笑道："我一向单打独斗,像这样分工合作的法子,确实不大容易想到。"

苏瑞道："而且这样一来,还有一个好处。这样制造出来的同一种配件,全都一模一样。别处的火器,要是有哪个部件坏了,要么得重新制作,要不就得干脆整件作废。我这里,却任何时候都不愁没有备用的替换。"

杜松叹了口气,道："我看,单是这个法子,威力就更在新式大炮之上。"

晚上,苏瑞、杜松、思颖、杜芸、丘昊、曹玉麟、李固、郑半水等人围坐在篝火旁,边吃边聊着。山谷里冶铁的红光透上了天空。

丘昊正蹲在火器坊外的空地上研制一个火器装置，杜芸站在旁边观看。丘昊小心翼翼地将装置的引线接上，丘昊脑门上的汗水聚在眉心，眼看就要滴下来了，丘昊被弄得痒痒的，又抽不出手来擦，忍不住叫道："丫头，帮我把汗擦擦。"

杜芸一听，叫得更响了："你叫谁呢！谁是丫头？"但还是拿条手帕给丘昊擦去汗珠。手帕擦过之后，留下一团黑印。杜芸看了看手帕，皱着眉，问道："道长，你多久没洗澡了？"

丘昊忙得不可开交，头也不抬地答道："不长，不长，我一般是一个月洗一次澡。最近有些忙，欠了两次。"

杜芸一听，吓了一跳，赶紧将手帕扔掉，走开几步。过一会儿，又感到一个人挺无聊的，又凑过来，问道："道长，你现在搞的是什么东西啊，大炮上用的吗？"

丘昊道："不是，是我自己的小发明。这个叫开花弹，是配给步军用的。只要将引线一拉，快速扔出去，落地就能爆炸，威力极大。"

杜芸一把抢过来道："哦，这么厉害，我来看看。"

丘昊急忙喊道："丫头，你不要胡来，你不会用，很危险的。"

杜芸不屑一顾地撇了撇嘴，道："有什么难的，不就是拉个引线嘛。"说着，伸手拉了引线，引线"滋滋"作响。

杜芸好奇地问道："然后呢？应该怎么办？"

丘昊急着扑上来抢过开花弹，喊道："哎呀，你这个呆子，快扔出去，要炸了。"

杜芸急忙将开花弹扔进远处草丛，开花弹瞬间爆炸，顿时飞沙走石、浓烟四起，威力十分惊人。从烟幕中逃出两个黑衣骁寇，两人满脸乌黑，发鬓竖起。

杜芸一见，连忙叫道："什么人！站住！"

两名骁寇脚下很快，迅速逃走。

杜芸见追不上了，跺着脚嚷道："道长，你什么火器嘛，连那两个小贼都炸不死。"

丘昊也很失望，摇摇头，道："实验期间，火药填得不是很满。要是填满了，你我未必就能在这里说话了。"

杜芸用手掌扇扇面前黑烟，道："不说这个，道长啊，你是不是应该洗个澡了？"丘昊拉起领子闻了闻，疑惑道："有必要吗？我觉得没什么味道啊。"

远处，两名虢寇还在拼命地跑，边跑还边议论道："搞什么嘛，怎么突然之间将炸药就扔到我们头上了！那个疯婆娘究竟是谁啊？"

另一个从怀里掏出一个小册子，上面印着杜芸的画像，注明：杜芸——昆仑山的高手，又翻了一页，正是丘昊道长的画像。

这个虢寇边看边点点头，道："那个胖道士，就是傅一刀大人提及的丘昊！"

第八十二章　召　见

还没有到吃饭的时候，丘昊就已经忙好了手中的工作，立刻嚷道："丫头，快，我们吃饭去，饿死了。"杜芸不情愿地答应着，边走还边用手在鼻子前面狠扇。

杜芸实在受不了了，问道："道长，你吃得那么讲究，怎么身上这么脏？真没见过像你这么脏的！"

丘昊眼一瞪，道："谁说的？"扯开嗓子大叫起来，"师父！"

杜松应声从炮座底下钻出来，像个泥猴。

杜芸看见他这个样子，忍不住大笑起来。

忽然，一阵急促的马蹄声，一名内侍飞马来到火器坊，未下马就急切切地问道："杜松何在？"

杜松迎上前，道："在下便是杜松，内侍有何见教？"

内侍面无表情地道："大王有旨，宣杜松进宫。"

杜松有些诧异地看了看丘昊和杜芸，奇怪地问道："大王召见我有何事？内侍能不能把话说明白点？"

内侍显得非常的不耐烦道："你那么啰唆干什么，大王已经成仙得道，他老人家的心思，岂是凡夫俗子能够猜测得到的！快点准备跟我走！"

杜松拍拍手，道："行，那咱们这就走吧。"说着，就去牵马。

内侍疑惑了，问道："你不先去洗洗呀？瞧你脏成这个样子。"

杜松道："那多耽误工夫啊！又不是要上市的猪，还要先洗剥干净是怎么着？走，快点啊！"内侍一时不知该怎么应答。

都城西苑天禄宫里，杜松还穿的是制造大炮时候穿的那身袍服，脸上身上全是油垢污秽，就这样走进殿中，还东张西望，嬉皮笑脸。

福安大喝一声："咄！大胆狂奴，这身打扮来见驾，居然还公然不跪，不怕死罪吗？"

杜松嘻嘻一笑，道："我想跪来着，身上太脏。这么名贵的地毯，可别弄污秽了！"

福安还想说话，姒羽摆摆手，道："杜公子不是凡俗之人可比，我们不必拘于俗礼。赐座。"

一个小内侍端过一个绣墩，放在杜松身后，杜松也不客气，一撩衣服后摆，大咧咧地坐下。

福安在一旁道："让你坐你倒坐了，怕污了地毯，倒不怕污了龙墩吗？"

杜松白了福安一眼，道："内侍眼神不好，我这袍子外面脏，里头可是干净的。所以说坐也就坐了，不像有的人，穿得倒是衣冠楚楚，内里可就……"

姒羽一听哈哈大笑道："早听说杜松嘴上从来不肯让人，果然名不虚传哪。"

杜松也笑着向上一拱手道："草民杜松多谢大王。"

姒羽笑问道："杜松，本王记得，你在斑狱司领着司卿衔，怎么又自称草民了？"

杜松道："回大王，臣天性懒散，行止不端。已经数月不去衙门办事，实在不好意思拿着这份干饷，所以就自己把自己给除名了。"

姒羽点点头道："我这满朝文武，尸位素餐的，也不知道有多少。要是都能像杜公子这样引咎自省，本王也就省心多了。"

姒羽的话，让杜松反而有点不知如何是好。见杜松不说话，姒羽又继续说道："先大王便有遗训，非常之人，必以非常之法待之。你这几个月研制铸造大炮，是莫大的功劳；不去衙门里应卯，这区区小过，就不值一提了。"

杜松嘻嘻一笑道："勿以恶小而不为，有过错，还是要提的。"

姒羽忽然哈哈大笑，道："杜公子，本王要是提你的过错，那恐怕祸患非小啊。你的木鸢，最近可有什么改进吗？什么时候带来给本王瞧瞧。"

杜松一听脸色都变了。

姒羽并不理会，道："不管怎么说，娘娘是给你的木鸢惊薨的。就冲这个，诛你的九族，也是顺理成章。"

杜松一看赖不掉了，只好硬着头皮强辩道："臣光棍一个烂命一条，可没什么九族好诛！"

姒羽一笑，道："是吗？你有个心上人思颖，是前太史李轩的女儿，和你是师兄妹之亲，自然也在九族之内，就连斑狱司统领苏瑞，也得牵连在内。这人，可是多得很哪。"

杜松偷眼看了一下姒羽，道："大王兜这么大圈子，莫非是有什么事，要想派给草民去做？"

姒羽和声和气地问道："你知道本王要你做的是什么事？"

杜松摇了摇头道："我又不是大王肚子里的圣蛔虫，我怎么知道？"站在大王背后的福安一听脸色大变，但没敢说话。

姒羽丝毫不在意，道："对那为患东北的虢寇，自然该以雷霆手段，斩草除根。但，对那虢国朝廷，我们又该如何？"

杜松道："只要他别来招惹我们，大家和和气气的，我看倒也挺好。"

姒羽一拍龙案，道："好啊，就凭这句话，杜公子就胜过朝中那些只知道死背圣贤书的腐儒百倍；就凭这句话，杜公子就是这次护送碧凌剑去虢国的不二人选！"

众人面面相觑。

姒羽道："原本，此事应当由你师傅李轩来完成。后来李太史遭遇不幸，他膝下又只有一个女儿，所以，就让你来完成你师傅的遗愿。"

杜松一惊，站起来，惊问道："什么！你要我去虢国？"

姒羽点点头，道："堂堂杞国，居然要与一个关外番邦蕞尔小国商讨和议。杞朝颜面何在？朝廷威严何在？杞朝与鞑虏势成水火，与他们和议，等于临阵解甲，引颈就戮。而那虢国国王对我大杞，却大抵倒还谦恭。即使是为了日后开战准备，此时议和，于我们，也只有利。我听说你与一个虢国女子交好，不知道对虢国国内的情形，你知道多少？"

杜松满脸通红，答不上来，姒羽微微一笑，道："据虢国贡使慕容端所说，虢国国君僭称大王，却只是个虚名，实则并不理世事。朝野大权，都在慕容府手里，其首领，号为慕容府参将。这虢国朝中，有一个叫腾格里达的奸臣。为患东北的虢寇，背后正是多靠他的支持。所以腾格里达若死，则虢寇患便不难平定。只是这腾格里达势力甚大，慕容府参将等闲也奈何他不得。"

杜松诧异地问道："大王赐碧凌剑给虢国，就是为了帮助虢国慕容府，对付腾格里达？"

姒羽又摇摇头，道："慕容端这番话，确实未可尽信。但是我大杞又何惜一支碧凌剑？上他这个当，不过是连累你杜公子白跑一趟，但他说的若是真的，为患百年的虢寇一旦可平，这可不知道能省下国库多少钱粮，不知道能令多少将士解甲归田夫妻父子团圆，不知道能令多少百姓安居乐业得享太平，杜公子，你以为呢？"

此时，杜松哪里说得出话来，恐怕也是杜松第一次尝试到被别人说得哑口无言的。

第八十三章　奉　旨

晚上，杜松刚一进门，就看到苏瑞、思颖、杜芸都在里面等他，没等大家发问，杜松主动说道："大王也没有说什么，和上次若雨姑娘在悦来客栈说的差不多，大意就是把碧凌剑赐给他们，对我们抗虢寇大大有利。"

杜芸有些不相信，猜测道："和那个虢国女人说的一样？那大王一定是在胡说八道。"

苏瑞道："我还是那句话，这话不尽不实。其实虢寇患的根源，实在于市禁，不许和外国人互市做生意。于是，在杞国，活不下去的村民，想发财的商人就成了山匪；而那些本来想来朝贡的虢国人，看看生意做不成，倒是抢劫更容易发财，于是就成了虢寇。时间长了，虢寇和山匪勾结在一起，都叫虢寇了。所以现在的虢寇里，倒有十之七八是杞国人。"

杜芸听得连连附和道："就是，就是，这个虢国女人四处骗人，真不是东西！"

苏瑞微微一笑，道："不过，靠不住归靠不住，却也不妨信一信。"

杜芸一听，立刻不满地叫道："你怎么也相信那个虢国女人！"

思颖连忙制止杜芸，道："杜芸别乱想，苏公子才不是相信那个虢国女人呢。他是觉得，这话虽然可疑，但万一是真的，好处太大，不妨试上一试。"

苏瑞点点头，道："思颖说的不错。虢国的政局，对寇患总也有些影响。交出碧凌剑虽不能使虢寇患平定，但只要能切断虢寇的关外支持，也总是大好事。"

在一旁好一会儿都没有说话的杜松，突然说道："所以，我已答应大王，送碧凌剑去虢国。既然总有人要去送碧凌剑，那么我去瞧瞧，倒也不坏。"

话音未落，苏瑞的脸色立刻沉了下来。

杜松不解地问道："怎么了苏瑞？你放心，大炮铸造不比当初研制的时候。现在图纸清样都已全备，郑半水他们经验老道，且又熟悉铸造流程。应该不会有什么问题。"

苏瑞摇摇头，道："我担心的不是这个。贤弟，你要去虢国不妨。但是跟大王答应得如此爽快，我怕会引起另外的麻烦。"

杜松一听，心里也有了一丝悔意，无奈地说道："麻烦惹也惹了，也没有后悔药吃，只有委屈你苏瑞，底下多加小心了。"说着，捧起放在墙角的大翅膀，对苏瑞道："对了，我走之前还要和我那个道长徒儿见一面，他那个白日飞升的大梦，我又有了点新想法，去虢国前赶紧再和他切磋切磋。"

苏瑞叹了口气，道："这个却只怕难了。"

杜松惊奇地问道："怎么了？"

杜芸道："今天下午，道长说是要出去拉肚子，后来就再也不见了。"

杜松一笑道："躲起来吃羊肉去了吧？"

苏瑞道："但愿只是如此。贤弟去虢国，一路怎么走？"

杜松道："大王说，虢国使者一直在等待着这一天。所以当初安排在永州迎接师傅的船只，现在还泊在那里"。

苏瑞道："好，我派八名斑狱司侍卫，一路保护。"

其实，他们谁也没有猜到，丘昊此时根本没有什么羊肉可以吃的，已经被傅一刀和兰婉儿等人绑架了。他们也没有猜到，为了让杜松带着碧凌剑出使虢国，若雨不仅和姒羽达成了协议，还准备和傅一刀合作。

第二天，众人才刚刚起床，就有内侍来禀报，要杜松做好迎接圣旨的准备，杜松等人手忙脚乱，一阵忙活，刚刚收拾好，宣旨的内侍就到了。

"奉大王诏曰：今加封斑狱司司卿杜松为指挥，携国宝碧凌剑，出使虢国，不日启程。钦此！"

入夜，在李轩的书房内，思颖仍然没有睡觉。对于今天大王的圣旨，思颖并不感到奇怪。思颖担忧的是，杜松此去虢国，吉凶难料。

——思颖不仅担心杜松的身体，也担心杜松的心会不会就此改变更多，毕竟，杜松要去的地方是若雨的故乡。在未来的几个月内，还不知道会有什么样的变故。

正是因为这一点，思颖才在父亲李轩的灵位前，不停地祷告着。

一阵风吹过来，思颖的耳边响起了李轩的声音："杜松这孩子，心性善良纯真，只是还没定性，遇事你要多拿主张。"

思颖一惊，脱口而出道："父亲?!"

天刚亮，一缕阳光射到房间中。杜芸还在沉睡中，思颖已经梳洗打扮好了。思颖看看杜芸，轻手轻脚地出门。杜松的家门口，看门的家丁刚打着哈欠从里面出来。思颖远远地走过来，正要上前，忽然，门一开，杜松从里面出来。

"师兄从来都不早起，怎么今天这么早。"思颖感到非常纳闷，就听见杜松对家丁说要出去走走，并且不要人陪同。

为了搞清楚杜松这么早到底想到哪里去，思颖悄悄地跟了上去。走了不一会儿，思颖渐渐发现，杜松要去的地方正是驿站的方向。

杜松来到驿站的门口，刚要抬脚进去，慕容端正好从里面出来，拦住杜松，问道："杜公子，这么早来此有何贵干？"

杜松道："慕容先生，我来拜访若雨小姐。"

一丝妒意和敌视的表情掠过慕容端的脸，慕容端顿了顿，道："哦，不知杜公子驾到，若雨小姐她不在。"

杜松有些失望，道："不在？请问她去哪了？这么早，她能去哪呢？"

慕容端看了看杜松，轻蔑地问道："杜公子如果有事和在下说也是一样。"

杜松道："也没什么，既然若雨小姐不在，在下告辞了。"说完，转身就想走。

慕容端"呼"的一下，站在杜松的面前，问道："公子，请慢。听说公子不日将出使我国，是否当真？"

杜松看着慕容端挑衅的眼神，冷冷地说道："我出使不出使足下能不知道吗？有事请直说。"

被杜松看穿了心事，慕容端有些尴尬，干咳了一声，道："好。若雨小姐出身高贵，绝非常人可以望即的。"

杜松忽然凑到慕容端面前，道："那当然，像你我这样的人，肯定是高攀不上的。告辞。"说完扬长而去，留下慕容端气得直跳脚。

躲在不远处的思颖将这一切看在眼里，看着杜松离去的方向，思颖的心里不停地问自己："师兄，难道你对那若雨动了真情吗？"

杜松已经走得没有影了，思颖有些沮丧地还站在那儿。

忽然若雨出现在身后，喊了一声："真的是你？李姑娘，你怎么在这里了？"

思颖吃惊地回过头，发现身后站的竟是若雨。没有想到在这里遇到若雨，思颖一时语塞，不知道说什么是好，哦了半天也没有说出一句完整的话来。若雨倒没有计较这个，热情地拉起思颖的手，道："李姑娘，你怎么在这里？"

思颖脸一红，道："我，我刚好路过。"

若雨道："是吗？你来得正好，我快要离开杞国了，正想找人聊聊，难得撞上你，李姑娘，可否愿意和我聊聊吗？"

思颖大吃一惊，道："你要走了？"

若雨："是啊，我要和使团护送杞国使者回虢国了。李姑娘，我在杞国的朋友不多，你愿意陪我聊聊吗？"若雨渴望地看着思颖，思颖艰难地问道："公孙姑娘此次回去，还再来杞国吗？"

若雨有些顽皮，道："我再来，李姑娘欢迎吗？"

思颖："当然。"

若雨轻轻叹了一口气，道："我也想来，但是，恐怕没有什么机会了。"

第八十四章　送　行

晚上，杜松正要入睡，仆人在门外禀报："李小姐来了。"

杜松赶紧披衣起来，一打开门，思颖已经站在门口，淡定道："师兄，明天路上一路保重。"

杜松有些纳闷，不知道师妹这么晚来找自己有什么事情，就看思颖沉默了一阵，低声道："去我不送你，要是你能回来，我自然去接你。"

杜松："这趟去虢国虽然路途遥远，但我是大杞使者的身份，想来虢国人也不敢拿我怎么样吧？怎么就至于回不来呢。"

思颖摇摇头："我不是怕你出事。你对若雨姑娘一往情深，又是极重情意之人，我怕你……"

杜松不觉有点着慌："师妹，我……我不会丢下杜芸和你不管的……而且，苏瑞那边也需要我帮忙。"

思颖一笑："好端端的，又何必赌什么誓。嗯，虢国国内形势复杂，也不知道觊觎碧凌剑的歹人有多少，你此行少了陈元大哥相伴，可要多加小心才好。"

杜松听得她对自己甚是关切，不由得心中一暖："嗯，知道了……师妹，你也要多保重身体，别天天待在家里，有空让杜芸多陪你出去走走。"

思颖："你放心，有杜芸这个开心果在，我不会寂寞的。"

杜松："嗯，那我也就放心了……杜芸她性子急，你可看着点她，别让她生出什么事儿来。"

思颖点点头："嗯，你放心，经历了那么多事儿，她也比原来懂事多了。"

杜松一笑："近朱者赤，师妹你温柔贤淑，多少也对她有点影响了。"

思颖闻言，叹了口气，却不再说话。杜松不知道自己说错了什么，气氛一时变得很尴尬。

思颖声音平淡，说道："嗯，你明天就要远行，早些歇息吧。我就不打扰了。"虽然思颖力求平淡，但说到最后，终究还是忍不住有点哽咽。

杜松怔怔看着思颖离去的背影，陷入了沉思。

京都郊外的十里长亭边，苏瑞率领几名斑狱司侍卫，正看着亭内的杜松、思颖、杜芸三人。从杜松决定出使虢国以来，杜芸就没有一天不吵架，本来，思颖打定主意不来送行的，但是杜芸硬拉着思颖还是来了。

杜芸嚷嚷也要跟着去："我看他跟那个妖女在一起就不爽，这一路上两人还不知怎么不清不楚。"

杜松低声下气地劝道："我去去就回，这路上不太平，你就不要跟去受罪了。你放心，我保证离她远点。"

杜芸气呼呼地别过脸去。

听着众人送别的话语，杜松连连地点头，眼睛却看着不远处的苏瑞。

苏瑞于远处站定，面露微笑，拱手作揖，并不言语。

杜松翻身上马，正要走，此时远处忽然传来叫声："杜松大人留步！杜松大人留步！"

杜松定睛一看，只见曹玉麟骑马飞奔而来，还未到近前，曹玉麟就跳下马来，躬身施礼道："属下给公子送行迟了，请大人恕罪！"

杜松赶紧跳下马，扶起曹玉麟，道："曹大哥那边铸炮正忙，还能来为我送行，我已经感激不尽了。"

曹玉麟解下背上的包袱，里面是一个方盒。曹玉麟拿着方盒呈给杜松，诚恳地说道："公子此去，千山万水，恐有危急时刻，属下为大人赶制一件小玩意儿防身，以备万一。"

杜松打开盒子一看，里面是一个十分宽大的银手镯，奇怪地问道："这是……"

曹玉麟解释道："这是一个射击机括，大人将此物套在手臂上，一旦危急，可按上方机关，手镯内有钢刺数枚，可瞬间射杀敌人。"

杜松套上手镯，瞄准远处树木，按动机关，瞬间手镯射出数枚钢刺，钉到远处树上。看到如此强的威力，杜松不由得赞叹道："真是利器，曹兄好手艺！"

曹玉麟道："这是属下根据玄武门的银线镯改进的，原来的镯子只能发银针，射力也远不如此。"

杜松诧异地嘀咕道："玄武门的名字很耳熟啊。"

曹玉麟的脸上掠过一丝尴尬，道："属下早年曾在玄武门学过武艺。大人想必是听闻，朝廷正在通缉玄武门的采花大盗赵功，就是属下的师兄。"

杜松看了看日头，道："有这么个师兄，倒也有趣。时候不早，我该走了。多谢曹兄！"

队伍正中有一辆华丽的大车，隔着帘子，可以看见车中人俏丽的身影。矮鬼扛着剑，站在车旁，一双眼睛不时地左右乱转着。车前后都是若雨的侍女。再前后是苏瑞派的八名斑狱司侍卫。一支队伍浩浩荡荡地出发了。

杜松回头看看送行的苏瑞，又转回头来，用马鞭拍拍脑袋，自言自语道："是啊，该说的，他早就说了，不该说的，他绝对不说，还有什么可说的！"

一旁的斑狱司侍卫问道："杜大人，您在说什么？什么该说，不说的？有什么吩咐吗？"

杜松："没什么，没什么！赶路吧。"略一催马，来到车旁，对车中人喊道："若雨姑娘。"

若雨正在出神，杜松又喊了一遍，若雨这才听见，勉强一笑，道："嗯，怎么了？"

杜松道："我看你脸有愁容，可是也有离情别绪在心头吗？"

若雨想了想："我来杞国已经这么久了，不知不觉，还真喜欢了这里的风土人情，就这么要离开了，心里还真有点舍不得。"

杜松："风和土带不走，这人，这情，不都还跟随着姑娘身边吗？"

若雨脸一红："你就这么跟我走了，只怕你那杜芸妹妹可要恨我一辈子。"

杜松没想到她忽然提到杜芸，不觉尴尬，掩饰道："不会的……她没有你想的那么小气。"

若雨一笑，打趣道："是吗？那是我以小人之心度君子之腹咯？"

杜松忙道："不是不是，不是这个意思。"

若雨本想打趣杜松的，但是没有想到他这么一说，让若雨一时不知道说什么好了，偷眼看看杜松一脸茫然的样子，心中略感后悔，不该提及这个话题，轻声叫道："杜公子？"

喊了半天，见杜松没有反应，若雨就悄悄卷起一个纸团，用力弹出，正打在杜松脸颊上。

杜松惊叫一声，旁边的侍卫不知是何故，还以为有刺客，立刻抽出兵刃，围在车仗旁边，如临大敌。

若雨见状吐了吐舌头，别过头去。

杜松干咳两声："没事没事，被蚊子叮了一口。"

斑狱司头目大惑不解地嘀咕道："蚊子？能被蚊子咬成这样……"

杜松见众人散开了，低声对若雨说道："你为何要偷袭我？"

若雨嗔怪道："谁让你独自出神，叫你也不理我……你刚才琢磨什么呢？"

杜松脸一红道:"没,没什么……对了,怎么没见慕容端啊?"

若雨被他问中心事,搪塞道:"慕容端他还有点私事要处理。"

杜松诧异地问道:"私事?什么事啊?"

若雨看了他一眼,道:"既然是私事,那怎么好说?"

第八十五章　接　应

屋外,八名斑狱司侍卫正在巡视,刚一出京都就已经击退了两股不明身份人的侵犯。斑狱司侍卫们也因初战告捷,显得士气很高,忽然客店的大门打开,一柄长枪从门外探入。

长枪快如闪电,斗大的红缨直晃一个侍卫的面门。侍卫想要招架,已经来不及了。枪尖指定了额头,该侍卫脸上的汗水涔涔而下。闻声出来的杜松却惊喜地大叫道:"陈校尉!"

持枪人正是陈元。

陈元收枪,向侍卫一拱手道:"对不住。"说着和杜松一起来到屋内。这个侍卫惊魂未定,半天说不出话来。

两人刚一进来,陈元就低声道:"今天来的那两拨豺寇,不是真心想拦劫杜公子。"

杜松一怔,问道:"你怎么知道?"

陈元道:"我试了一下你手下斑狱司侍卫的斤两,那两拨豺寇虽然不算好手,也不是他一个人能打发了的。"

杜松来回走了两步,忽然上前拉住陈元的手,道:"这豺寇是在搞什么鬼……算了,不想了,陈校尉,我可想死你了!"

陈元道:"我在董家军中,对公子也思念得紧。"

杜松又问道:"董大帅和豺寇,战事如何了?"自从离开了董家军,杜松一直都很惦记战况。

陈元笑了笑道："公子放心，虢寇虽然有大炮，又怎么是董大帅的对手。这些时节节败退，已经全部退出了阳平关，龟缩在永州境内了。"

杜松长出了一口气，道："那就好……那陈校尉，你为什么过来的？"

陈元一笑道："我本来是找慕容端的。但一到京师，就听说你要去虢国，就追了过来。"

见陈元这么一说，杜松心里一紧，问道："你不是不许我送碧凌剑去虢国吧？"

陈元摇摇头，道："碧凌剑的事，前因后果我都和董大帅说过。他对把碧凌剑送到虢国后能发生什么影响，也很期待。所以，我想陪杜公子一起去虢国，不知道杜公子意下如何？"

杜松一听，高兴地说道："陈校尉和我一起去，那是再好不过了。对了，陈校尉，你刚说你来京都，是找慕容端的？"

陈元微微一笑，道："董大帅说，当日杜公子在他军中的时候，他曾和公子提起，他有意著一部兵书。"

杜松点点头，道："是啊，听他说过。"

陈元道："这些日子，董大帅白日统兵，晚上著书。这兵书已经写了大半。他特地命人誊录了一份，让我带给公子。我能去找慕容端，也多亏了这部书。"说着，从怀中掏出一卷书册。

杜松大喜接过，诧异地问道："除了是兵书之外，这书难道还是武学秘籍？"

陈元摇摇头，道："不是武学秘籍，但却点中了天下武功的根本要害。公子请翻到《手足篇》"短器长用解"一节。"

杜松答应了一声，将书翻开，果然有一页使枪者的插图。

陈元指着插图道："杜公子知道，我自幼修习的，就是梨花枪。董大帅品评天下枪法，也以为训练士卒，上阵交锋，梨花枪为天下第一枪法。"

杜松边看边答道："现在军中风行的枪法，我听说沙家枪、董家枪都是手握枪杆的正中。只有梨花枪拿枪的位置，是在枪杆末端，因此极得一寸长一寸强之妙。"

陈元点点头，道："正是如此。但当年你父亲杜大人在摘星关与虞兵大战，两军铁骑纵横，比的自然纯是马上功夫。所以杜家枪法攻势犀利无比，却无步法与之配合。"

杜松叹道："家父是杨继善大将手下的一员偏将，可惜意外染恶疾不治。我从小不喜欢舞枪弄棒，以至于家父去世后，要不是李轩大人收留，我恐怕连吃饭都成问题——"

陈元道："我虽是阳平关通州人氏，但跟随李老大人，自幼生长在北方。与鞑靼交锋，自然也是马上作战，也就没有想过这点不足。阳泉地形，极少能用大队骑兵冲锋的。董大帅传授士卒梨花枪法，对杜家枪步法上的缺陷，自然是非加以补足不可。我随董家军与虢寇厮杀，对这套步法边学边练，总算学得不坏。"

听陈元这么一说，杜松兴奋地道："陈校尉，我看现在那慕容端一定不是你的对手了！"

陈元道："还难说。但我生平只在祭坛陵输给他一招，这个，总得找回来。"

永州边关停着两辆大车。每个车头都飘着一面旗子，上面绣着狼头，正是虢国使者的车。

杜松正在观察车的构造，若雨凑过来，小声道："杜公子，恐怕我们这就要暂时分手了。"

杜松一惊，问道："怎么？你不和我一起去虢国吗？你不回国了吗？"

若雨一笑道："按照我国的规定，我是不能和你共乘一条船的。不过，到了虢国，我们就可以见面了。"

杜松还要分辩，若雨将杜松轻轻一推，道："别说了，还是入乡随俗吧。"

杜松只好不情愿地说道："那，你一到虢国就要来找我啊。一定啊。"

若雨忍住笑，道："好，一定。"看着杜松不情不愿的样子，若雨的心中不由得一阵难过，原来若雨之所以不和杜松一起走，就是要等慕容端。

此刻，慕容端和傅一刀正在京城制造一件杜松想也想不到的事情。

众斑狱司侍卫将杜松送江边上船，离去了。大船乘风破浪，航行得很快。甲板上，很多虢国水手正在忙碌。

杜松东张西望了一会儿，道："虢国人的船都这么差劲，这么一路到虢国，可别出什么故障才好。"

陈元抬头看了看，问道："为什么虢国的船上要狼头旗？"

杜松解释道："狼头和剑，虢国双宝。当年虢国人效仿我大杞盛况，诸事都以师学之。杞人好牡丹艳盛，虢国人就好狼头图腾。如此学法，倒是学得有些味道。"

正说着，虢国水手打扮的兰婉儿从杜松身边经过，与杜松轻轻撞了一下，走进船舱。

杜松待兰婉儿走过，用鼻子嗅了嗅，道："奇怪。"

陈元问道："什么事情不对劲？"

杜松喃喃自语："明明是男人，怎么有股胭脂味道？"

原来，兰婉儿不满傅一刀和若雨合作，一气之下，偷走了傅一刀的碧凌剑，听说杜松要到虢国，就一路追来，乔装成水手，想和杜松一起到虢国，借以摆脱傅一刀他们的追踪。

第八十六章　乔　装

早晨，当第一道阳光从山平面上升起的时候，女扮男装的兰婉儿正站在船头，远眺薄雾轻罩山面，目露哀怨，神情忧郁。忽然，兰婉儿察觉身后有人，微微一笑，提高声音道："陈将军，江上风大，你爬这么高不怕被吹落江里喂鱼？"

陈元轻哼一声，从帆后纵身下，道："在下身子硬朗得很，倒是姑娘你弱不禁风，别被吹走才好。"

兰婉儿妩媚一笑道："小女子没有看错，陈将军果然是怜香惜玉之人……"说着，向前移了两步，陈元一抖手，长枪蓄势。

兰婉儿只好停住，狠狠地道："……只是不解风情。"

陈元笑道："解风情的男人恐怕多半已做了姑娘的裙下之鬼了，在下虽不怕死，可也不愿死在女人手上。"

兰婉儿冷笑一声道："想不到陈将军不仅武艺高强，嘴上的功夫也不赖。"

陈元道："姑娘的易容术高明，若非杜公子提醒，在下都差点被你骗过。"

兰婉儿轻轻地噫一声道："居然让这个草包看出了破绽？"

这时，杜松从船舱中钻出道："只怪这草包长了只无人能及的鼻子。姑娘的易容术虽然高明，那股女儿香却是藏也藏不住的。"

兰婉儿啐道："想不到杜公子的奇技淫巧倒不仅仅在于火器方面，论起对女人的研究，这大杞朝里估计也无人能及上公子半分了。"说着，掏出若雨送杜松的小剑，在手中把玩几下，冷笑道，"难怪连咱们高贵孤傲的若雨小姐会栽在你这小子手上，要与你私订终身了？"

杜松一惊，从怀里掏出剑鞘，抽出一看，发现已经被掉了包。

陈元欲上前制住兰婉儿，兰婉儿将手伸出船舷外，道："陈将军莫要轻举妄动，否则小女子一受惊吓，说不定这宝贝就掉进江里，到时杜公子可无法跟若雨交代了！"

陈元闷哼一声，只得止步不前，杜松苦笑道："这剑是若雨小姐见在下武功低微，赠作防身之用，虽然比普通剑锋利些，可也算不上是什么宝物，至于定情之说更是你臆测之语，在下虽生性不羁，但也知与若雨小姐别若云泥，实未作任何非分之想。"

兰婉儿眉毛一挑，道："这么说是落花有意流水无情咯？那不如将这信物丢入大江，了断了公孙大小姐的痴心念想。"顺手松开了短剑，杜松一声惊叫。

兰婉儿那边却用脚背接住短剑，似笑非笑看着杜松道："怎么，杜公子又舍不得了吗？"

杜松神情微窘，道："这虽非姑娘所言之情物，但既是若雨小姐好心相赠，我也不能随随便便丢了，辜负了她一番心意。"

兰婉儿冷笑道："杜公子还真是多情得很，既对她无情又不忍她伤心，很好很好……让我将这短剑还给你也不难，你须答应我一件事情。"

杜松正色道："姑娘若要是想用这短剑换我手里的碧凌剑，恐怕是痴心妄想。"

兰婉儿道："你这碧凌剑有人视为至宝，于我却如粪土无异。只要下船之后，公子答应带我同行去虢京，我便可将这短剑交还于你，这小小要求应该不算过分吧。"

杜松惊疑不定跟陈元对视一下，点点头。

陈元在一旁说道："不管姑娘此去虢京目的为何，只是既与我们同行，一路上可别再耍什么花样，否则在下这杆枪可不知道什么怜香惜玉。"

兰婉儿跳下船舷，媚声道："陈将军当日对兰婉儿有不杀之恩，去虢京这一路又都要仰仗参将的保护，我哪会耍什么花样。不过有机会的话，我还真想见识一下陈将军的枪法呢。"

陈元想起当日和杜芸在一起时的情形，脸竟一红，道："陈年旧事，不提也罢。"

兰婉儿哈哈笑道："英雄气短儿女情长，陈将军也未能免俗吧。"

陈元怒道："姑娘莫要再说笑，如今凶顽逞威，虢寇未灭，陈某怎么会去想什么儿女私情。"

兰婉儿不屑道："明明自己不敢面对，却拿什么家国天下来当借口，你们男人都是一样的虚伪！"

杜松见气氛不对，忙打圆场道："陈校尉，兰婉儿姑娘，虢国境地已近在咫尺，我看大家还是各自整理行装准备上岸吧。"

陈元也不搭话，扭过头去。兰婉儿放声一笑，翩然而去。

杜松他们终于抵达了京畿，异国风情真让二人大开眼界，连兰婉儿何时走的都没有注意。

次日，虢国大王端坐朝堂之上，一道垂帘将之与朝臣隔开。慕容辉、慕容端、司徒卫和一众朝臣及参将跪坐两侧。宫廷侍卫引杜、陈二人至厅外参见大王。

杜松交完国书，施礼道："杜松有幸，今日可以一睹天颜，真乃三生有幸。大王厚礼深得吾王之心，我二人正是奉王命携国宝碧凌剑来答谢大王的。"

说着，奉上装着碧凌剑的剑匣，剑匣一打开，碧凌剑一片温润柔和的绿色光芒吸引了众人的目光。众参将交头接耳，有人面露冷笑，只有慕容辉面无表情。大王近侍从杜松手中接过剑匣，呈于大王。

大王将碧凌剑拿出，一手轻抚剑身，赞道："果然是难得宝物，杞国大王献上如此厚礼，本王非常喜欢，请两位使臣代我向杞国大王转达深深的谢意。"

杜松道："杜松定当回奏吾王。"

大王道："请诸爱卿共赏此名物。"命近侍拿着剑匣依次到各人面前，众人纷纷赞美。碧凌剑传至慕容端面前时，慕容端假意端详一下，突然道："大王，这碧凌剑是假的。"

众人皆惊，大王身体一震，慕容辉脸色微变，杜松神色自如，陈元脸现诧异。大王道："慕容不可无礼，两位使臣千里迢迢，只为送上一支假碧凌剑，未免有伤国体。"

慕容辉道："弟弟，你说碧凌剑是假的，有什么凭据？"

慕容端道："因为真的碧凌剑在臣这里。"说着，从怀中取出一支碧凌剑。原来，慕容端一直不满意自己的哥哥慕容辉，自幼争强好胜的慕容端总认为自己在任何方面都超过哥哥，特别是大王为了拉拢慕容部落，将自己的亲生女儿若雨许配给慕容辉，从小就对若雨钟情有加的慕容端再也无法忍受了，自告奋勇陪同若雨公主出使杞国护送药材。

本来慕容端是非常满意能和若雨朝夕相处的，没有想到在杞国若雨居然钟情于杜松。一怒之下，和傅一刀合作，破坏了苏瑞的铁匠铺后，又一路追杀兰婉儿，抢回了兰婉儿手中的碧凌剑。

慕容端打算利用这只碧凌剑破坏大王对哥哥的信任，以便将来对哥哥的地位取而代之。所以才在杜松取出碧凌剑时，也拿出自己的碧凌剑。

第八十七章　真　假

两支碧凌剑放在一起，看来一模一样。大王也很诧异，问道："慕容，你有什么凭据，证明你的碧凌剑才是真的？"

慕容端道："大王明鉴，臣下对此类名物一向很感兴趣，玉器方面虽不说精通，却也略有心得，这'碧凌剑'的确来历虽已不可考，但它是和氏璧做成却是不会错的。和氏璧在夏朝时被雕为传国碧凌剑，于杞国似赢朝年间战乱中被毁坏，从此散落民间，后伊时某能工巧匠将其残落部分雕为一把碧凌剑献给杞王玄宗，却因时逢董嵬之乱，碧凌剑又再次不知所踪，而且更有传闻……其中碧凌诀在虢国。"

慕容辉道："只不过是传言而已，未必可信。"

慕容端欲待反驳，杜松抢道："慕容大人所说不错，'碧凌剑'之特征正与史书所载和氏璧相合。"慕容辉脸色陡变。

慕容端得意道："杜上使既然承认碧凌剑为和氏璧所做，也应该知道'侧面视之色碧，正面视之色白'是和氏璧的特征吧？"说着，拿起自己的碧凌剑，变换角度，果然白、绿两色变幻不已，又拿起杜松所献的碧凌剑，转了两转，始终是绿色。

慕容端道："大家看，这碧凌剑只是普通的绿玉而已。"

杜松长叹一口气，道："这位大人，你对和氏璧的来历变迁如此熟悉，却单单忘记了一个人……楚人卞和！卞和两献和氏璧于楚王，却为不识玉匠所误，结果被砍去双脚，你便和那些半调子玉匠一样，有眼无珠啊。"

众人皆窃笑。慕容端大怒，骂道："混蛋！"

慕容辉喝道："住口！大王面前，岂容你放肆！"

慕容端悻悻闭嘴。

杜松道："大王，请恕杜松无礼，只因这位慕容大人所为让我想起当年卞和为玉匠所误之惨事，所以言语间有所得罪了。'侧面视之色碧，正面视之色白'若只是这么简单，也就不是什么稀罕的宝物了。请大王恩准，让我为大家演示。"

大王示意近侍将剑匣交给杜松。

杜松接过剑匣，以丝巾为衬，小心翼翼地取出碧凌剑。杜松口中念念有词，由兑位至乾位，再返回兑位、至坤位，两个来回之后，将手中碧凌剑举起，稍稍变换角度，一道如雪白光亮彻整个厅堂。

众人惊异。慕容辉眉头舒展，拍手叫道："好个'碧凌剑'。"

杜松对慕容端道："你还认为这碧凌剑是假的吗？"

慕容端脸若猪肝，说不出半句话来，忽然"啪"的一声，将自己那只碧凌剑摔得粉碎。

杜松连连摇头道："这也是苏瑞让人花了好大心思做出来的，可惜可惜……"

慕容端一听脸色微变，心里终于明白了，原来傅一刀从一开始就被苏瑞骗了，照着一个假碧凌剑仿制假碧凌剑，所以他们抢来抢去的，竟然是个假碧凌剑。

大王悠然道："至少慕容有句话没说错，这碧凌诀确在本宫。若雨，出来吧。"

一蒙服女子双手持一锦盘款款而出，盘上赫然是一只玉玺，正面刻着四句谒语碧凌诀。

众人皆被该女子绝色吸引，嘴中啧啧赞美，眼光都停留在其脸上，反而对碧凌剑视而不见。

杜松也呆住了，错愕地看着若雨。

大王介绍道："这是小女若雨公主。若雨，见过诸位大人和两位使臣。"

若雨向众人行礼，道："若雨见过诸位大人，两位上使。"

众人回礼，杜松却还没回过神来，若雨，她……她竟然是魏国的公主。

大王干咳两声道："这只碧凌剑本是王室家宝，后流落民间，与万民同受乱世之苦。我登位之后，有仙人自南方来，赠我玉玺碧凌诀。又昭示于我，碧凌剑和碧凌诀重聚之日，便是乱世结束之时，如今预言已经实现，诸爱卿愿助我重建秩序吗？"

慕容辉道："结束乱世，乃是天下苍生福祉所在，慕容辉愿为此效命大王。"

胡杉谦跟道："大王英明仁善，胡杉谦愿为大王肝脑涂地。"

众参将见状，纷纷伏地称颂，以表忠心。

忽然，帘子掀了起来，大王热泪盈眶，道："好，好，好，诸位都是忠心又有肝胆的臣子，我代天下万民谢过诸位了。"说着，深深作揖拜谢诸人。

君臣哭在一处，剩下陈、杜二人不知如何是好。

晚上，杜松独自坐在房间，正在回想着白天发生的事情，对于若雨的身份，自己以前就知道一定是不同寻常的，但是绝对没有想到若雨竟然是虢国的公主，也从来没有见过盛装的若雨竟然是如此美丽。

正想着，突然若雨笑吟吟出现在自己的房间门口，好一会儿，杜松才恢复常态，整整衣冠道："杜松见过公主。"

若雨一愣，道："这里没有旁人在，你还是叫我公孙姑娘吧。"

杜松恭敬地答道："杜松不敢。"

若雨笑道："想不到杜公子，竟然是如此拘泥于礼法之人。"

杜松一笑摇摇头，道："你等一会儿，公孙姑娘，你竟然是虢国公主，我……我可还没回过味儿来。"

若雨掩口一笑道："你什么时候把真的'碧凌剑'调换回来的，才是让我回不过味儿来呢。"

杜松一笑，道："我没有调换过碧凌剑啊，我手上的一直就是这只。傅一刀一直形迹可疑，苏瑞那么小心的人，又怎么会相信他？"说着，就将自己和苏瑞怎么设计让傅一刀复制假碧凌剑的事情叙述了一遍。

若雨叹道："想不到傅一刀机关算尽，却不过是用一只假碧凌剑，调换了另一只假碧凌剑。"

杜松一笑道："我那时也没想到，后来是我自己护送碧凌剑来虢国。来了这一手，好多人都觉得我手上的真碧凌剑倒是假的，给自己省了不少麻烦。"

若雨忽然眼圈一红，道："你是省了麻烦了，可……你知道，我有多担心你吗？"

杜松脸一红，道："对不住……公主。"

若雨转身不理他，杜松上前扶着若雨的肩膀将若雨的脸转过来，两人默默相对。

杜松轻声问道："真的这么担心我吗？"

若雨脸一红轻轻地点点头，终于两人无言地拥抱在一起。

第八十八章　少　年

虢国的秋天，很安静，几乎可以听见树叶落下的声音，若雨和杜松两人手拉手并肩坐在一起。久久都没有说话，好像两人都不愿意破坏此时的平静。

终于，若雨轻轻地问道："你这一路上还顺利吗？你可比我预期的时间到得早。"

于是，杜松绘声绘色开始讲述自己在一路上发生的事情，当杜松提到兰婉儿是和自己一起来的时候，若雨担忧地说道："她一回来，就不会这么安静了。"

原来，兰婉儿到来京都后，发现前来迎接的慕容辉，就悄悄地躲开了。后来，慕容端要谋反的阴谋也被兰婉儿得知了，虽然兰婉儿恨慕容辉的负心，但是也不愿意他受到别人的陷害。

在打探过程中，因拷问丘昊得到了启示，决定利用丘昊，一来可以向慕容辉示警，二来可以借机刺杀大王。于是，兰婉儿又潜入囚禁处，杀死看守，将丘昊救了出来。

多日的颠簸，让丘昊十分疲倦，当得知杜松也在虢国的时候，丘昊惊喜万分地说道："啊，我师父也被绑来虢国了吗？"

兰婉儿道："人家可没你那么狼狈，现在可是慕容辉参将府上的座上宾。我救你，一是因往日之谊，二是要你传个重要的口讯给杜松。"

丘昊道："哎，师父他吉人天相，自然不是我这倒霉道士所能比的。姑娘要我传什么口讯？是让他来救你吗？"

兰婉儿白了丘昊一眼，道："我要他救什么？你告诉他，慕容端要谋反，让他提醒参将大人早作准备。你直接转述我的话便可。"

丘昊糊里糊涂地说道："好……不过，我不认识参将府在哪里啊……而且，我这样子出去会不会又被那些人抓回去。"

兰婉儿一笑，道："这个你不用担心，我自有办法。"话音未落，兰婉儿一拳又将丘昊打晕。

丘昊醒来，正伏于参将府门前，众人都围成一圈，对他指指点点。原来兰婉儿把他打晕了后，就扔在这里了，丘昊还没有明白是怎么一回事。

突然几个皮士军过来了，为首的皮士军道："以为装疯卖傻就可以蒙混过关了吗?!辱骂参将可是重罪，来人，把他拖到参将府让大人发落!"两皮士军不由分说，架起丘昊就走。

丘昊哭喊道："我真的谁也没骂啊!冤枉啊!冤枉……"这时，可以看到丘昊背上贴着一张大纸条，上面写着：慕容辉是大笨蛋!

丘昊被带到参将府内，经过细心盘问后，终于被带到了杜松的住处。此时，丘昊已经被打得鼻青脸肿，一见到杜松是又哭又叫，好不容易才安静下来，气鼓鼓地坐在榻榻米上。

参将府的管家藤果干咳两声道："丘昊……道长……我不知您是杜上使的朋友，又是为奸人所害，因此多有得罪，还望见谅。"

丘昊气哼哼不回话，杜松打圆场道："不知者不罪，藤果大人也不用太过意不去了。"连向丘昊示意，丘昊哼哼了两声。

参将府，管家藤果正在向慕容辉禀报："一个道士的背上被人贴了辱骂参将的纸条，被几个皮士军扭送到这里来了。没想到，他竟然是杜公子的朋友。现在，已送在杜公子处，正与杜公子叙旧。"

慕容辉像是突然想起什么，吩咐道："你将那纸条拿来给我看看。"

藤果将揉成一团的纸条，交给慕容辉。慕容辉将纸团展开，竟似触动心事。慕容辉自言自语道："慕容辉是笨蛋……"又仔细地看着纸上的笔迹，拧着眉头，自言自语道："难道是她?"想着想着慕容辉好像又回到了童年。

少年时，兰婉儿和母亲相依为命，慕容辉因部落政变，来到兰婉儿生活的村庄，和兰婉儿青梅竹马一起长大，两个人情投意合，两小无猜。少年的慕容辉经常和别人打架，时常被打得鼻青脸肿，兰婉儿就经常一边帮他敷药一边心疼地骂他"慕容辉是大笨蛋"。

少年慕容辉和少年兰婉儿并肩躺在边关斜坡的草地上。

夕阳西下，晚风微拂。小包裹里是吃得精光的羊骨头残骸。慕容辉打着饱嗝叹道："好饱……这样的生活真是幸福啊！"

兰婉儿天真地问道："真的觉得幸福吗？那么你还想做天下大参将吗？"

慕容辉沉默一下，道："我要让天下人都能够过这样的幸福生活。"

兰婉儿幽幽叹口气，道："那……我们就不能在一起了。"

慕容辉翻身，盯着兰婉儿的眼睛道："怎么会！我一定要让你做我的新娘！"

兰婉儿脸一红，转过脸，嗔怪道："笨蛋！就会说胡话！"

慕容辉坚持道："我是认真的！你是对我最好的女孩，我不会娶别人的。"

兰婉儿嗔道："你再胡说，我打你了！"扬手作势欲打，慕容辉竟不躲闪，兰婉儿的手轻轻落在慕容辉英俊的脸庞上，变成了抚摸，她幽幽叹口气道："如果你只是个普通农夫的话，该多好。"言罢，快速地亲了慕容辉一下，慕容辉愣住，脸一阵通红。

兰婉儿扮个鬼脸，一字一句道："慕！容！辉！是！大！笨！蛋！"说完，转身离去。

慕容辉看着她的背影消失，一头倒在草丛中，自言自语道："慕容辉是大笨蛋……"

这样的场景，无数次地出现在慕容辉的梦中，但是自从慕容辉正式继任参将之位后，被小公主若雨带人来接慕容辉，当慕容辉对兰婉儿介绍若雨时，兰婉儿见慕容辉和若雨神色亲热，本已不悦，又听到她是公

啸长风

主，心中更是酸楚，不觉眼泪竟滑落下来。

若雨撇撇嘴骂道："真是无礼的野丫头。"

兰婉儿狠狠地看了少年若雨一眼，跺脚转身离去。

慕容辉拔脚欲追，被若雨拉住，命令道："慕容辉哥哥！我不许你跟这样的野丫头做朋友！"

兰婉儿听得此言，掩面飞奔而去。

从此慕容辉再也没有见过兰婉儿。

后来，慕容辉也回到村庄找过兰婉儿，但是兰婉儿赌气没有相见，慕容辉只好留下了一个银饰，让兰婉儿的母亲务必转交给兰婉儿。

但是就在慕容辉走后的第二天，同父异母慕容端的母亲在大王的支持下，为了帮自己的儿子和慕容辉争夺部落继承权，削弱慕容辉的势力，以慕容辉的名义，将其生活过的地方，全部洗劫一空，兰婉儿生活的村庄也遇到大肆斩杀，无一人逃出。虽然后来慕容辉平息了暴乱，但是也误以为兰婉儿已经死了。

第八十九章　入　怀

多年以来，慕容辉从来也没有忘记过兰婉儿，虽然后来大王赐婚，将若雨许配给慕容辉，但是占据慕容辉整个心灵的只有兰婉儿。

看着手中熟悉的字体，慕容辉最终摇了摇头，把字条放在了一边，把它当成了巧合。其实，慕容辉不知道，就在参将府的旁边不远处，兰婉儿也正在回忆同样的往事。

当年，兰婉儿自己也被两个达干侮辱；按照虢国的习惯，被侮辱的女子永远是不能和贵族进行婚配的，绝望下的兰婉儿发誓再也不去找慕容辉了。

后来兰婉儿在母亲的掩护下，终于逃了出来，被傅一刀的母亲收留。兰婉儿离开了家乡，来到一个孤山，最终成了一名细作。

兰婉儿不知道，当年杀死她母亲的凶手并不是慕容辉；也不知道这么多年来，慕容辉从来没有忘记过她。

自从兰婉儿和傅一刀来杞国做了细作之后，对要找慕容辉报仇的心渐渐淡了。但巧遇了若雨，兰婉儿内心里那份报仇的念头，特别是在发现傅一刀为了利益要和若雨合作，更激起了兰婉儿报仇的心愿。

所以兰婉儿匆匆地回到了虢国。得知了事情的真相后，她决定要刺杀大王。但是当探知慕容端的阴谋时，还是忍不住给慕容辉报了信。

早上，在王宫的大殿外，慕容辉、慕容端兄弟从殿中出来，慕容辉脸上浮现喜色，慕容端却显得情绪低落，好像还没有从碧凌剑的事情中恢复过来。

兄弟二人默默地走了好久，慕容端才声音发涩道："我没想到，参将这时候来找大王，谈的竟然是若雨公主和杜松的亲事。难道，在所有人眼里，若雨公主不是参将你的未婚妻子吗？参将您怎么能……"

慕容辉摇摇头道："那只是外人的看法罢了。"

"可是……"

"弟弟，你喜欢若雨，其实我也不是不知道。"

慕容端乍听此言，满脸通红，分辩道："参将……"

"这次之所以同意让若雨亲自护送药材去杞国，我的本意也就是……可是我没想到，回来之后，她好像对你的印象，还不如去虢国前了。"

听慕容辉这么一说，慕容端有些羞愧，低下头来。

慕容辉看了看这个弟弟，叹口气道："弟弟，既然大王已经这样决定，那么等贝子庙的事情一完，我们就向杜松提出这个亲事……"

慕容端突然大叫起来，打断哥哥的话，嚷道："参将，在杞国，若雨公主是越来越讨厌我了，可是你知道，她讨厌我是为了什么？"

慕容辉一怔："为什么？"

啸长风

慕容端："因为在我心里，若雨公主一直是参将你的未婚妻子，所以我阻止他与别的男人来往……如果不是以为她是你的未婚妻，难道我不会像去追求其他女人那样，去追求她吗？"

慕容辉叹了口气，道："弟弟，你们确实都误会我和若雨了，我们……"

慕容端："参将，你是我最仰慕的人。我乐意看到若雨公主成为你的妻子，可是，她要是嫁给别人……我，我……我一定不能容忍我心爱的女人，成为别人的妻子的！"

见弟弟这么说，慕容辉长长地叹了一口气，不知道该如何是好。

此时，杜松和若雨正凭高远望，看着满天的凌霄花如雪纷飞，整座山便似着了一身雪白的轻纱。美人在侧，美景在前，杜松说不出的得意，叹道："好一个花吹雪，我总算亲身领略到凌霄花之美了。"

若雨掩口一笑，道："你倒说说，凌霄花吹雪比那红叶舞秋山如何？"

杜松道："一个是妖娆之美一个是狞厉之美，不分轩轾，不分轩轾。"

若雨笑骂道："你说话何时学得这么圆滑了！"

杜松："美女入怀，我这骨头都酥了，说出话来自然也不会有什么棱角。"

若雨啐道："谁要入你的怀了，又胡……"

杜松不等她说完，上前抱住她，堵住她的嘴唇，若雨挣得几下，身子就软在杜松怀里。

良久，若雨才睁开眼睛，轻轻捶着杜松的胸口，嗔怪道："你这无赖。"杜松笑吟吟地看着怀中的俏佳人，却不答话。

先前红晕未消，若雨又被杜松盯得双颊绯红，小声责备道："还不松手，一会儿让人看见。"杜松摇摇头，凑在若雨的耳边，小声道："我不松开，一辈子都不松开。"

远处，慕容端和慕容辉正慢慢地走过来，刚好看到这一情形，慕容端大叫一声，狂奔而出，没跑出几步，竟然失足跌倒。

正好矮鬼就在一边，伸手去搀扶他。慕容端一跃而起，一甩手，矮鬼跌跌撞撞地被摔得老远。慕容端的身形三晃两晃，出了宫门。慕容辉看着他的背影，充满了担忧。

三日后，大王举办祭祀活动。慕容辉等拜伏于大殿之外。

大王的声音从殿中飘出："两支碧凌剑重聚，意味着，陷万民于痛苦之中的乱世，即将终结，那些命丧乱世的冤魂，也终得解脱！我站在这里，能够感受到神狼就在我的耳边吹过，来，让我们一同举杯祈愿：愿神狼眷顾豒国，让一个强大统一的大豒民族出现在日出之地！"

慕容辉率众大臣齐声称颂："愿神狼眷顾豒国！"

为了庆贺碧凌剑的团聚，大王特别在贝子庙大堂举办盛大的宴会。

兰婉儿一身歌伎的打扮，浓妆出现在舞台上，众人惊为天人，竟然都安静下来。

慕容辉刚把一杯酒放到唇边，看到兰婉儿，顿时停住了，不知道这个眼前有些熟悉的面孔是不是记忆中的兰婉儿。

众人听得如痴如醉，冷不防兰婉儿袖中飞出一根银针，直取大王。银针细小，众人竟未发觉。

慕容辉大叫一声："不好！"手中杯飞出，酒杯在大王面前裂成碎片，划破大王面颊，大王惨叫一声倒在地上。

若雨大叫："父王！父王！"扑过去抱住大王。

第九十章　刺　杀

兰婉儿一击不中，轻喝一声，手持短剑自舞台飞下，直取大王，两侍卫挺身欲挡，被砍翻在地。慕容辉看了矮鬼一眼，矮鬼上前护住大王。

慕容辉点点头，一声轻啸："我来。"

慕容辉上前与兰婉儿战在一处。兰婉儿搏命抢攻，慕容辉近处看她面容，心生疑窦，不忍下杀手。

两人战不过数合，兰婉儿突然抽手，扔下几枚烟幕弹。大厅中顿时烟雾弥漫，众人咳嗽连连，慕容辉以手臂掩鼻，闭目凝神听声辨位。

杜松抱怨道："什么都看不见啊，细作是不是都喜欢来这一手啊？"

忽然寒风扑面，兰婉儿的短剑已到了正在哭泣的若雨面前。雾气中传来慕容辉一声大喝，长剑飞至，兰婉儿一声惨叫。雾尽，兰婉儿躺倒在若雨面前，一刀透肩而过。

众人齐声称颂："参将神勇无敌！"

慕容辉背负双手，走到兰婉儿面前："是谁派你来行刺大王的！"

兰婉儿："是……死在他手上的冤魂！"

慕容辉眼中杀机一现。

若雨："参将，她就是……"

兰婉儿忽然大喝一声："杀不了大王，我先杀了她女儿！"

兰婉儿腾身而起。慕容辉抢上一步，一掌将兰婉儿击得远远飞出。

兰婉儿神色惨然道："我要杀她，你的脸色，竟比刚才我要杀大王时还要紧张。"

慕容辉突然注意到兰婉儿胸前银饰，神情陡变，颤抖地问道："你……你是兰婉儿！"

兰婉儿挣扎着站起，反手将肩上剑拔出，兰婉儿闷哼一声，鲜血喷涌而出，染红慕容辉白衣。

兰婉儿摇摇欲坠，慕容辉跨上半步，欲上前搀扶，终究忍住。兰婉儿站定，嘴角挂一丝嘲谑的微笑道："你，终究还是要娶公主，终究还是更愿意当你的天下大参将。"

旁边的杜松听到这话，脸色微变。

慕容辉心中一痛，喊道："婉儿，你为何要做出这样的傻事……"

兰婉儿道："我……是很傻……"说着，一手扯断银饰掷在慕容辉面前，喃喃地道："慕容……慕容辉，是个……大笨蛋……"言罢，翻身从舞台上跳落。

慕容辉跃上前去，却只抓住半片裙角，望着兰婉儿坠下的身影，大叫道："婉儿！"

众人错愕间，贝子庙外传来一片喊杀声。

慕容辉恍若未闻，蹲下捡起地上的银饰。良久，慕容辉都一动不动，仿佛天地间什么都不存在了。

就在众人错愕间，贝子庙外传来一片喊杀声。原来傅一刀的母亲召集了虢国的上千虢寇，想趁这个机会，一举消灭大王和慕容参将的势力。此时一路士兵正杀进贝子庙。守军抵挡不住，纷纷退却。

慕容辉对这一切好像根本没有察觉。旁边的管家，对他叫道："参将，咱们该设法迎敌了！"

慕容辉这才咬咬牙，将银饰收入怀中，长剑一挥，吼道："杀！"说完，带头向外冲去，众人跟随在后。

杜松刚要跟上去，管家拦住道："驸马，你不会武艺，这上阵厮杀的事，你就不用去了。"

杜松怔住："你叫我什么?!"

管家："等贝子庙的事一完，大王一定要召见杜公子，将若雨公主许配给杜公子的。在下多一句嘴，先把这事告诉杜公子知道……"

杜松忙道："这事恐怕……"外面杀声震天，打断了杜松下面的话。

管家看看外面，急匆匆地说道："我得出去上阵了。这一仗咱们赢定了，公主，你就留在这里陪伴驸马吧。"

殿内只剩下杜松和若雨二人。外面炮声隆隆，不时传来一片哀号之声。听得杜松心有不忍，皱起了眉头。

若雨走过来轻轻握住他的手，道："这些不义之师，若被他奸计得逞，只怕死的人会是今日的千万倍。"

杜松点点头道："嗯……我知道这个道理，以参将的才智气度，定能终结虢国军阀混战的局面，到时，虢寇之患也就可以根治了……也不知道苏瑞那批大炮运至董帅营中没有。"

若雨闻言，立时脸色惨白。杜松没有察觉，仍继续说道，"此间事一了，你就随我回杞国去吧。"

忽然殿外传来慕容端冷冰冰的声音："杜公子，我劝你还是千万不要回去！"

杜松一怔，若雨则神色大变，紧张地说道："慕容端，你不是病了吗？"

慕容端不理会若雨的问话，直盯着杜松，怪异地说道："杜公子，我有几句话，要和你说。"

若雨上前一步，挡在杜松的面前，用祈求的目光看着慕容端，道："慕容端，有什么话，不能等到外面的仗打完了再说吗？"

杜松纳闷道："你有事？找我？"

慕容端推开若雨，阴笑了一下，道："杜公子要是回到杞国，一定会非常失望。"

杜松不解地问道："失望？慕容端什么时候又成了杞国通了，我回到杞国会不会失望，慕容端又怎么知道？"

慕容端道："如果我告诉杜公子，你精心设计的大炮已经毁了，苏瑞苦心筹集的几百万两银子全付诸东流，难道杜公子竟一点痛心的感觉都没有吗？离开杞国京师到虢京的时候，我晚到了一天，而且到的时候全身是伤。难道你自负聪明的杜公子，竟丝毫不觉得奇怪吗？"

杜松后退一步："你……"

慕容端大笑道："是我，是我去和傅一刀联手……要不是我们同心合力，苏瑞的火器坊，怎么可能那么容易就被摧毁！"

杜松扭头看着若雨，若雨已经脸若死灰，说不出话来。

慕容端道："在那个危急关头，该去和傅一刀合作，这个主意还是若雨公主想出来的。杜公子，我看你的聪明，可是远远比不上你的若雨呢。"

杜松神色惨然，看着若雨。

若雨艰难地点点头，道："杜松……这事我一直想和你说……可是我……"

没等若雨说完，杜松突然惨叫一声，转身冲了出去。

殿外，陈元和丘昊都被杜松的惨叫吓了一跳。杜松则目光呆滞，脸色苍白，不理会陈元的问话，径直说道："咱们走。"

丘昊一听，高兴地叫道："好！……呃，去哪里？"

杜松道："虢国的事已经完了，咱们自然该回杞国去。"

丘昊大喜道："好，虢国人做的伙食，实在难吃得要命，我早就想回京师去了！……但是师父，你走了，师娘怎么办？"

见杜松不理自己，丘昊道："走当然可以，但……你难道不拐上师娘一起走吗？"

杜松终于忍不住叫道："叫你走就走，哪有那么多废话啊。"

被杜松这么一嚷嚷，丘昊委屈地嘟囔道："不说就不说，但是就是我不说，你又不能心里不想……"

陈元则在一边一言不发，跃入殿中，想看看刚才到底发生了什么事情，让杜松如此失态。

陈元刚一进入殿中，就看到慕容端正抓着若雨的胳膊，眼睛血红，口中不住地狂叫道："为了参将，多年来我对你敬若神明，可是你……"

陈元见状，大喝一声："住手。慕容端，我想不到你竟是这样的卑鄙小人。"

慕容端一见是陈元，放开若雨，拔出剑来，狂叫道："我是什么人，轮不到你管！你不是一直想找我比武吗？今天叫你再尝尝厉害。"

陈元冷笑道："好，我也要看看，慕容端的剑法，究竟及得上他哥哥几成！"

第九十一章 护 送

就如同上次陈元与慕容端交手时一样，慕容端以剑背格挡，被陈元如雨攻势逼得连连后退，但步法未乱。转眼慕容端已被逼至墙角，陈元一枪直取慕容端咽喉。慕容端用剑锋顶住枪尖，顺势将由枪尖劈开，直劈下去。

陈元大喝一声，枪杆旋转，两爿枪杆绞得慕容端长剑脱手。陈元撒手扔枪，已将剑抢到手中。

慕容端颓然坐倒在地，兀自不敢相信眼前的一切，喃喃地说道："为什么，哥哥能做到的，我就做不到？"

陈元轻蔑地看了慕容端一眼，转到若雨面前，关切地问道："若雨姑娘，你没事吧？"

若雨有些麻木地摇了摇头。

见若雨这种木呆呆的样子，陈元不放心地说道："要不，我喊杜公子进来……"

若雨哇地哭出来："不，不要喊他，不要喊他。"

看到若雨这样伤心欲绝，陈元一时不知如何是好，忽然腹部一痛，一柄短剑插入了小腹。

原来，慕容端被陈元抢了兵刃后，不甘心，趁陈元分心之际，偷袭陈元，看到自己偷袭成功，慕容端狞笑道："陈元，我让你管我的事……"

陈元大吼一声，反手一掠，剑背正砸在慕容端后脑上，慕容端大叫一声，晕了过去。

外面丘昊还在对着杜松唠叨着："师父，你怎么能这样！人家要是想欺负我师娘，那不是也在欺负我吗，你你你……"

杜松像是麻木了，根本不理会丘昊的话。

陈元跌跌撞撞地出来了，手捂着小腹，鲜血直流，丘昊惊叫道："啊，老陈，你这是怎么了？"

杜松也被吓坏了，叫道："陈校尉，你没事吧？"

陈元摆摆手道："我没事。真想不到，一个光明磊落的达干，怎么忽然就变得这么无所不为！"

杜松终于忍不住看看殿内，陈元："没有受伤……不过……"杜松咬咬牙："我去找辆车，咱们走吧。"

杜松赶来一辆车，陈元躺在上面，腹部已包扎停当，丘昊坐在一旁。三人不紧不慢地走着，突然，背后山上火光又起。

陈元诧异地说道："奇怪，叛军的人马，应该早就消灭了啊，怎么会还……"

杜松目光呆滞，对这一切恍若未闻，只是机械式地一下一下赶着车。原来大王趁着几个部落叛乱之际，乘机消灭了几个势力很大的参将。在这一仗中，慕容辉最终战死，成为虢国大王和慕容府之间争权夺利的又一个牺牲品。

晚上，杜松躺在客栈的床上，没有丝毫的睡意，脑海中呈现的全部都是和若雨点点滴滴的回忆。直到天色大亮了，杜松也没有合一下眼。

在通往边关的路上，一辆大车正缓缓而行，车上坐着杜松和丘昊。丘昊摇头晃脑地哼着乱七八糟的歌，杜松心事重重地一言不发。陈元不时地从车内探出脑袋。

忽然迎面一队人马冲了过来，拦在车前。

丘昊吓得大叫道："我的妈呀。老陈，你还能打吗？"等人马来到近前，才看清楚来的人正是若雨和矮鬼带的一些王宫皮士军。

丘昊一见是若雨，高兴地大喊道："师父，师娘来了。"

杜松则转过身去，看着远方，任丘昊如何叫喊，也不回过头来。

若雨看着杜松的背影，咬牙没有说话。

陈元从车内探出脑袋，道："若雨姑娘，陈某有伤不能起身行礼了。"

若雨道："陈校尉客气了。你的伤怎么样了？"

陈元摇摇头道："我没事的。陈某这伤，可……唉，慕容辉、慕容端这兄弟二人差别可真大。若雨姑娘，如果见到慕容辉参将代陈某问好。"

若雨眼一红，没有说话。矮鬼在一旁插道："慕容辉参将不幸为奸人所害。"

陈元一震，有些不敢相信自己的耳朵："什么，慕容辉参将死了！"

若雨低头道："多谢陈大人关心。"

陈元摇摇头道："姑娘，杜公子他……"

342

若雨叹息一声，看了看杜松的背影，小声道："是我做了对不起他的事，他怎么对我，我不怪他。"

说完，若雨转身上马，和矮鬼一起号召皮士军将杜松他们的大车紧紧包围在当中，众人向边关走去。

大江一望无际，平静幽蓝。一辆快车停在岸边。陈元在丘昊的搀扶下，来到矮鬼和若雨面前，施礼道："若雨姑娘，多谢你一路护送。我们走了。"

若雨还礼，道："陈校尉不必客气。这江上的路未必就一路平安，陈校尉还要多加小心。"

陈元："姑娘放心。陈某这点伤不算什么。"

丘昊："对了，陈校尉，你还能不能打啊，要是不行，让公主派人护送护送，万一遇上了江盗，那该怎么办？师父，你说是吧。"

杜松眼光呆呆的，对众人的话好像没有听到一样。

若雨眼睛一红，差点落下泪来，心想："这一路走来，你连看也不看我一眼，难道你真的不能原谅我吗？"

众人一时间都不知所措，忽然一个长衣青年从一边蹿出来，一伸手拉起杜松。陈元一见，推开丘昊就要冲上去，青年道："陈校尉，别动手，在下可不一定打得过你。"

杜松则一把抓住青年的手："香香？怎么是你？"

原来来人正是乌洛留香。乌洛留香："哈哈，我是不放心你回国，特意赶来送贤弟的。"

陈元笑道："有乌洛公子相送，这一路定是安全无恙了。这位乌洛公子，是净山王的公子。"

若雨和矮鬼相互对视一眼，都诧异不已，乌洛留香放开杜松，冲着若雨一作揖："乌洛见过公主殿下。"

若雨还了一个礼："有净山王的公子相送，陈校尉，这一路定可平安了。"对矮鬼道，"答尔汗，我们走。"说完，偷眼看了看杜松，还是刚才的模样，若雨心中一酸，发狠道："你能狠下心来，我就不能吗？"想罢，翻身上马，和矮鬼一行人绝尘而去，竟再也没有回头。

大江沉寂，明月在天。杜松独自坐在甲板上，呆呆出神。乌洛留香走到杜松背后，轻咳一声，道："明月千里，相思何寄。"

杜松扭头笑了笑没有说话，乌洛留香拍了拍杜松的肩膀道："多想无益。"说完，在杜松身边坐了下来。

杜松脸一红，道："乌洛兄，你不是在乌拉脱军中吗？怎么突然来这里了？"

乌洛留香道："乌拉脱自从上次一战以后，元气大伤，现在基本都缩在江上，不敢轻易上岸了。"

杜松道："那董大帅怎么不把乌拉脱彻底消除呢？"

乌洛留香道："现在阳平关又出现几股虢寇，董将军正忙于消灭他们。乌拉脱现在已经构不成威胁了。何况虢寇之间还可以相互牵涉、制约，董将军想借此机会先消灭几股威胁比较大的虢寇。"

杜松连连点头道："幸亏这些虢寇之间不团结，否则后果不堪设想。"

第九十二章 突 变

乌洛留香看着杜松道:"杜松,虢寇为患虽大,未必大得过剿虢寇的官军;当年我爹爹杀人虽多,未必多得过姒羽那大王老儿。"

杜松道:"大王老儿自然也不是什么好人,但现在说你的罪业,又何必拿他来混为一谈!"

乌洛留香狂笑起来道:"苏瑞收了我爹爹的银子,本来已经许爹爹他们归顺。但是一看反对的人多,怕自己也担上通虢的罪名,于是立即反悔,向大王请旨将爹爹斩首……哼,当机立断,果然是好手段!"

杜松一怔道:"苏瑞? 你胡说,我不信苏瑞会做这样的事!"

乌洛留香道:"当时,我也不信。但是这次来我信了。"

杜松道:"为什么?"

乌洛留香道:"因为是爹爹亲口告诉我的。"

杜松道:"什么?! 你爹爹? 不是十多年前已经死了吗?"

乌洛留香道:"我家有个家匠,和爹爹长得非常相似,当时爹爹也怀疑朝廷的诚意,就让这个家匠装成自己的样子。一来,见过爹爹的人本身就不多,再者,这个家匠跟随着爹爹已经很多年的,言行举止都非常地相似,所以也就没有露馅。谁知,就是因为那苏瑞,居然……唉,最终爹爹虽然还留得性命,但是那个家匠却被斩首了。"

杜松道:"这么说,净山王没有死!"

乌洛留香道:"不,爹爹他已经仙逝了。就是上个月爹爹临死前才告诉我的。"

杜松满脸茫然之色,乌洛留香安慰道:"别想那么多了,我要不是回来奔丧,还不一定能赶上送你呢。对不对?"

边关，乌洛留香对杜松拱拱手道："杜松，底下我就不和你一道走了，咱们就此别过。"

杜松道："乌洛，你要去哪里？"

乌洛留香道："家父临终有命，因此我要先到京师走一趟。"

杜松道："那太好了，我也正要回京师交旨复命，何不同行呢？"

乌洛留香略有迟疑道："我和乌拉脱相处多日，……但要是让人看到我和杜公子是一路的，恐有麻烦。杜松，愚兄有一句话要提醒你。"乌洛留香顿了顿，仿佛下定决心一样，道，"我知道你和苏瑞从小一起长大，感情甚好，但是，他确实有很多不寻常的地方，杜松，你千万小心。"

杜松看了看乌洛留香，眼中一片迷离的神色，点点头。

阳泉的路上，阳光明媚，丘昊却无心欣赏这沿途的美景，一边不住擦汗一边嘟囔道："下点雨才好。"

陈元："我们都觉得这天气正是宜人，偏偏道长热成这样，竟想要下雨。"杜松仍然是没精打采，对二人的话似乎全没听到。

丘昊："去，我是自己怕热才要下雨的吗？我是忧国忧民才想要下雨的！你看着，这地里的禾苗都耷拉头了，要是不下点雨，老百姓的收成，可就难说了。"

陈元一笑："农家盼下雨，可要是真一下雨，有的人家可要发愁了。"说着，一指路边的桑树道："你看见没有？这阳泉一带，好多人家都靠养蚕过活，这蚕性，就是畏寒怕雨的。"

忽然一阵马蹄传来，几匹快马跑来，奔进路旁稻田之中。马上之人，都是挺胸叠肚的豪奴，驾马往来践踏，水花飞溅。

陈元一见，大怒道："庄稼是农家的性命，是谁家的狗奴，敢如此凶横作恶！"

几个农夫本来在弯腰耕作，这么一来就无法耕作了，一个头发花白的老汉不住地哀求道："老爷，我一家七口，全靠这几亩水田过活，您怎么说征就征去了……"

就见一个豪奴挥舞着手中的马鞭劈头盖脸地向那老汉打去，口中还不住地骂道："不知好歹的东西，苏公子亲笔写的文书，就是看中了你们家这几块破地，这是给你天大的面子，你居然还在这里推三阻四，真是不想活了！"

那老汉也不躲闪，被打得头上鲜血直流，只是不住口地央求："大爷，没了田，我们可就只有活活饿死啊……"

陈元实在看不下去了，一跃过去，连抓带掷，将几名豪奴投到水田里去。众豪奴一阵发蒙，等泥水淋漓地爬起来，才想起来指着陈元的鼻子大骂道："狗奴才，敢惹老爷！你就要大祸临头了，知不知道？"

陈元冷笑道："我怎么个大祸临头了？"

豪奴："你知不知道，要征用这里土地的，就是斑狱司的苏瑞苏统领！怕了吧？"

一直呆在一旁的杜松听到这话，不觉一惊："什么？"杜松和陈元不由得对视了一眼，陈元又将刚才的豪奴扔到水里，骂道："滚，赶紧都给我滚。不然……"

众豪奴屁滚尿流而去，杜松这才走到农夫们的面前，问道："诸位，这是……"

众农夫一起给杜松跪下，边磕头边齐声道："谢青天大老爷救了我们。"

杜松连连摆手，道："我不是什么青天大老爷……这，究竟是怎么回事？"

一农夫哽咽回答道："前些时……有个什么苏公子在城东开了一个厂子，里头有几百张绸机，说是织出绸子来，都要卖给异域人的……结果，过不了几天，就说养的蚕太多，桑叶不够吃，要把我们的田都拿了去，种上桑叶……"

杜松如遭电击一般，呆了，原来这正是自己和苏瑞在火器坊时所谈论的。当时苏瑞陈词激昂地说道："现在阳泉的商人，一家有七八张织机，数十名工人，已经是了不得的大产业。我若是将数百织机一起开工，厂房也用流水作业之法，又当如何？若是三百六十行，行行都能如此，那天下的财富，又何止是如今的几十百倍？”

杜松身子微微发颤："苏瑞，苏瑞……你这个新世界……"

陈元："公子，你怎么了？"

京都文德门外，一群百姓正围着看城门边上的告示。一个书生模样的人摇头晃脑地念道："大王诏曰：凉州司徒童汉臣，御史谢瑜、喻时，给事中李良材、陈垲等，私通虢寇，卖国求荣，大逆不道，罪在不赦。秋后问斩，不得……"

杜松、陈元和丘昊正好从人群后面走过。

丘昊道："咱们离开京都才一、二、三……几个月工夫，怎么就有这么多人通虢？"

杜松道："这些人可都一向官声不错啊，怎么会……"

陈元道："苏公子执掌斑狱司，这些事前因后果他都一定明白，要不，我们这就去找苏公子问个清楚？"

杜松不语，神色犹疑不定，良久道："不，我们先回去，问师妹。"

听杜松这么一说，丘昊恍然大悟道："哎哟，可算明白师父为什么一定要回来了。倒忘了，在咱们京师，师父还有一个师娘。"

杜松道："你胡说什么？"

丘昊道："师父回去会师娘，我就不跟着讨厌了。回白云观会我的羊肉去！"说完，自顾自地去了。

第九十三章　通　虢

走进李家院中，杜松不禁有些恍惚之感。花园小亭内，一个俏丽的背影，正是杜芸。杜芸盯着湖面，不知在想什么，杜松走近了，都浑然未觉。

直到杜松轻轻咳嗽了一声，杜芸才转回身来，看见杜松，立时呆住了。突然，杜芸扑到杜松怀里，哇地一声哭出来道："死杜松，你可算回来了。"

杜松怔了怔，没有抱住杜芸，却也没有把她推开。好一会儿，杜芸看到陈元，才退开一步，想到自己刚才的失态，不禁脸都红到了耳根。

杜松道："我答应过你要回来，自然就一定会回来的。"

杜芸脸更红，道："你和陈校尉先到厅中坐一坐，我去叫姐姐。"

杜松一把拉住杜芸，紧张地问道："杜芸，咱们的火器坊……真的毁了吗？"

杜芸点点头。

杜松道："怎么毁的？"

杜芸道："就是你出发去虢国的那天，丘昊道长又失踪了。苏公子四处派人去找，火器坊防备的人手，就比往日要少了。结果被人攻入火器坊，不但毁了全部大炮，而且，那天在火器坊的，曹玉麟曹大哥、郑半水郑师傅他们，也都遇害了。"

杜松声音颤抖得越发厉害，道："攻入火器坊的……是什么人？"

杜芸道："为首的有两个。有人认出来其中一个是慕容端！另一个像是傅一刀。"

杜松呆住了，半天才"哎呀"一声，一口鲜血吐了出来。

思颖奔出来，杜芸和陈元连忙围过来。杜松推开二人，悲痛道："回来路上这一个多月，我还只盼这消息……都是假的！"

陈元黯然道："公子，事已至此，也不用多想了！公子今后一定能再研制出更厉害的大炮。"

杜松狂笑道："不错，是再也不必想了。师妹，家里有酒吗？"

思颖犹豫了一下点点头。

花园中，摆满了酒坛。杜松饮酒狂歌，喝干一坛酒，就把酒坛往地上砸得粉碎。院中的鸽子被他惊得纷纷飞起。

陈元和思颖相互看了一眼，道："不能让他再喝了。"说完，陈元就想过去将杜松手中的酒坛夺过来。

思颖拉住陈元道："我虽然不知道师兄碰到了什么事，但我知道，他心里一定苦得很。我信得过他，让他今夜这么好好发泄一下，明天他一定会好起来的。"

看到杜松这个样子，陈元不无担忧地问道："苏统领在干什么？"

思颖叹了口气道："这些天，他成天说是去办案，听说今天要抓大学士纪大人。"

思颖的话，让杜松一愣，反而冷静下来："师妹，你说什么？纪大人，是大学士纪大人吗？"

思颖道："是啊，满朝还能有几个纪大人。"

杜松懊恼地道："苏瑞，你真的是这样的人吗？"

杜芸岔开话题道："杜松，你总算没有被虢国的女子迷住。"

杜松道："以前是杜松糊涂，今天跟你认个错，以后再也不做这种混账事啦！"

杜芸拿起身边的一个酒坛，拍开泥封道："杜松，就冲你这话，我敬你一坛。"

杜松也拿起一个酒坛道："好！"

次日中午，杜松衣着整洁，精神奕奕，来到李府。思颖、杜芸、陈元都已经在花厅中谈论半天了。

杜松一坐下来就问道："杜芸，你这些天跟着苏瑞，都在办些什么案子？"

杜芸道："朝廷里的大臣们通虢啊！"

杜松道："怎么？朝里真有很多大臣通虢吗？"

杜芸道："嗯，而且这些人都倔强得很，受审的时候，一个个都梗着

349

脖子瞪着眼，没几个肯老老实实认罪的！尤其是前两天我们抓的那个纪大人……"

杜松叹了口气道："你怎么知道，他们是不肯认罪，而不是确实无罪？"

杜芸瞪大了眼睛道："苏公子说他们有罪，难道还能冤枉他们不成？我看苏公子对他们够好的了，只捉拿本人，也不为难他们的家小妻儿。要换别的官办这些案子，不知道整得怎么鸡飞狗跳的呢！"

思颖道："你知不知道，你查办的官员里头，很多都是有名的清正爱民的好官？"

杜芸道："这都是些沽名钓誉之徒！就是这些平日里所谓的清廉君子，孝子贤臣，私下最是龌龊不过。可见这大杞腐败，已是病入膏肓，倘若不开膛破肚，去陈换新，只怕离百姓造反、举国战乱时日不远了。"

杜松叹气道："难为杜芸也能这样长篇大论了。"

思颖道："这些话，都是苏公子教你的吧？"

杜芸道："难道这话不对吗？"

思颖看着杜松道："我也不知道拦她多少次了，她就是不听。师兄，现在看你的了！"

杜松道："你都拦她不住，我能有什么办法？"

杜芸笑道："你们本来就没理，当然没有办法！"

杜松沉吟了一下道："杜芸，我跟你到斑狱司走一趟。"

杜芸道："好啊。我跟苏公子拿了这么多人，还没见过他们是怎么审案的呢！"

在斑狱司门口，杜松与杜芸刚一走进大门，两名守卫就凑了上来，热情地打招呼道："呦，原来是杜公子，从虢国回来了？"

杜松点点头道："苏统领在吗？"

守卫道："在，当然在，最近一阵子，可是把苏公子给累坏了，都是那些个通虢的大臣们闹的。"

杜松问道："通虢的大臣，有很多吗？"

守卫道："可不是嘛，难怪朝廷剿灭虢寇那么难办，原来都是这些个狗崽子在坏事。您等着，我给您通报一声。"

杜松摆摆手道："不用了，我自己去找他好了。"杜松和杜芸刚刚走到衙门大堂前，老远就听到两个斑狱司的侍卫在讨论着。

"这纪盛的罪名究竟应该是什么呢？该怎么登录？他到现在已经打得半死了，都还一句没松口啊！"

"呸！招了是通虢，死活不招，就是拒不悔改，铁了心地通虢！"

"可是一点真凭实据没有……万一出了错儿，你我承担得起吗？"

"怕什么，他一个学士，就是办错了又算得了什么？凉州司徒童汉臣、清州司徒何维柏不照样这么办了？你脑袋糊涂了，这是上面的意思嘛。"

"这倒是，苏大人事先也说了的，这些抓进来的家伙，十有八九是通虢，宁可错杀一千，决不放过一个。"

"这不结了？印泥呢，按个手印就成了。"

"还要找他去按手印，麻烦。"

"找他按手印干什么，谁的手不是手，借你的手指来一按，不就完了？"

"这倒也是。"

第九十四章　探　营

房间外，杜芸听得再也按捺不住，冲进屋去，对着二位斑狱司判官就打。这两人莫名其妙地就被打得叫苦连天。

杜松上来拉住杜芸道："杜芸，别急，我们慢慢问他。"

斑狱司判官看清杜松，捂着被杜芸打肿的脑袋道："多谢杜公子！……

哎哟哟……"

杜松有些厌烦地摆摆手道："苏大人呢？"

苏瑞刚好走进来，看见杜松微微一惊，道："贤弟，你什么时候回来的？"

杜松道："也刚回来不久。正好看见你这二位手下，正在办纪盛的案子。"

斑狱司判官乙道："卖国通虢，现已供认不讳。这是供词。"

杜松接过供词，冷冷一笑道："只怕有人嫌麻烦，顺手替写了供词，还加按了手印吧。"

两名斑狱司判官微微发抖道："绝……绝无此事，都……都是他自己招供的。"

杜松道："自己招供，这供词上岂能没有本人手印？就是屈打成招，也知道拉着手指按一下吧。"

苏瑞怒道："你二人究竟干了什么？莫非想假公济私，趁机报复？"

二斑狱司判官跪倒在地道："冤枉啊，大人，我二人和那纪盛往日无怨，近日无仇，就是祖上三代也无往来的，我们这都是按照……"

苏瑞抬腿一脚道："闭嘴，给我滚！"两名斑狱司判官如同得了大赦令一般，连滚带爬地出去了。

苏瑞缓过神情道："贤弟啊，手下人办事不力，自然也该算是我的过错，纪盛的事情，我一定会照章办理，明辨是非的。"

杜松盯住苏瑞看了好一会儿道："我这趟去虢国，前后不过几个月光景，怎么一回来，这世界竟是全然变了！我一路进京，到处见斑狱司抓人……朝中又怎么可能有那么多大臣通虢？别人我不清楚，纪盛忠心耿耿，当年恩师也对他赞不绝口，他又怎么可能……"

苏瑞看看左右道："贤弟，过来说话。"说着，将杜松拉到一边，杜芸有些茫然地看着苏瑞，一反常态没有和苏瑞说话。

苏瑞和杜松，两人来到衙门的一个休息处，乍一看来，就如同以前一样，亲密无间的样子，其实，二人心里都明白，以前的那种亲密无间，再也找不到了。

苏瑞招呼杜松坐下，道："贤弟这趟虢国之行，收效如何？"

杜松道："我自己虽然受了点挫折，但国家大事，总算不辱使命。"

苏瑞叹了口气道："愚兄这边……杜芸都和你说了吧？"

杜松点点头。

苏瑞道："大王不知道我和刘老实铁匠铺的关系，因此火器坊被毁他虽然震怒，倒追究不到我的头上。但……我可不能因此就原谅自己。"

杜松看着他道："我只问你，你手下这么处置纪大人他们……"

苏瑞没有回答，反问道："贤弟，你这趟回京，难道没有觉得奇怪？"

杜松道："我只是头痛，奇怪的事太多。"

苏瑞看看周围道："咱们这位姒羽大王，一向乾纲独断，贤弟出山之前，想必也早已觉得，他对我们一向提防得很。"

杜松一怔。

"那这一阵我大肆抄拿官员，他却全不阻拦，你说他是为了什么？"

"难道……"

苏瑞看着杜松道："贤弟，大家多日不见，我这些天也胸中忧烦……过几日大家一起去西山散散心吧，我再和你细谈。"

杜松看了看苏瑞说道："那好。我告辞了，不妨碍你办公了。"

看着杜松离去的身影，苏炎从暗处出来，凑到苏瑞面前道："公子，杜公子这趟去了虢国，好像变化很大啊。"

苏瑞点点头道："算了，改天我仔细问他。现在我们不能分散精力，要集中力量办好眼前的事情。"

苏炎道："他好像对您……咱们是不是……"

苏瑞摇摇头道："杜贤弟是聪明人，你越是有意瞒他，越是瞒不住他。跟他说话，还是开诚布公一些的好。"

苏炎道："这几日似乎有刺客在斑狱司附近窥探，您这几日要是出去

啸
长
风

的话……"

苏瑞一笑道："好大胆子啊，你去准备一下吧。"

从斑狱司出来，杜芸就没有再说过一句话，显得闷闷不乐。杜松跟在她后面，连叫了几声，杜芸都不应，兀自向前走。

杜松紧跟上两步，拉住她，杜芸这才回头道："怎么了，杜松？"

杜松道："杜芸，你这是中了什么魔怔了，居然也会想心事了？"

杜芸道："没有啊，杜松你瞎说。"

杜松道："是因为刚才的事吗？苏瑞他……"

杜芸勉强一笑道："哪有。我知道的，苏公子再怎么好，也不能保证他手下的人都像他一样啊。"

杜松古怪地看了她一眼，没有追问道："我要去找一下陈校尉，你一起去吗？"

杜芸想了想道："不了，我先回去了……思颖姐一个人在家里，我不放心。"

杜松没想到她居然不吵着一起去，一怔道："也好，那你自己路上小心点。"

杜芸白他一眼道："本姑娘武艺超群，有谁敢来惹我！你自己小心吧！"言罢，杜芸蹦跳了几步，又低下头来，慢慢朝李府走去。

杜松看着她的背影，心中泛起一阵莫名的担忧。

晚饭时分，杜松刚一进李府，思颖就迎上，急切地说道："师兄，你总算回来了。"杜松一愣道："怎么了？嗯，杜芸呢？"

思颖道："杜芸她早先回来，闷闷不乐的样子，没吃饭就先睡下了……到底发生什么事情了？杜芸从来没有这样过。"

杜松道："只怕杜芸这回是帮错苏瑞了。"

思颖沉吟一下道："难怪！不过苏师兄的用意只怕其实还是在你。"

杜松苦笑道："杜芸既然帮他朝中铲除异己，恐怕别人早认为我们是跟他上了一条船了。"

思颖道："那你现在有何打算？"

杜松道："我们已经约在西山详谈一次，大概就这几天吧。"

思颖脸露忧虑之色道："苏师兄行事手段过于狠辣，一旦离京出游，师兄你跟他同游西山，可千万要小心了。"

杜松道："嗯，苏瑞心思缜密，他既然约我，必会有周详布置。不过你放心吧。"正说着，仆人进来禀报杜松，陈校尉请你到他家去一趟。

杜松刚一进陈元的家门，就听到里面传来一阵爽朗的笑声，进去一看，居然是孙闯，杜松惊喜地叫道："孙将军，什么时候来的？"

孙闯道："今日刚到。出使了一次虢国，显得结实多了。"

杜松道："前方出什么事情了吗？董大帅还好吗？大家都还好吗？"

孙闯一听这话，本来兴高采烈的神情一下子冷了下来，道："多谢公子牵挂，都挺好的。孙某是奉命前来催要军饷的，朝廷已经有半年没有发饷了。"

杜松道："那，前方战事如何？"

孙闯道："刚才我还在和陈校尉谈论此事，乌拉脱被重创以后，各个虢寇都变得谨慎小心了，多用大炮，很少上岸了。不过这帮虢寇的大炮也真是可以的，一时间，我们也奈何不了他们。"

杜松道："是啊，我们这次在虢国看到了他们的炮火，也确实挺厉害的，要是火器坊没有被毁掉，唉。"

孙闯道："我们在军中也听说了。杜公子，我是个粗人，末将想请教一事。"

杜松道："孙将军不用客气，有话请讲。"

第九十五章　犯　上

孙闯道："杜公子能否将大炮的设计图纸送给末将？"

杜松道："这……恐怕不行。"

孙闯道："为什么？难道公子不愿意相助董将军吗？"

杜松道："那倒不是。就是有了图纸也没有用，别的不说，单是这铸炮车的费用，就无法解决。"

孙闯道："真的需要百万银两吗？"

杜松点点头，孙闯道："那就算了，别说百万了，就是一万，估计大帅也是没有。我原以为是朝廷惯例，虚报银两，用不了那么多呢。陈校尉，杜公子，多有打扰，末将告辞了。"

杜松道："孙将军何时回军中？"

孙闯道："拿到军饷就走，也就三五日吧。"

杜松若有所思地点点头。

次日，阳光明媚，晴空万里，又是一个难得的好天，自从杜松回来后，思颖安心多了，就独自来到花厅里看书。

一名丫鬟进来道："小姐，这里有给杜公子的一封信。"

思颖纳闷道："师兄的信？"接过来一看，发现信封上面没有落款，思颖道："是谁送来的？"

丫鬟道："来人没有说就走了。"

思颖看了几遍信封上，什么标记都没有，嘀咕道："会是谁的信呢？算了，给师兄送去再说吧。"想到又可以和师兄见面了，思颖不由得笑出声来。

此时，杜松正坐在家中地上，头发散乱，眼睛通红，周围散放着纸张，上面画着乱七八糟的图形。

思颖在杜松的面前蹲下来。杜松才发现，瞪着思颖，一语不发。

思颖知道，杜松此时一定是在想什么东西了，以往每逢这样的时候，如果别人不和他说话，他自己就绝对不会主动说话的，于是就问道："怎么就你一个人？杜芸和陈校尉呢？"

杜松道："我让他们出去了。省得他们总盯着我，干扰我想问题。师妹，你找我有事吗？"

思颖拿出一封信，递给杜松道："这里有你一封信，不知道是谁的。"

杜松接过信道："谁啊？"掏出信纸一看，上面就一行字："明日午时，请君品茶。"下面画了一朵小小的凌霄花。

杜松惊叫道："她怎么来了？"

思颖道："是谁啊？"

杜松道："若雨。"

思颖闻言呆住了。

中午时分，京城的大街上，人不多，显得有些冷清。在靠近后山的一个茶楼上，若雨一身杞人打扮，坐在靠窗的位置上看着外面的湖水。

杜松从外面进来，在若雨的面前坐下来。两人相互凝视了一会儿，齐声道："你来了？"说完，二人都感到有一丝好笑，若雨问道："你为什么要来？"

杜松盯着若雨没有说话。

若雨看着杜松，深情地说道："杜松，你虽怪我，但是，到底还是来见我了。"

杜松站起来，摇摇头道："你错了，我来是想告诉你，不管你用什么办法，我一定能造出最厉害的火炮的。"说完，转身欲走。

若雨一把拉住杜松道："杜松，你还在怪我吗？你要我怎么做，才肯原谅我？"

杜松冷冷道："公主殿下，言重了。杜松承受不起。"

若雨道："杜松，你就不想问问我为什么要来吗？"

杜松摇摇头道："不管你为什么，都和我没有关系了。"

杜松掉头就走，若雨道："杜松，杜松。"

矮鬼从旁边出来道："公主，看来我们只有靠自己了。"听矮鬼这么一说，若雨终于忍不住哭了出来。

原来杜松刚刚离开虢国，虢国国内就掀起了战乱，大王为了保护若

357

啸长风

雨，就让若雨带着两只碧凌剑，到杞国来避祸，若雨因割舍不下杜松，一路就跟了过来。

本来，若雨是想和杜松商量一下，看是否可以用两个碧凌剑，请姒羽派兵，平息虢国的战乱。可是没有想到，杜松根本就不给自己机会，想到这里，若雨悲从中来。

等杜松回到家中，原先乱七八糟的房间已经被整理得干干净净的了。思颖正指挥着两个家丁，把一摞摞的书，放在一个大台子上。

杜松诧异地问道："师妹，你在干什么？"

思颖笑着道："我看上次你设计图纸的时候，看了很多的书，我也效仿苏师兄，将你上次看的书都运过来了。"

杜松苦笑了一下，在书桌前坐了下来。思颖默默地递过一杯水，杜松接过来，慢慢地喝着，看着两个家丁忙来忙去，一语不发。

直到傍晚，若雨还在伤心，漫无目的地走着，矮鬼也不相劝，只是不远不近地紧紧跟在若雨身后。但是，两人都没有注意到，远处几个人影正远远地跟着。

突然，傅一刀的声音出现道："堂堂一个公主，何事能让你如此伤心啊？"若雨和矮鬼吃惊地一回头，只见傅一刀带着几个人站在后面。

傅一刀笑道："想不到大王老儿还真把碧凌剑给你带出来了。哈哈，苍天不负有心人啊。公主，别来无恙啊？"

矮鬼拦在若雨的面前道："公主你快走，我来对付他们。"

傅一刀道："答尔汗，你能对付得了吗？"

矮鬼道："查达干，你想犯上吗？"

傅一刀仰天大笑道："犯上？答尔汗，你既然知道我的名字，就应该知道我还有什么事情不敢做！哼。"

矮鬼道："你就不怕大王降罪于你？"

傅一刀道："大王都自身难保了，还有工夫降罪给我吗？"说着，朝身边的一个虢寇一示意，那虢寇忽然手一伸，掏出一支火枪，"砰、砰"

的两声，打在矮鬼的两个膝盖上，矮鬼一下子跪在地上。

傅一刀哈哈大笑道："答尔汗，何必如此大礼！"

矮鬼把若雨往后面一推道："公主快走！"

傅一刀道："想走，没那么容易！让公主也对我行大礼。"

不远处，陈元和杜芸正骑马回来，原来为了不影响杜松，两人相约在郊外骑马打猎，因杜芸总要拉着陈元比试骑术，才耽搁到现在回家。听到枪声，两人都是一震，寻着枪声，就飞马过来了。

这边，傅一刀身边的虢寇又举起枪，矮鬼有些绝望地闭上眼睛，忽然一把大枪飞过来，直直地插入虢寇的胸口，大枪来势凶猛，这个虢寇竟被活生生地钉在身后的树上。

傅一刀大惊道："陈元！"

陈元的声音响起道："谢谢你记得在下。"

第九十六章　受　伤

傅一刀手一挥，对身边的几个皮士军道："上，他没有武器了。杀了他。"

陈元哈哈大笑道："鼠辈，萤虫敢与日月争辉吗？"话音未落，身形一现，和几个虢国护军战在一起。

傅一刀刚想向若雨扑过去，陈元大喝一声道："可恶！"随手抓起一名皮士军，抛了过去，挡住傅一刀的去路。

傅一刀吓了一跳，随手向若雨抛出一把刻刀，人影往后一蹿，顿时消失了。刻刀密密麻麻地向若雨飞来，矮鬼猛一提气，向上一跃，挡住了飞向若雨的大部分刻刀。

陈元大喝一声，连环腿踢死了围攻自己最后的三名皮士军。奔到若雨面前，若雨和矮鬼都躺在血泊中了，矮鬼身上插满了刻刀，若雨身上也中了几刀。陈元伸手一探，若雨还有气息，而矮鬼早已气绝。

一个人影飞奔过来，来人正是杜芸，她说道："陈校尉，是……"杜芸一见是矮鬼和若雨，呆住了。

陈元在若雨的鼻息下一试，道："公孙姑娘所中的刻刀都不在要害部位，还没什么大碍。"陈元指着矮鬼道，"忠义之士，拼死护主。"

陈元抱起若雨道："杜姑娘，我们带她回去。"

杜芸道："可是，她是虢国人啊？"

陈元道："见死不救，非我辈所为。"

杜芸指指矮鬼道："嗯。那，我们把这个人也安葬了吧。"。

若雨艰难地道："谢谢。"就晕死过去了。

陈元和杜芸将重伤的若雨带回李府，在思颖的细心照料下，若雨终于脱离危险。

陈元这才放心地去通知杜松，可是没有想到杜松并没有像大家预计的那样，立刻赶往李府探望，而是对陈元说道："陈校尉，大炮图纸我已经复制出来了，在很多方面都做了一些改进，特别是在工艺和费用上，董家军自己都可以铸造。你把这个给孙将军送过去吧。"

陈元接过来道，"好，我这就给孙将军送过去。"将东西揣在怀中，走到门口，忽又回过头来道，"杜公子，李姑娘让我转告你，若雨姑娘的伤势虽然很重，但是已经没有什么大碍了。"

杜松的脸色阴晴难定，不知道该如何是好。

思颖的房间内，若雨还在昏迷当中，额头上放着一块湿毛巾。思颖轻轻走过去，拿下毛巾，轻抚她的额头，忽然若雨抓住思颖的手，放在自己脸上，思颖轻呼一声，却发现若雨两眼紧闭，还在昏迷当中。

思颖想轻轻抽手，却不料若雨越抓越紧，并开始说起胡话来："杜松……杜松……我错了……你不要离开我……不要……"声音越说越低，两行热泪从眼角滑落。

杜芸刚好从外面端一盆水进来，听到若雨的胡话，不满地说道："姐姐，你干吗要救这个虢国女人？你救她，她就会和你抢杜松。"

思颖道："难道你让姐姐见死不救啊？"

杜芸气得跳起来道："好，救，救，我不管了。"杜芸将水盆往桌子上一放，气呼呼地冲了出去。

思颖摇摇头，端过水盆，帮若雨换药包扎伤口，微微有血透过白布渗出来，若雨忍不住疼得皱了皱眉头，醒了。

思颖道："再忍一下，马上好了。师兄正在忙个事情，一会儿就来了。"

若雨坚决地说道："不，我不想见他。"

思颖看了一眼若雨，没有说话，专心包扎，一会儿包扎完毕，若雨道："我在这里已经耽搁了一些时日了……现在我该去做自己的事情了。"

思颖想了想，还是问道："既然你还有要事要办，我也不拦你……有句话，我不知道该不该问？"

若雨以为她要问起虢国之事，略尴尬道："问吧，能告诉你的，我自然不会隐瞒。"

思颖低声问道："你这一趟，可是要进京去见大王？"

若雨一惊道："你，怎么知道？"

思颖叹一口气道："你既不想见师兄，若非虢国国内有什么变故，才不会急匆匆地再次赶到杞国。"

若雨神色一黯道："嗯，你猜得不错，但其中内情，我还不方便说，请你见谅。"

思颖忧虑道："我原不是来打探你的，只是想告诉你，如果你真要见大王，千万要多长个心眼儿。"

若雨一怔道："你这话是什么意思？"

思颖道："我们的这位大王，恐怕没有你想象中的值得依赖。"

若雨沉吟一下道："也许吧，但我现在已经别无选择，是好是歹，就看王室和慕容府的运气了。"

思颖听她说得慷慨，不由得也暗生敬意道："若雨姑娘既然有如此决意，我就只有祝你好运了。"

京都的西山风景宜人，山路静寂。苏瑞和杜松并肩在前面走着。苏炎远远地跟在后面，背负着双手，似乎对周遭一切都麻木不觉。

苏瑞放眼四望道："贤弟，见过了异国风光，回头再看这家乡风物，可是别有一番滋味在心头啊？"

杜松道："国家有事，民生多艰，再好的山水风光，又怎么看得进眼去。"

苏瑞道："恩师泉下有知，要是能听到贤弟这么说话了，定然开心得很。"

此时，陈元正扮作一个牧羊人，在西山的脚下靠着一株古柳休息。身边几只山羊在吃草。不远处，还停着一辆大车。

苏瑞和杜松二人信步来到一棵大树下，稍作休息，苏炎等侍卫都守在远处。不远处，一株大树上，树叶微微响动。枝叶间，可以看见一片衣角。树下的一名斑狱司侍卫，并未觉察头顶有异。

苏瑞看杜松额角上微微见汗道："这些日子，可是一天热似一天了。我派人备点冰块，让贤弟给二位贤妹带过去。"

杜松叹口气，看着远处道："这，天总是一天天地热起来的。不可能一下子从冬天到了夏天，也不能一下子从夏天到了冬天。"

"贤弟想说什么？"

"苏瑞，当初在火器坊，你说的要开设有几百家织机的大绸庄，那事可办起来了？"

苏瑞点点头。

杜松接着道，"那么大的场子，养蚕桑叶不够，厂子里的人，抢附近老百姓的农田，那里的庄稼人，都苦得很。虽然我知道你是会出钱跟农家买的，你又怎么会吝啬这一点买地的钱？可是，苏瑞，你所谋太大，要做的事太多，就算你再操心，下面的人瞒着你做了些什么，难道你能一一都查个清楚吗？"

苏瑞道："所以，我才一直想要像贤弟你这样的人来帮我。"

杜松道："就算退一步说，苏瑞你能约束好手下。但你的绸庄既然这么做获了大利，阳泉的富户豪绅自己纷纷效仿，他们会不会像你苏瑞这样平价买田？恐怕……"

突然，苏炎大喝一声："给我下来吧！"打断了二人的谈话，就见苏炎的钢爪向树上飞去。树上人影一闪，正是乌洛留香，如闪电般直射苏瑞。

第九十七章　谋　逆

周围喊声大作，不知道从哪里蹿出十余名斑狱司侍卫围上。乌洛留香的身形几乎如幻影，转眼间从斑狱司侍卫之间穿过。

杜松拔出火铳来，正要瞄准，忽看清是乌洛留香，不禁一怔，枪口垂了下来。乌洛留香已经到了苏瑞面前。

苏炎又喝一声，另一柄钢爪朝乌洛留香脑后飞去。乌洛留香更不回头，一手长剑指住苏瑞的咽喉，另一手折扇打开，钢爪正击在扇面上。钢爪"当"地落地，而扇面居然完好无损。

杜松看着乌洛留香，正想说话。

乌洛留香道："苏统领，一向可好？"

杜松吸一口气，还是把火枪举起对准乌洛留香。

苏瑞看看杜松的脸色，嘴角不禁露出一丝冷笑。苏炎率领众斑狱司侍卫四面围定，但看苏瑞被制住，却不敢上前。

苏瑞看看乌洛留香又转头看杜松道："阁下武功好得很啊，我安排下这么多人，居然还拦你不住。贤弟和这位公子认识？"

杜松脸一红道："在阳泉的时候，结下一点梁子。"

苏瑞打量乌洛留香一会儿，似乎想起什么道："阳泉……原来阁下是乌洛留香，净山王的公子。"

乌洛留香一笑道："好记性。少年时，我们也不时常打交道，难得你还记得我。"

苏瑞道："惭愧，虽说你我师出同门，但是我对阁下并无一星半点印象。为了捉拿令尊，大杞天下到处画影图形。阁下的相貌，虽比令尊文秀许多，但眉宇间的王霸之气，倒是一般无二。"

乌洛留香诧异地"哦"了一声道："打劫商车的山贼罢了，什么王霸之气，苏统领太抬举我父子了。"

苏瑞道："公子是要为令尊报仇吗？"

乌洛留香道："父仇不共戴天。不过，我今天来，是为了纪盛，我想请苏统领放了他，不知道苏统领意下如何？"

苏瑞苦笑了一下，却看着杜松道："贤弟，你看我是该宁死不屈，就是不放纪大人呢？还是姑且做一做识时务的俊杰？"

杜松没有说话，犹豫一下，退开一步，缓缓将自己的火枪收起。

苏瑞点点头道："好，我明白了。我这就回去放了纪盛，如何？"

乌洛留香道："我可信不过苏公子，还是请在这就写一道赦令，交与在下。"

苏瑞想了一想，忽然笑起来。

乌洛留香道："苏公子的这份镇定，还真叫人佩服得很。"

苏瑞摇摇头道："幸好苏某是个附庸风雅之人，所以游山玩水时总带着纸笔，不然阁下该斩去苏某一根手指，要我写血书了吧？"

乌洛留香将折扇打开，递给苏瑞道："苏公子果然料事如神。那就请写在这扇面上吧。"

一名斑狱司侍卫赶紧跪在地上研墨，另一名斑狱司侍卫提笔蘸饱了墨，上来将笔递给苏瑞，然后赶紧退开。

苏瑞提笔在扇子上写道："斑狱司正堂石……"忽然笔头脱落，苏瑞叹一声道："莫非是天意吗，笔头落地，人头又该如何啊？"

乌洛留香一笑道："笔头要是接不上，也不过是斩一根指头的事，人头是不妨的。"

旁边一名斑狱司侍卫乖觉地走到一棵松树旁，用指尖从树上挑下一点松脂。

苏瑞看看乌洛留香道："如何？"

乌洛留香点点头。那斑狱司赶紧凑上来，将松脂放入笔管，又退下。苏瑞一手晃亮火折，给笔管加热，一手拿着笔头，似乎想只等松脂熔化，就将笔头装上。

乌洛留香全神贯注盯着他，防他弄鬼。

杜松看着笔管，忽然想起什么，大叫道："当心！"话音未落，笔管末端飞出一支短枪，乌洛留香一侧身，仍然没有躲过。

苏瑞趁机一个翻身，从地上滚开。

苏炎两柄钢爪同时飞到，直取乌洛留香。两名斑狱司侍卫上来将苏瑞扶起。苏瑞狠狠瞪了杜松一眼。杜松一激灵，手中火铳走火，一道火光飞向空中。

乌洛留香和苏炎拆了几招，一时取他不下。斑狱司侍卫围了上来，很快，乌洛留香又身中几剑，见势不好，清啸一声，往山下逃去。

苏炎率众追赶。可是三转两转，乌洛留香失去了踪迹，苏炎看了看地上的血迹，冷笑道："他受伤了，跟着地上的血迹追，他跑不了！"

见苏炎带人追了下去，苏瑞叹了口气，刚要将笔收起。

杜松忽然道："苏瑞，这支笔借我瞧瞧成不成？"

苏瑞犹豫了一下还是递给了杜松，杜松接过笔来，翻翻覆覆地看了一阵，道："苏瑞，现在世道如此，估计不久将有大乱，也许会有些危险，这笔送我防身，行不行？"

啸长风

苏瑞的脸上略微呈现出紧张之色，随即笑道："行啊。贤弟还想要什么，尽管开口，普天之下为兄没有什么不能送给贤弟的。"

杜松不答，沉默半晌，突然问道："苏瑞，你是不是想当大王？"

"那天在火器坊，我以为我说得够明白的了。比起姒羽那个昏君，你以为我如何？"

"要说你不如他，我也实在对不起自己的良心。你想当大王，我也没觉得有什么不对。可是眼前这情形……"

"贤弟心胸旷达，谋朝篡位的事，别人眼里大逆不道，在贤弟看来，或者也未必绝不可行。贤弟博览群书，想必更是熟知，不论哪朝哪代，要政变夺宫的时候，总容不得原来大王的忠臣吧？"

"原来你屠戮大臣，不是为了抗虢寇，是为了铲除异己……你倒坦诚得很。"

"话已经说到这份上，我也不必瞒你，刚才那个乌洛留香要写什么赦令，实在是为时太晚，纪盛已经在西市问斩了。"

杜松一震道："你……"

苏瑞道："我也已经到了实在不得不如此做的时候。贤弟，我问你，大王一向对我小心提防，这段时间我放手大干，他却丝毫不加阻拦，你说，这是为了什么？"

"难道……"

"不错，他大概也想除掉我苏家了。故意对我苏家示以优渥信宠，一是只盼我现在的为所欲为引起朝野众怒；二是希望我们以此不加提防，他到时候才好打我们一个措手不及！"

杜松问道："你这么做，令尊大人苏杰将军知道吗？"

苏瑞道："我爹一向愚忠，他知不知道又能阻挡我什么？"

杜松吃惊，道："你这样做，恐怕会殃及令尊大人的，到时看你如何收场。"

苏瑞道："贤弟，我跟你说过多次，大杞天下已经病入膏肓。一棵参天大树，枝叶腐败，可以剪除，但要是从根上烂了，那就只有重新做一番开天辟地的事业！"

第九十八章　秘　密

　　"不错，正是为此，我不得不尽力除掉这些大杞的忠臣！我若是像商傅周武那样起兵造反，很可能是兵连祸结，也许还给了鞑靼的俺答可乘之机。而我若是能尽早将这些忠于杞朝的辅弼之臣除去，那就也许只要一夕之间，就能完成改朝换代的大业。纪盛、叶经这样的人我并不想杀，但现在不杀他们，将来就更不知道要杀多少人。舍小仁而全大义，这个道理，难道贤弟不明白吗？"

　　杜松道："苏瑞，我说不过你。"

　　"贤弟念在老朋友的分上，不愿意和我争辩，愚兄感激得很。"

　　"朝廷里的较量，原讲不得什么仁义道德，苏瑞这么做，确实也没有错。"

　　苏瑞一听，喜道："贤弟！"

　　杜松道："可是，这样的事，我终究做不来，苏瑞，万事你都比我想得多想得深，我不如你。"说完，转身下山去了。

　　苏瑞看着他的背影，脸上没有一点表情。身后，日薄西山，残阳如血。

　　山下，乌洛留香跌跌撞撞地跑下来，正遇到在休息的陈元，乌洛留香一指后面，已说不出话来。远处，影影绰绰可以看见苏炎等追兵。

　　陈元见状，二话不说托起乌洛留香，飞身一跃到大车前，将乌洛留香塞进车内，车内居然坐着丘昊。

　　丘昊一见乌洛留香血染前襟，怪叫一声道："师父叫俺来西山吃肉，

367

啸长风

怎么却来个血肉模糊的人！莫非是要吃人肉吗！"

陈元瞪了他一眼道："这是乌洛公子，你不认得了吗？"

丘昊定睛一看道："啊呀呀，真是他！"

陈元道："先别说了，追兵将至，你们快走，我来阻他们一阵。"

丘昊一缩脑袋，回到驾座上道："好，动手厮杀的事，自然该你辛苦。驾！"大车疾驰而去。

陈元抓起一只山羊，用枪头刺穿山羊的喉咙，同时向另一个方向跑去。羊血滴滴答答地流到地上。

傍晚，杜松刚一进门，就急切地问道："可救到乌洛公子了？"

陈元点点头道："他失血太多，情况恐怕不好。"

杜松发现丘昊不在，道："我那徒儿呢？"

杜芸道："那个酒肉道士一到这儿就嚷嚷说你诓他，肉没吃上，倒惹了一身麻烦，把那人抬进来，就自顾走了。杜松，这到底是个什么人啊？我问陈校尉，偏他又卖关子，不肯说。"

陈元脸一红道："我……"

思颖道："你和苏公子谈得如何？"

杜松沉默良久，对思颖道："咱们都到阳泉去，好不好？"

思颖毫不犹豫道："好！"

杜芸却有些不情愿地问道："为什么啊？"

思颖道："怎么？你舍不得吗？"

杜芸脸一红道："哪里有！"

思颖道："师兄，那我们什么时候出发？"

杜松道："我先去看看乌洛兄，回头再说。"杜松向里间走去。

里间，乌洛留香躺在床上，脸色苍白。见杜松进来，有些勉强地笑笑道："杜松，我去找苏瑞，却没事先跟你招呼，可对不住了。"

杜松道："你，没事吧？"

乌洛留香摇摇头道："不妨，也是我太大意，他这笔里藏枪的机括，本来就是照我乌洛家的设计改的，我居然没看出来。"

杜松一怔，从怀中取出那支小笔来，又从臂上褪下银线镯，比照着看看，点点头道："果然是差不多，不过是由按崩簧，改成用热力而已。咦，不对！看这笔的模样，制成不过三天……可曹玉麟曹大哥他，应该在三个月前火器坊被毁的时候，就遇害了！"

陈元接过笔来看了看，道："苏瑞手下能工巧匠多得很，要说另有高手打造，也不算奇怪。"

杜松吸一口气，点点头，看乌洛留香道："乌洛，我们准备近日就出发北上，你……可吃得消吗？"

乌洛留香凄惨地一笑道："我恐怕走不了……只是，杜松，难道……难道……你不想搞清楚刚才的疑问吗？"

杜松看了看手中的笔道："算了，苏瑞做事一向滴水不漏的，我哪里能搞清楚什么。"

乌洛留香逼视着杜松道："你是不能还是不想？"

杜松道："这……"

乌洛留香道："杜松，你知道我为什么要救纪盛吗？此话说起来就长了。当年我父亲和李轩大人还有纪盛纪大人都是同窗好友，三人虽然政见不同却惺惺相惜。李老大人过世后，纪大人曾派胞弟纪谈和我父亲联系过，但是他二人却发生了争执，纪大人要将宝藏献给朝廷，我父亲却不同意，认为姒羽是一个庸君，即使得到了宝藏也对天下苍生没有好处。可是纪大人还是执意要将宝藏的秘密告诉姒羽。"

杜松道："你说的宝藏是碧凌剑所藏的宝藏吧？"

乌洛留香道："你都知道？"

杜松摇摇头道："我和纪谈见过虽然他没有告诉我这些，但是我能想象得到。一个小小的碧凌剑即使价值连城又能如何？既然能作为霸权的象征，总会有点什么绝密的东西。只是，我不明白，姒羽为什么不……取出宝藏，反而将碧凌剑送给虢国？"

乌洛留香道："其实当时父亲他们也不十分清楚。倒是纪谈叔叔经过几十年的勘察，才得出宝藏的大概位置。这是姒羽迟迟没有动手的一个主要原因。但是还有另一个原因，就是姒羽不希望有其他人知道。因为，那个宝藏中可能藏有当年贤王的两颗长生丹，这才是姒羽真正想得到的东西。"

杜松道："那姒羽为什么会将碧凌剑送给虢国呢？那样岂不是他永远得不到宝藏了吗？"

乌洛留香突然咳出了一口鲜血，道："杜松，你扶我起来。"

杜松将乌洛留香扶在床上靠着，道："乌洛，你休息一会儿吧，等你的伤好了，我们再谈。"

乌洛凄惨地摇摇头道："来不及了，杜松。你把咱们的大王想得太简单了。其实姒羽早在多年前对虢国的局势就非常地了解，因为，他每年都会派一些人秘密到虢国。"

杜松道："如果他带不回碧凌剑呢？"

乌洛留香道："这我也不知道。不过朝中的谢宁就带人秘密驻扎在洛州了，就是碧凌剑上所说的宝藏所在地。"

杜松道："你是说，有没有碧凌剑，对姒羽获得宝藏没有太大的障碍？"

杜松低头想了一会儿道："你是怎么知道这一切的？"

乌洛留香道："你忘了，我父亲可是闻名天下的净山王。所有来往江上的船只都要获得净山王的五峰指令的许可。"

杜松道："你是说姒羽派到虢国的船只都是你父亲提供的？"

乌洛留香点点头。

第九十九章　埋　伏

杜松道："净山王和姒羽之间是有秘密约定的，对不对？"

乌洛留香道："这个恐怕永远没有人知道了。我父亲在临死之前只告诉了我这些，就过世了。"说完，乌洛留香疲倦地闭上了眼睛。

杜松在房间里来回走了几步，道："这些事情透着太多的疑问，要想彻底弄清楚绝非易事。现在，我和苏瑞还没有闹翻，暂时他不会对我怎么样的。但是，我们仍然要抓紧时间，尽快将纪谈等人接到一个秘密的地方，我想不管苏瑞知不知道，我们还是小心一点比较好，然后，乌洛，乌洛，……"

杜松扭头一看，乌洛留香脸上仍然带着微笑。陈元轻轻地用手试了试乌洛留香的鼻息，脸色突变。杜松的手直发抖，却不敢往乌洛鼻子下探试，直直地看着陈元，问道："他，他……"

陈元拉过被子，将乌洛的遗体盖上，哽咽道："乌洛公子已经，走了。"杜松一下呆住了，好一会儿才发出一阵压抑的悲鸣声。

深夜，凉风习习，杜松、陈元、杜芸和思颖，默默地站在乌洛留香的墓前。

杜松想起以前和乌洛留香一起度过的时光，不由得悲从中来，放声大哭，好一会儿才平静下来，道："陈校尉，我们明天一早就去接一下纪家父女。"

陈元道："杜公子，不如让杜姑娘和李姑娘都去吧。万一有个什么事情，大家在一起还好相互关照一下。"

杜松看了看思颖道："师妹，我们接了纪家父女后，就不要回来了，直接去阳泉好了。我们明日一早就动身。不要带什么行装，以免引起怀疑。"

杜芸脸色一变道："这就走吗？"

思颖道："杜芸，是的。有什么问题吗？"

杜芸咬咬嘴唇道："好，我没有问题了。走吧。"

等杜松和思颖回房休息了，杜芸却一个人偷偷地溜了出来，来到苏府外。原来，杜芸到底心中对苏瑞有所不舍，想到天一亮就要离开京都，还不知道有没有机会回来，就想在走之前和苏瑞告个别。

苏瑞睡眼惺忪地从苏府出来，见是杜芸，诧异地问道："杜芸，这么晚了，你怎么来了？出什么事了吗？走，到里面来说。"

杜芸摇摇头道："没有出什么事情。苏公子，你还好吗？"

苏瑞道："我挺好的。杜芸，你怎么了？两日没见，你到底怎么了？"

忽然，杜芸大胆地盯着苏瑞道："没什么。我只是，只是，来看看你。"

苏瑞有些莫名其妙道："杜芸，你怎么怪怪的，谁欺负你了吗？"

杜芸道："没有人欺负我。苏公子，我也不知道和你一起做的那些事情是对是错，现在我也不想知道了，总之，你保重吧，我走了。"

说完，扭头就走。杜芸都走得没有影了，苏瑞还莫名其妙地站在那里。

凌晨，大街上还没有人，杜松他们就悄悄地牵出马车上路了。杜松不停地挥舞着手里的鞭子，由于着急，额头出了一层汗。

杜松一行人匆匆地来到民居外，杜松跳下马车，看看道："乌洛说的地方，应该就是这里没有错。师妹，你和杜芸在这里等着，我和陈校尉去看看。"

杜芸不解地问道："姐姐，这里都住的什么人啊？"

思颖道："我也不太清楚。"

杜松和陈元来到门口，敲敲门道："纪大人、纪小姐，你们在吗？"

没有人答应，杜松和陈元相互看了看，杜松大声道："我是杜松，是乌洛留香让我来的。你们开开门。"

忽然，门开了，里面纪家父女被捆绑着，口也被堵上了。

苏炎正笑眯眯地站在旁边，看着杜松道："杜公子，陈校尉，久违了。"

陈元反应极快，拉住杜松往外一跳道："走。"

苏炎道："想走，没那么容易。"

原来，杜芸半夜去看苏瑞，苏瑞从杜芸反常的举动中就探知了杜松近日要离开京城，有所举动，就派人密切监视杜松等人，见他们一路就往这个民居来，抢先一步，抓获了纪家父女。

外面，杜芸和思颖还没有反应过来，陈元就已经拉着杜松退到马车边了。陈元将杜松往车上一放道："你们快走，我来断后。"

杜芸还不解地嚷嚷道："怎么了？怎么了？"

杜松道："有埋伏，纪家父女已经被抓了。"说话间，苏炎带人已经追了出来。

陈元将大枪一横道："快走。"

杜芸一抽马鞭，架着马车疾驰而去。临走，杜芸扭头看了看，陈元正被苏炎等人包围在中间。

车内，思颖问道："师兄，这些是虢寇吗？"

杜松惊魂未定道："是苏炎。纪家父女可能凶多吉少了。"

杜芸咬着牙，赶着车一语不发。

陈元被苏炎等人团团包围在中间，陈元道："狗贼，有本事你们就过来。"

苏炎道："陈校尉，你这是何必，你们随我回苏府，和我家公子说清楚就没事了。快，禀报少爷。"

众斑狱司侍卫围着陈元也不动手，陈元也全神贯注地提防着。双方陷入僵持的局面。

忽然，一群人过来了，带头的竟然是傅一刀和慕容端，见到这种情况，傅一刀笑道："嘿，看来好戏差点让我错过了。省得咱们动手了。看他们自己人打自己人。"

慕容端看了看，道："他们不会动手的。"

傅一刀阴笑道："坏了，这苏瑞可能还念及旧情，不忍心动手。看来，还是需要我给他们加一把火。"说罢，两人相对坏笑了一下。

原来，傅一刀一路跟踪若雨来到杞国，自从上次若雨被陈元和杜芸救走后，傅一刀一时没有什么办法，几次拜见苏瑞，都没有见到。正在毫无办法的时候，遇到了同样失魂落魄的慕容端，两人一拍即合，立刻勾搭上了。

此时，巧遇了正被包围的陈元，于是，慕容端一挥手，几名杞装打扮的虢寇，悄悄地向苏炎等人靠近。

就在这时，一骑快马飞奔而来，正是杜芸骑在马上。原来杜芸将大车赶到安全处后，又是懊悔自己昨夜和苏瑞碰面，又是担心陈元的安危，就快马赶回来，正好碰上傅一刀等人要围攻陈元。

慌乱中，杜芸也没有分清是什么人，就闯去了虢寇的包围圈，傅一刀阴笑一声："来得正好。拿下。"

第一百章　凤　死

陈元一见杜芸被包围，沉喝一声道："闪开！"枪尖着地，一个撑杆跳，跳到杜芸身边。陈元道："杜姑娘，你回来干吗？"

杜芸道："陈校尉，我来接应你。这是些什么人？"

陈元道："斑狱司的。"

杜芸道："斑狱司？不可能吧。"

傅一刀哈哈大笑道："怎么不可能？苏管家，杀鸡焉用宰牛刀，这两个人你就交给我们吧。也算我们送给苏大人的见面礼吧。杀。"

众虢寇向中间二人涌去。一名斑狱司侍卫凑到苏炎的身边问道："苏管家，怎么办？"苏炎看了看纪家父女，道："少爷没有让我们抓其他人，我们走！"

苏炎带着众斑狱司向后退去。陈元大枪在手，端间刺倒两人，余下虢寇却不后退，拼命将他困住，配合娴熟，陈元竟一时也脱不了身。

正在僵持中，苏瑞率领大队斑狱司出现了。

傅一刀迎上来道："苏大人，这点小事，哪里还需要您亲自动手。"说着，朝慕容端使了一个眼色。

苏炎过来道："少爷，纪家人已经抓获，只是，这……"

苏瑞看了看混战中的陈元和杜芸，提马向前，身边是傅一刀，慕容端在后，混在斑狱司侍卫中。苏瑞大声喊道："杜芸，陈校尉。别打了，这是误会。"

陈元边战边喊道："杜芸！别听那苏瑞的，他早有叛国之心！"

杜芸惊疑不定道："陈校尉，你说什么？"

陈元道："苏瑞他在利用你……"

杜芸听得此言，手中剑"当啷"一声，落在地上，喃喃自语道："苏公子……你……怎么会……怎么会！"

陈元道："杜芸……"说话时一个分神，陈元竟中了一刀。陈元怒吼一声，大枪抡起，将对手全部挑翻。

杜芸呆呆傻傻站在那里，一动不动。杜芸惊惧地看看苏瑞，又看看陈元，手足无措。

苏瑞指陈元道："本来我是不想杀你的，可是你一而再，再而三地坏我的事，我却留你不得。"

众斑狱司侍卫听苏瑞这么一说，纷纷拔剑。

杜芸道："苏……公子，你……"

苏瑞略一犹豫，还是把手挥下道："杀！"

陈元哼一声道："苏瑞，倒看看谁杀得了谁！"

陈元怒吼一声，大枪裹挟劲风，直刺苏瑞。

几名斑狱司侍卫要上来保护，还未靠近，就跌飞出去。忽然剑光一闪，一口虢剑架住了陈元的大枪。

陈元一惊道："慕容端！"

慕容端冷笑道："陈校尉，你可真是心神不定得很啊。就这么几个人，你身上居然还挂了彩。"

杜芸道:"苏公子,你……你怎么会和这个虢国人在一起?"苏瑞哼一声,并不答。

陈元一言不发,大枪如狂风暴雨般向苏瑞刺去。慕容端剑光盘旋,挡住他的攻势。

苏炎率领众斑狱司各持兵刃,向陈元杀去。陈元以寡敌众,局面危急。苏瑞冷笑一声,从腰间取出一支短筒火铳,瞄准了陈元。

杜芸大叫道:"不要!"冲上来一推苏瑞的胳膊,一枪射向空中。陈元一震,慕容端趁机一剑刺中了陈元。

杜芸大叫道:"陈校尉,你别管我了,你快走!"

慕容端冷笑道:"已经透心刺穿,还走什么!"

陈元怒吼,将长枪向苏瑞掷去。慕容端没想到他重伤之余还有如此力量,竟然防备不及。

枪到苏瑞面门,苏瑞躲闪不及,眼看就要命丧枪下,杜芸突然从旁跃上,枪刺穿了杜芸胸膛。

陈元呆住。慕容端与众斑狱司也不觉住手,看着杜芸。

苏瑞一把抱住杜芸道:"杜芸,你……快,喊大夫来!"

杜芸从他怀中挣脱道:"不,我不要你为我治伤。"

苏瑞怔住道:"杜芸……"

杜芸无力又坚定地摇头道:"你不是好人,你骗我,我不要你为我治伤!"苏瑞一时竟也不知如何是好。

陈元走上一步道:"杜芸姑娘,我……"

杜芸凄然看着陈元道:"陈校尉,他是坏人,可我还是不忍心看着他死……你不怪我吧?"

陈元已说不出其他话来,只叫道:"杜芸姑娘!"

杜芸道:"陈校尉,我是个笨丫头,我知道你对我好,可是……今天死在你手里,算是我跟你道个歉吧……"话音未落,人已经气绝。

陈元、苏瑞一起大叫道:"杜芸!"

陈元分开众人，抱住杜芸的尸身。

苏瑞大叫道："陈元，你……来人，给我拉开他！"二斑狱司侍卫上前，刀砍在陈元身上，陈元一动不动，只是紧紧抱着杜芸。

一个斑狱司侍卫上前看了看，道："统领……他……好像死了！"

苏瑞暴怒道："我管他是死是活，我要你拉开他！"众斑狱司侍卫吓得一哆嗦，赶紧去拉陈元和杜芸。

傅一刀走过来道："苏大人，我们可以好好谈谈了吗？"

苏瑞突然红着眼睛，瞪着傅一刀道："滚，滚，再让我看到你一次，我就宰了你。"

此时苏瑞的心中充满懊悔，眼角涌出一丝泪水。

在路边的一个小客栈里，天色已经很晚了，杜松和思颖还在等陈元和杜芸回来。

看着已经有一些傻呆的杜松，思颖有些不忍道："苏公子对她，多少还有点情义吧。性命应该不会有危险吧，可是……"说到这里，思颖一激灵，说不下去了。

良久，杜松又叹了口气道："师妹，我先外出一下，你在客栈等我吧。"

杜松从客栈出来，一路去往白云观找丘昊。

月黑风高，枭啼不断。丘昊扛着铁锹，一手打着灯笼，跟着杜松一路走过来，还不停地抱怨道："师父，这深更半夜的，你干吗非到这里来。"

杜松的声音里有些惧意，道："好徒儿，你照着墓碑，我要找几个人的坟。"两个人就这样胆战心惊地从一个又一个墓碑上照过。墓碑后，有的坟头已经裂开，露出里面的棺木；有的就在墓碑旁，滚落着一个骷髅头骨。

当灯光照亮一个墓碑，上面写着：河东经历司都事曹玉麟。

杜松出了一口气道："是这里了。"说着冲着墓碑一拜道："如果惊动了你的尸身，千万莫怪。"

丘昊一激灵道："什么，师父，你……你是想挖坟？"

啸长风

杜松道："不然我让你带着铁锹锄头干什么。丘昊，辛苦你了！"

丘昊无奈地看了杜松一眼，嘀咕道："我就知道，当了你的徒弟就没有好日子过了。"抱怨归抱怨，丘昊还是走到墓碑后，一只狐狸蹿出来，吓得丘昊"当啷"一声，将铁锹、灯笼一齐掉在地上。登时漆黑一片，老鸦、蝙蝠被惊动，周围顿时响起了无数诡异的振翅声。

好不容易丘昊才平下心来，挖开坟墓，才发现，这根本就是一个空坟！

丘昊大叫道："怪呀！"

杜松反而变得比刚才平静道："果然不出所料。我们回去吧。"

第一百零一章　寻　迹

等杜松回到客栈的时候，已经是三更天，思颖看了看杜松一身的泥土，平静地问道："都是空的？"

杜松一惊，随即点点头道："曹玉麟、崔贤、李固三位的坟都是空的，郑半水郑大哥，却是确实被害了。可是，他身上并无外伤，我用银针探喉，取出银针，都已变得漆黑，郑大哥原来是中毒而死。"

思颖叹了口气道："傅一刀和慕容端跑到火器坊去杀人放火，当然不会慢条斯理地下毒。郑大哥既然是被毒死的，自然也就不会是他们杀的了。"

杜松道："本来，这批大炮一旦铸成，自然是要运送到董家军中，供董大帅抵抗虢寇的。苏瑞既然早有篡逆之心，自然不甘就这么让大炮北上，而是想把大炮拢在自己手里，而且，这事绝不能让其他人知道。所以，对他来说，最好的法子，就是假装火器坊被毁。"

思颖叹了口气道："恐怕从他一开始叫你设计大炮的时候，就伏着这招棋子了。"

杜松道:"为了能毁掉大炮,傅一刀和慕容端尽弃前嫌联手,可谓不惜代价,没想到却不过是帮了苏瑞一个大忙。第一,这样一来,谁都以为大炮已经没了,而不会想到,大炮还安安稳稳摆在他苏家的仓库里;第二,火器坊名义上不过是一个不相干的商贾的产业,铸炮之事显得与他无关,火器坊被毁,谁也没法怪到他的头上……"

思颖道:"还有第三,大炮既然是毁在傅一刀和慕容端两个虢国人手里,那么苏公子就更得了借口,虢寇势大,朝中通虢大臣太多,他好以此为名清洗异己。"

杜松叹息道:"环环相扣,了不起啊,了不起!"

思颖道:"但他要造成火器坊被毁的模样,又要暗中转移走大炮,没有人相助,总是不行的。"

杜松道:"这件事,他倒没想要我来帮他做。"

思颖道:"你看似散漫,心里还是厌恶这些鬼蜮伎俩,他又怎么会不知道。要是这时就来找你,他也愧称是你的知己了。"

杜松长叹一声道:"傅一刀、慕容端费尽心机,却不过为苏瑞作嫁衣裳。他大炮在手,却直到现在都没有发难,他倒是在等什么?"

思颖道:"他忌惮董家军,那他下一步定会对董大帅下手。"

杜松点头道:"这是一层。嗯,我听说他最近居然不在京里,而是到漠北去了,是不是?这么紧要的关头他居然会离开,那这次他的漠北之行,一定非同小可。那只能是为了……"

思颖、杜松对视,两人同时叫道:"俺答汗!"

杜松坐倒在椅子上道:"现在苏瑞内可以随时令都城化为齑粉,外又有鞑靼俺答这样的强援,嘿嘿,只怕是真已经没人能和他争衡了。"

两人在房间里说话,客栈外,不知什么时候停着一辆大车,赶车的人已经没有影了。车上一卷芦席,隐隐有已干枯的血迹。

芦席铺开,陈元和杜芸的尸身仰放在上面。

思颖掩口哭泣道："都是我不好，不该让杜芸一个人去……"

杜松没有掉泪，也许白天的时候，就已经料到杜芸和陈元迟迟不归，就会有这样的结局。他摇摇头道："咱们跟苏家斗，确实是……直到现在为止，我们谋划的事，几乎就从来没有不被苏瑞料到的。"说着，平静地查看尸体，稍后，对思颖说道，"致命一刀，是虢剑所伤。"

思颖道："虢剑？"

杜松道："这剑口十分特异，不是寻常的虢剑，只能是虢国人所谓的天下五剑之一——鬼丸。正是慕容端的兵刃。"

思颖道："慕容端杀害的陈校尉，那……他岂不是和苏公子在一起？"

杜松点点头道："苏瑞把尸体送回来其实还有一个意思，就是告诉我，他已经知道我在这里了。"

思颖一惊道："师兄，那你现在打算怎么办？"

杜松咬牙道："大炮是我铸的，我可不能由着苏瑞用它作恶。师妹，麻烦你把杜芸和陈校尉先安葬了吧。"说完，掉头就要走。

思颖喊道："师兄。苏公子既然已经知道你在这里了，你现在要去做什么，他也一定能够料到的。"

杜松没有回头道："我也别无其他的棋好走。"

思颖看着杜松的背影，坚决地说道："好，师兄，我也帮不上什么，我回家，不管结果如何，我在家里等你的消息。"

杜松一惊，掉过头来，道："这个时候，你回家中，那苏瑞未必能放得过你。"

思颖平静地道："其实，我在哪里都一样。那苏瑞想找我就一定能找得到。师兄，有一句话，我一直想问你。你跟若雨姑娘闹翻，就是为了火器坊的事，是不是？"

杜松脸上肌肉微一抽搐，没有说话。

思颖道："她跟我们认识不久，但却比你更清楚苏公子的为人。这样犀利的大炮落到苏公子手里，虢国国都会有大难，她要毁掉大炮，其实也不能怪她。她是真心要帮我们抗虏寇的，所以开始铸炮的时候，她也全力帮着我们，只是这大炮的威力，大得出乎所有人的意料。何况，她想做的事，其实也等于什么都没有做成。"

杜松道："师妹，你跟我说这些做什么？"说完，转身出去了，到了门外，才轻轻擦去了脸上的泪水。

西山刘老实铁匠铺里，杂草丛生，乱草间，到处都是坍塌的高炉、废弃的铁料。

杜松孤身一人，在草地上慢慢地走着，不停低头观看。忽然周围脚步声起，无数人走近。杜松抬头一看，不禁变色。

苏瑞、苏炎带大队斑狱司侍卫正四面逼近。苏瑞道："贤弟此来，是想察看残留下的大炮推动的痕迹，好推知大炮究竟被我转移到哪里去了吗？"

杜松哼一声，拔出火铳。

苏瑞一笑道："贤弟，让你见见几位老朋友。"斑狱司侍卫队列分开，曹玉麟、崔贤、李固三人并肩走出。

第一百零二章　射　杀

杜松看着曹玉麟等三人，苦笑道："见到三位竟然还活着，我也正不知道是该大哭，还是大笑。"

崔贤微笑道："杜公子何出此言？"

杜松道："当初在火器坊，我与三位朝夕相处，同心合力，知道你们当初的死讯是假，难道不该大笑？可他们现在又明明要取我的性命，难道不该大哭？"

曹玉麟道："杜公子，你聪明过人，在下对你实在钦佩得很，绝不敢对你有分毫恶意。"

杜松一拱手道:"曹大哥如此说,叫我如何敢当。"

曹玉麟道:"大杞天下早已病入膏肓,你还保他作甚?"

杜松道:"我自做我的事,谁说我是要保大杞天下了?"

曹玉麟喜道:"苏统领礼贤下士,天资英纵,我们这样结识他不久的人都甘愿为他效命,何况你这样和他从小一起长大的朋友?杜公子,你何不同我们一起,好好干一番事业?"

杜松一笑,尚未答话,苏瑞道:"曹都事,你不必再劝他,我和杜贤弟之间,该说的话,早已经都说了。他既然不听,今天也不会改变主意。"

杜松道:"还是苏瑞兄不愧是我的知己。"

苏瑞一抬手,众斑狱司侍卫纷纷拔出剑来。

曹玉麟脸色变了道:"苏统领,你和杜公子多年好友,何况,这事未必还没有挽回的余地……"

杜松道:"曹大哥,多谢你。但就是把剑架在我脖子上,我也绝不会再为苏瑞的'大事'出一分力,你不用再劝。"

苏瑞微微一笑,手一挥,众斑狱司侍卫杀上。

曹玉麟扭过脸去不忍再看。

只见杜松一枪撂倒一人后,背上翅膀迅速张开,顿时人就飞了起来。

可与此同时,斑狱司侍卫中也有四名斑狱司如他一样,手在腰间一按,背上也张开翅膀,跟着飞起。

苏瑞看曹玉麟道:"曹都事真好本事,仿制翅膀,和杜贤弟亲手做的,分毫不差。"

杜松不敢恋战,向远处山峰飞去。

看着杜松飞去的方向,苏瑞脸色微微一变道:"不好,快追!"

山顶的一个小屋内,若雨正在凝视着碧凌剑,轻轻叹息。忽然头上一声巨响,屋顶崩塌,杜松从上面摔了下来。

杜松爬起，甩落身上已经被斑狱司侍卫击打得破破烂烂的翅膀。

杜松一抬头看见若雨，若雨也正看着他，四目相对，两人都不觉呆住。良久。

杜松道："你……你怎么会在这里。"

若雨眼圈一红道："杜松……你，这些时日还好吗？"

外面传来敛翅落地的声音，四名斑狱司侍卫也追赶到了。

杜松道："不好，他们追过来了。"

若雨一省，拔出短剑，指住杜松的咽喉。两名斑狱司侍卫冲进，正看见这一幕。

斑狱司侍卫甲凑过来，对若雨面露谄笑道："多谢姑娘制住了这个凶徒。"

若雨点点头，忽然剑光一掠，刺穿了这斑狱司侍卫的咽喉。另外一名斑狱司大惊，正要有所反应，杜松将他一枪击倒。

但是，很快又有脚步声传来。

杜松道："这里是苏瑞的地方，你怎么在会这里？"

若雨道："这时顾不上细说，跟我走。"

原来，若雨负气离开李府后，万般无奈，只好求见姒羽，在贿赂了福安无数金钱之后，终于见到了姒羽，刚开始姒羽说什么也不同意往虢国派兵，后来，见若雨美貌，又听信谗言，要将若雨当成进补的药材。

若雨只好逃了出来，为苏瑞所救，暂时安置在这里。

苏瑞正在逼若雨和自己成亲，让自己成为虢国的驸马，为将来自己的大事增加新的砝码。

若雨拉着杜松一路狂奔到崖顶，面前已是绝路，崖下雾气弥漫，不可见底。若雨看了看前面的万丈悬崖和身后的追兵，凝视杜松道："杜松，你还是不能原谅我吗？"

杜松沉默良久，不语。

追兵的脚步声已经很近了，若雨绝望地又问了一遍，杜松再也按捺不住道："若雨，我心里……时时挂念着你。"

若雨扑入杜松怀中道："那……我们是再也不分开了吗？"

杜松抱住若雨道："死在一起，再也不分开了。"当生死时刻来到的时候，两人终于冰释前嫌了。

不一会儿，苏瑞率众追至悬崖，还大声地喊道："贤弟，你还往哪里逃？"

杜松不理他，看若雨，大声道："若雨，我们今天死在一起！"

苏瑞道："公主，你就愿意这么一死，再不管虢国命运如何了吗？"

苏瑞的话，让若雨身子一阵发颤，似乎心中激动，拿不定主意。

杜松道："若雨，别信他！他才不会真心为了虢国！"

若雨缓缓抬起手中的火枪，对准苏瑞。几名斑狱司侍卫当即抢上，挡在苏瑞身前。

苏瑞道："就算我不是全心为虢国考虑，但总会善待王室，总比任由大王受那些乱臣贼子欺凌要好，是不是？公主，你并非平庸女子，难道竟不知道为了家国大义，总该割舍一些东西吗？"

若雨"哇"的一声哭了出来，突然转身，对准杜松"砰"的一枪。杜松惨叫一声，跌下悬崖。

曹玉麟不禁大叫道："杜公子！"火枪跌落，若雨也无力地坐倒在地上。

众人全部呆住了。

若雨眼泪直流道："杜松，杜松，我真的不想……可是……"

苏瑞上前，扶起若雨道："公主殿下……"

若雨反手给了苏瑞一记耳光道："是你逼我的！是你逼我的！"

两名斑狱司拔剑上前道："大胆女子，你……"

苏瑞一手抚摸自己被打的脸颊，一手冲二斑狱司摆摆道："没什么，请公主回去休息。这里屋舍已经毁了，就请公主也到府里去住吧。"

若雨也不理旁人，哭哭啼啼地向山下走去。二斑狱司有些手足无措地在后面跟着。

曹玉麟看着她的背影，咬牙切齿道："真是最毒妇人心！"

苏瑞不管他们，走到崖边，向下看去。下面雾气翻滚，看不到底，这样的悬崖，跌落下去，万无生存的道理。

苏瑞点点头，心想："如果是做戏，她杀了杜松之后，该说话讨好我才对。现在哭得这样伤心，大概确实是迫于无奈。"

想到这里，苏瑞的脸上露出一丝得意的笑容，弯腰捡起地上的火铳，叹道："杜贤弟这把火枪竟然能够连发，实在神奇得很。曹都事，你拿去，看看有没办法仿制。"

崔贤、李固脸上都显出艳羡的神色。

曹玉麟双眼含泪道："属下怕……睹物思人，请公子恕属下不能受命！"

苏瑞点点头，收起枪道："也好，咱们也下去吧。"

第一百零三章　瞄　准

众人在苏瑞的带领下，纷纷下山了，只有曹玉麟不住地回头看悬崖。

悬崖下滚滚雾气，当太阳升到日中时，就能看见在雾气深处，一株松树，从崖壁上探出。

杜松正躺在松树上，挣扎着坐起，解开外袍，露出里面那件怪衣。铅弹嵌在怪衣上。

原来当杜松和若雨抱在一起的时候，若雨就悄悄地告诉杜松，下面三丈处，有棵松树。若雨假装向杜松开枪，杜松也假装中弹惨叫一声，跌下悬崖。杜松身形没入雾气中，摔落下去。正落在松树上，松树弹了两弹，消了下坠的力道。

杜松从怪衣上把已变形的铅弹捻起，低声自语道："心口真痛得厉害，看来衣服还是没做好。"隐约可听见崖上脚步声远去。

杜松道："要是苏瑞相信这下我真的死了，底下行事，可就容易得多。"

入夜时分，丘昊正在煮羊肉，杜松忽然从外面冲了进来，丘昊叫道："师父，你居然又没死？"

对于这个徒弟，杜松觉得又气又好笑道："你急着我死呢？"

丘昊得意地说道："我的师父怎么容易那么快就死？"

杜松一笑道："听说那董浩已经到了京中了。"

丘昊道："师父，你要去找他吗？"

杜松摇摇头道："不是，我要找另外一个人。相信苏瑞早已经找过他了。"丘昊好奇地连连追问，杜松只是低头想着事情，不回答。

在京都很少能见到这么大的雨，大雨倾盆，下得人都看不清眼前的路面。

半夜时分，一个头戴斗笠的男子，走进傅一刀的店中。

傅一刀从屋内走出。

来人把斗笠一抬，竟然是杜松。

傅一刀怔住了，道："杜公子。"身形忽然拔起，刻刀指住杜松咽喉道，"杜公子，你居然这么送上门来，可真是大出傅某人意料。"

杜松微笑道："半伦兄，你可真糊涂了。你半伦兄不会对我手下留情，我又不是不知道。如果不是有恃无恐，又怎么会过来自投罗网？"

傅一刀大笑道："这话有理。杜公子倒是有什么高论？"

杜松道："在董大帅离开京师之前，我想请傅先生不要和他为难。"

傅一刀道："杜公子手上有什么，竟然能跟我开出这么高的价码？难道两支碧凌剑，杜公子都带来了？"

杜松叹了口气道："碧凌剑可不在在下手里，何况，就是两支碧凌剑都在，要傅先生放过董浩，可也没什么指望。"

傅一刀点点头道："我就知道，杜公子本不是糊涂人。"

杜松道："不知道半伦兄想过没有，要是你们虢寇全给灭了，董大帅将要怎样？"

傅一刀道："要么解甲归田，要么调往西北方，抵抗鞑靼的俺答，还能怎样？"

杜松道："跨霍山征到虢国，董大帅大概没这个兴致吧？"

傅一刀傲然道："这个心思苏统领大概倒是有的。但苏公子虽然雄才大略，但单说用兵之道，他又如何能和董浩相比。要他统兵全歼在杞国的虢国人，他都做不到，更别提跨山远征了。"

杜松道："当初半伦兄和那个什么慕容端夜袭火器坊，威风可真是大得很。半伦兄难道就没觉得，以苏公子那么高明的人物，竟然让你们那么容易地杀了进去，不有些古怪吗？"

傅一刀不禁后退一步，刻刀自然也离开了杜松的喉咙，道："什么？你说……"

杜松道："大炮并没有给你毁掉，我现在是没法拿一尊大炮来给你看。但当时据说死在火器坊一役的人物，现在都还好端端地活着……"

傅一刀道："你有什么凭证？"

杜松道："他们的坟头都给我刨开了，都是空的，半伦兄不妨自己去看。"

傅一刀张口结舌。

杜松道："愿不愿意苏瑞这样一个外国人去做虢国国王，自然是半伦兄自己做主。今天京里到处传说什么白云观树上出现甘露，明摆着是大王准备向苏瑞下手了。就在今晚，京中必然天翻地覆。傅兄还有三个时辰考虑。"

正说着，外面响起脚步声，传来苏炎的声音，道："傅老板。"

傅一刀不禁一震。

杜松一笑道："我可不能和这鬼脸管家照面，半伦兄，告辞了！"从后门溜了出去。

杜松东张西望，一路来到西苑，低声自语道："不管苏瑞把大炮藏在哪里，这时候，一定会送到这附近来的。"忽然，背后一阵轻微的响动。杜松赶紧躲到一棵大树后。

就见一片浮草忽然开始移动，地面上出现一个洞穴。曹玉麟从洞中出来，向洞内招手。两名士兵把一门大炮从里面推了出来。紧接着又推出了一门。

杜松看着一门一门的大炮被推了出来，突然发现所有的炮口都对着王宫的方向，立刻就明白了，苏瑞要炮轰王宫。

此时，王宫内，姒羽正在和几个道士做道场，突然"砰"的一声，窗户被撞碎，杜松摔了进来。众人一起目瞪口呆地看着他。

杜松坐起，挠头道："对不住对不住，没控制好，着陆失败！"

蓝道行道："杜松，是你的鬼魂吗？"

徐峰道："糊涂，鬼魂怎么会撞破窗子！杜松，你半夜三更，擅闯宫禁，不知道这是死罪吗！"

杜松站起来道："死罪？我不进来，你们都要死了！"

福安道："大胆！敢诅咒大王，该诛灭九族。"

杜松道："是不是诅咒，你们自己出去看看不就知道了。"

姒羽给福安使个眼色，福安出去。

蓝道行吓得"扑通"跪倒道："万岁，微臣……微臣是想召神仙的，您千万……"

杜松道："都火烧眉毛了，不要再谈欺君这种鸡毛蒜皮的小事了好不好？"

福安面如土色、跌跌撞撞地跑进来道："不……不好了！外面……外面架满了大炮！"

众人闻言都大惊失色，杜松道："人家谋朝篡位……这事，总比欺君大一点吧？"

福安道："大王……快，快移驾大内……"

杜松道："说你傻还别不承认，是你跑得快，还是人家掉转炮口掉得快？"

姒羽道："那……那怎么办？"

杜松道："这大炮指哪儿炸哪儿，但有一个地方，你要是躲进去，他是绝对不敢放炮的。就是他家。众位赶紧过去，在下另外有事，告辞了。"

姒羽道："你去哪里？"

杜松道："逃你的命吧，你身边的人未必都靠得住，我告诉你我去哪儿，这法子说不定就不灵了。"说完，打开翅膀飞了出去。

第一百零四章　入　牢

姒羽和众臣慌慌张张穿过一条长廊，来到苏府。

房间外，苏瑞咬牙道："你到这里来，是以为我不敢炸自己的家……我当真不敢炸自己的家吗！"

大厅外，斑狱司侍卫、苏府家丁与大王带来的禁军混战。

苏府家丁中忽然有两人出手砍杀起自己人来，原来是孙闯和傅一刀。

原来苏瑞派苏炎去找傅一刀，要傅一刀协助自己行刺董浩，但是傅一刀听从了杜松的劝告，反而和董浩携手起来。混战中，苏炎被董浩一掌击毙。

苏瑞一看局势不对，架着苏杰就往外疾走。

董浩从厅中赶出。孙闯夺过一条大枪，抛给董浩。

孙闯道："将军，接枪。"

董浩长枪在手，挡在了苏瑞的面前。

谁也没有注意到，傅一刀忽然冷笑一声，向后跑去。傅一刀一路来到苏瑞的密室里，不一会儿就搜出了一个剑匣。

盒子打开，两支碧凌剑正放出毫光。

傅一刀大笑道："宝贝，终于都到了我的手里。"捧着剑匣扬长而去。

苏瑞已经被董浩和孙闯等人追到苏府外了，孙闯道："苏瑞，你往哪里逃！"

苏瑞狂笑道："逃，我为什么要逃！"说着，取出小弩道，"董大帅，我大炮的威力，想必你也见识过了，数十门大炮一起发射，里面的人，没一个好活！"话音刚落，就朝天射了一弩，一道焰火腾上半空。

奇怪的是，等了半天都毫无动静。

孙闯骂道："奶奶的，你这时候唱这么一出空城计，又有什么意思！"

苏瑞脸上终于出现惊恐的神色，忽然，背后传来杜松的声音："苏瑞。"苏瑞扭头一看，杜松、丘昊和曹玉麟并肩走来。

原来，杜松给姒羽送完信后，就找到曹玉麟，在杜松的反复劝导下，曹玉麟终于放弃了跟随苏瑞造反。

苏瑞看着杜松道："你……你居然没有死？"

曹玉麟向苏瑞鞠躬行礼道："杜公子是在下好友，他的劝，我不能不听……只是如此一来，却也太对不住苏公子，属下心中有愧，不敢苟活。"

丘昊道："这种卑鄙小人，对不起他又怎……"丘昊话没有说完，曹玉麟已经拔剑自刎而死。

苏瑞对眼前的情形恍如没有看见，道："杜贤弟没有死，那……公主……"苏瑞转向若雨，死死地盯着若雨，若雨剑指苏瑞的咽喉，手腕不住颤抖。

孙闯叫一声，要冲上，被董浩一把拉住。

丘昊眯缝着眼看着道："喂喂，我说师父，师娘看苏瑞的神气，好像不大对劲啊！"见杜松神色黯淡，赶紧住口了。

若雨忽然"唰"地把剑收起道:"你走吧。虽说你是别有图谋,但总是救了我一命,反正你大势已去,也不用我亲手杀你,能不能逃出京都,就看你的造化了。"

苏瑞一点头,翻身上马而去。孙闯道:"喂,这么大事儿,怎么能你说放就放呢!"

董浩叹了口气道:"算了,由他去吧。"众人眼睁睁地看着苏瑞的背影消失在黑暗中。

两日后,京都都城内,姒羽高坐正中,众官拱立,气象森严。董浩、杜松等人被姒羽关进天牢。苏府被抄,苏瑞辛辛苦苦建立的庞大势力网,也被彻底瓦解。

董浩、丘昊、孙闯关在一间牢房里。丘昊和孙闯因立功反而被关天牢,气得跳脚直骂。

董浩劝道:"连番变故大王心里不快,所以要关我们几天出出气,不会真拿我们怎么样的。现在东北有虢寇,西北有鞑靼,大王不是不知道事情的轻重缓急。我倒是担心……大王是不是能放过杜公子,可就难说了。"

杜松和若雨被单独关押在相邻的牢房里,杜松朝若雨牢房中看去,若雨面朝墙壁躺着,似乎已经睡着了,杜松看着她的背影,娇弱可怜,不禁叹了一口气,闭上眼睛。

未几,若雨牢房中传来低声的啜泣。

杜松似睡非睡,翻了一个身,将胳膊捂在耳朵上。啜泣声不绝,杜松睁开眼睛。若雨掩口而泣,泪水涟涟。

杜松道:"兀那女鬼,为何整夜哭哭啼啼,有何冤屈,却与我细细说来。"

若雨怔住,回头一看,杜松正摆了夸张的造型站在牢房边,若雨被逗得破涕为笑,啐道:"谁是女鬼!你才是鬼,油头粉面的。"话一出口,忍不住又悲从中来道,"你……都这时候了,还有心情来与我说笑。"

杜松道："我宁愿死之前最后一眼看到你的笑，而不是哭哭啼啼的样子……"

若雨道："大王真会杀你吗？"

杜松摇摇头道："苏瑞救你一命，你就放了他，咱这大王却未必会像你这般厚道……其实，生亦何欢，死亦何苦？"

若雨道："你是在怪我？"

杜松道："我老师李轩大人独闯虢寇营时的心情，陈校尉救杜芸时的心情，杜芸为苏瑞挡那一枪时的心情，又怎么是简单的生生死死可以说清的呢。我偶尔会猜想，九泉之下的他们也许比活着的时候更开心。"

若雨咬咬嘴唇道："但是你可想过，若是你死了，却肯定有一个人不知道要多伤心。"

杜松低头默然，良久道："杜松有负姑娘，此情此意，只有来世再报了。说完闭上眼睛不再说话了。"

半晌，若雨都没有说话。突然，她大声喊道："杜松，我绝对不会让你独死。"

杜松见若雨真的很伤心了，便道："好了好了，我不再逗你玩了。放心吧，我死不了的，我曾经给自己算过命，会长命百岁的。"

若雨急道："都这时候了，你还有心思说笑。"

杜松压声道："我现在担心的倒不是我自己的生死，而是——"

若雨道："又怎么啦？"

杜松道："我感觉整个虢杞两国之所以起这么大的纷争，似乎里面另有隐情。还记得我曾经跟你说过七夺教吗？"

若雨点点头，道："记得，怎么啦？"

杜松道："我始终感觉到这里面似乎有他们的参与。"

若雨道："可是这七夺教为什么要挑起这么多事端呢？再说，我们也并没有发现这其中有七夺教的人呀。"

杜松道："那是因为我们都不曾见过真正七夺教的人，对他们的底细可谓一无所知。"

第一百零五章　往　事

李府书房内，思颖正将杜芸的灵位放在父亲的旁边，忽然门口人影一闪。

丫鬟还没有来得及出声，一柄刻刀飞至，穿透了丫鬟的咽喉。

思颖惊叫道："傅一刀！"

傅一刀大笑，张开双臂，向思颖走过来。

思颖一扫刚才的惊慌，反而站立不动，冷冷地看着傅一刀。

傅一刀倒给她慑住了，道："思颖姑娘好镇定啊！还是早已对傅某放心安许，傅某有意抱你，你是求之不得啊？"

思颖淡淡一笑道："冬康大人，这个时候来我李家，大概不会就是为了我李思颖吧？"

傅一刀一笑道："思颖姑娘何必自轻自贱？姑娘花容月貌，我向来是记挂在心的。"

思颖抬头看天，想了想道："你夺得碧凌剑的心思急切。苏公子对碧凌剑倒未必有多看重，今晚他要筹划的事又实在太多，要说碧凌剑叫你得手了，倒也不奇怪。"

傅一刀叹了口气道："思颖姑娘的聪明，可实在是令我们须眉男子汗颜了。"

思颖道："宝物虽到手，却解不开其中的秘密，是吗？"

傅一刀道："确实如此，倒叫姑娘见笑了。"

思颖道："冬康大人都解不开的秘密，我一个见识短的女子，又怎么解得开？"

啸长风

傅一刀狞笑道："我知道。不过，有人是解得开的！"

思颖叹了口气道："是。你要以我为人质，逼师兄说出碧凌剑的秘密，是吗？"

傅一刀大笑道："思颖姑娘，你真是什么都算到了。可惜一个蒲柳弱质的女子，就算心里明白，又能有什么办法？"

思颖道："正是，我一点办法都没有。走吧！"

傅一刀一愣，对于思颖这样的反应还是很出乎意料的。

天牢里，杜松等人都在闭目养神，"吱呀"一声，牢门开了。只见思颖双手被缚，被一把刻刀指着走进来。后面又走进来一人，正是傅一刀。

傅一刀的另外一只手上，提着一只剑匣。

傅一刀微笑着看看董浩道："看来大王是没打算要董大帅的性命。前几天牢头死活不肯放行，今天居然收了十两金子就放我进来，看来大王赦免董大帅的圣旨，也就快到了。"

傅一刀走到杜松、若雨的牢门前，反手把思颖击倒，然后自己慢慢蹲下身来。一手用刻刀指住思颖的太阳穴，一手把剑匣放到地上，打开。

盒中正是碧凌剑。

杜松反而平静下来道："你要我把碧凌剑的秘密解释给你听？"

傅一刀道："杜公子聪明得很。"

杜松一咬牙道："好，你先放开我师妹！"

傅一刀收起刻刀，微笑道："好，杜公子要是反悔，我也随时可以把刻刀掏出来。"

杜松吸一口气道："你想知道的应该是碧凌剑和碧凌诀拼在一起时出现的字。"

傅一刀点点头，将碧凌剑和玉玺上的碧凌诀拼合在一起。光华出现，碧凌剑上的花纹交织在一起，投影成一个个篆字。

孙闯焦急大叫道："杜公子，别告诉他！"

董浩平静地注视着。

杜松脸现犹豫的神色。

傅一刀微微一笑道："这碧凌剑中包含着统一虢国的大秘密。和杞国的事，一时还扯不上干系。董大帅不必多心。杜公子，请讲吧。"

杜松道："这段文字是关于魁景之变的。那杞明王命人炼丹，炼成仙丹两颗，准备和苏贵妃服用的。可是还没有来得及服用，就发生了兵变。当初禁军部队怨愤哗变，在兴平县杀了苏贵妃的哥哥杞国公，并迫使明王赐死苏贵妃……可是，其实苏妃并没有死。"

众人都不禁侧耳倾听。只有思颖显出胸有成竹的神色。

丘昊、孙闯齐声惊叫道："啊，有这回事！"

杜松道："杞明王让一名宫女替死，而放自己心爱的妃子悄悄逃走……苏贵妃在虢国时，受到大王的恩惠，为表感恩，她临终前将碧凌剑送给了大王，说贵国如有变乱，凭此碧凌剑，可以重新一统天下。世世代代，虢国将碧凌剑作为霸者之证，就是为了这个缘故。"

傅一刀兴奋得声音发颤道："那又是为了什么，凭碧凌剑和碧凌诀可以一统天下？"

杜松道："杞明王只交给贵妃一把碧凌剑，杞明王自己保存了碧凌诀。杞明王失去苏贵妃后，异常悲伤，不愿意一个人享用仙丹，将其带入坟墓，而这碧凌剑就是打开杞明王坟墓的钥匙。

"杞明王的意思就是有一天苏贵妃能带着碧凌剑回来，进入陵墓，和自己享用这仙丹，做一对神仙伴侣。在杞明王的心中，有谁持碧凌剑来，他都会答应任何要求。在苏妃的心里，自然是杞国世世代代一直是大杞的天下……

"苏贵妃的意思是，凭这只碧凌剑，明王可以向大杞求救兵。所以说，只要有这碧凌剑，就可以一统虢国……也就是说，如果现在还是杞明王时，傅先生拿了碧凌剑，或者还有点指望求大杞大王发兵虢国，为你一统江山。

"可惜，现在时过境迁，碧凌剑已经不过是一件普通的古董，什么霸者之证，是一点效力也没有了。大家又不是好事收藏的人，为了碧凌剑争来争去，实在是有点多此一举。"

丘昊、孙闯一齐大笑起来，董浩也不禁莞尔。

杜松道："我大杞，可是不会因为有人拿了碧凌剑来，就乐意远征的。"

傅一刀道："杜公子，你扯远了。"

杜松道："其实这些你傅先生都知道，所以你才会梦想能打开杞明王的陵墓，获得富有天下的宝藏，你想方设法到处寻找，不惜牺牲杞国和虢国两个国家的利益。可是你知道为什么你派到洛州去的人总是有去无回吗？"

傅一刀道："为什么？"

杜松道："因为你知道的，我们的当今大王也知道，也派了重兵早早地守在那里。所不同的就是，你想要的是富可敌国的财富和宝藏，以及一统虢国的秘密。我们大杞大王想要的是可以长生不老的仙丹。"

傅一刀的脸上阴晴难定。

杜松道："不过有一点你们是不知道的。当年杞明王派人修建宝库藏匿搜刮来的宝物。因当时兵荒马乱，项安谋朝篡位，朝政不稳，杞明王便让人将仙丹和宝藏一起藏进陵墓之中，但当时朝中大臣和督工暗中勾结，侵吞了大部分珠宝，运进来的都是破铜烂铁，至于宝物更是满箱的石头，这宝藏原本就是假的，只是他、它欺骗了当时的杞明王，并且延续今日愚弄了后人。"

傅一刀道："你胡说。"

第一百零六章　中　毒

杜松道："你若不信可以去看。在山后的庙中就有一个陵墓的入口，我相信，谢宁一定进去过了。除了一个空空的山洞一无所有。如果没有错的话，近日，谢宁就会回京了。你可以去问问。"

傅一刀抓起碧凌剑和玉玺碧凌诀大叫道："我不信。我不信，我一句也不信。"

杜松道："这碧凌剑上的文字所说的，我曾跟思颖大概说过。所以她知道，就是让你知道真相，实在也没什么。不然，以她如此刚烈的性子，你以为她会愿意带你到这里来？"

傅一刀越笑越癫狂道："好，好，我为了这碧凌剑和碧凌诀，这十多年来，不知道花了多少心血，没想到啊，没想到！"

孙闯看着他，皱眉道："他干吗笑得这么开心？"

丘昊道："笨蛋，十几年没明白的事，现在一下子明白了，还能不开心啊！"

突然，傅一刀"啪"的一声，将碧凌剑和玉玺相互一碰，玉玺摔得粉碎，傅一刀身形一动，蹿到思颖面前。

董浩忽然眉头一皱道："不好！"大吼一声，一掌击出，牢门倒下。董浩一晃身，已经护在思颖身前。

丘昊张口结舌道："这……这么大力气！那你……干吗不早点越狱？"

傅一刀忽然飞身跃起，刻刀直刺若雨。

若雨赶紧后退，但已躲闪不及，被刺中小腹。

杜松从后面扑上，傅一刀反手一掌，把他打飞出去。

董浩正要上前阻止傅一刀，势已不及。

傅一刀扬手刻刀就要刺下。

杜松大叫道："不！"

就见，傅一刀忽然身子一晃，刻刀落地。

丘昊道："咦，师父这一声大叫，傅一刀居然真的就晕了，难道是狮子吼？"

思颖叫道："傅一刀！我们早就商量好了，用剧毒将碧凌剑煮过，以

397

后凡是直接碰碧凌剑的人，都会中毒而死。我们都相互转告过，可是你不知道。"

傅一刀嘴角流出黑血，手指着思颖，已经说不出话来。

思颖道："你好像忘了，当初要不是你妖言蛊惑，我爹爹也不会死。我之所以要这么做，就是知道，总有一天，你会抢到碧凌剑的。"

傅一刀大叫一声，倒地气绝。

若雨躺在牢房中，昏迷不醒，董浩给若雨喂下一颗丸药，若雨脸色逐渐由苍白变红润，气息也均匀起来。

董浩起身道："幸亏公孙姑娘见机快，那一刀虽未刺到要害，不过这伤情恐一时难以恢复。"

杜松脸露忧色道："这……这可如何是好……"

思颖道："师兄不用担心，徐大人传来消息，大王马上会下旨赦免你们。"

董浩察言观色道："你们分别既久，定有话要说，董某先告辞了。"说完，带孙闯退回自己的牢房，丘昊看了他俩一眼，叹一口气，摇头晃脑，嘴中嘟嘟囔囔地也跟了出去。牢中只剩下杜松和思颖。

杜松看思颖形容憔悴，想她落在傅一刀手里定是吃了不少苦头，声音哽咽道："师妹，这些日子苦了你了，我没照顾好你，真是愧对师父在天之灵。"

思颖摇摇头道："你我既是师兄妹，又何必说这些见外的话。"

杜松听她说出"师兄妹"三字，话中别有意味，不由得心中患得患失道："师妹……"

思颖道："傅一刀既死，我大仇已报，在此间也没有什么遗憾了，今日便跟师兄告别。"

杜松道："告别？你，你要去哪里？等此间事情一了，我即带你去永州老家，你又何必自己先走？"

思颖低头，幽幽道："那，若雨姑娘怎么办……"

杜松怔住，回头看了一眼昏迷中的若雨道："她……我……"

思颖道："师兄，我知道你对我好，但我更知道，没有了她，你这一辈子也不会快乐。我虽盼望你活得快乐，但我只是一个平凡女子，终究还是无法面对心爱的人与别人在一起……"

杜松道："不，我只是一个浑人，不值得你这样做，你一定会遇上比我好上百倍千倍的男人的。"

思颖摇摇头道："师兄，你自己也是用情至深之人，又怎么会不明白我的心意……"言罢，低头朝牢房外走去，杜松伸手欲拉，终究还是没有拉住她。

思颖在门口停住道："若雨姑娘，是个好人，你一定要好好地待她。"杜松呆立在牢房中。

此刻，躺在地上的若雨早已满脸的泪痕。原来若雨已经苏醒，听到了杜松和思颖的对话。

三日后，杜松不辞而别，谁也不知道他去哪里了。

董浩、孙闯打算回军营去，丘昊估计杜松是北上了，就嚷嚷着要去找。于是三人一起飞马出城。

一路飞马扬尘，一条又一条大道小道忽悠而过。一个时辰过去，忽然前方一人一马挡住了去路。

三人逼近，那人正是若雨。

丘昊道："师娘。"

董浩道："若雨姑娘，你的伤好了吗？"

若雨道："我没有关系的。董将军，我想杜公子此时不会在你的军营上的。"

董浩道："哦，那他会到哪？"

若雨道："他一定去找苏瑞了。"

董浩道："苏瑞早该逃得不知去向了，他到哪里去找？"

若雨道："不管他在哪，我都要找到他。"

董浩道："好，那我们就一起去吧。"

四人绝尘而去。

不远处一座寺庙的楼上，剃了光头的思颖，僧袍缁衣。她看着夕阳下四人熟悉的背影渐渐消失，泪珠不觉流了下来。

半个月后，在边关的一只小车上，苏瑞押着杜松进来了。

杜松被绑缚着，苏瑞示意杜松坐下，问道："贤弟，你为什么还要来找我？"

杜松反问道："你为什么要来找虢寇？"

苏瑞笑道："你以为是为什么？苏某再不肖，难道会甘心为虢寇做事吗？我不过想从虢寇那里偷两只船而已，幸亏我去了，否则我怎么知道慕容端已成了他们的头。"

原来，半个月前，慕容端被苏瑞赶走后，就逃到乌拉脱的虢寇营中，杀了乌拉脱，将乌拉脱的虢寇大营据为己有。

杜松道："什么？那个乌拉脱呢？"

苏瑞道："乌拉脱确实是个废物，被慕容端杀了。"

杜松道："慕容端狼子野心，他带领虢寇，危害大也，从此百姓更遭殃了。苏瑞，你放开我，我当马上去通知董大帅。"

苏瑞道："不用了，如果没有猜错的话，现在慕容端已经被董浩打得一败涂地了。"

杜松喜道："苏瑞，你到底是不忍心看到百姓遭殃。"

突然船舱外，慕容端的声音响了起来："苏瑞，我本来还想和你合作，你却要害我性命，好，你拿命来！"

原来慕容端一路兵败，逃到船上，苏瑞和杜松的对话刚好被他听见了。

苏瑞掏出火铳，对准慕容端道："别过来，否则别怪我不客气。"苏瑞拎起杜松退出舱外。

岸边，董家军越来越多，慕容端一回头，发现苏瑞背上背着翅膀，正解开杜松身上的捆缚。

慕容端大叫道："苏瑞，你干什么？"怒吼了一声，拔剑要向苏瑞扑上。

第一百零七章　待　毙

苏瑞举起火铳，"砰！"就是一枪。慕容端识得厉害，侧身闪避。苏瑞得此机会，展开双翼，腾空而起。

慕容端咬牙，就要把手中长剑往空中掷去。突然人影一闪，不觉一惊，定睛一看，面前一人，正是董浩。

慕容端一跃而起，拔出剑来道："董浩！"

董浩微微一笑道："慕容先生，别来无恙？"

慕容端大叫道："董浩，你要想叫我降你，那可是休想！"

董浩叹了口气道："当初我就曾跟慕容先生说过，只要先生真的是为两国相好而来，必将善待先生，但现在阁下手上，却已经沾满了我杞国人的鲜血，那就请恕董某无情了！"

慕容端大吼一声道："董浩，别人怕你，我可不怕！"挥剑直逼董浩。

董浩赤手空拳，在他剑光中穿梭来去。斗到分际，董浩一掌击中慕容端前胸。慕容端身子飞起，摔落在地时，已然毙命。

董浩这才发现，杜松早悄悄地走了，向苏瑞逃离的方向追去。

在当初救若雨的那个山上，山匪押着杜松向苏瑞走过来。

苏瑞叹道："贤弟，你终究是聪明过头。"

杜松道："苏瑞，要说聪明，我绝对比不上你，你早就看上此地了？"

苏瑞点点头道："此山形势险要，当初我一见到，就留了心。只可惜，这山经营得再好，也是独木难支。只怕要不了几天，董家军也会找

401

啸长风

到这里来了吧。"

杜松不语只是盯着苏瑞，苏瑞苦笑了一下，也直盯着杜松道："贤弟……唉，我们这么多年的好友，我却实在想不到，你竟是这样固执的一个人……难道就为了我杀了纪盛他们？这些个所谓大杞忠臣的性命，在你眼中，就这么重吗？"

杜松道："就因为他们，我已经绝不会帮你。"

苏瑞道："贤弟，你也看到了，我大杞之物力，十倍于鞑靼，百倍于虢国，又有董大帅这样的名将统兵，然而与俺答、羽柴作战，竟然胜得如此艰难，那是为了什么？如果我坐了天下，也许确实会令当今百姓妻离子散、流离失所，但这番变革，却足以使我杞国重振雄风，这是为万世开基业！难道就不值得吗！"

杜松沉默半晌，缓缓摇头道："不值得。"

苏瑞大笑道："杜松，我还真是看错你了。我以为你洒脱自如，心无挂碍，没想到，你竟然是个谨小慎微、鼠目寸光的腐儒！"

杜松叹了口气道："苏瑞，也许你说得对。但杜松就是凡夫俗子，眼前的事都常常想不明白，别说几十年、几百年后的事了。我就想，现在天下的百姓，能安安稳稳地过日子，能吃饱肚子，闲了喝喝酒，唱唱歌。谁要是不让他们过上这样的日子，谁就是天下所有人的仇敌！"

苏瑞长叹一声，不语。两个斑狱司的侍卫推着郑大虎进来，郑大虎骂骂咧咧道："奶奶的，这些龟蛋暗算老子……"

斑狱司侍卫也不理他骂什么，一刀割开他手上的绑绳。

郑大虎道："松开了老子，算你聪明，不然老子把你……"

苏瑞微笑着看着他道："大当家！"

郑大虎见他一怔道："苏公子……杜公子……你们二位怎么都来了？"

杜松道："大当家，你怎么弄成这个样子？"

郑大虎道："别提了。董家军里没了粮食，我想山上有啊，赶紧给他运点过去。没想到一回到山上，就发现山上多了许多不认得的人，这两个家伙。他们骗我，居然自称是苏公子你的属下，我也没防备，没想到那个矮子，倒给我搂头就来了一闷棍。"

苏瑞道："他们没有骗你，他们确实是我的属下。"

郑大虎怔住，半晌，忽然"扑通"一声给苏瑞跪下了。

苏瑞反而一怔道："大当家，你这是做什么？"

郑大虎道："俺老娘吩咐的，要俺这一辈子，都要听苏公子和董大帅的话。苏公子派人打昏俺，一定是俺糊涂，做错了事，请苏公子责罚。"

苏瑞笑笑道："你没做错什么，起来吧。"

郑大虎呆呆的，还跪着不起。

一个斑狱司侍卫进来禀报道："敌人的战船，已经迫近！"

郑大虎跳起道："有敌人，苏公子，你让俺郑大虎上去冲杀一阵，好将功赎罪！"

苏瑞道："你娘要你听我的话，还要你听董大帅的话，是不是？"

郑大虎道："是啊！苏公子和董大帅，都是最了不起的英雄！"

苏瑞道："现在来犯的敌人，正是董浩大帅。"

郑大虎一听愣住了。杜松看郑大虎的样子，有些不忍道："郑大哥，别想这事了。"

郑大虎摇头道："董大帅和苏公子，这是……杜公子，你说这到底是怎么回事？"

杜松叹息，不语。

二斑狱司侍卫向苏瑞叉手施礼道："公子，请传令迎敌！"

苏瑞仰望空中，半晌道："大炮之下，你们守得住吗？"

二斑狱司侍卫毫不犹豫道："小的情愿为公子而死。"

苏瑞叹了口气道："要是大局还能挽回，我要你们舍命，还有可说。现在我已是无力回天，又何必要你们陪葬？我也许是个坏人，但绝对不是一个懦种。带我去见董浩吧。"

董浩的军帐里，他正在为一件事而感到恐惧。地上整整齐齐地摆放着十几具士卒尸体。

苏瑞带着杜松到来的时候，董浩很是惊讶，道："你居然还敢回来？就不怕我把你正法吗？"

杜松惊道："董大帅，这——这是怎么回事？怎么又有这么多具尸体？"

苏瑞并没有理会董浩等人怀疑的目光，而是蹲下身去察看着地上这些士卒的尸体——全都是身上有被咬噬的痕迹，有的还显得临死前惊恐万状。苏瑞面色凝重地站起来，喃喃自语："出来了？终于出来了——"

董浩不解道："苏瑞，你搞什么名堂？装神弄鬼难道就能蒙混过关？今天你是自寻死路，来人，把苏瑞押下去。"

苏瑞道："董大帅，我苏瑞死不足惜，可是临死前我有一事相求。"

董浩道："什么事情？"

苏瑞道："这件事只能你我还有杜兄弟三个人知道，我们能不能去你的营中密室一谈？"

董浩和杜松相互看看，杜松点点头，董浩道："来人，将苏瑞押进密室。"

第一百零八章　溯　源

密室内，苏瑞向董浩拜倒，道："苏瑞有负董帅厚望！"

董浩将苏瑞扶起，道："快快起来，这也不能怪你，本来就是非一人之力可为之事。"

杜松惊讶地看着董浩和苏瑞，道："这——你们怎么——"

苏瑞起身，道："杜兄弟，其实，这一切都是董帅的安排。"

杜松愕然，望着董浩道："董帅，这到底是怎么回事？我都被你们搞糊涂了。"

董浩叹道："这件事，还得从李轩大人来督军说起。"

杜松不解，道："我老师不是已经被害了吗？是不是他在此前曾经给你留下了什么遗言？"

董浩道："其实，真正害死李大人的凶手，不是虢寇，也不是国贼，而是七夺教的人。"

"啊？"杜松大惊，道，"果然是七夺教？"

董浩和苏瑞相互看看，道："杜公子也知道七夺教？"

杜松道："我曾经听老师提起过七夺教，说该教创立于百年前，曾经为害天下，令所有人谈之色变，至于其他事情则并没有过多地提及。董大帅，你能确定我老师是为七夺教所害？"

苏瑞道："杜兄弟，你有所不知，老师早就怀疑虢寇暗中蛊惑姒羽大王炼丹，其实就是受了七夺教的指使，所谓的用碧凌剑的线索来查找藏宝图什么的只是一个幌子，他们真正的目的就是要让我们杞国大乱。"

杜松不能理解，道："杞国跟七夺教有仇？"

董浩道："这就不得而知了。可能太史李大人察觉到了他们的一些蛛丝马迹，所以才遭来了杀身之祸。"

杜松看着苏瑞，道："那你在其中又扮演了什么角色？"

苏瑞道："老师曾经跟董大帅说过，他在藏娇楼内见过王老板，似乎王老板明白其中的一切，可惜，王老板也已经被害了。董大帅怀疑我们朝中有敌人的内应——"

杜松道："所以你就干脆自己扮演乱局之人？谁中途跳出来与你沆瀣一气，谁就是老师生前要找的人？"

苏瑞点头道："不错，只要能抓住真正的凶手，为老师报仇，我愿意承担这一切后果。"

杜松道："既然知道内情的王老板已经死了，那是不是杀死王老板的人就是知道内情的？只要我们查出这个人，逼迫他说出事情的真相，就一切水落石出了。"

苏瑞道："我已经查清楚了，杀死王老板的人是兰婉儿，可是兰婉儿也已经死了。"

杜松急得直搓手，道："没想到这件事情的真相居然如此复杂，如果不彻底查清，恐怕我们杞国以后还是遗患无穷。"

董浩捻着长须，自言自语道："按理说，杞国国力强盛，大王没有必要去寻找什么宝藏，更何况宝藏一事根本就不靠谱，可能其中另外有隐情。"

苏瑞道："目前唯一能解开谜团的，就只有两个人，一就是大王自己——"

"另外一个就是藏娇楼的老板娘？"杜松接口道。

苏瑞点头道："不错，老师的为人，朝中上下谁不知道？他怎么可能无缘无故去一个烟花之地？"

董浩道："我也是这样想的，太史李大人必定有了一些线索。"

杜松道："事不宜迟，我们这就去藏娇楼。"

藏娇楼已经是一座冷冷清清的大宅院了，地上满是落叶，偶尔见一两个长相平平的丫鬟在回廊上走动，也是一副没精打采的样子，一个老妇正在院内弓着身子打扫着地上的落叶。

杜松和苏瑞、董浩进了藏娇楼，见此模样，不禁奇怪，心道："没想到虢寇一退，藏娇楼的生意居然如此惨淡，看来当初这藏娇楼的老板投资这家青楼可谓失算了。"

有一丫鬟迎了上来，道："三位大爷别来无恙，本馆这几日临时停业，三位要寻欢消遣，还望去别处。"

董浩道："我找你们的老板。"

丫鬟道："本馆王老板已经遇害，不知三位——"

董浩道："我要找的是你们藏娇楼真正的老板。"

忽然，在一旁弯腰扫地的老妇人颤颤巍巍道："三位客官想必不是这阳平关一带的原住民吧？"

董浩道："老人家何以见得？"

老妇人道："藏娇楼在此存在了两个甲子，所有的人都知道，此楼其实并无真正的主人，三位来找它的主人，那只能让三位失望了。"

杜松和苏瑞面面相觑，杜松上前道："老人家，那你可听说过那样一句话——白虎门的剑，七夺教的毒，青龙门的丹药，藏娇楼的巫？"

老妇人一愣，缓缓直起了身，看了杜松一眼，道："老身只是藏娇楼馆一个扫地的妇人，苟延残喘，哪里管得了这么多江湖上的事情？"说完依旧扫着她的地。

杜松道："老人家一直在藏娇楼扫地？"

老妇道："是的，老身在此扫地扫了几十年了，南来北往的人看得多了，什么富贵荣华光鲜体面，到头来还不是任由生老病死的折磨，哪怕是高高在上的帝王，最终也难逃死亡的命运。"

杜松听老妇之言，不由得内心一动，心道："莫非姒羽大王痴迷丹药，就是为了能长生不老？"

董浩看看苏瑞和杜松，摇摇头，道："看来我们又白跑一趟了，我们走吧，现在虢寇已除，这西北边陲最起码得平安数十年，姒羽大王已经命我们明日回朝，听候封赏。"

杜松道："那大王是否知道苏瑞兄其实并非乱臣贼子？"

董浩道："大王当然清楚，堂堂神勇将军苏杰之子，怎么可能反叛朝廷呢？这次虢寇平定，你们二人居功至伟，大王已经有言在先，会赏赐二位的。"

苏瑞道："杜兄弟，你是不是还得去找一找若雨姑娘？"

杜松叹道："天下之大，去哪里找呢？眼下看着似乎天下太平了，可是我总感觉到危机尚未解除。"

董浩道："杜公子，咱们还是先回京城再说吧。"

杜松转眼看了一眼老妇人，却见老妇正抬头看着自己，便不由自主朝她微笑着点了点头。

三人走出藏娇楼，直奔董浩的军营而去。

尾　声

次日，董浩率着苏瑞与杜松等朝京都赶，行至中途，杜松声称要去看望一下在山上出家为尼的思颖，董浩等在途中等候了几个时辰，却不见杜松归来。

苏瑞道："我去看看他，到底搞什么鬼？"

董浩派了几个随从跟着苏瑞一起去寻找杜松，又过了两个时辰，几人回来，均摇摇头，一脸的无奈，苏瑞道："他走了！"

董浩吃惊道："走了？去了哪里？"

苏瑞道："不知道，估计他去了自己认为应该去的地方吧！"

半个月后，董浩、苏瑞等回到了京都，均受到了姒羽大王的封赏，苏瑞由于抗虢有功，被封为西部偏将，与董浩一起镇守阳平关。

杜松则从此以后下落不明，很多人都猜他是念念不忘心上人若雨，相寻隐居去了，时间一久，人们也将他淡忘。殊不知，三年之后，天下由一把名唤"碧凌"的神剑而引起了一场轩然大波，正当天下苍生于生死存亡之际，失踪数年的杜松居然以另外一种身份出现了——

（本书完）